CAC职业（岗位）培训系列教材

武新华　主编

AutoCAD应用
培训教程

AutoCAD YINGYONG
PEIXUN JIAOCHENG

化学工业出版社
·北京·

本书介绍 AutoCAD 2009 在绘图应用中的多方面知识，如基本图形绘制、基本图形编辑、精确绘图与图案填充、文字标注与表格制作、尺寸标注、图层管理、块、属性与外部参照、图形的布局与输出等，最后还介绍了几何体的三维造型、三维材质和图形渲染、图纸集的创建与发布等一些高级应用技巧。每一章都设计了习题与动手操作，可巩固读者的学习。本书的配套光盘中还安排了大量的模板案例，允许读者根据自己的不同实际情况对其进行修改，使之能够快速、高效地为己所用。通过这种由浅入深、循序渐进的讲解和实践，使读者真正全面掌握 AutoCAD 2009 绘图设计基础及应用。

　　本书适用于广大 AutoCAD 爱好者学习，同时也可作为一本速查工具书，适用于 AutoCAD 从业人员及各类大专院校计算机、机械、建筑设计等专业选用。

图书在版编目(CIP)数据

AutoCAD 应用培训教程 / 武新华主编. —北京：化学工业出版社，2009.5

CAC 职业（岗位）培训系列教材

ISBN 978-7-122-05010-6

Ⅰ. A… Ⅱ. 武… Ⅲ. 计算机辅助设计 - 应用软件，AutoCAD 2009 - 技术培训 - 教材 Ⅳ. TP391.72

中国版本图书馆 CIP 数据核字（2009）第 031362 号

责任编辑：廉　静　郭燕春	装帧设计：韩　飞
责任校对：徐贞珍	

出版发行：化学工业出版社（北京市东城区青年湖南街 13 号　邮政编码 100011）

印　　装：三河市延风印装厂

787mm×1092mm　1/16　印张 18¼　字数 539 千字　2009 年 5 月北京第 1 版第 1 次印刷

购书咨询：010-64518888（传真：010-64519686）　　售后服务：010-64518899

网　址：http://www.cip.com.cn

凡购买本书，如有缺损质量问题，本社销售中心负责调换。

定　　价：36.80 元

　　职业教育和职业培训是国民教育事业的重要组成部分，在实施科教兴国战略和人才强国战略中具有特殊的重要地位，是促进经济社会发展和劳动就业的重要途径。《国务院关于大力发展职业教育的决定》提出："要把发展职业教育作为经济社会发展的重要基础和教育工作的战略重点"，体现了党中央、国务院对发展职业教育的高度重视。职业教育和职业培训的根本任务，就是培养适应现代化建设需要的高技能专门人才和高素质劳动者。因此，职业教育特别是职业培训要从劳动力市场的实际需要出发，坚持就业导向，着力加强劳动者的实际技能，全面提高劳动者的综合素质。

　　"全国 1+N 复合型人才职业培训项目"正是为了适应职业教育发展与改革的新形势而推出的，目的在于培养符合企业实际和劳动力市场需求的复合型人才。

　　要提高培训质量，课程体系的构建和教材的建设是关键。当然，教师队伍建设、教学实践基地建设也是办好职业培训所不可或缺的。但是作为知识和思想的载体，以及来自实践又能指导实践的教材，既具有基础性又具有前瞻性的特点，使其成为培养技能型人才的首要保证。基于这样的认识，"1+N 复合型人才"系列培训教材将陆续出版面世。本系列教材的最大特点是以就业为导向，突出实用性和专业性，重点培养学员的技术运用能力和岗位从业能力。

　　在此我谨向教材的作者、组织者和所有参与 1+N 职业培训工作的同志们表示感谢，并希望 1+N 课程培训在我国的职业培训工作中发挥先锋带头作用，为培养高技能复合型人才做出应有的贡献。

二〇〇六年八月二十九日

随着我国教育事业的深入发展及细化，职业教育拓展为学校职业教育和社会职业培训两种模式。学校职业教育基本是传统的学历教育，已经不能完全满足目前经济的高速发展、职业多变和终身教育的需要。随着我国就业结构调整和技术技能更新速度的加快，劳动力跨行业流动更加频繁，职业培训进一步成为涉及面最广、受益面最大的教育，已经成为国家教育的重要组成部分，越来越受到人们的广泛欢迎。

为了弥补目前教育体制与人才市场需求的脱节状态，全面提升学员的综合就业力，培养企业需求的复合型人才，CAC 教育机构按照国家提出的"以就业为导向，以企业实际需求"的要求编制了《CAC 职业（岗位）培训系列教材》，本系列教材的编写是根据"中国就业促进会中国大学生就业促进工程"和"全国 1+N 复合型人才职业培训项目"中所设立的岗位进行编写，学员参加相应的岗位培训并经过考核合格，可以获得国家承认的《就业能力证书》或《职业培训证书》，办公室网站 www.ccetu.org 和中国大学生就业促进工程办公室网站 www.ccepe.org 进行查询。

《CAC 职业（岗位）培训系列教材》使用对象为已经学过基础课程的相关专业的在校学生和进一步提高实训技能方面的专业人员。目的要提高学员自学能力和实践动手能力，其次培养学员探索和分析归纳创新能力，将学员学习的技术技能同他们将来的工作岗位紧密结合起来。《CAC 职业（岗位）培训系列教材》实现了学生学习与就业间的"无缝对接"。

《CAC 职业（岗位）培训系列教材》是对目前人才市场和企业实际需求进行调研分析，以及对高等院校、职业院校以及各类社会培训机构进行广泛调查的基础上，由长期从事职业培训的专家和有丰富教学经验的教师编写的一套系列丛书。本丛书的最大特点是以就业为导向，突出实用性和专业性，重点培养学员的技术运用能力和岗位工作能力。

《CAC 职业（岗位）培训系列教材》包括 IT 类、管理营销类、物流类、汽车类、语言类、国际贸易类、酒店类、企业管理类等多个领域的上百门实训技能课程。部分《CAC 职业（岗位）培训系列教材》配套有《教学案例百问》和相关课件（可到赛课网 www.cacedu.cn 下载）。本系列教材具有以下特点。

◇ 按照"岗位划分→核心技能→教学方案→内容设置"的思路组织开发教材。

◇ 按照"理论少实践多"的原则，对各个专业的课程进行了按需重新整合。

◇ 教材统一配套相对应的说明手册，包括课程体系、教学及考试纲要和教材信息等。

◇ 各专业教材配备课后习题和答案。

◇ 各专业教材突出理论和实际的比例分配，注重实训教学。多数教材都配备了实训内容，部分专业的教材配备了案例百问和 PPT 教学课件。

《CAC 职业（岗位）培训系列教材》的出版是一项较大的工程，由于时间紧迫，不足之处在所难免，欢迎各使用单位及读者对我们提出宝贵意见和建议，以便教材修订时补充更正。

CAC 教育机构产品研发中心

二〇〇七年七月二日

前言

　　AutoCAD 2009 是由美国 Autodesk 公司开发的通用 CAD 计算机辅助设计软件包。随着计算机技术的飞速发展，AutoCAD 软件迅速普及，广泛应用在机械、建筑、家居、纺织、地理信息、出版社印刷等诸多行业，已成为广大工程技术人员的必备工具。该软件从根本上改变了传统的设计、生产和组织模式，对产品结构、企业结构、管理模式和生产方式，以及人才知识结构都产生了重要的影响，已经成为衡量一个企业乃至一个国家科技进步和工业现代化水平的重要标志之一。

　　利用 AutoCAD 2009 绘制图形可以帮助用户在同一环境下灵活完成概念和细节设计，并且在一个环境下创作、管理和分享设计作品。该软件改善了操作环境，将直观的概念设计和视觉工具更完美地结合在一起，不仅体现出二维绘图功能的简便、快捷，同时也更进一步地突出了三维物体的强大制作功能。这些特性使得 AutoCAD 2009 广泛应用于产品设计的各个领域。

本书内容

　　本书以工程理论知识和 AutoCAD 2009 辅助绘图软件为基础，以典型的机械零件和建筑模型为训练对象，深入浅出地阐述了 AutoCAD 2009 进行二维、三维工程图设计的多个方面，如基本图形绘制，基本图形编辑，精确绘图与图案填充，文字标注与表格制作，尺寸标注，图层管理，块、属性与外部参照，图形的布局与输出等，最后还介绍了几何体的三维造型，三维材质和图形渲染，图纸集的创建与发布等 AutoCAD 2009 的一些高级应用技巧，带领读者全面学习 AutoCAD 2009 中文版，进而达到独立设计复杂机械、建筑、电子等产品的目标，从而向读者展示了一个完整的 AutoCAD 2009 二维、三维工程图设计世界。

读者对象

　　本书的读者主要面向广大 AutoCAD 爱好者、工业设计类各专业教师和学生、社会学习者、AutoCAD 技术培训等。并充分考虑了初学者的实际需要，对那些"基本没有多少 AutoCAD 基础知识"的读者，本书通过从实践出发再回归理论，并配备生动图片的讲解方式，力求使讲解的内容能够满足广大读者"边看书边操作"的要求。

本书特色

　　与市面上同类图书相比，本书具有如下特色。
　　① 以实例的方式导入 AutoCAD 2009 设计的范例，并应用在生活或职场上，从而使得本

书成为广大读者需要用心研究学习和参考的范例工具书。

② 为避免讲解过于枯燥，本书采用了图解的形式，在关键部分进行标注，使读者可以快速找到所需要的内容，大大提高学习效率。

③ 在选材上力求精益求精，在对现有的知识进行充分提炼的基础上，精选出最基本、最有用且又最经典的知识奉献给读者。

④ 自始至终按"学以致用"的思想贯穿始终，使读者不但能够明白可以从本书中学到些什么，而且能够明白自己运用这些学到的知识能够干什么。

本书除了向读者讲解相关知识和应用实例以外，在每一章的结束部分都会以作者的宝贵经验为基础，结合本章的相关内容，为读者提供一些供巩固学习和上机练习的习题。同时，也希望读者能够借助本书，不仅学会如何使用 AutoCAD 2009 软件进行图形设计，而且能够在不断的实践中成长为一名真正的 AutoCAD 设计人员。

此外，在本书的配套光盘中，还安排了大量本书中所涉及的模板案例，以及大量在本书讲解中限于页面而未收录的模板案例，并允许读者根据自己的不同实际情况对其进行修改，使之能够快速、高效地为己所用。

结束语

本书由众多经验丰富的培训专家编写，同时也得到了众多网友的支持，在此一并表示衷心的感谢。本书的编写分工情况是：赵敏编写第 1 章，胡敏编写第 2 章，路素青编写第 3 章，安向东编写第 4 章，彤丽编写第 5 章，王英英编写第 6 章，黄彬友编写第 7 章，许凌云编写第 8 章，赵射编写第 9 章，齐伟编写第 10 章，武新华编写第 11 章，张天桥编写第 12 章，最后由武新华统审全稿。虽然倾注了编者的努力，但由于水平有限、时间仓促，书中疏漏和不足之处在所难免。读者如发现本书中有不妥或需要改进之处，可与作者进行沟通，作者将衷心感谢提供建议的读者，并真心希望在和广大读者互动的过程中能得到提高。

主编

2009 年 2 月

目 录

第1章　AutoCAD 2009 计算机绘图基础……………1

　1.1　AutoCAD 2009 绘图概述……………2

　　1.1.1　AutoCAD 2009 的安装流程………2

　　1.1.2　AutoCAD 2009 的工作界面………8

　　1.1.3　AutoCAD 2009 的坐标系统………13

　　1.1.4　AutoCAD 2009 的帮助功能………16

　1.2　AutoCAD 2009 绘图准备……………17

　　1.2.1　建立新的图形文件……………17

　　1.2.2　打开已创建的图形文件……………17

　　1.2.3　保存已创建的图形文件……………19

　　1.2.4　关闭文件和退出程序……………20

　本章小结……………21

　习题与动手操作……………21

第2章　AutoCAD 2009 基本图形绘制……………23

　2.1　基本的图形绘制……………24

　　2.1.1　各种线条的绘制……………24

　　2.1.2　矩形的绘制……………27

　　2.1.3　正多边形的绘制……………28

　　2.1.4　圆的绘制……………29

　　2.1.5　圆弧的绘制……………30

　　2.1.6　椭圆和椭圆弧的绘制……………31

　2.2　常用图形的绘制……………33

　　2.2.1　点的绘制与样式……………33

　　2.2.2　多线与多段线的绘制……………34

　　2.2.3　样条曲线的绘制……………36

　　2.2.4　剖面线的绘制……………36

　　2.2.5　视图缩放与平移……………38

　　2.2.6　对象捕捉与精确作图……………41

　本章小结……………42

　习题与动手操作……………43

第3章　AutoCAD 2009 基本图形编辑……………45

　3.1　基本的对象编辑……………46

　　3.1.1　对象选择……………46

　　3.1.2　删除对象……………49

　　3.1.3　复制对象……………50

　　3.1.4　镜像对象……………51

　　3.1.5　偏移对象……………53

　　3.1.6　旋转对象……………55

　　3.1.7　移动对象……………57

　　3.1.8　阵列对象……………58

　　3.1.9　缩放对象……………59

　　3.1.10　拉伸对象……………61

　　3.1.11　修剪对象……………63

　　3.1.12　延伸对象……………64

　3.2　边、角、长度的编辑……………66

　　3.2.1　打断与打断于点……………66

　　3.2.2　合并对象……………67

　　3.2.3　圆角和倒角……………68

　　3.2.4　倒圆角……………71

　　3.2.5　分解对象……………72

　3.3　基本的图形编辑……………72

　　3.3.1　创建边界与面域……………73

　　3.3.2　放弃与重做……………74

　　3.3.3　夹点的用途……………75

　　3.3.4　编辑对象的特性……………76

　本章小结……………78

　习题与动手操作……………78

目 录

第4章 精确绘图与图案填充 ················ 80
4.1 精确绘图基础 ·········· 81
　　4.1.1 图形单位概述 ·········· 81
　　4.1.2 绘图比例和图限 ········ 82
　　4.1.3 使用正交 ············ 83
　　4.1.4 使用捕捉与栅格 ········ 83
　　4.1.5 使用对象捕捉 ·········· 85
　　4.1.6 使用极轴追踪 ·········· 87
　　4.1.7 使用对象捕捉追踪 ······ 89
　　4.1.8 使用动态输入 ·········· 90
4.2 图案的填充 ············ 91
　　4.2.1 创建填充图案 ·········· 92
　　4.2.2 图案填充编辑 ·········· 94
本章小结 ················ 96
习题与动手操作 ············ 96

第5章 文字标注与表格制作 ·········· 98
5.1 单行文字与多行文字 ······ 99
　　5.1.1 单行文字标注与对齐 ······ 99
　　5.1.2 多行文字标注 ········ 101
　　5.1.3 对文字进行修改 ······ 103
　　5.1.4 查找、替换文字 ······ 105
　　5.1.5 文字的显示模式 ······ 105
　　5.1.6 输入特殊符号 ········ 107
　　5.1.7 定义文字样式 ········ 107
5.2 字段的使用 ·········· 109
　　5.2.1 插入字段 ············ 109
　　5.2.2 更新字段 ············ 111
5.3 表格制作 ············ 112
　　5.3.1 表格样式的创建 ······ 112

　　5.3.2 表格的插入操作 ······ 115
　　5.3.3 表格的编辑操作 ······ 116
本章小结 ················ 117
习题与动手操作 ············ 118

第6章 制图中的尺寸标注 ·········· 120
6.1 尺寸标注基础 ·········· 121
　　6.1.1 尺寸标注基础知识 ······ 121
　　6.1.2 尺寸标注样式 ········ 122
6.2 常用的尺寸标注 ········ 126
　　6.2.1 线性标注 ············ 126
　　6.2.2 对齐标注 ············ 128
　　6.2.3 角度标注 ············ 129
　　6.2.4 直径标注 ············ 130
　　6.2.5 半径标注 ············ 131
　　6.2.6 基线标注 ············ 132
　　6.2.7 连续标注 ············ 133
　　6.2.8 坐标标注 ············ 134
　　6.2.9 引线标注 ············ 135
　　6.2.10 圆心标记 ············ 139
　　6.2.11 公差标注 ············ 139
　　6.2.12 快速标注 ············ 141
　　6.2.13 折弯标注 ············ 142
　　6.2.14 弧长标注 ············ 143
6.3 编辑尺寸标注 ·········· 143
　　6.3.1 更改与替代标注样式 ······ 143
　　6.3.2 尺寸标注的编辑 ······ 144
　　6.3.3 分解尺寸标注 ········ 145
　　6.3.4 调整尺寸位置 ········ 145
　　6.3.5 标注对象的关联性 ······ 146

目 录

本章小结 ···········147
习题与动手操作 ···········147

第 7 章　AutoCAD 2009 图层管理 ···········149
　7.1　图层设定 ···········150
　　7.1.1　新建图层 ···········150
　　7.1.2　图层颜色的设置 ···········153
　　7.1.3　图层线型的设置 ···········154
　　7.1.4　图层线宽的设置 ···········156
　7.2　图层的管理 ···········157
　　7.2.1　图层转换器 ···········158
　　7.2.2　图层特性管理器 ···········159
　　7.2.3　图层过滤器的作用 ···········161
　　7.2.4　图层工具的使用 ···········163
　本章小结 ···········163
　习题与动手操作 ···········163

第 8 章　块、属性与外部参照 ···········165
　8.1　图块的应用 ···········166
　　8.1.1　块的定义 ···········166
　　8.1.2　块的插入 ···········168
　8.2　块的属性 ···········170
　　8.2.1　创建块的属性 ···········170
　　8.2.2　修改块的属性 ···········171
　　8.2.3　提取属性信息 ···········174
　8.3　外部参照 ···········176
　　8.3.1　使用外部参照 ···········177
　　8.3.2　修改外部参照 ···········179
　　8.3.3　参照管理器 ···········181
　本章小结 ···········182

习题与动手操作 ···········183

第 9 章　图形打印与输入/输出 ···········185
　9.1　设置工作空间 ···········186
　　9.1.1　模型空间和图纸空间 ···········186
　　9.1.2　在模型空间和图纸空间
　　　　　之间切换 ···········186
　9.2　图形的输入与输出 ···········187
　　9.2.1　图形的输入 ···········187
　　9.2.2　图形的输出 ···········187
　9.3　布局与打印 ···········187
　　9.3.1　创建新的布局 ···········188
　　9.3.2　设置布局参数 ···········190
　　9.3.3　配置绘图设备 ···········191
　　9.3.4　文件的打印预览 ···········193
　　9.3.5　实现打印输出 ···········194
　9.4　视口与打印样式表 ···········194
　　9.4.1　平铺视口的创建 ···········194
　　9.4.2　浮动视口的创建 ···········195
　　9.4.3　对视口进行编辑与调整 ···········195
　　9.4.4　打印样式表 ···········195
　　9.4.5　创建与编辑打印样式表 ···········197
　9.5　电子打印与发布 ···········198
　　9.5.1　DWF 文件输出 ···········198
　　9.5.2　浏览电子打印文件 ···········199
　　9.5.3　将图形发布为 DWF 文件 ···········200
　　9.5.4　将图形发布到 Web 页 ···········201
　　9.5.5　发布三维 DWF 图形 ···········203
　本章小结 ···········204
　习题与动手操作 ···········204

目录

第 10 章　绘制几何体的三维造型 ·············206

10.1　平面立体和曲面立体 ···············207

　　10.1.1　长方体的绘制 ···············208

　　10.1.2　圆柱体的绘制 ···············209

　　10.1.3　楔体的绘制 ·················210

　　10.1.4　圆锥体的绘制 ···············211

　　10.1.5　棱锥体的绘制 ···············212

　　10.1.6　球体的绘制 ·················213

　　10.1.7　圆环体的绘制 ···············214

　　10.1.8　平面曲面的绘制 ·············215

　　10.1.9　特殊网格的绘制 ·············216

10.2　使用工具创建实体模型 ···········219

　　10.2.1　干涉检查 ···················219

　　10.2.2　实体的剖切与加厚 ···········220

　　10.2.3　转化为实体 ·················222

　　10.2.4　转化为曲面 ·················222

　　10.2.5　提取边 ·····················223

10.3　三维导航工具 ·····················224

　　10.3.1　使用三维导航工具 ···········224

　　10.3.2　创建三维动态视图 ···········227

　　10.3.3　在图形中漫游和飞行 ·········230

本章小结 ·································231

习题与动手操作 ·························232

第 11 章　三维材质和图形渲染 ··········234

11.1　指定三维材质光源 ·················235

　　11.1.1　材质操作面板 ···············235

　　11.1.2　常见贴图类型 ···············236

　　11.1.3　调整对象与贴图方向 ·········238

　　11.1.4　AutoCAD 中的光源 ·········239

11.2　三维立体造型的渲染 ···············239

　　11.2.1　三维图形渲染 ···············240

　　11.2.2　渲染预设 ···················241

　　11.2.3　高级渲染设置 ···············242

本章小结 ·································247

习题与动手操作 ·························247

第 12 章　图纸集的创建与发布 ··········249

12.1　图纸集的创建 ·····················250

　　12.1.1　通过样例创建图纸集 ·········250

　　12.1.2　利用已有图形创建图纸集 ·····252

　　12.1.3　在图纸集中导入现有图纸 ·····253

　　12.1.4　在图纸集中创建新图纸 ·······255

12.2　管理图纸集 ·······················255

　　12.2.1　在布局中命名视图 ···········256

　　12.2.2　在模型空间中命名视图 ·······256

　　12.2.3　生成图纸一览表 ·············257

　　12.2.4　更新图纸一览表 ·············258

12.3　发布与打印图纸集 ·················258

　　12.3.1　发布图纸集 ·················258

　　12.3.2　打印图纸集 ·················259

　　12.3.3　归档图纸集 ·················260

本章小结 ·································261

习题与动手操作 ·························261

附录 A　习题参考答案 ··················263

附录 B　模拟题及答案 ··················271

参考文献 ·································279

第1章

AutoCAD 2009 计算机绘图基础

重点提示

- ♂ AutoCAD 2009 绘图概述
- ♂ AutoCAD 2009 安装流程
- ♂ AutoCAD 2009 工作界面
- ♂ AutoCAD 2009 绘图准备

本章精粹

　　本章主要讲解 AutoCAD 2009 在绘图应用中的一些基础知识,包括计算机绘图的一些常识,AutoCAD 2009 的安装以及绘图准备等。通过对本章的学习,读者可以掌握相关的 AutoCAD 2009 应用基础知识,为以后利用 AutoCAD 2009 进行计算机绘图打下基础。

　　随着计算机和网络技术的发展，CAD（Computer Aided Design，计算机辅助设计）技术也飞速发展和普及，并已经在人们日常生活和工作中占有了越来越大的比重，致使越来越多的工程设计人员开始使用计算机软件绘制各种图形，从而解决了传统手工绘图中存在的效率低、绘图准确度差及劳动强度大等缺点，其相关的软件包已经成为人们学习 CAD 技术的必修课，CAD 软件认证已经成为工程技术人员的入门必备要求。

　　在目前的计算机绘图领域中，AutoCAD 是使用最为广泛的计算机绘图软件之一，同时，AutoCAD 技术也一直致力于将工业技术与计算机技术融为一体，特别是在机械、建筑、电子等领域，从而形成一个大型的 CAD 技术开发平台，满足不同用户、不同行业发展的需求。

1.1　AutoCAD 2009 绘图概述

　　图形是表达和交流技术思想的工具。其中绘图方式包括手工绘图和计算机绘图两种，但绘图员在进行绘图之前，要了解自己所绘制图形的各个视图（如主视图、前视图、左视图、右视图等）之间的关系。在各个视图中以主视图为基准，俯视图在主视图的正下方，左视图在主视图的正右方。从各个视图的形成过程中可以看出，主视图和俯视图反映了物体的长度，主视图和左视图反映了物体的高度，俯视图和左视图反映了物体的宽度。图 1-1 所示即为一个分别用主视图、右视图和上（俯）视图表示的圆柱体外形。

  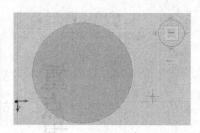

图 1-1　用 3 个视图表示的圆柱体外形

【注意】
　　本书中的"单击"是指按鼠标左键一次，"右击"是指按鼠标右键一次，"双击"是指快速地按鼠标左键两次，"拖曳"是指按住鼠标左键的同时移动鼠标，"输入"是指通过键盘输入各种字符。定制（也译为"客户化"）是指用户根据自己的操作习惯或不同需求，对某些项目（如工具栏、菜单、系统变量等）进行不同的设置，包括修改、增加等。

1.1.1　AutoCAD 2009 的安装流程

　　下面以在 Windows XP 中文版操作系统环境、显示器的屏幕分辨率设置为 1024×768 像素为示例，介绍 AutoCAD 2009 的安装流程（操作系统不同或屏幕分辨率不同，读者所看到的用户界面可能会有所不同）。具体的操作步骤如下。

　　步骤 1：在 Windows XP 系统正式启动之后，将 AutoCAD 2009 安装光盘放入光驱中，待安装程序自动启动后，即可弹出【安装初始化】信息提示框，如图 1-2 所示。

　　步骤 2：也可以在【我的电脑】窗口中双击【CD 驱动器】图标，在打开的窗口中找到 AutoCAD 2009 的安装文件 Setup.exe 并双击运行。

　　步骤 3：在初始化完毕之后，将弹出【AutoCAD 2009】窗口，在其中可看到有"阅读文档"、"安装产品"、"创建展开"、"安装工具和实用程序"等选项，如图 1-3 所示。

图 1-2　AutoCAD 2009 的安装初始化　　　　　　图 1-3　【AutoCAD 2009】窗口

【提示】

在【AutoCAD 2009】窗口中，如果单击 "阅读文档"、"创建展开"、"安装工具和实用程序" 选项，则可以了解 AutoCAD 2009 的一些相关技术文档和软件技术帮助等方面的信息。

步骤 4：在【AutoCAD 2009】窗口中单击 "安装产品" 选项，即可打开【AutoCAD 2009 安装向导】窗口，在其中有两个要安装的产品可供选择，也可采用系统默认的选项，如图 1-4 所示。

步骤 5：待安装的产品选择完毕之后，单击【下一步】按钮，在【AutoCAD 2009 安装向导】窗口左下角即可显示正在初始化 AutoCAD 2009 的进度条，如图 1-5 所示。

图 1-4　【AutoCAD 2009 安装向导】窗口　　　　　图 1-5　AutoCAD 2009 安装向导初始化

步骤 6：AutoCAD 2009 初始化完毕之后，将弹出【AutoCAD 2009 安装向导接受许可协议】窗口，在 "国家或地区" 下拉列表中选择 "China" 选项，将相关的许可协议阅读完毕并无异议之后，选中 "我接受" 单选按钮，如图 1-6 所示。

步骤 7：单击【下一步】按钮，即可打开【AutoCAD 2009 安装向导产品和用户信息】窗口，在其中填写 "序列号"、"姓氏"、"名字" 和 "组织" 等信息，如图 1-7 所示。

【提示】

在【AutoCAD 2009 安装向导产品和用户信息】窗口中输入的信息是永久性的，将显示在【AutoCAD 2009】窗口中。由于以后无法更改此信息，因此用户一定要确保在此处所输入信息的正确性。

图 1-6 【AutoCAD 2009 安装向导接受许　　　　图 1-7 【AutoCAD 2009 安装向导产品和
可协议】窗口　　　　　　　　　　　　　　　用户信息】窗口

步骤 8：相关信息填写完毕之后，单击【下一步】按钮，即可打开【AutoCAD 2009 安装向导查看—配置—安装】窗口，在其中提示用户将要安装那些内容，并显示 AutoCAD 2009 的设置类型及安装位置，如图 1-8 所示。

【提示】

在【AutoCAD 2009 安装向导查看—配置—安装】窗口中，提示用户已经提供了安装产品所需的基本信息并显示在列表框中，其他配置的当前设置为默认值，但如果想要更改设置，可从"选择要配置的产品"下拉列表中选择相应产品并单击【配置】按钮。

步骤 9：单击【安装】按钮，将弹出一个提示用户是否要使用默认配置继续安装的信息提示框，如图 1-9 所示。

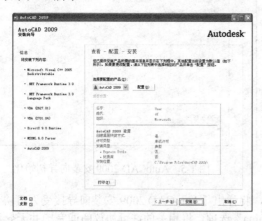 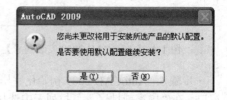

图 1-8 【AutoCAD 2009 安装向导查看—配置—安装】窗口　　　图 1-9 AutoCAD 2009 安装提示信息

步骤 10：如果对当前的配置无异议，单击【是】按钮，即可打开【AutoCAD 2009 安装向导安装组件】窗口，其中显示了当前程序安装的进度，如图 1-10 所示。

步骤 11：稍等片刻，待 AutoCAD 2009 安装组件安装完毕之后，将弹出【AutoCAD 2009 安装向导安装完成】窗口，单击【完成】按钮退出安装向导，AutoCAD 2009 就安装完毕了，如图 1-11 所示。

在【AutoCAD 2009 安装向导安装完成】窗口中如果选中"查看 AutoCAD 2009 自述"复选框，则在单击【完成】按钮后，将会弹出【AutoCAD 2009 自述】窗口，如图 1-12 所示。该自述中包含了有关 AutoCAD 2009 的重要信息，而且这些信息有可能未包含在印刷文档和帮助中，查看这些信息将对 AutoCAD 2009 的初学者有很大的帮助。

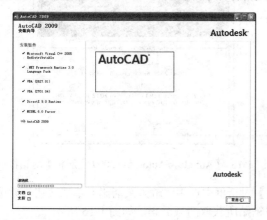 

　　图 1-10　【AutoCAD 2009 安装向导安装组件】窗口　　图 1-11　【AutoCAD 2009 安装向导安装完成】窗口

　　在成功安装 AutoCAD 2009 之后，首次启动 AutoCAD 2009 时，将会弹出一个【AutoCAD 2009 产品激活】对话框，提示用户还有 30 天可以注册并激活该产品，而注册和激活产品的最快、最可靠的方式是使用 Internet。

　　注册和激活 AutoCAD 2009 的操作步骤如下。

　　步骤 1：在 Windows 系统桌面上，双击 AutoCAD 2009 的快捷图标，启动 AutoCAD 2009 应用程序后，即可弹出【AutoCAD 2009 产品激活】对话框，如图 1-13 所示。

 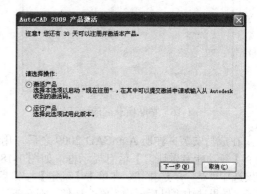

　　图 1-12　【AutoCAD 2009 自述】窗口　　　　图 1-13　【AutoCAD 2009 产品激活】对话框

　　步骤 2：在该对话框中选中"激活产品"单选按钮，再单击【下一步】按钮，即可打开【现在注册】对话框，如图 1-14 所示。

【注意】

　　如果无法访问 Internet 或网络速度很慢，可采用通过 Autodesk AutoCAD 2009 注册机来获取激活码，并将所获得的激活码进行粘贴或输入的方法，来实现对 AutoCAD 2009 的注册和激活。如果可以访问 Internet 且速度很快，也可将自己输入的注册信息通过 Internet 提交给 Autodesk 公司，经过验证信息之后，可获得 Autodesk 公司提供的激活码。

　　步骤 3：在 AutoCAD 2009 安装盘中找到并打开"Crack"文件夹，在其中双击【acad2009 中文注册机】图标，即可打开【Autodesk AutoCAD 2009 注册机】对话框，在"申请码"下的文本框中输入所获得的申请号，再单击【生成】按钮，即可在"激活码"下的文本框中显示所获得的激活码，如图 1-15 所示。

图 1-14 【现在注册】对话框 　　　　　图 1-15 【Autodesk AutoCAD 2009 注册机】对话框

步骤 4：在获取激活码之后，在【现在注册】对话框中选中"输入激活码"单选按钮，并选中"粘贴激活码"单选按钮，在下面的文本框中粘贴所获取的激活码，如图 1-16 所示。

步骤 5：单击【下一步】按钮，由于受网络速度的限制，稍等片刻，即可打开【注册-激活确认】对话框，在其中显示了产品名称、序列号、申请号和激活码，并将所得到的一份注册信息保存到文件的相应位置，说明此 AutoCAD 2009 软件注册并激活成功，如图 1-17 所示。

图 1-16 粘贴所获取的激活码 　　　　　图 1-17 【注册-激活确认】对话框

在成功安装并注册 AutoCAD 2009 之后，用户启动 AutoCAD 2009 时，系统将在屏幕上打开一个【新功能专题研习】信息提示框，如图 1-18 所示。提示用户是否立即查看新功能专题研习，如果选中"是"单选按钮，在单击【确定】按钮后将打开一个【新功能专题研习】窗口，如图 1-19 所示。如果选中"以后再说"单选按钮，则在下次启动 AutoCAD 2009 应用程序时将再次打开【新功能专题研习】窗口，如果选中"不，不再显示此消息"单选按钮，将不再打开该窗口。

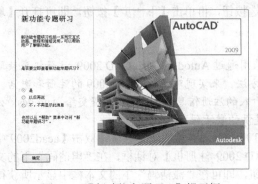
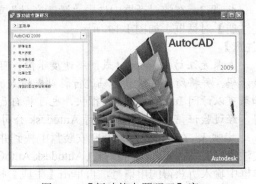

图 1-18 【新功能专题研习】提示框 　　　　　图 1-19 【新功能专题研习】窗口

启动 AutoCAD 2009 应用程序有如下 3 种方式。

方式 1：如果对该软件创建了桌面快捷图标，可在 Windows 系统桌面上双击 AutoCAD 2009 的快捷图标启动 AutoCAD 2009。

方式 2：选择【开始】→【程序】→【Autodesk】→【AutoCAD 2009-Simplified Chinese】→【AutoCAD 2009】菜单项，如图 1-20 所示，即可启动 AutoCAD 2009。

方式 3：在已安装 AutoCAD 2009 软件的情况下，双击 AutoCAD 2009 图形文件（※.dwg），即可启动 AutoCAD 2009 并打开该图形文件。

当不需要使用 AutoCAD 2009 软件或者想要对其某些功能进行添加或删除时，可以通过在 Windows 系统【控制面板】中双击【添加/删除程序】图标，来实现对所需功能的添加或删除，或者将其从计算机上卸载掉。

将 AutoCAD 2009 软件从计算机上卸载掉的操作步骤如下。

步骤 1：选择【开始】→【设置】→【控制面板】菜单项，即可打开【控制面板】窗口，如图 1-21 所示。双击【添加/删除程序】图标，即可打开【添加或删除程序】窗口，如图 1-22 所示。

图 1-20　AutoCAD 2009 的启动菜单项　　　　　　图 1-21　【控制面板】窗口

步骤 2：选择需要卸载的"AutoCAD 2009-Simplified Chinese"选项，再单击其后面的【更改/删除】按钮，将弹出一个【安装初始化】信息提示框，如图 1-23 所示。

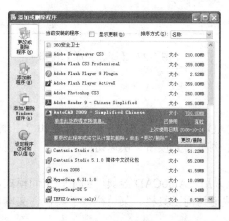

图 1-22　【添加或删除程序】窗口　　　　　　图 1-23　【安装初始化】信息提示框

步骤 3：在初始化完毕之后，即可打开【AutoCAD 2009 安装向导-维护模式】窗口，在其中可以执行"添加或删除功能"、"修复或重新安装"以及"卸载" 3 项维护功能，如图 1-24 所示。

步骤 4：单击"卸载"选项，即可打开【卸载 AutoCAD 2009】窗口，在该窗口中提示用户"该操作将从您的计算机上卸载 AutoCAD 2009，是否确实要继续？"，如图 1-25 所示。

步骤 5：单击【下一步】按钮，即可打开【正在卸载】窗口，并显示了 AutoCAD 2009 应用程序的卸载进度，如图 1-26 所示。

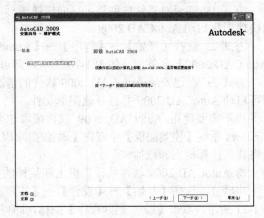

图 1-24 【AutoCAD 2009 安装向导-维护模式】窗口   图 1-25 【卸载 AutoCAD 2009】窗口

　　步骤 6：在该应用程序卸载完毕之后，将弹出一个【卸载完成】窗口，说明 AutoCAD 2009 已从此计算机中成功卸载，单击【完成】按钮，即可退出【AutoCAD 2009 安装向导-维护模式】窗口，如图 1-27 所示。

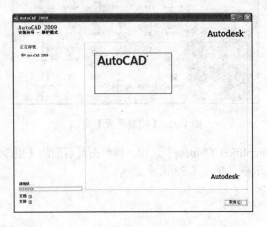
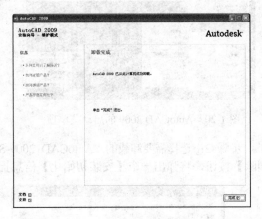

图 1-26 【正在卸载】窗口   图 1-27 【卸载完成】窗口

1.1.2　AutoCAD 2009 的工作界面

　　中文版 AutoCAD 2009 为用户提供了 "AutoCAD 经典"、"二维草图与注释" 和 "三维建模" 3 种工作空间模式，而各个工作空间都包含【菜单浏览器】按钮、快速访问工具栏、标题栏、绘图窗口、文本窗口、状态栏和选项板等元素。

　　对于习惯于 AutoCAD 传统界面的用户，可以采用 "AutoCAD 经典" 的工作空间模式，如图 1-28 所示。其中主要由【菜单浏览器】按钮、快速访问工具栏、菜单栏、工具栏、文本窗口与命令行、状态栏等元素组成。

　　选择【开始】→【所有程序】→【Autodesk】→【AutoCAD 2009-Simplified Chinese】→【AutoCAD 2009】菜单项，即可看到如图 1-29 所示的 AutoCAD 2009 启动界面。该界面是 AutoCAD 2009 系统默认的工作空间模式，主要由【菜单浏览器】按钮、功能区选项板、快速访问工具栏、文本窗口与命令行、状态栏等元素组成。在该空间中，可以使用【绘图】、【修改】、【图层】、【标注】、【文字】、【表格】等面板方便地绘制出二维图形。另外，如果用户不习惯使用该界面，则可采用如下两种方法在 3 种工作空间模式中进行切换。

图 1-28　AutoCAD 2009 经典工作空间模式　　　　图 1-29　AutoCAD 2009 系统默认工作界面

　　方法 1：单击【菜单浏览器】按钮，在弹出的菜单中选择【工具】→【工作空间】菜单中的子菜单项，如图 1-30 所示。

　　方法 2：在状态栏中单击【切换工作空间】按钮，在弹出的菜单中选择相应的子菜单项，如图 1-31 所示。

　　　　　　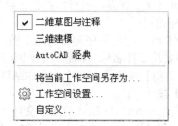

图 1-30　AutoCAD 2009 工作空间下拉菜单　　　　图 1-31　AutoCAD 2009 切换空间下拉菜单

　　AutoCAD 2009 以前的版本启动后默认的背景颜色是黑色，线条的颜色是白色，如果用户习惯了以前的版本，可以把背景修改成黑色，这样所绘制的线条就是白色了。

　　把界面背景反黑的具体操作步骤如下。

　　步骤 1：默认情况下，启动 AutoCAD 2009 之后的图形视图是白色的，如果要想将其变为黑色，则可在单击【菜单浏览器】按钮之后，再选择【选项】菜单项，在弹出的【选项】对话框中进行相应设置，如图 1-32 所示。

　　步骤 2：选择【选项】对话框中的【显示】选项卡，如图 1-33 所示。

　　　　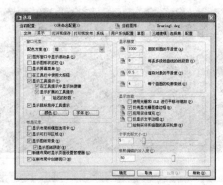

图 1-32　【选项】对话框　　　　　　　　图 1-33　【显示】选项卡

步骤 3：单击"窗口元素"选项组中的【颜色】按钮，即可弹出【图形窗口颜色】对话框，如图 1-34 所示。

步骤 4：选择"上下文"下的"二维模型空间"选项，选择"界面元素"下的"统一背景"选项，单击"颜色"下拉列表框并选择"黑色"选项，如图 1-35 所示。

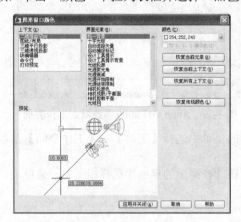
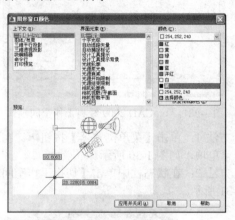

图 1-34　【图形窗口颜色】对话框　　　　　图 1-35　选择背景颜色为黑色

步骤 5：单击【应用并关闭】按钮返回【选项】对话框之后，单击【确定】按钮，即可完成反黑设置。此时的 AutoCAD 主窗口背景已经被反黑设置了，如图 1-36 所示。

AutoCAD 工作界面包括标题栏、菜单栏、工具栏、绘图窗口和命令行等，其主要功能如下。

1．标题栏

标题栏位于应用程序窗口的最上面，用于显示 AutoCAD 2009 的版本信息，以及当前正在运行的程序名及文件名称。标题栏右侧的 3 个按钮分别是【最小化】按钮、【最大化/还原】按钮和【关闭】按钮。同时，AutoCAD 2009 新增了【搜索】按钮、【通讯中心】按钮、【收藏夹】按钮。

如果是 AutoCAD 默认的图形文件，其名称为 DrawingN.dwg（N 是数字）。单击标题栏右端的按钮，可以最小化、最大化或关闭应用程序窗口。分别单击【搜索】按钮、【通讯中心】按钮和【收藏夹】按钮，即可完成相应功能的操作。

2．菜单栏

菜单栏位于标题栏的下面，AutoCAD 2009 的菜单栏中共包含 11 个主菜单命令，通过使用菜单，用户几乎能够实现 AutoCAD 中的全部功能，单击【菜单浏览器】按钮，即可打开主要包含有【文件】、【编辑】、【视图】、【插入】、【格式】、【工具】、【绘图】、【标注】、【修改】、【窗口】和【帮助】等的主菜单项，如图 1-37 所示。

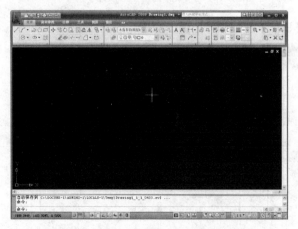

图 1-36　反黑设置后的 AutoCAD 主窗口　　　　图 1-37　AutoCAD 2009 中的下拉菜单

在每个主菜单项中都有一个用括弧方式标注的字母，用户只要按住键盘上的 Alt 键并按相应的字母键，就可以打开相应主菜单项中所包含的下拉菜单项。

【提示】

打开菜单后，如果某些菜单项后面有省略号"…"，则表示选择该菜单项将会打开相应的对话框。如果某些菜单项后面有箭头，则表示该菜单还有下一级菜单项。另外，如果对菜单比较熟悉，可以在"搜索菜单"框中直接输入菜单的名称，也可快速打开菜单项，如图 1-38 所示。

3．快捷菜单

快捷菜单又称为上下文相关菜单。当用户在绘图区域、工具栏、状态行、【模型】与【布局】选项卡以及一些对话框上右击时，都会弹出一个快捷菜单，其中的命令与 AutoCAD 当前状态相关。使用快捷菜单可以在不启动菜单栏的情况下快速、高效地完成某些操作。

右击图形区中的空白处，即可弹出如图 1-39 所示的快捷菜单；右击图形区内的对象，即可弹出如图 1-40 所示的快捷菜单。

图 1-38　AutoCAD 2009 中的搜索菜单　　图 1-39　图形区快捷菜单　　图 1-40　图形对象快捷菜单

4．工具栏

工具栏是应用程序调用命令的另一种方式，它包含许多由图标表示的命令按钮。在 AutoCAD 中，系统共提供了 20 多个已命名的工具栏。

默认情况下，"标准"、"属性"、"绘图"和"修改"等工具栏处于打开状态。如果要显示当前隐藏的工具栏，可在任意工具栏上右击，此时将弹出一个快捷菜单，通过选择命令可以显示或关闭相应的工具栏，如图 1-41 所示。

图 1-41　AutoCAD 2009 的工具栏

另外，还有很多工具栏处于关闭状态，需要时可通过单击【菜单浏览器】按钮，选择【视图】→【工具栏】菜单项，在如图 1-42 所示的【自定义用户界面】对话框中进行设置来打开。

5．绘图窗口

绘图窗口是用户在设计和绘制 CAD 图形时最为关注的区域，所有的绘图结果都反映在这个窗口中。如果自己绘制的图形较大或复杂，则可以根据需要关闭其周围和里面的各个工具栏，以增大绘图空间。绘图区域可以随意扩展，当需要查看未显示的图形时，可以单击窗口右边与下边滚动条上的箭头，或拖动滚动条上的滑块来移动图纸，还可以通过缩放、平移等命令来控制图形的显示。

在绘图窗口中除显示当前的绘图结果外，还显示了当前使用的坐标系类型，以及坐标原点、X 轴、Y 轴的方向等。默认情况下，坐标系为世界坐标系（WCS）。绘图窗口的下方有【模型】和【布局】选项卡，单击其标签可以在模型空间或图纸空间之间进行切换，如图 1-43 所示。

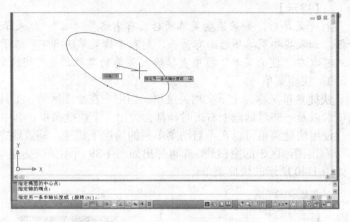

图 1-42　【自定义用户界面】对话框　　　　　　　图 1-43　AutoCAD 2009 的绘图窗口

6. 命令行与文本窗口

命令行窗口位于绘图区域的下方，用于接收用户输入的命令，并显示 AutoCAD 的系统信息，提示用户进行相应的命令操作，如图 1-44 所示。

图 1-44　AutoCAD 的命令行窗口 1

在 AutoCAD 2009 中，命令行窗口可以拖放为浮动窗口，如图 1-45 所示。

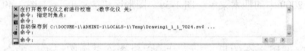

图 1-45　AutoCAD 的命令行窗口 2

AutoCAD 文本窗口是记录 AutoCAD 命令的窗口，也是放大的命令行窗口，在该窗口中记录了已执行的命令，也可用来输入新命令。可通过单击【菜单浏览器】按钮，选择【视图】→【显示】→【文本窗口】菜单项，或者执行"TEXTSCR"命令或按 F2 键，来打开 AutoCAD 文本窗口，它记录了对当前文档的所有操作，如图 1-46 所示。

图 1-46　AutoCAD 的文本窗口

【提示】

通过 AutoCAD 2009 的动态输入功能，用户在命令行中输入命令时不必区分大小写，还可以简写一些命令。如 Line 和 line 是一样的，还可以简写为 L 或 l。

7. 状态栏

状态栏位于 AutoCAD 工作界面的底部，用来显示 AutoCAD 的当前状态，其左边显示的是光标位置的坐标，右边显示光标捕捉模式、栅格模式、正交模式、当前图形的空间状态等信息。

在绘图窗口中移动光标时，状态行的坐标区将动态地显示当前的坐标值。坐标显示取决于所选择的模式和程序中运行的命令，共有"相对"、"绝对"和"无"3 种模式。

状态行中还包括如"捕捉"、"栅格"、"正交"、"极轴"、"对象捕捉"、"对象追踪"、"DUCS"、"DYN"、"线宽"、"模型"（或"图纸"）等 10 个功能按钮，如图 1-47 所示。

1050.0000, 840.0000 , 0.0000

图 1-47　状态行中的功能按钮

1.1.3　AutoCAD 2009 的坐标系统

设计一个图形最重要的依据就是所创建图形的精确度，使用计算机绘图的关键是精确给出输入点的坐标，而 AutoCAD 提供的坐标系就可以用来准确地设计并绘制图形。

在 AutoCAD 2009 中，坐标系分为世界坐标系（WCS）和用户坐标系（UCS），这两种坐标系下都可以通过坐标（x,y）来精确定位点，点的坐标则可以使用绝对直角坐标、绝对极坐标、相对直角坐标和相对极坐标 4 种方法表示，并且都有各自的特点。在实际的设计过程中最常用到的两种表示点坐标的方法是相对直角坐标和相对极坐标。

下面对 AutoCAD 坐标系统中所使用的坐标概念进行简单的介绍。

1. 世界坐标系（WCS）

系统初始设置的坐标系为世界坐标系，坐标原点位于屏幕绘图窗口的左下角，固定不变，世界坐标系的坐标轴交汇处有口形状的标记。世界坐标系中的所有位置都是相对于坐标原点的，而且规定 X 轴正方向和 Y 轴正方向为坐标系的正方向，如图 1-48 所示。

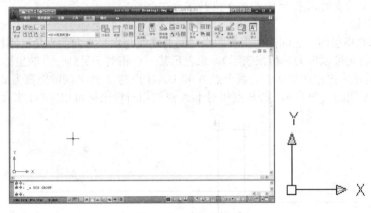

图 1-48　世界坐标系

2. 用户坐标系（UCS）

用户可以使用 UCS 命令创建用户坐标系以适应绘图需要，系统变量 UCSICON 控制坐标系图标的显示，其坐标原点可以定义在世界坐标系中的任意位置，坐标轴与世界坐标系也可以成任意角度。用户坐标系的坐标轴交汇处没有口形状的标记，如图 1-49 所示。

3. 直角坐标系

直角坐标系是由 X、Y、Z 这三个轴构成的，以坐标原点（0，0，0）为基点，由于创建的图形都基于 XY 平面，其中 X 的值表示距原点的水平距离，Y 的值表示距原点的垂直距离，而 Z 轴坐标为 0，所示可以省略 Z 值。在 AutoCAD 中，直角坐标系的 3 个坐标值之间必须用逗号分隔，图 1-50 所示是一个二维的直角坐标系。

4. 极坐标系

极坐标系是由一个极点和一个极轴构成的，极轴的方向为水平向右。以原点（0，0）为基点，其中角度以水平向右 0°方向，逆时针计量角度。极坐标的表示方法是（距离<角度），中间用小

于号"<"分隔。

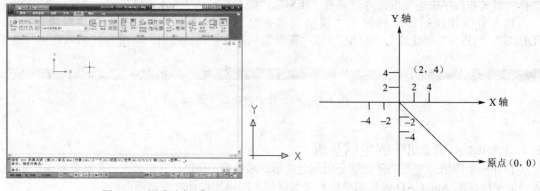

图 1-49　用户坐标系　　　　　　　　　　　图 1-50　二维直角坐标系

5. 相对直角坐标

相对直角坐标是指用水平距离和垂直距离（刚接触 AutoCAD 时，可以简单地将距离理解为以毫米为单位）来表示某一点相对于另外一点的坐标。

例如：在平面上有 A 和 B 两个点，B 点相对于 A 点的水平距离为 x，垂直距离为 y，则 B 点相对于 A 点的相对直角坐标可用@x,y 来表示，如图 1-51 所示。

【注意】

在表示相对直角坐标时，一定要在前面加上@符号，且 x 与 y 之间要用逗号隔开，当 x 为正时，表示 B 点在 A 点的右方；当 x 为负时，表示 B 点在 A 点的左方；当 y 为正时，表示 B 点在 A 点的上方；当 y 为负时，表示 B 点在 A 点的下方。

6. 相对极坐标

相对极坐标是指用两点之间的距离和两点之间的连线与水平方向的夹角（刚接触 AutoCAD 时，可以简单地将角度以度为单位来表示），来表示某一点相对于另外一点的坐标。

如图 1-52 所示，假定在平面上有两个点 A 和 B，B 点与 A 点之间的距离为 d，B 点与 A 点的连线 BA 与水平线的夹角为 a，则 B 点相对于 A 点的相对极坐标可用@d<a 来表示。

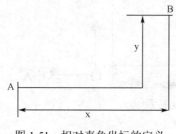 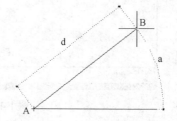

图 1-51　相对直角坐标的定义　　　　　　图 1-52　相对极坐标的定义

【注意】

在表示相对极坐标时，一定要在前面加上@符号（这一点与相对直角坐标类似），且距离与角度之间必须用小于号"<"隔开。

在 AutoCAD 2009 默认工作模式下，在绘图区域的左下角有一个坐标系图标，该图标带有两个箭头及 X、Y 方向提示符，若用户不习惯这个坐标系，可以自己创建一个坐标系。

创建坐标系的方法如下。

● 单击【菜单浏览器】按钮，在弹出的菜单中选择【工具】→【新建 UCS】菜单的子菜单项，如图 1-53 所示。

● 选择【功能区】选项板中的【视图】选项卡，在 UCS 面板中单击相应的按钮，如图 1-54 所示。

按照上述方法创建好一个用户坐标之后，还可以对所创建的用户坐标进行设置，具体的操作步骤如下。

步骤1：单击【菜单浏览器】按钮▲，在弹出的菜单中选择【工具】→【命名UCS】菜单项，即可打开【UCS】对话框，如图1-55所示。

图1-53　新建UCS命令菜单　　　图1-54　UCS【视图】面板　　　图1-55　【命名UCS】选项卡

【注意】

还可以选择【功能区】选项板中的【视图】选项卡，在UCS面板中单击【已命名】按钮来打开【UCS】对话框。

步骤2：在【UCS】对话框中选择【命名UCS】选项卡。在"当前UCS"列表框中选择"世界"、"上一个"或"未命名"选项，单击【置为当前】按钮，即可将其置为当前坐标系，如图1-56所示。

步骤3：在【UCS】对话框中单击【详细信息】按钮，即可打开【UCS详细信息】对话框，在其中查看当前所创建的坐标系的详细信息，如图1-57所示。

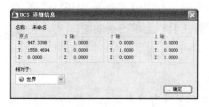

图1-56　用户自定义坐标系　　　　图1-57　【UCS详细信息】对话框

步骤4：在【UCS】对话框中选择【正交UCS】选项卡，可以从"当前UCS"列表框中选择需要使用的正交坐标系，如俯视、仰视、左视、右视、主视和后视等，如图1-58所示。

步骤5：在【UCS】对话框中选择【设置】选项卡，其中包括"UCS图标设置"选项组和"UCS设置"选项组，在其中根据实际情况选中相应的复选框，如图1-59所示。

图1-58　【正交UCS】选项卡　　　　图1-59　【设置】选项卡

步骤 6：在设置完毕之后，单击【确定】按钮，即可保存所有设置并关闭【UCS】对话框。至此，一个完整的用户自定义坐标系即创建并设置完成了。

1.1.4 AutoCAD 2009 的帮助功能

用户在学习和使用 AutoCAD 2009 的过程中，肯定会遇到一些自己无法解决的问题和困难，这时就可以调用 AutoCAD 2009 软件的帮助系统，善用这些帮助可以解决学习过程中的问题。在 AutoCAD 2009 中，可以通过如下几种方法激活帮助系统。

方法 1：在 AutoCAD 2009 系统默认的工作界面中，单击【菜单浏览器】按钮，在弹出的菜单中选择【帮助】→【帮助】菜单项，即可打开【AutoCAD 2009 帮助】窗口，如图 1-60 所示。

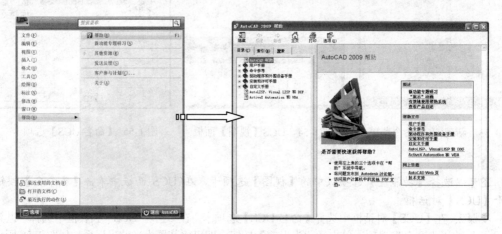

图 1-60   打开【AutoCAD 2009 帮助】窗口

方法 2：直接按下 F1 功能键，也可以激活帮助窗口。

方法 3：在命令行中输入命令"HELP"或"?"号之后，按 Enter 键也可打开帮助窗口。

方法 4：在工具栏上单击帮助图标 ?，也可打开【AutoCAD 2009 帮助】窗口。

【提示】

用户可以利用该窗口来获取具体的帮助信息，在此窗口中有【目录】、【索引】、【搜索】3 个选项卡，而且每个选项卡中都包含有相应的说明性内容。展开这些选项卡可进行学习和疑难解答。

当用户在实际操作中遇到某一个具体命令但不知道如何解释该命令时，则可通过【目录】、【索引】或【搜索】3 个选项卡来手动定位到该命令的解释部分。

图 1-61   定位【AutoCAD 2009 帮助】窗口

利用下面的方法可以方便地对具体命令进行定位查找。首先激活需要获取帮助的命令，例如创建直线段"LINE"命令，此时命令行提示：

命令：_line 指定第一点：

在此状态下单击【菜单浏览器】按钮，在其中选择【帮助】→【帮助】菜单项，即可打开【AutoCAD 2009 帮助】窗口，且定位到解释"LINE"命令的位置，以方便用户查看，拖动窗口中的滚动条，可看到指导用户如何使用该命令的简明扼要的信息等，如图 1-61 所示。

此外，AutoCAD 2009 的帮助系统中还集中了一些其他帮助功能：新功能专题研习，详细讲解了新增功能的使用方法；客户参与计划，通过参加客户参与计划可以帮助 Autodesk 设计新功能和改善现有功能；发送反馈，通过 Autodesk.com 网址向总部反馈信息；其他资源，包含有支持知识库、联机培训资源、联机开发人员中心、开发人员帮助等信息，根据实际需要可选择相应的资源进行学习。

1.2　AutoCAD 2009 绘图准备

通常情况下，安装好 AutoCAD 2009 后就可以在其默认设置下绘制图形了，但在用户正式开始创建和绘制图形之前，需要先了解图形文件的一些相关操作方式，如图形文件的建立、打开和保存等。

1.2.1　建立新的图形文件

在 Windows XP 系统桌面上双击 AutoCAD 2009 的快捷方式图标，启动 AutoCAD 2009 应用程序，在其正常运行状态下，可执行如下操作建立新的图形文件。

步骤 1：在 AutoCAD 2009 操作界面中单击【菜单浏览器】按钮 ，在弹出的菜单中选择【文件】→【新建】菜单项，即可打开【选择样板】对话框，如图 1-62 所示。

【注意】

除利用上述方法可打开【选择样板】对话框外，还可以在快速访问工具栏中单击【新建】按钮 ，或在命令行中输入 "NEW"（大小写不分）命令之后再按 Enter 键，或使用快捷键 Ctrl + N。

步骤 2：在【选择样板】对话框中选择一个已经设置好的空白样板，比如选择 "acad3D"，此时在 "预览" 选项区域中将会显示出此样板的预览图像，单击【打开】按钮，即可创建一个三维的图形文件，如图 1-63 所示。

图 1-62　【选择样板】对话框

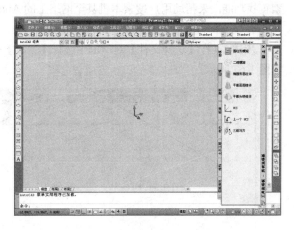

图 1-63　新创建的三维图形文件

1.2.2　打开已创建的图形文件

在多数情况下，用 AutoCAD 来绘制一个复杂的图形很难一次性完成，或对已经制作好的图形想要进行修改，这就需要打开已经存在的 CAD 图形文件了，因此在启动 AutoCAD 2009 应用程序之后，并在其正常运行状态下，可执行如下操作来打开已经存在的图形文件。

步骤 1：在 AutoCAD 2009 操作界面中单击【菜单浏览器】按钮 ，在弹出的菜单中选择【文件】→【打开】菜单项，即可打开【选择文件】对话框，如图 1-64 所示。

【注意】

　　除利用上述方法可打开【选择文件】对话框外，还可在快速访问工具栏中单击【打开】按钮 📂，或在命令行中输入 "OPEN"（大小写不分）命令之后再按 Enter 键，或使用快捷键 Ctrl + O。除上述所有方法外，还可通过在【最近使用的文档】菜单项中找到最近打开过的图形文件，如图 1-65 所示。

图 1-64　【选择文件】对话框

图 1-65　【最近使用的文档】菜单项

　　步骤 2：在【选择文件】对话框中选择一个已经存在的图形文件，比如选择 "5"，此时在 "预览" 选项区域中将会显示出此图形文件的预览效果，单击【打开】按钮，即可打开 "5" 图形文件，如图 1-66 所示。

　　如果不知道想要打开的图形文件存储在计算机中的什么位置，则可使用 AutoCAD 2009 提供的搜索查找功能，来帮助用户搜索本机甚至网络上的 AutoCAD 文件和图形。

　　使用文件搜索功能打开文件的操作步骤如下。

　　步骤 1：在【选择文件】对话框中选择【工具】→【查找】菜单项，即可打开【查找】对话框，如图 1-67 所示。

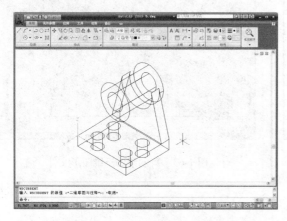

图 1-66　"5" 图形文件窗口

图 1-67　【查找】对话框

　　步骤 2：在 "名称" 列表框中输入想要搜索的文件名称，这里支持通配符。在 "类型" 列表框中选择需要搜索文件的格式，这里提供了 4 种格式，即 "图形（*.dwg）"、"标准（*.dws）"、"DXF（*.dxf）" 和 "图形样板（*.dwt）"。在 "查找范围" 下拉列表框中选择搜索的路径。

　　步骤 3：在设置完毕之后，单击【开始查找】按钮，稍等片刻即可得到搜索结果，如图 1-68 所示。如果单击【新搜索】按钮，则可开始一个新的查找操作。在搜索结果中双击该文件，则可返回【选择文件】对话框。再单击【打开】按钮，即可打开该图形文件。

1.2.3 保存已创建的图形文件

在完成了图形编辑工作或需要将未完成的图形设计存储起来时，就需要将该图形文件保存起来。在AutoCAD 中提供了自动保存、备份文件和其他保存等功能，一般都将文件保存为.dwg 形式。

创建或编辑完图形文件之后，可以执行如下操作来保存图形文件。

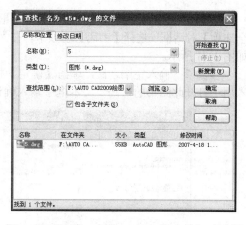

图 1-68 【查找：名为*5*.dwg 的文件】对话框

步骤 1：在 AutoCAD 2009 操作界面中单击【菜单浏览器】按钮，在弹出的菜单中选择【文件】→【保存】菜单项，即可打开【图形另存为】对话框，如图 1-69 所示。

【注意】

除利用上述方法可打开【图形另存为】对话框外，还可以在快速访问工具栏中单击【保存】按钮，或在命令行中输入 "QSAVE"（大小写不分）命令，或使用快捷键 Ctrl + S。如果不是第一次保存文件，则执行保存命令后将不再出现【图形另存为】对话框，而是把当前编辑的已命名的图形以原文件名存入硬盘中。

步骤 2：在该对话框中指定文件名并选择文件保存路径之后，单击【保存】按钮，即可将当前的图形文件保存起来。

由于 AutoCAD 在运行过程中可能会遇到死机、停电等意外情况，而且有的用户又不习惯经常保存文件，因此系统提供了自动保存的功能。

设置自动保存图形文件的操作步骤如下。

步骤 1：在 AutoCAD 2009 的主窗口中单击【菜单浏览器】按钮，在弹出的菜单中选择【选项】菜单项，即可打开【选项】对话框。

步骤 2：选择【打开和保存】选项卡，在"文件安全措施"选项组的"保存间隔分钟数"文本框中输入适当的间隔时间，例如 5 分钟或 10 分钟等，再选中"自动保存"复选框，如图 1-70 所示。

图 1-69 【图形另存为】对话框

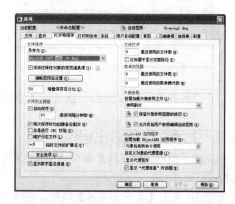

图 1-70 【选项】对话框

步骤 3：单击【确定】按钮完成设置，系统将会每隔 5 分钟或 10 分钟自动保存图形。

如果用户不希望某些图形文件被别人看到，则可以在保存文件时使用密码保护功能来对文件进行加密。对文件加密的操作步骤如下。

步骤 1：在打开的【图形另存为】对话框中，选择【工具】→【安全选项】菜单项，打开【安全选项】对话框，选择【密码】选项卡，在"用于打开此图形的密码或短语"文本框中输入密码，如图 1-71 所示。

步骤 2：输入完毕之后，单击【确定】按钮，即可打开【确认密码】对话框，并在"再次输入用于打开此图形的密码"文本框中输入确认密码，如图 1-72 所示。

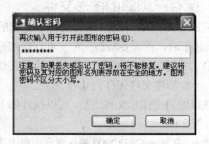

图 1-71 【安全选项】对话框   图 1-72 【确认密码】对话框

步骤 3：在输入完毕之后，再次单击【确定】按钮，即可完成对图形文件的加密操作。

【注意】

对于加密的图形文件，如果想再次打开该文件，则会在打开该文件之前打开【密码】对话框，输入正确的密码之后才能打开，否则将打不开该图形文件。

步骤 4：在【安全选项】对话框中单击【高级选项】按钮，在打开的【高级选项】对话框中可根据实际需要选择密钥的长度（可选择 40 位、128 位等）和其他选项，如图 1-73 所示。

步骤 5：如果用户想要识别绘图文件是不是正式版本，或想要设置一下保存文件者及文件保存时间的相关信息，则可在如图 1-71 所示的【安全选项】对话框中选择【数字签名】选项卡，再进行相应的设置操作即可，如图 1-74 所示。

图 1-73 【高级选项】对话框   图 1-74 【数字签名】选项卡

用户必须拥有一个数字 ID（认证）才能附加数字签名，数字 ID 可通过认证授权获得。

1.2.4 关闭文件和退出程序

在完成了图形编辑工作并保存该文件之后，就可以关闭该图形文件了。关闭图形文件的方法有如下几种。

方法 1：单击【菜单浏览器】按钮，在弹出的菜单中选择【文件】→【关闭】菜单项，即可关闭当前图形文件。

方法 2：在绘图窗口中单击【关闭】按钮，即可关闭当前图形文件。

方法 3：在命令行中运行"CLOSE"（大小写不分）命令，即可关闭当前图形文件。

执行"CLOSE"命令后，如果当前图形没有保存，系统将弹出 AutoCAD 警告对话框（如图 1-75

所示），询问是否保存文件。单击【是】按钮或直接按 Enter 键，可以保存当前图形文件并将其关闭；单击【否】按钮，可以关闭当前图形文件但不保存；单击【取消】按钮，取消关闭当前图形文件操作，既不保存也不关闭。

当执行完所有的设计任务之后，如果想退出 AutoCAD 2009，则可直接单击窗口右上角的【关闭】按钮 ，或单击【菜单浏览器】按钮，在弹出的菜单中单击【退出 AutoCAD】按钮 ，即可退出 AutoCAD 2009 应用程序。

图 1-75　警告对话框

本章小结

本章主要介绍了 AutoCAD 2009 的特点和安装流程，展示了 AutoCAD 2009 的工作环境、工作界面、操作形式，以及 AutoCAD 2009 在进行图形绘制中的一些基本操作。希望用户在对本章进行学习的过程中能够牢牢掌握这些基本知识，为后面内容的学习奠定一个良好的基础。

习题与动手操作

1. 填空题

（1）CAD 的英文全称是_____，中文含义是_____。

（2）标题栏位于应用程序窗口的最上面，用于显示 AutoCAD 2007 的_____，以及当前正在运行的程序名及_____。

（3）中文版 AutoCAD 2009 为用户提供了_____、_____和_____3 种工作空间模式。

（4）在 AutoCAD 2009 的标题栏上除了【最小化】按钮、【最大化/还原】按钮和【关闭】按钮外，又新增了_____、_____和_____。

（5）打开菜单后，如果某些菜单项后面有省略号"…"，则表示_____。

（6）在【AutoCAD 2009 帮助】窗口的左侧窗格中提供了_____、_____和_____3 个选项卡进行信息的查询。

（7）在各个视图中以_____为基准，_____在主视图的正下方，左视图在主视图的_____。

（8）在 AutoCAD 中提供了_____、_____和其他保存等功能，一般都将文件保存为_____形式。

（9）当用户在实际操作中遇到某一个具体命令但不知道如何解释该命令时，则可通过_____、【索引】或_____3 个选项卡来手动定位到该命令的解释部分。

（10）在 AutoCAD 2009 中，坐标系分为_____（WCS）和_____（UCS）。

2. 选择题

（1）创建新图形文件的命令是（　　）。

  A. STARTUP B. CREAT C. NEWSTARTUP D. NEW

（2）打开已创建图形文件的命令是（　　）。

  A. OPENTO B. OPEN C. OPENDWG D. DWGOPEN

（3）保存已创建图形文件的命令是（　　）。

  A. SAVETO B. SAVES C. SAVEDWG D. SAVE

（4）在 AutoCAD 2009 中，打开文本窗口的命令是（　　）。

  A. TABLE B. TABLEDIT C. TEXTSCR D. TEXTTOFRONT

（5）在 AutoCAD 2009 中，用户使用默认的正角度测量是按（　　）。

  A. 顺时针方向 B. 逆时针方向 C. 任意方向

（6）在某些菜单项后面有（　　），则表示该菜单还有下一级菜单项。

  A. 省略号 B. 箭头 C. 感叹号 D. 没有符号

（7）AutoCAD 文件名的默认扩展名为（   ）。

    A．*.dwg   B．*.dws   C．*.dxf   D．*.dwt

3．简答题

（1）简述启动 AutoCAD 2009 的方法。

（2）在 AutoCAD 2009 中，坐标系分为哪两种？分别简述各自的特点。

（3）创建新的图形文件的方法有哪些？

4．动手操作题

（1）启动 AutoCAD 2009，在其默认的工作空间模式中熟悉各种菜单及其组成。

（2）在 AutoCAD 2009 中，练习如何创建、打开、保存和关闭图形文件。

第2章

AutoCAD 2009 基本图形绘制

重点提示

♂ 基本图形的绘制

♂ 常用图形的绘制

本章精粹

绘图是 AutoCAD 的主要功能，本章主要讲解如何利用 AutoCAD 2009 来绘制基本图形和常用图形，通过本章的学习，读者应掌握如何在 AutoCAD 2009 中绘制二维图形对象等，例如绘制点对象，直线、射线和构造线以及矩形、正多边形，圆、圆弧、椭圆、椭圆弧等，还有对文字和表格对象的绘制。

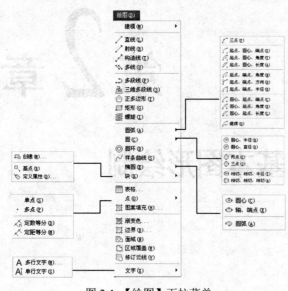

图 2-1 【绘图】下拉菜单

绘图是 AutoCAD 的主要功能，也是其最基本的功能，而任何复杂的图形都是由基本的点、线、面组成的，只要熟练掌握这些基本图形的绘制方法，就能够更好地绘制出复杂的图形。

众所周知，在 AutoCAD 2009 中二维平面图形的形状很简单，创建起来也很容易，它们是整个 AutoCAD 的绘图基础，因此，用户必须熟练地掌握二维平面图形的绘制方法和技巧。利用 AutoCAD 2009 的【绘图】菜单绘制图形是最基本、最常用的方法，其中包含了 AutoCAD 2009 的大部分绘图命令。选择该菜单中的命令或子命令，可绘制出相应的二维图形对象。【绘图】下拉菜单如图 2-1 所示。

2.1 基本的图形绘制

使用 AutoCAD 来绘制基本的图形其实并不难，因为 AutoCAD 的功能设计比较人性化，每一步操作都会有提示指导。就算某个命令从未使用过，用户只要根据提示一步一步做下去，也可完成相应的设计操作。另外，AutoCAD 2009 常采用命令行工作机制来绘图，以实现用户与系统的信息交互，这种方法快捷、准确性高，但要求用户掌握绘图命令及选择项的具体功能。

2.1.1 各种线条的绘制

线条是构成图形的基本要素。线条又分为直线、曲线两种，各种物体都是用不同粗细的线条勾勒出来的。基本的线条包括圆形线、曲线、弧线、直线、斜线、纵横交叉线等。在 AutoCAD 中，绘制线条命令主要有绘制直线、构造线、折线、样条曲线、多段线、多线等，如图 2-2 所示。用户使用这些命令可以绘制出不同形状的线条，同时还可以设置线条的颜色、线宽、线型（如连续线、点划线、虚线等）等属性。

1. 直线

直线是空间中任意两点的连线并向两边无限延伸所得到的图形。在绘图领域，直线是构成各种图形的最基本图形元素，用户只要指定了空间中的任意两点，就可以绘制出一条直线。在 AutoCAD 中，直线的第一个点可以在

图 2-2 绘制线条的工具

二维坐标（x,y）或三维坐标（x,y,z）中来指定。如果是在二维坐标中输入，AutoCAD 将会用当前的高度作为 Z 轴坐标值（默认值为 0）；如果是在三维坐标中输入，Z 轴的坐标值则可以任意设定。

【注意】

由于直线是向两边无限延伸的，所以日常生活中所看到的直线并不是真正的直线，而是概念

上的直线，利用绘图工具绘制出的直线一般是一条有长度的线段。

调用绘制直线命令的方法有如下几种。

方法1：单击【菜单浏览器】按钮▲，选择【绘图】→【直线】菜单项。

方法2：单击"绘图"工具栏上的【直线】按钮╱。

方法3：在命令行中输入命令"LINE"或者"L"后按 Enter 键。

下面以在二维坐标中绘制一条两个端点坐标分别是（100，200）和（200，400）的线段为例，来具体介绍直线绘图命令的使用方法。具体的操作步骤如下。

步骤1：在 AutoCAD 2009 主窗口的命令行中输入"LINE"后按 Enter 键，执行绘制直线命令。

步骤2："命令提示行"提示为"指定第一点："，此时输入坐标"100，200"后按 Enter 键。

步骤3："命令提示行"提示为"指定下一点或[放弃（U）]："，输入坐标"200，400"后按空格键或 Enter 键。

步骤4："命令提示行"提示为"指定下一点或[放弃（U）]："，按空格键或 Enter 键之后，即可结束直线绘制命令。

在完成上述操作之后，即可得到如图 2-3 所示的图形。

如果需要，还可以绘制一系列首尾相连的线段，其方法很简单，只需指定第一个坐标后再连续指定多个折点的坐标，最后按 Enter 键结束。当"命令提示行"提示为"指定下一点或[闭合（C）/放弃（U）]："时，输入"C"（大小写均可）并按空格键或 Enter 键，则可从当前点处画出一条线段至直线命令开始时的起始点，图形会自动闭合，如图 2-4 所示。

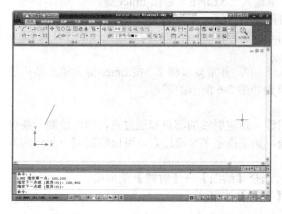

图 2-3　端点是（100，200）和（200，400）的线段　　　图 2-4　绘制封闭折线

【注意】

在绘制线段时，要注意线段的长度和方向。在作图时，为了作图准确，一定要使用相对直角坐标或相对极坐标的方法来输入第二个端点的位置，如图 2-5 所示。

直线命令是指画一系列首尾相连的直线段，每条线段都是独立的对象。在直线命令的执行过程中，如果要放弃所绘制的前一个线段，可在命令的执行过程中输入"U"并在按空格键或 Enter 键之后，继续绘制下一条线段。

如果已经执行过一次直线命令，则可在再次启动直线命令之后，在"命令/提示行"提示为"指定第一点："时，直接按空格键或 Enter 键，从绘制线段的最后端点处开始绘制新直线。在命令的执行过程中，如果想中止或取消正在执行的命令，只需简单地按 Esc 键即可，有时需按一次，有时需按两次或多次。

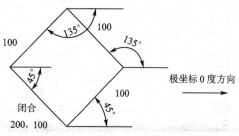

图 2-5　用相对极坐标方法绘制的图形

【注意】

可以通过按 Ctrl+Z 组合键（即同时按住 Ctrl 键和字母 Z 键）的方法来中止或取消一个命令，这样，上次做过的对象就取消了。

在 AutoCAD 中，除可以使用工具按钮的方法来启用删除命令之外，还可以用输入"E"或"ERASE"（大小写均可）并按空格键或 Enter 键的方法来代替，或选择【修改】菜单，选择【删除】菜单项来启用删除命令。

2. 构造线

构造线是一个没有起点也没有终点的直线，可以放置在三维空间的任何位置，主要用于绘制辅助线。在绘制辅助线时，最好将其绘在某一图层上，图形创建完成后，可以将该图层关闭，进而删除该构造线。

调用绘制构造线命令的方法有如下 3 种。

方法 1：单击【菜单浏览器】按钮 ，选择【绘图】→【构造线】菜单项。

方法 2：单击"绘图"工具栏上的【构造线】按钮 。

方法 3：在命令行中输入命令"XLINE"。

绘制构造线的命令格式为：

命令：_xline 指定点或 [水平（H）/垂直（V）/角度（A）/二等分（B）/偏移（O）]:

其中的"[水平（H）/垂直（V）/角度（A）/二等分（B）/偏移（O）]"是选择项，可以确定构造线的形式，增强绘制功能。

假定要绘制一条水平构造线和一条 30°的构造线，具体的操作步骤如下。

步骤 1：在 AutoCAD 2009 主窗口的命令行中输入"XLINE"后按 Enter 键。

步骤 2：根据命令行的提示，在视图中单击鼠标确定第一个点作为构造线的根。

步骤 3：根据命令行的提示，在视图中单击鼠标确定第二个点作为构造线经过的点，按 Enter 键。构造线即可创建完成。

步骤 4：重复操作步骤 1，输入"a"后输入"30"，并重复步骤 2，按 Enter 键，第二条构造线即可创建完成。在完成上述操作之后，即可得到如图 2-6 所示的图形。

3. 射线

射线是只有一个端点，另一端无限延伸的直线。指定射线的起点和通过点，即可绘制一条射线。在 AutoCAD 中，射线主要用于绘制辅助线，如果指定多个通过点，可以绘制同一起点的多条射线。调用绘制射线命令的方法有如下 3 种。

● 菜单方式　单击【菜单浏览器】按钮 ，选择【绘图】→【射线】菜单项。

● 工具栏方式　单击"绘图"工具栏上的【射线】按钮 。

● 命令方式　在命令行中输入命令"RAY"。

指定射线的起点之后，即可在"指定通过点"提示下指定多个通过点，绘制以起点为端点的多条射线，直到按 Esc 键或 Enter 键之后退出为止。

利用绘制射线命令所绘制的射线如图 2-7 所示。

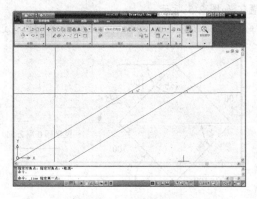

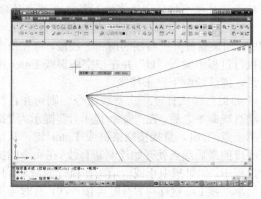

图 2-6　构造线图形　　　　　　　　　　　　图 2-7　射线图形

2.1.2 矩形的绘制

矩形分为很多种，常见的有倒角矩形、圆角矩形、有厚度的矩形等。在 AutoCAD 2009 中，调用绘制矩形命令的方法有如下 3 种。

方法 1：单击【菜单浏览器】按钮，在弹出的菜单中选择【绘图】→【矩形】菜单项。

方法 2：在"绘图"工具栏中单击【矩形】按钮□。

方法 3：在命令行中输入"RECTANG"或"REC"（大小写均可）命令。

通过设置参数，能够绘制出不同形状的矩形，如图 2-8 所示。

创建矩形时要指明两个对角点，创建对角点的方法有以下几种：在视图上单击鼠标创建对角点，也可以通过输入坐标参数的方式创建对角点。在创建第一个对角点后，还可以通过对矩形的长度和宽度的设置来指定第二个对角点。

下面对上述几种矩形的绘制举例进行说明。绘制如图 2-9 所示的普通矩形的命令如下。

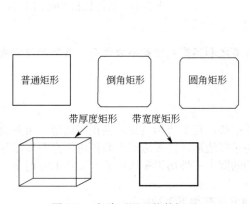

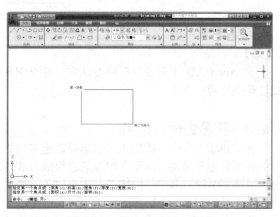

图 2-8　多种不同形状的矩形　　　　　　　　图 2-9　普通的矩形

命令: _rectang ↲

指定第一个角点或 [倒角（C）/标高（E）/圆角（F）/厚度（T）/宽度（W）]: 300,500 ↲

指定另一个角点或 [面积（A）/尺寸（D）/旋转（R）]: 500,200 ↲

绘制倒角矩形的命令如下。

命令: _rectang ↲

指定第一个角点或 [倒角（C）/标高（E）/圆角（F）/厚度（T）/宽度（W）]: c ↲

指定矩形的第一个倒角距离 <0.0000>: 30 ↲

指定矩形的第二个倒角距离 <20.0000>: 30 ↲

指定第一个角点或 [倒角（C）/标高（E）/圆角（F）/厚度（T）/宽度（W）]: 200,100 ↲

指定另一个角点或 [面积（A）/尺寸（D）/旋转（R）]: 300,200 ↲

绘制圆角矩形的命令如下。

命令: _rectang ↲

当前矩形模式: 倒角=20.0000 x 10.0000

指定第一个角点或 [倒角（C）/标高（E）/圆角（F）/厚度（T）/宽度（W）]: f

指定矩形的圆角半径 <20.0000>: 18

指定第一个角点或 [倒角（C）/标高（E）/圆角（F）/厚度（T）/宽度（W）]: 200,100 ↲

指定另一个角点或 [面积（A）/尺寸（D）/旋转（R）]: 300,200 ↲

绘制出的倒角和圆角矩形如图 2-10 所示。

在绘制矩形时，指定第一个角点之后，可以根据矩形的长度和宽度绘制矩形，绘制出的矩形如图 2-11 所示。

具体的操作命令如下。

命令: _rectang ↵

指定第一个角点或 [倒角（C）/标高（E）/圆角（F）/厚度（T）/宽度（W）]: 200,100 ↵

指定另一个角点或 [面积（A）/尺寸（D）/旋转（R）]: D↵

指定矩形的长度<100.0000>

指定矩形的宽度<200.0000>

图 2-10　倒角和圆角的矩形   图 2-11　指定长和宽的矩形

【注意】

　　在 AutoCAD 中创建矩形时要注意，两个倒角距离之和不能超过最小边之和，圆角半径不能超过最小边的一半。

2.1.3　正多边形的绘制

　　在 AutoCAD 中，绘制正多边形要确定多边形的中心，正多边形包括内接正多边形（由多边形中心到多边形顶角点间距离相等的边组成）和外切正多边形（由多边形中心到边中点距离相等的边组成）两种。其中，内接正多边形位于一个虚构的圆中；外切正多边形整个多边形外切于一个指定半径的圆。

　　在 AutoCAD 2009 中，调用绘制正多边形命令的方法有如下 3 种。

　　方法 1：单击【菜单浏览器】按钮📷，在弹出的菜单中选择【绘图】→【正多边形】菜单项来创建正多边形。

　　方法 2：在"绘图"工具栏中单击【正多边形】按钮⬠，来绘制出各种形式、各种边数的多边形。

　　方法 3：在命令行中输入"POLYGON"命令来绘制正多边形。

根据内切圆或外接圆的命令来画一个如图 2-12 所示的正多边形，具体的操作命令如下。

命令: _polygon 输入边的数目 <4>: 5 ↵

指定正多边形的中心点或 [边（E）]: 400,200 ↵

输入选项 [内接于圆（I）/外切于圆（C）] <I>: i ↵

指定圆的半径: 100 ↵

根据边画一个如图 2-13 所示的正多边形，具体的操作命令如下。

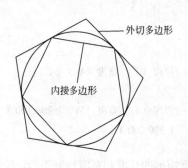

图 2-12　绘制内接或外切的多边形

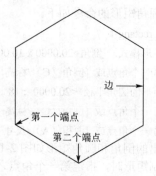

图 2-13　根据边画的正多边形

命令: _polygon 输入边的数目 <4>:6↵

指定正多边形的中心点或 [边（E）]: e↵

指定边的第一个端点: 200,100↵

指定边的第二个端点: 200,50↵

【注意】

正多边形的边数范围是 3~1024 条。在 AutoCAD 中，多边形是作为一个对象来处理的。如果要对正多边形的单条边进行编辑（如删除、移动、复制等），则必须预先对正多边形进行分解。

2.1.4 圆的绘制

AutoCAD 2009 绘制多种曲线对象的功能也是很强大的。用户可以很方便快捷地绘制各种曲线对象，如圆、椭圆、圆弧等。

1. 圆的画法

AutoCAD 中提供了多种创建圆的方法，可以通过指定圆心坐标、直径等来创建圆形对象。

在 AutoCAD 2009 中，调用绘制圆命令的方法有如下 3 种。

方法 1：单击【菜单浏览器】按钮，在弹出的菜单中选择【绘图】→【圆】菜单项来创建圆。

方法 2：在"绘图"工具栏中单击【圆】按钮，来绘制各种形式的圆。

方法 3：在命令行中输入"CIRCLE"命令来绘制圆。

在 AutoCAD 2009 中可以使用 6 种方法绘制圆，如图 2-14 所示。绘制圆的默认方法是：指定圆心和半径，如图 2-15 所示。

具体的操作命令如下。

命令: _circle 指定圆的圆心或 [三点（3P）/两点（2P）/相切、相切、半径（T）]: 400,100↵

指定圆的半径或 [直径（D）]: 100↵

其他绘制圆的方法还有 5 种，但常用的有 3 种，分别是根据圆心和直径绘制圆、根据直径端点绘制圆、根据圆上任意三点绘制圆。具体的操作命令如下。

根据圆心和直径绘制圆的画法如图 2-16 所示。

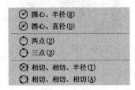  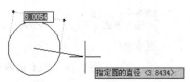

图 2-14 6 种绘制圆命令的菜单项　　图 2-15 指定圆心和半径绘制圆　　图 2-16 指定圆心和直径绘制圆

命令: _circle 指定圆的圆心或 [三点（3P）/两点（2P）/相切、相切、半径（T）]: 400,100↵

指定圆的半径或 [直径（D）] <100.0000>: d↵

指定圆的直径 <100.0000>: 200↵

根据直径端点绘制圆的画法如图 2-17 所示。

命令: _circle 指定圆的圆心或 [三点（3P）/两点（2P）/相切、相切、半径（T）]: 2p↵

指定圆直径的第一个端点: 200,100↵

指定圆直径的第二个端点: 400,200↵

根据圆上任意三点绘制圆的画法如图 2-18 所示。

命令: _circle 指定圆的圆心或 [三点（3P）/两点（2P）/相切、相切、半径（T）]: 3p↵

指定圆上的第一个点: 200,100↵

指定圆上的第二个点: 300,100↵

指定圆上的第三个点: 200,200↵

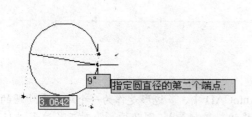
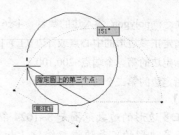

图 2-17　指定圆上两个端点绘制圆　　　　　　图 2-18　指定圆上三点绘制圆

最后两种绘制圆的方法是根据两个相切的对象和根据 3 个相切的对象来绘制圆,由于不经常使用,这里不再详细介绍,读者可以在以后的学习过程中逐步了解。

【注意】

在利用"相切、相切、半径"方法画圆时,需要注意的是所给出的圆的半径值不能太大或太小,否则无法画出圆。在利用"相切、相切、相切"方法画圆时,必须通过菜单来执行。

2．圆环和填充圆的绘制

在工程绘图中,圆环可以看作是由两个同心圆组成的图形,控制圆环的主要参数是圆心、内直径和外直径。如果将圆环的内直径设为 0,则圆环为填充圆;如果内直径与外直径相等,则圆环为普通圆。在创建圆环时,可以选择【绘图】→【圆环】菜单项,此时命令行将提示输入圆环的内径、外径,在指定圆环的中心点之后按 Enter 键,即可完成操作。

此外,如果在创建圆环之前在命令行内输入了"FILL"命令,则可以控制圆环或圆的填充可见性,如图 2-19 所示。"FILL"命令有"ON"和"OFF"两种模式可供选择,其中"ON"表示创建的圆环或圆要填充,"OFF"表示创建的圆环或圆不填充。通过两种不同的设置,可以绘制不同的圆环,如图 2-20 所示。

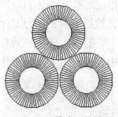

```
命令: fill
输入模式 [开(ON)/关(OFF)] <关>: on
命令:
```

（a）"ON"模式下的圆环　　（b）"OFF"模式下的圆环

图 2-19　FILL 的两种模式　　　　　　图 2-20　圆环示例

2.1.5　圆弧的绘制

在 AutoCAD 中有 11 种绘制圆弧的方法,不同的方法对应不同的参数,如图 2-21 所示。

在 AutoCAD 2009 中,调用绘制圆弧命令的方法有如下 3 种。

方法 1:单击【菜单浏览器】按钮 ,在弹出的菜单中选择【绘图】→【圆弧】菜单项来绘制各种形式的圆弧。

方法 2:在"绘图"工具栏中单击【圆弧】按钮 ,来绘制各种形式的圆弧。

方法 3:在命令行中输入绘制圆弧命令"ARC"来绘制圆弧。图 2-22 所示即是一个绘制出的圆弧。

在选择【绘图】→【圆弧】菜单项时,系统弹出 10 个有关绘制圆弧的菜单项,其中各个菜单的含义如下。

● 三点　三点确定一条弧。

● 起点、圆心、端点　以起点、圆心、端点绘制圆弧。

● 起点、圆心、角度　以起点、圆心、圆心角绘制圆弧。

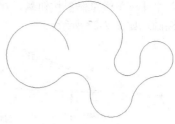

图 2-21 【圆弧】菜单项   图 2-22 绘制出的圆弧

- 起点、圆心、长度 以起点、弧心、弧长绘制圆弧。
- 起点、端点、角度 以起点、终点、圆心角绘制圆弧。
- 起点、端点、方向 以起点、终点、圆弧起点的切线方向绘制圆弧。
- 起点、端点、半径 以起点、终点、半径绘制圆弧。
- 圆心、起点、端点 以圆心、起点、终点绘制圆弧。
- 圆心、起点、角度 以圆心、起点、圆心角绘制圆弧。
- 圆心、起点、长度 以圆心、起点、弧长绘制圆弧。
- 继续 从上次绘制圆弧过程中最后确定的一点为新圆弧的起点，以最后所绘线或圆弧终点的切线方向为新圆弧在起始点处的切线方向绘制圆弧。

在执行绘制圆弧命令 "ARC" 的过程中会遇到一些参数选项，其各项参数所对应的对象如图 2-23 所示。

【注意】

默认状态下，创建圆弧时按逆时针方向旋转。如果想要创建一个顺时针旋转的圆弧，可指定一个负的弦长或负的角度。

圆弧的画法有很多，常用的画法有如下两种。

三点确定一条圆弧，如图 2-24 所示。

ARC 指定圆弧的起点或 [圆心（C）]: 200,100↙

指定圆弧的第二个点或 [圆心（C）/端点（E）]: 300,100↙

指定圆弧的端点: 200,200↙

以起点、圆心、端点绘制圆弧，如图 2-25 所示。

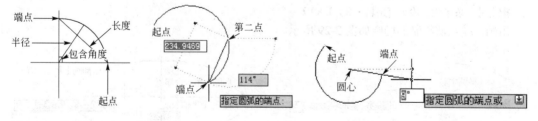

图 2-23 绘制圆弧的参数   图 2-24 三点确定一条圆弧   图 2-25 以起点、圆心、端点绘制圆弧

命令: _arc 指定圆弧的起点或 [圆心（C）]: c↙

指定圆弧的圆心: 200,100↙

指定圆弧的起点: 300,100↙

指定圆弧的端点或 [角度（A）/弦长（L）]: 100,100↙

2.1.6 椭圆和椭圆弧的绘制

要绘制椭圆，首先要了解一个椭圆对象的参数，如图 2-26 所示，熟悉了这些参数对于绘制椭圆很重要。在 AutoCAD 2009 中，调用绘制椭圆命令的方法有如下 3 种。

方法 1：单击【菜单浏览器】按钮，在弹出的菜单中选择【绘图】→【椭圆】菜单项来绘制各种形式的椭圆，如图 2-27 所示。

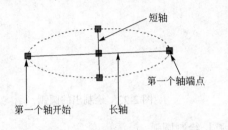

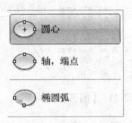

图 2-26　绘制椭圆的参数　　　　　　　图 2-27　椭圆绘制菜单

方法 2：在"绘图"工具栏中单击【椭圆】按钮，来绘制各种形式的椭圆。

方法 3：在命令行中输入命令"ELLIPSE"来绘制椭圆。

椭圆的绘制方法共有两种：圆心法和轴、端点法。

1. 圆心法

所谓圆心法，就是先确定椭圆中心的位置之后，再给出椭圆的一条轴的一个端点，最后再给出另一条半轴的长度。具体输入的命令如下。

命令：_ellipse↵

指定椭圆的轴端点或 [圆弧（A）/中心点（C）]：c↵

指定椭圆的中心点：200,100↵

指定轴的端点：300,100↵

指定另一条半轴长度或 [旋转（R）]：60↵

用圆心法绘制的椭圆如图 2-28 所示。

2. 轴、端点法

所谓轴、端点法，即先确定椭圆两条轴中任意一条轴的两个端点位置之后，再给出另一条半轴的长度。具体输入的命令如下。

命令：_ellipse↵

指定椭圆的轴端点或 [圆弧（A）/中心点（C）]：400,100↵

指定轴的另一个端点：600,100↵

指定另一条半轴长度或 [旋转（R）]：80↵

用轴、端点法绘制的椭圆如图 2-29 所示。

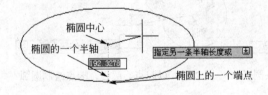

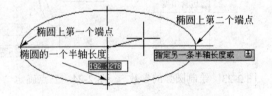

图 2-28　用圆心法绘制椭圆　　　　　　图 2-29　用轴、端点法绘制椭圆

在 AutoCAD 2009 中，调用绘制椭圆弧命令的方法有如下几种。

方法 1：单击【菜单浏览器】按钮，在弹出的菜单中选择【绘图】→【椭圆】→【椭圆弧】菜单项来绘制各种形式的椭圆弧，如图 2-27 所示。

方法 2：在"绘图"工具栏中单击【椭圆】按钮，再选择圆弧命令绘制椭圆弧。

方法 3：在命令行中输入命令"ELLIPSE"来绘制椭圆弧。

在 AutoCAD 2009 中，椭圆弧的绘图命令和椭圆的绘图命令都是"ELLIPSE"，但命令行的提示却有所不同。

绘制如图 2-30 所示椭圆弧的操作可参考如下命令进行。

命令：_ellipse ↵

指定椭圆的轴端点或 [圆弧（A）/中心点（C）]：_a↵

指定椭圆弧的轴端点或 [中心点（C）]：200,100↵

指定轴的另一个端点：400,100↵

指定另一条半轴长度或 [旋转（R）]：60↵

指定起始角度或 [参数（P）]：0↵

指定终止角度或 [参数（P）/包含角度（I）]：180↵

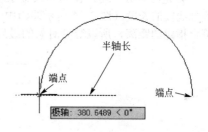

图 2-30　一个简单的椭圆弧

2.2　常用图形的绘制

常见的建筑或机械的工程图都是由点、线、弧等最基本的元素构成的。AutoCAD 中提供了一系列绘制这些元素的命令，熟练掌握这些绘制基本图形的方法，可以调整、绘制、编辑各种复杂的建筑施工图、机械构造图以及其他工程图形。

2.2.1　点的绘制与样式

在使用 AutoCAD 2009 绘图时，点非常重要，经常需要先指定对象的端点或中心点，作为绘图的辅助点或参照点，所以用户要熟练掌握点的绘制方法。

绘制的点默认情况下是个小圆点，不便于观察，用户可以根据需要设置点的类型与样式。单击【菜单浏览器】按钮，在弹出的菜单中选择【绘图】→【点样式】菜单项，即可打开【点样式】对话框，在其中可设置点的类型与尺寸，如图 2-31 所示。

根据实际需要用户可以创建不同的点，在创建点时，可以单击【菜单浏览器】按钮，在弹出的菜单中选择【绘图】→【点】菜单项中的【单点】、【多点】、【定数等分】、【定距等分】菜单项，实现点的多种创建方式，如图 2-32 所示。

下面将对各种创建点的方式进行详细说明。

● 单点　用户在选择该命令之后，只需在指定位置直接单击鼠标，就可以创建一个点了。同时，用户还可以通过直接输入坐标来创建单点。

● 多点　用户在选择该命令之后，可以在绘图区中的多个位置上单击鼠标，从而创建多个点。用户也可以通过输入坐标来创建多点。

● 定数等分　用户在选择该命令之后，命令行将提示选择需要定数等分的对象，并要求输入对该对象进行等分的数目（图 2-33 所示即为对圆进行 6 等分）。选择对象时需注意，对于直线或非封闭的多线段，起点是选择点最近的端点。而对于闭合的图形，起点是绘制图像的开始点。

图 2-31　【点样式】对话框

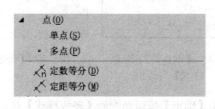

图 2-32　【点】菜单项

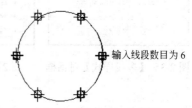

图 2-33　定数等分

● 定距等分　用户在选择该命令之后，命令行将提示选择需要定距等分的对象，并要求输入等分线段的长度（图 2-34 所示即为中轴以 5 为单位进行定距等分）。由于指定的对象不一定完全符合指定的距离，所以等分对象的最后一段通常比指定的间隔短。

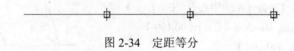

图 2-34　定距等分

2.2.2　多线与多段线的绘制

多线是一种由多条平行线组成的组合对象，这些平行线是通过【多线】工具一次绘制而成的，且平行线之间的间距和数目是可以调整的，常用于绘制建筑图中的墙体、电子线路图等平行线对象。在 AutoCAD 2009 中，调用绘制多线命令的方法有如下两种。

方法 1：单击【菜单浏览器】按钮，在弹出的菜单中选择【绘图】→【多线】菜单项来绘制多线。

方法 2：在命令行中输入绘制多线命令"MLINE"来绘制多线。

在调用绘制多线命令之后，命令行将显示如下提示信息。

命令：_mline

当前设置：对正 = 上，比例 = 20.00，样式 = STANDARD

指定起点或 [对正（J）/比例（S）/样式（ST）]：在此指定了起点和端点之后，即可绘制出一条多线。

由于多线是由两条或两条以上的平行直线组成的，且每条多线都对应一个已定义好的多线样式，所以在开始创建多线之前需要先设置多线样式，如选择多线的数目、给出多线指定比例因子等，下面以创建窗口线为例来介绍如何设置多线样式。

具体的操作步骤如下。

步骤 1：单击【菜单浏览器】按钮，在弹出的菜单中选择【格式】→【多线样式】菜单项或在命令行内输入"MLSTYLE"命令并按 Enter 键，即可打开【多线样式】对话框，如图 2-35 所示。

步骤 2：在其中单击【新建】按钮，即可打开【创建新的多线样式】对话框，在"新样式名"文本框中输入"窗口线"，如图 2-36 所示。

步骤 3：单击【继续】按钮，即可打开【新建多线样式：窗口线】对话框，在该对话框中用户可以设置新多线样式的封口、填充、图元等内容。在"说明"文本框内输入对该多线的说明，并在"图元"选项区中单击【添加】按钮，通过偏移功能设置直线的偏移量，分别是 180、60、–60、–180 个单位，如图 2-37 所示。

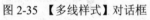

图 2-35　【多线样式】对话框　　　图 2-36　【创建新的多线　　　图 2-37　【新建多线样式：窗口线】
　　　　　　　　　　　　　　　　　　　样式】对话框　　　　　　　　　　　对话框

步骤 4：在设置完毕之后，单击【确定】按钮返回到【多线样式】对话框，即可发现在"样式"栏中多了一项"窗口线"，在下面的"预览"栏中显示了新设置的样式，如图 2-38 所示。

步骤 5: 再次单击【确定】按钮, 即可关闭【多线样式】对话框。选择【绘图】→【多线】菜单项, 在绘图窗口中单击一点, 就可以用新设置的多线样式绘制窗口线。

【注意】

在样式设置完毕之后, 如果想把新设置的样式保存起来, 只需在【多线样式】对话框中单击【保存】按钮即可; 用户如果想在其他图形中使用此样式, 则可以单击【加载】按钮, 将此样式加载到当前图形中, 并置于当前。此外, 还可以对多线样式进行置于当前、删除、重命名以及修改等操作。

多线编辑命令是一个专用于多线对象的编辑命令。单击【菜单浏览器】按钮，在弹出的菜单中选择【修改】→【对象】→【多线】菜单项, 即可打开【多线编辑工具】对话框。其中的各个图像按钮形象地说明了编辑多线的方法, 可根据需要进行设置, 如图 2-39 所示。

图 2-38　窗口线样式

图 2-39　【多线编辑工具】对话框

在 AutoCAD 2009 中执行多线命令时, 用户可根据命令行提示来设置多线的参数。在命令行中提示创建多线的方式有对正方式、比例和多线样式等。用户只需在选择某个选项之后, 在命令行内输入代表该选项的大写字母并按 Enter 键或右击鼠标, 从弹出的快捷菜单中选择所需选项即可。

在 AutoCAD 中, 多段线是一种非常有用的线段对象, 它是由多段直线段或圆弧段组成的一个组合体, 既可以一起编辑, 也可以分别编辑。用户可以为不同线段设置不同的宽度, 甚至每个线段的开始点和结束点的宽度都可以不同。

绘制多段线的具体操作步骤如下。

步骤 1: 在命令行内输入 "PLINE" 命令或单击【菜单浏览器】按钮，在弹出的菜单中选择【绘图】→【多段线】菜单项, 还可以在 "绘图" 工具栏中单击【多段线】按钮, 则命令行将提示用户需要指定多段线的起点。

步骤 2: 在屏幕上单击鼠标或者在命令提示行后输入坐标并按 Enter 键来指定一个起点后, 命令行将显示如下提示信息: 指定下一个点或 [圆弧 (A)/半宽 (H)/长度 (L)/放弃 (U)/宽度 (W)]:。

图 2-40　命令行提示 1

步骤 3: 在此提示后输入 "H" 并按 Enter 键, 这时命令行将提示用户需要输入起点半宽, 在该提示后输入 "50" 并按 Enter 键, 如图 2-40 所示。

步骤 4: 此时命令行将提示用户输入终点半宽, 在这里输入 "100" 并按 Enter 键之后, 命令行将显示指定下一点的提示信息, 在视图中单击鼠标来创建下一个点, 如图 2-41 所示。

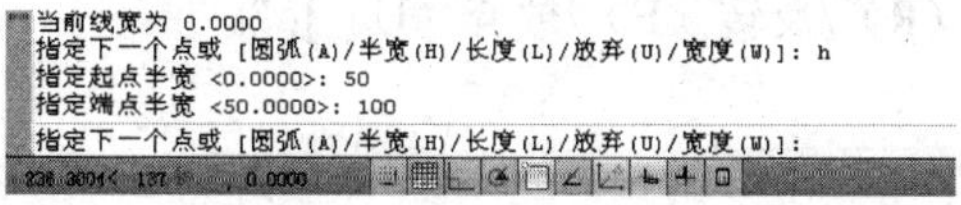

图 2-41　命令行提示 2

步骤 5：按 Enter 键退出命令编辑状态之后，在当前绘图区中就可以出现一条有一定线宽的多段线了，如图 2-42 所示。

图 2-42   有一定线宽的多段线

2.2.3   样条曲线的绘制

样条曲线是一种通过或接近指定点的拟合曲线，具有单一性，主要由数据点、拟合点和控制点控制。其中，数据点在创建样条曲线时由用户指定，拟合点由系统自动生成，控制点在创建样条曲线时指定，这些点主要用于编辑样条曲线。其适于表达具有不规则变化曲率半径的曲线。在 AutoCAD 2009 中，调用绘制样条曲线命令的方法有如下 3 种。

方法 1：单击【菜单浏览器】按钮，在弹出的菜单中选择【绘图】→【样条曲线】菜单项来绘制样条曲线。

方法 2：在"绘图"工具栏中单击【多线】按钮，来绘制各种形式的样条曲线。

方法 3：在命令行中输入绘制样条曲线命令"SPLINE"来绘制样条曲线。

此时，命令行将显示"指定第一个点或 [对象（O）]:"提示信息。当选择"对象（O）"时，可以将多段线转换成样条曲线。默认情况下，用户可以指定样条曲线的起点，然后再指定样条曲线上的另一个点，输入两点后，系统将显示提示信息"指定下一点或 [闭合（C）/拟合公差（F）] <起点切向>:"，如果选择"闭合"选项，可以使最后一点和起点重合，构成闭合的样条曲线。

例如，在创建一个任意图形的曲线时，可以首先单击【样条曲线】按钮，这时命令行提示指定第一点，指定断面的第一点后，命令行将提示指定下一点（选择了第一点后，将从第一点到当前光标位置处延伸出一条线段，它将随着光标的移动而改变）。当选择所有指定点后，按 Enter 键即可得到一个样条曲线，如图 2-43 所示。

此外，用户也可以对现有的样条曲线进行编辑，其方法很简单，只需单击【菜单浏览器】按钮，在弹出的菜单中选择【修改】→【对象】→【样条曲线】菜单项或在【功能区】选项板中选择【常用】选项卡，在【修改】面板中单击【编辑样条曲线】按钮，就可以编辑选中的样条曲线了，如图 2-44 所示。

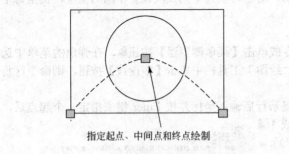

指定起点、中间点和终点绘制

图 2-43   样条曲线

图 2-44   编辑样条曲线菜单

样条曲线编辑命令是一个单对象编辑命令，一次只能编辑一条样条曲线对象。执行该命令并选择需要编辑的样条曲线后，在曲线周围将显示控制点，同时命令行显示如下提示信息："输入选项 [拟合数据（F）/闭合（C）/移动顶点（M）/精度（R）/反转（E）/放弃（U）]:"。

2.2.4   剖面线的绘制

在 AutoCAD 2009 中，可以利用图案填充命令来绘制图形的剖面线。图形的剖面线常用于表达剖切面和不同类型物体的外观纹理和材质等特性，可极大地增强图形的可读性和清晰度。绘制图形的剖面线是一个重复并复杂的工作，如果由手工来绘制往往会出现很多问题，而用机器来绘制则一切都较为简单方便。

在 AutoCAD 2009 中，调用绘制图案填充命令的方法有如下 3 种。

方法 1：单击【菜单浏览器】按钮，在弹出的菜单中选择【绘图】→【图案填充】菜单项来打开【图案填充和渐变色】对话框。

方法 2：在"绘图"工具栏中单击【图案填充】按钮。

方法 3：在命令行中输入绘制图案填充命令"BHATCH"，并按 Enter 键。

在利用图案填充命令绘制图形的剖面线时，常用的方法有两种：拾取点法和选择对象法。

1．拾取点法

拾取点法是指在要画剖面线的区域内的任意位置处单击，由 AutoCAD 自动识别区域所在的边界并在此区域内画剖面线的方法。

利用拾取点法在圆的内部画上剖面线，可按如下的操作步骤进行。

步骤 1：单击"绘图"工具栏中的【图案填充】按钮，打开【图案填充和渐变色】对话框，在该对话框中单击"添加：拾取点"左边的按钮，如图 2-45 所示。

步骤 2：稍等片刻，【图案填充和渐变色】对话框消失且"命令提示行"的提示为"拾取内部点或 [选择对象（S）/删除边界（B）]："，这时在圆形内部空白区域内的任意位置处单击，即可看到一个边框呈"亮显"状态的封闭边界，如图 2-46 所示。同时"命令提示行"的提示仍为"拾取内部点或 [选择对象（S）/删除边界（B）]："，再按空格键或 Enter 键结束区域的选择。

步骤 3：此时，【图案填充和渐变色】对话框又将重新出现，在"图案"下拉列表框中选择"ANGLE"选项，在"角度"栏中输入 45，在"比例"栏中输入 3，如图 2-47 所示。

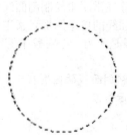
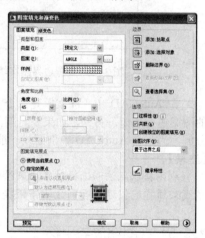

图 2-45　【图案填充和渐变色】对话框　　图 2-46　一个封闭的圆　　图 2-47　设置边界图案填充数值

步骤 4：在输入完毕之后，单击【确定】按钮，就可以看到所绘制的剖面线效果了，如图 2-48 所示。

步骤 5：还可以单击【预览】按钮，对剖面线效果进行预览。如果对所画剖面线的效果满意，则可以右击鼠标一次接受该剖面线；如果对所画的剖面线效果不满意，则可以按 Esc 键或任意键返回【图案填充和渐变色】对话框，重新对填充参数进行修改，直至得到满意的预览效果为止。

2．选择对象法

选择对象法是指选择画剖面线区域所在的边界，由 AutoCAD 自动识别画剖面线的区域并在此区域内画剖面线的方法。

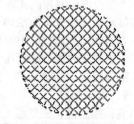

图 2-48　填充后的剖面线效果

利用选择对象法在正五边形的内部画上剖面线，可按照如下的步骤进行操作。

步骤 1： 单击"绘图"工具栏中的【图案填充】按钮，打开【图案填充和渐变色】对话框并在其中单击"添加：选择对象"左边的按钮。

步骤 2：待【图案填充和渐变色】对话框消失，且"命令提示行"的提示为"选择对象或 [拾取内部点（K）/删除边界（B）]："之后，单击五边形的边界线，即可看到被选中的对象呈"亮显"状态，同时"命令提示行"的提示仍为"选择对象或 [拾取内部点（K）/删除边界（B）]："，这时按空格键或 Enter 键结束区域的选择。

步骤 3：待【图案填充和渐变色】对话框重新出现之后，在"图案"下拉列表框中选择"ANGLE"选项，在"角度"栏中输入 45，在"比例"栏中输入 9，如图 2-49 所示。

步骤 4：在完成上述操作之后，单击【确定】按钮，就可以得到如图 2-50 所示的图形了，此时的正五边形区域内部已画上了间距均匀的剖面线。

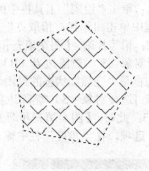

图 2-49 设置边界图案填充数值   图 2-50 画剖面线之后的图形

在 AutoCAD 中，图案填充命令除经常用来绘制剖面线外，还可用来对选定区域范围内指定的图案进行填充。另外，如果要对剖面线的单个图形元素进行编辑，则首先必须先对剖面线进行分解，因为在 AutoCAD 中剖面线一般是作为一个对象来处理的。

【注意】

利用拾取点法和选择对象法来绘制剖面线的区别在于：利用选择对象法在选取边界时，各边界线必须首尾相连，否则显示错误提示信息。

2.2.5 视图缩放与平移

视图是按一定比例、观察位置和角度显示的图形。在 AutoCAD 中，可以通过缩放视图来观察图形对象。缩放视图只是改变了视图在屏幕上的显示比例，但对象的真实尺寸保持不变，使用平移视图工具可重新定义当前图形在窗口中的位置，以便对图形其他部分进行浏览或绘制，此命令不改变视图中对象的实际位置，只改变当前视图在操作区域中的位置。通过改变图形对象的大小和显示区域位置可更准确、更详细地绘图。

在 AutoCAD 2009 中改变视图的方法有多种，用户可以在【缩放】和【平移】菜单中选择相应的菜单项来对图形进行相应的缩放和平移操作，如图 2-51 所示。常用方法有实时缩放、窗口缩放、范围缩放、实时平移、定点平移等。

1. 窗口缩放

窗口缩放是指在屏幕上提取两个对角点，以确定一个矩形窗口并将该区域的所有图形放大到整个屏幕。单击【菜单浏览器】按钮，在弹出的菜单中选择【视图】→【缩放】→【窗口】菜单项，或在【常用】面板中选择【实用程序】→【范围】→【窗口】菜单项，也可以直接在"命令提示行"中输入命令"ZOOM"（大小写均可）并按空格键或 Enter 键，再输入"W"并按空格键或 Enter 键，均可实现视图的局部放大显示。

假设要将 C:\Program Files\AutoCAD 2009\Sample 文件夹中的样例文件"db_samp.dwg"（如图 2-52 所示）中的某一部分视图放大，则可采用如下操作步骤。

步骤 1：单击【菜单浏览器】按钮，在弹出的菜单中选择【视图】→【缩放】→【窗口】菜单项，待"命令提示行"中提示为"指定第一个角点："时，单击所要放大区域中的一个角点。

步骤 2：待"命令提示行"中提示为"指定对角点："时移动鼠标，就可以在屏幕上看到一个矩形框随鼠标的移动而变化了（该矩形框内的图形就是将要放大的视图部分），当希望放大的图形都在矩形框内时单击即可。

图 2-51　视图缩放和平移菜单

在完成上述操作后，就可以得到所选区域放大之后的视图了，如图 2-53 所示。

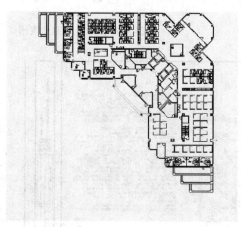

图 2-52　放大之前的视图

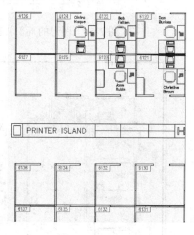

图 2-53　放大之后的视图

【注意】

在进行视图放大的过程中，由于所选取的点不同，所以最终所得到的新视图也将会有所不同。

2．范围缩放

范围缩放是使图形中所有的对象最大地显示在屏幕上。单击【菜单浏览器】按钮，在弹出的菜单中选择【视图】→【缩放】→【范围】菜单项或者在【常用】面板中选择【实用程序】→【范围】菜单项，也可以直接输入缩放命令"ZOOM"，并按空格键或 Enter 键，再输入"E"并按空格键或 Enter 键，均可实现视图的范围缩放。

当打开 C:\Program Files\AutoCAD 2009\Sample 文件夹中的样例文件"Blocks and Tables - Metric.dwg"之后，即可看到如图 2-54 所示的视图。

该视图是整个图形的局部显示，如果要查看整个图形，可进行如下的操作。

步骤 1：在【常用】面板中选择【实用程序】→【范围】菜单项之后，屏幕将弹出许多工具按钮，如图 2-55 所示。

步骤 2：从中单击【全部】工具按钮，即可得到如图 2-56 所示的视图，该视图将图形的所有对象全部显示在屏幕上了。

【小技巧】

除上述介绍的方法之外，还有一种更为简单快捷的方法：双击位于鼠标左右键中间的小滚轮，即可在屏幕上显示出图形的全部，也即实现了范围缩放的功能。

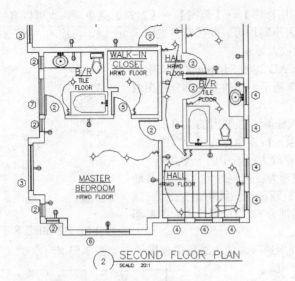

图 2-54　图形的局部视图　　　　　　　　　图 2-55　窗口缩放工具按钮

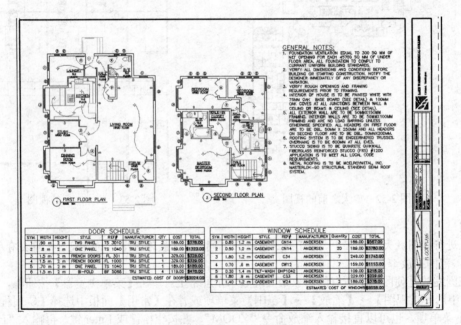

图 2-56　图形的范围视图

3. 实时缩放

实时缩放可通过向上或向下移动鼠标进行视图的动态放大或缩小。选择【实用程序】→【实时】菜单项或单击【菜单浏览器】按钮，在弹出的菜单中选择【视图】→【缩放】→【实时】菜单项，也可以直接输入命令"ZOOM"（大小写均可），并按空格键或 Enter 键 2 次，再输入"R"并按空格键或 Enter 键，均可实现视图的实时缩放。

要对绘图区域中的图形进行缩小或放大显示，可执行如下操作。

步骤 1：在 AutoCAD2009 主窗口中选择【常用】面板中的【实用程序】→【实时】菜单项之后，移动鼠标，即可在屏幕上看到一个带有加号（＋）和减号（－）的放大镜。

步骤 2：按住鼠标左键向上拖曳，则可放大视图；按住鼠标左键向下拖曳，则可缩小视图。

步骤 3：在得到合适的视图之后，如果想退出实时缩放，则可右击鼠标之后，在弹出的快捷菜单中选择【退出】菜单项；也可按空格键、Esc 键或 Enter 键实现退出。

【注意】

　　在上述操作步骤中，当视图达到放大极限时光标的加号将会消失，这表示不能再放大；当视图达到缩小极限时光标的减号将会消失，这表示不能再缩小。

　　由于在松开鼠标左键之后将终止缩放，因此，如果想要从某位置继续缩放显示，则可以在松开鼠标左键后将光标移动到图形的另一个位置，再按住鼠标左键就可以了。

【小技巧】

　　除上述介绍的方法之外，还有一种更为简单快捷的方法：在保持鼠标不动的情况下，向下滚动鼠标的小滚轮，即可对视图以当前鼠标的位置为中心进行缩小；向上滚动鼠标的小滚轮，则可对视图以当前鼠标的位置为中心进行放大。

　　4．实时平移

　　使用实时平移工具可以将视图随光标的移动而移动，从而可以在任意方向上调整视图的位置。使用【平移】工具按钮　或选择【视图】→【平移】→【实时】菜单项，均可实现视图的实时平移。要对视图内的图形进行平移，可执行如下的操作步骤。

　　步骤 1：单击"实用程序"工具栏上的【平移】工具按钮　并移动鼠标，在看到一个手形的光标之后，按住鼠标左键向上、下、左、右不同的方向拖曳，即可相应地移动视图。

　　步骤 2：在得到合适的视图之后，如果想退出实时平移，则可右击视图并在弹出的快捷菜单中选择【退出】菜单项；也可按空格键、Esc 键或 Enter 键实现退出。

　　在上述操作步骤中，由于在松开鼠标左键之后将终止平移，因此，如果想要从某位置继续平移显示，则可以在松开鼠标左键后将光标移动到图形的另一个位置，再按住鼠标左键就可以了。

　　除上述介绍的方法之外，还有一种更为简单快捷的方法：按住位于鼠标左右键中间的小滚轮不放并拖动鼠标，即可在屏幕上移动视图，也即实现了视图的实时平移功能。巧妙地利用鼠标的小滚轮来平移视图，并利用小滚轮对视图进行放大或者缩小，就可以随心所欲地控制视图的显示了。此外，在实时缩放和实时平移命令的执行过程中右击视图，则可以从弹出的快捷菜单中分别选择【平移】命令或【缩放】命令来进行切换。

2.2.6　对象捕捉与精确作图

　　在绘图过程中，经常要指定一些已有对象上的特殊点，例如端点、切点、圆心和两个对象的交点等。如果只凭观察来拾取，不可能非常准确地找到这些点。为此，AutoCAD 2009 提供了对象捕捉功能，可以迅速、准确地捕捉到某些特殊点，从而精确地绘制图形。

　　在 AutoCAD 中使用对象捕捉点的模式有多种，但在执行对象捕捉操作之前，必须指定捕捉点的类型，系统才会进入自动捕捉模式，这样才能轻松地捕捉对象，从而精确地作图。通过"对象捕捉"工具栏和【草图设置】对话框等方式可以设置对象捕捉模式。

　　通过【草图设置】对话框来指定捕捉点类型的操作步骤如下。

　　步骤 1：单击【菜单浏览器】按钮　，在弹出的菜单中选择【工具】→【草图设置】菜单项，打开【草图设置】对话框，并选择【对象捕捉】选项卡，如图 2-57 所示。

　　步骤 2：在该选项卡中可以选择对象的捕捉模式，如要捕捉对象元素的节点，可选中"节点"复选框。这样在绘图中鼠标移动到对象的节点位置时，系统将自动捕捉节点，并显示标记和工具提示。

　　步骤 3：单击【选项】按钮，即可打开【选项】对话框，在其中可根据需要设置相应的选项，如自动捕捉标记大小、靶框大小、颜色等，如图 2-58 所示。

　　另外，AutoCAD 还有自动捕捉功能。自动对象捕捉是指当需要输入点时由 AutoCAD 自动捕捉与光标附近相匹配的目标点。若使用自动对象捕捉模式，则须事先设定所要捕捉的目标点，并将对象捕捉设为"开"状态。在设定好对象捕捉模式之后，如果想要随时取消或启用对象捕捉，可直接按键盘上的 F3 键切换。

　　例如，要对圆的圆心进行捕捉，可按如下操作步骤进行。

　　步骤 1：单击【菜单浏览器】按钮　，在弹出的菜单中选择【工具】→【草图设置】菜单项，打开【草图设置】对话框。

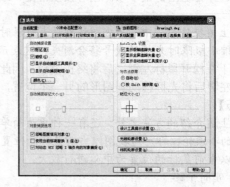

图 2-57 【草图设置】对话框   图 2-58 【选项】对话框

步骤 2：在其中选中"启用对象捕捉"复选框，并选中"对象捕捉模式"栏中的"圆心"复选框
（可一次选一个或多个目标捕捉点），然后单击【确定】按钮。

步骤 3：在完成上述操作之后，只需移动鼠标到圆心附近，AutoCAD 就可以自动捕捉到圆心了，
如图 2-59 所示。

【注意】

在使用对象捕捉时可以对同一个点使用不同的捕捉模式，如使用端点模式或交点模式来捕捉顶
点等。

另外，还有一种对象捕捉的方法，即在需要进行对象捕捉时，按住 Shift 键的同时右击鼠标，即
可弹出如图 2-60 所示的快捷菜单，从中直接选取相应的捕捉点就可以了。

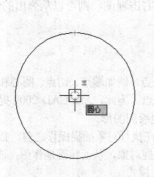

图 2-59 对圆心的捕捉   图 2-60 【对象捕捉】快捷菜单

本章小结

在 AutoCAD 中，为用户提供了丰富的图形元素，这些元素被称作"对象"。本章主要介绍了如何在
AutoCAD 中绘制一些基本图形对象以及相应的绘制方法，主要包括各种线条、矩形、正多边形、圆、圆弧、
椭圆、剖面线等。此外，还介绍了如何来控制视图，即视图的缩放、平移等操作，掌握了如何控制视图在屏
幕的显示，可以帮助用户更好、更准确地绘制图形。最后又介绍了 AutoCAD 2009 的对象捕捉功能以及如何
设置对象捕捉的模式，掌握了这一点可以让用户迅速、准确地捕捉到某些特殊点，从而精确地绘制图形。

通过对本章内容的学习，相信用户对绘制基本图形的命令有了一个深刻的理解，这将为学习后面的章
节打下良好的基础。

习题与动手操作

1. 填空题

（1）＿＿＿＿＿＿＿是 AutoCAD 的主要功能，也是最基本的功能。

（2）选择对象法是指选择＿＿＿＿＿＿区域所在的边界，由 AutoCAD 自动识别画剖面线的区域并在此区域内画剖面线的方法。

（3）＿＿＿＿＿＿＿是指在要画剖面线的区域内的任意位置处单击，由 AutoCAD 自动识别区域所在的边界并在此区域内画剖面线的方法。

（4）样条曲线是一种通过或接近指定点的＿＿＿＿＿＿，具有单一性，主要由＿＿＿＿＿＿、拟合点和＿＿＿＿＿＿控制。

（5）在 AutoCAD 中，"＿＿＿＿＿＿"是一种非常有用的线段对象，它是由多段直线段或圆弧段组成的一个组合体，既可以一起编辑，也可以＿＿＿＿＿＿编辑。

（6）在 AutoCAD 2009 中执行"多线"命令时，可根据命令行提示来设置多线的＿＿＿＿＿＿。

（7）在 AutoCAD 中，＿＿＿＿＿＿主要用于绘制辅助线，如果指定多个通过点，可以绘制＿＿＿＿＿＿的多条射线。

（8）＿＿＿＿＿＿＿是一个没有起点也没有终点的直线，可以放置在＿＿＿＿＿＿的任何位置，主要用于绘制辅助线。

（9）在 AutoCAD 中，除可以使用工具按钮的方法启用删除命令之外，还可以用输入"E"或"＿＿＿＿＿＿"（大小写均可）并按空格键或＿＿＿＿＿＿的方法来代替。

（10）在 AutoCAD 中，绘制线条命令主要有绘制直线、构造线、＿＿＿＿＿＿、样条曲线、＿＿＿＿＿＿、多线等。

2. 选择题

（1）在设置点样式时，可以（　　）。

　　A. 选择【格式】→【点样式】菜单项

　　B. 右击并在弹出菜单中选择【点样式】菜单项

　　C. 选取该点后在对应的【特性】对话框中进行设置

　　D. 单击【图案填充】按钮

（2）要创建与 3 个对象相切的圆，可以（　　）。

　　A. 选择【绘图】→【圆】→【相切、相切、相切】菜单项

　　B. 选择【绘图】→【圆】→【相切、相切、半径】菜单项

　　C. 选择【绘图】→【圆】→【三点】菜单项

　　D. 单击【圆】按钮，并在命令行内输入"3P"命令

（3）以下哪种方法不能够创建圆弧？（　　）

　　A. 选择【绘图】→【圆弧】菜单项　　　　B. 单击【圆弧】按钮

　　C. 在命令行内输入"ARC"命令　　　　　D. 单击【圆】按钮

（4）下面关于绘制直线的方法中错误的是（　　）。

　　A. 单击【菜单浏览器】按钮，选择【绘图】→【直线】菜单项

　　B. 单击"绘图"工具栏上的【直线】按钮

　　C. 在命令行中输入命令"LINE"或"L"后按 Enter 键

　　D. 在命令行中输入"XLINE"

（5）下述方法中不能够创建圆的是（　　）。

　　A. 2P　　　　　　　B. 3P　　　　　　　C. 4P　　　　　　　D. 圆心、半径

3. 简答题

（1）简述在 AutoCAD 中可以创建哪些点。

（2）简述在 AutoCAD 2009 中设置多线样式的操作步骤。

（3）在 AutoCAD 中，构造线主要用于辅助绘图，其绘制方法主要有哪些？

4. 动手操作题

（1）利用本章所介绍的知识绘制如下图形。

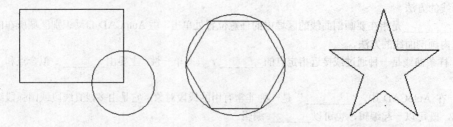

（2）在 AutoCAD 2009 中，利用多线、图形填充等相关知识，再按自己喜好的比例画出如下图形。

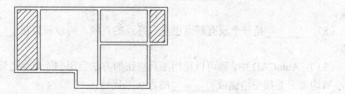

第3章

AutoCAD 2009 基本图形编辑

重点提示

♂ 基本对象的编辑

♂ 边、角、长度的编辑

♂ 基本图形的编辑

本章精粹

本章主要讲解如何利用 AutoCAD 2009 的编辑图形命令对基本对象和图形进行编辑的基础知识，读者应灵活掌握在 AutoCAD 2009 中编辑对象的基本操作，选取对象的方法、夹点编辑的方法，以及如何使用编辑工具来编辑图形和对象特性设置等。

在使用 AutoCAD 绘制图形时，单纯地使用绘图命令或绘图工具只能绘制一些基本的图形对象。为了绘制复杂图形，很多情况下必须借助于图形编辑命令，而且还需要在绘制过程中对已有图形经过很多次编辑操作后，才能达到理想的效果。因此，AutoCAD 为用户提供了强大的图形编辑功能，即通过对已有的图形进行复制、移动、旋转、缩放、删除等操作，不仅可以保证绘图的准确性，而且还减少了重复的绘图操作，极大地提高了绘图效率。

3.1　基本的对象编辑

无论多么复杂的图形都是由对象组成的，都可以分解成基本的图形元素，如直线、曲线、圆、椭圆等。用户可以用绘图命令来创建不同的图形对象，也可以通过显示控制命令来观察对象。另外，如果想创建复杂的图形对象或者对现有的图形对象不满意，则可利用 AutoCAD 的图形编辑功能来对已有对象进行编辑和修改等。

3.1.1　对象选择

在使用 AutoCAD 辅助绘图的过程中，执行任何一项编辑操作之前，首先应当选取待编辑的对象，所选择的对象用虚线亮显，这些对象就构成了选择集，选择集可以包含单个对象，也可以包含复杂的对象编组，用户既可以在编辑图形对象前创建选择集，也可以在运行编辑命令时按要求创建选择集，只有这样所执行的编辑操作才能生效。

在 AutoCAD 2009 中，创建选择集的操作步骤如下。

步骤 1：在 AutoCAD 2009 主窗口中单击【菜单浏览器】按钮▲，在如图 3-1 所示的弹出菜单中单击【选项】按钮，打开【选项】对话框。

步骤 2：选择【选择集】选项卡，在其中可以设置拾取框大小、夹点大小、选择集模式及夹点功能等，如图 3-2 所示。

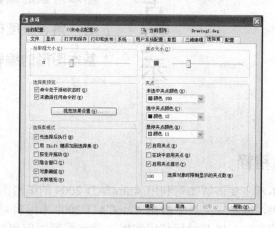

图 3-1　AutoCAD 2009 菜单浏览器　　　　　　　　　图 3-2　【选项】对话框

步骤 3：在设置完毕之后，单击【确定】按钮，即可保存设置。如果在保存设置之前想对选择集进行预览，则可单击"选择集预览"功能区中的【视觉效果设置】按钮，在打开的【视觉效果设置】对话框中进行预览，如图 3-3 所示。

步骤 4：如果对视觉效果不满意，则可在【视觉效果设置】对话框中对"选择预览效果"和"区域选择效果"进行设置。单击【高级选项】按钮，可打开【高级预览选项】对话框，在其中对"选择预览过滤"进行相应的设置，如图 3-4 所示。

步骤 5：所有设置完毕之后，连续单击 3 次【确定】按钮，即可保存所有的设置。

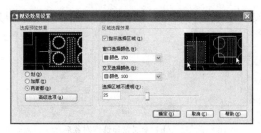

图 3-3 【视觉效果设置】对话框　　　　图 3-4 【高级预览选项】对话框

在选择集创建完毕之后，用户就可以依据自己所创建的选择集模式对已有图形对象讲行编辑操作了。在 AutoCAD 2009 的【功能区】选项板中选择【常用】选项卡之后，即可看到一个【修改】面板，在该面板中包括了 AutoCAD 2009 的大部分编辑命令按钮，用户利用这些命令可以方便快速地对图形对象进行编辑或修改，如图 3-5 所示。

众所周知，在编辑对象之前首先要选择对象，AutoCAD 2009 为用户提供了多种选择对象的方法，但最常用的选取对象的方法有 4 种：直接选取、使用窗口选取、栏选取、快速选取。

1. 直接选取

直接选取对象也称为点取对象，是一种平时最常见的对象选取方法。在选取对象时，直接将光标或拾取框置于对象上，然后单击即可选取对象，被选取后的对象以虚线显示，如图 3-6 所示。在 AutoCAD 2009 中如果需要一次选取多个对象，则可逐个选取这些对象，但在其他的 AutoCAD 版本中不可以这样做，而必须通过其他的方法才能一次选择多个图形对象。

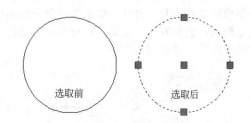

图 3-5 【修改】面板　　　　　　图 3-6 选取对象

2. 使用窗口选取

窗口选取是一种利用指定的图形对象范围来选取多个对象的选取方法。使用窗口选取对象时，根据窗口形状的不同又可分为 3 种，即窗口选取、交叉窗口选取和不规则窗口选取。

（1）窗口选取

使用该方法可以首先在选取图形的左上方单击鼠标来确定第一个对角点，然后移动鼠标将显示一个实线矩形，待要选取的图形对象都在矩形框中时，单击鼠标以指定第二个对角点，这时所有出现在矩形框中的对象都被选取，这个矩形框就是选择窗口。图 3-7 所示即为使用窗口选取对象前后的效果对比图。

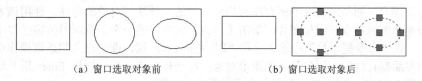

(a) 窗口选取对象前　　　　　　(b) 窗口选取对象后

图 3-7 窗口选取对象前后的效果对比图

（2）交叉窗口选取

该方法和窗口选取操作类似，只是在确定选取对象时，选框的移动方向有所不同，使用该方法选取对象时首先在待选取的图形右侧指定一个点，再向图像的左侧移动鼠标指定另一点。当确定了选取范围之后，所有完全或部分包含在交叉选取窗口的对象都被选取，图 3-8 所示即为交叉窗口选取对象前后的效果对比图。

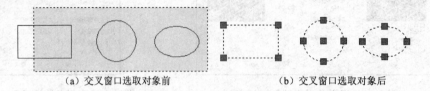

（a）交叉窗口选取对象前　　　　　　　（b）交叉窗口选取对象后

图 3-8　交叉窗口选取对象前后的效果对比图

【注意】

　　在使用窗口选取对象时，还可以配合使用编辑工具来选取对象，即在单击任何一个编辑图形（如移动、复制等）按钮之后，在"命令提示行"中输入字母"W"，再按 Enter 键则可执行窗口选取操作，如果输入字母"C"，则可执行交叉窗口选取操作。

　　（3）不规则窗口选取

　　该选取对象的方法是指选择的区域是一个不规则的封闭多边形窗口，也有交叉和不交叉之分，其区别在于不交叉的选取只选择完全包含在多边形窗口中的对象，而交叉的选取可以选择完全包含在内和部分包含在内的两种图形对象。

　　在使用不规则窗口选取对象的方法来选取对象时，通常是在【修改】面板中单击一个编辑图形按钮（如【移动】按钮✥）之后，再在"命令提示行"中输入字母"WP"，然后按 Enter 键进入多边形窗口选择模式。此时在所要选择的对象周围单击，待确定了选取范围之后，按 Enter 键即可完成图形对象的选取。另外，如果在"命令提示行"中输入字母"WC"，则可进入交叉多边形窗口选择模式，选取方法和交叉窗口选取的方法相似，这里不再重述。图 3-9 所示即为不规则窗口选取对象前后的效果对比图。

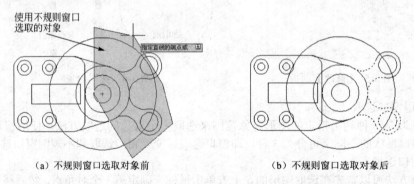

（a）不规则窗口选取对象前　　　　　　　（b）不规则窗口选取对象后

图 3-9　不规则窗口选取对象前后的效果对比图

　　3．栏选取

　　使用栏选取可以很容易地从复杂图形对象中选择相邻的对象，它是利用一段或多段直线穿过对象而不需要闭合，则与之相交的所有图形均被选中的一种选取对象的方法。使用该方法选取对象时通常必须和编辑命令按钮相配合，单击【修改】面板中的一个编辑图形按钮（如【移动】按钮✥）之后，在"命令提示行"中输入字母"F"并按 Enter 键，即可进入栏选取操作模式，此时拖动鼠标按照绘制直线的方法穿过被选图形对象。在选择完毕之后，再按 Enter 键，即可完成对象的选取。图 3-10 所示即为栏选取对象前后的效果对比图。

　　4．快速选取

　　在 AutoCAD 中，当用户需要选择具有某些共同特性的对象时，可利用【快速选择】对话框，根据对象的图层、线型、颜色等特性和类型进行快速选择。

　　进行快速选择的操作步骤如下。

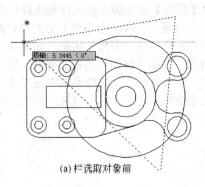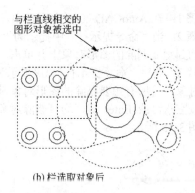

与栏直线相交的
图形对象被选中

(a) 栏选取对象前　　　　　　　　(b) 栏选取对象后

图 3-10　栏选取对象前后的效果对比图

步骤 1：单击【菜单浏览器】按钮，在弹出的菜单中选择【工具】→【快速选择】命令，或在【功能区】选项板中选择【常用】选项卡，在【实用程序】面板中单击【快速选择】按钮，均可打开【快速选择】对话框。

步骤 2：在该对话框中可根据实际需要设置相应的属性，如在"应用到"下拉列表中选择"整个图形"选项，在"对象类型"下拉列表中选择"圆"选项，并在"特性"列表框中选择"颜色"选项等，如图 3-11 所示。

步骤 3：在所有设置完毕之后，单击【确定】按钮，保存相应属性设置，就可以利用相应的设置属性去选择具有共同属性的图形对象了。图 3-12 所示即为快速选取对象前后的效果对比图。

3.1.2　删除对象

在利用计算机辅助制图的过程中，不可能一次性地把图形制作完毕，而往往在制作的过程中会出现错误，这时就需要执行删除错误对象的操作。删除对象的操作很简单，只需在工具栏中单击【删除】按钮，选择所要删除的图形对象并按 Enter 键即可。也可以先选择要删除的图形，再单击【删除】按钮。

在 AutoCAD 2009 中，调用【删除】命令的方法有如下 3 种。

方法 1：单击【菜单浏览器】按钮，在弹出的菜单中选择【修改】→【删除】菜单项。

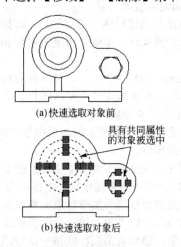

(a) 快速选取对象前

具有共同属性
的对象被选中

(b) 快速选取对象后

图 3-11　【快速选择】对话框　　　　图 3-12　快速选取对象前后的效果对比图

方法 2：在【功能区】选项板中选择【常用】选项卡，在【修改】面板中单击【删除】按钮。

方法 3：在"命令提示行"中直接输入命令"ERASE"并按空格键或 Enter 键。

假如要删除图 3-13 所示图形中的其他部分，只剩下 3 个同心圆，则可执行如下的操作步骤。

步骤 1：在 AutoCAD 2009 主窗口中，按照调用【删除】命令的方法执行删除操作命令。

步骤 2：当"命令提示行"中提示为"选择对象："且光标变成一个小正方形的选择框时，将光标移动到想要删除的图形对象上并单击，则被选中的对象呈现"亮显"状态，如图 3-14 所示。

步骤 3：此时"命令提示行"仍提示为"选择对象："，如果要删除其他的对象，则可继续选择其他对象，待所有想要删除的图形对象都被选中之后右击鼠标，从快捷菜单中选择【删除】菜单项或按空格键或 Enter 键，均可删除对象。在完成上述操作之后，即可将被选取的图形对象删除，如图 3-15 所示。

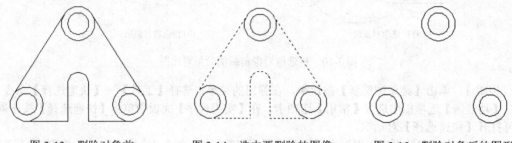

图 3-13　删除对象前　　　　　图 3-14　选中要删除的图像　　　　　图 3-15　删除对象后的图形

3.1.3　复制对象

在 AutoCAD 中，有时为了提高工作效率，可以使用复制对象工具来获取与原对象相同的图形对象。复制对象是指将指定的图形对象复制到一个指定位置，该命令一般用在需要绘制多个相同形状的图形操作中。在 AutoCAD 2009 中，调用【复制】命令的方法有如下 3 种。

方法 1：单击【菜单浏览器】按钮，在弹出的菜单中选择【修改】→【复制】菜单项。

方法 2：在【功能区】选项板中选择【常用】选项卡，在【修改】面板中单击【复制】按钮 。

方法 3：在"命令提示行"中直接输入命令"COPY"并按 Enter 键。

在调用【复制】命令之后，系统将提示用户选择要复制的对象，然后指定一点作为移动的基点，这时就可以使用两种方法来复制图形对象了，即指定点复制对象和输入位移量复制对象，这两种方法是最常用的复制对象方法。

1．指定点复制对象

该方法是指通过两个指定的点，即指定的第一个点作为基点，然后拖动鼠标指定第二个点为复制对象的放置点，来确定所复制对象相对于原对象的方向和距离。

【注意】

在 AutoCAD 2009 中，还可以接着指定多个放置点来放置其他的副本，因为在执行【复制】命令操作时，系统默认的是可以进行多次复制操作，如果想将复制模式设置为单个，则可以根据"命令提示行"提示输入字母"O"。

假如要在图 3-16 所示的图形中复制圆形对象到矩形的右上角，利用指定点复制对象则可执行如下的操作步骤。

步骤 1：按照上述调用【复制】命令的方法，执行复制操作命令。

步骤 2：当"命令提示行"中提示为"选择对象："且光标变成一个小正方形的选择框时，将光标移动到想要复制的图形对象上并单击，则被选中的对象呈现"亮显"状态，如图 3-17 所示。

步骤 3：此时"命令提示行"仍提示为"选择对象："，如果要复制其他的对象，则可继续选择其他对象，最后右击鼠标或按空格键或 Enter 键结束对象的选择。

步骤 4：待"命令提示行"提示为"指定基点或 [位移(D)/模式(O)] <位移>："之后，单击圆的圆心（为使作图精确，最好使用对象捕捉功能）。

步骤 5：待"命令提示行"提示为"指定第二个点或 <使用第一个点作为位移>："时，单击矩形右上角的顶点，即可完成对图形对象的复制操作，如图 3-18 所示。从图中可以看到，圆被复制到了矩形的右上角，且圆心点与矩形的顶点重合。

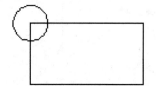　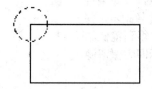　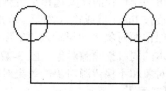

图 3-16　复制对象之前的图形　　图 3-17　选中复制对象的图形　　图 3-18　复制对象之后的图形

2．输入位移量复制对象

该方法是在出现指定基点或位移量提示之后，直接输入位移量并按 Enter 键，系统会按照给出的位移量来复制对象，此时如果再输入其他位移量便可将复制的副本放在指定的位置，其中位移量决定了所复制出的对象相对于原对象的距离和方向。一般情况下，位移量可通过极坐标或给出直角坐标 X 和 Y 的方向值进行确定。

假如要在图 3-19 所示的图形中对圆形进行复制，并且使复制的圆与原来圆的位移量 X 方向是 0，Y 方向是–4。利用输入位移量复制对象则可按照如下的操作步骤进行。

步骤 1：在 AutoCAD 2009 主窗口中按照调用【复制】命令的方法，执行复制操作命令。

步骤 2：当“命令提示行”中提示为“选择对象：”且光标变成一个小正方形的选择框时，将光标移动到想要复制的图形对象上并单击，则被选中的对象呈现“亮显”状态，如图 3-20 所示。

步骤 3：此时“命令提示行”仍提示为“选择对象：”，如果要复制其他的对象，则可继续选择其他对象，在选择完毕之后，可右击鼠标或按空格键或 Enter 键结束对象的选择。

步骤 4：待“命令提示行”提示为“指定基点或 [位移(D)/模式(O)] <位移>：”之后，输入位移量 0、–4 并按空格键或 Enter 键。

步骤 5：待“命令提示行”提示为“指定第二个点或 <使用第一个点作为位移>：”时，右击鼠标（按空格键或 Enter 键）即可完成对图形对象的复制操作，如图 3-21 所示。

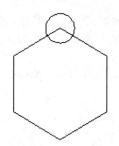　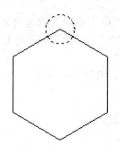　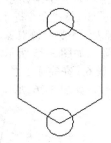

图 3-19　复制对象之前的图形　　图 3-20　选中复制对象的图形　　图 3-21　复制对象之后的图形

3.1.4　镜像对象

镜像对象是指围绕指定的镜像轴线翻转对象，从而创建与原来图形对象相对称的镜像图形。当在绘制具有对称特征的对象时，则可以先绘制半个图像，再使用【镜像】命令来获得镜像副本，从而减少绘图的工作量。在该编辑操作的过程中关键是确定镜像线的两点。

在 AutoCAD 2009 中，调用【镜像】命令的方法有如下 3 种。

方法 1：单击【菜单浏览器】按钮，在弹出的菜单中选择【修改】→【镜像】菜单项。

方法 2：在【功能区】选项板中选择【常用】选项卡，在【修改】面板中单击【镜像】按钮 ⚎。

方法 3：在“命令提示行”中直接输入命令“MIRROR”并按 Enter 键。

使用镜像功能可以快速地绘制出左右对称图形的另外一半。在调用了【镜像】命令并选择了要镜像的对象之后，系统将提示用户指定镜像线的两个端点，此时“命令提示行”将显示“删除源对象吗？[是(Y)/否(N)] <N>:"的提示信息。可根据设计的需要选择是否删除源对象,如果直接按 Enter 键或输入"N",可得到镜像副本,并保留源对象;如果输入"Y",则在得到镜像副本的同时删除源对象。图 3-22 所示即为保留源对象和不保留源对象的效果对比图。

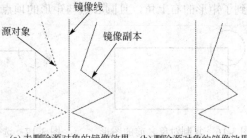

(a)未删除源对象的镜像效果   (b)删除源对象的镜像效果

图 3-22　镜像对象效果对比图

【注意】

对于镜像操作特别需要注意的是,在完成镜像操作后镜像线是不存在的,在此为了说明问题才在未完成镜像操作前抓取图片。另外,在实际应用镜像操作时应掌握两点:要对哪些对象进行镜像;镜像轴线的确定。对于被镜像的对象,如果含有文字,还应当预先设定镜像后的文字是否翻转或倒置。

在 AutoCAD 2009 中,根据镜像源对象和编辑模式的不同,可以分为图形对象的镜像、包含文字对象的镜像、夹点镜像等。

1. 创建图形对象的镜像

创建图形对象的镜像是指创建所选取对象相对于指定的镜像轴线翻转而得到的源对象的副本对象。假定要镜像如图 3-23 所示的图形,则可执行如下的操作步骤。

步骤 1:在 AutoCAD 2009 主窗口中按照调用【镜像】命令的方法,执行镜像操作命令。

步骤 2:待"命令提示行"提示为"选择对象:"之后,单击如图 3-23 所示的图像对象,则被选中的图形呈"亮显"状态。此时的"命令提示行"仍提示为"选择对象:",这时右击鼠标或按空格键或 Enter 键,结束对象的选择。

步骤 3:待"命令提示行"提示为"指定镜像线的第一点:"之后,在源对象的一侧单击以确定镜像线的一个端点。

步骤 4:待"命令提示行"提示为"指定镜像线的第二点:"之后,单击鼠标确定镜像线的另一个端点,如图 3-24 所示。

步骤 5:待"命令提示行"提示为"是否删除源对象?[是(Y)/否(N)]<N>:"之后,按空格键或 Enter 键表示不删除源对象。如果输入"Y"并按空格键或 Enter 键,即可将左半部分图形(源对象)删除,如图 3-25 所示。

步骤 6:在完成上面的操作之后,即可得到一个左右对称的镜像图形,且镜像线为一条垂直的中心线,如图 3-26 所示。

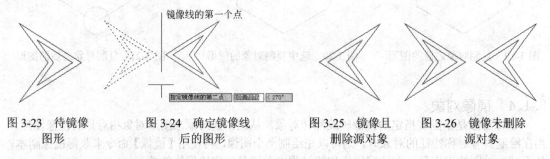

图 3-23　待镜像　　　　　图 3-24　确定镜像线　　　　　图 3-25　镜像且　　　　图 3-26　镜像未删除
　　　图形　　　　　　　　　后的图形　　　　　　　　删除源对象　　　　　　源对象

2. 创建包含文字对象的镜像

在系统默认的状态下,虽然包括文字在内的对象仍按照镜像规则进行镜像,但有时文字却并不按照对称规则翻转或倒置。图 3-27 所示为镜像前含有文字的对象,图 3-28 所示为含有文字的对象在镜像后文字没有被翻转。

在大多数情况下,用户并不希望所绘制的图形中的文字在执行镜像操作后被翻转或倒置,为此,AutoCAD 专门提供了用于控制文字翻转或倒置的系统变量 MIRRTEXT。在默认状况下,当 MIRRTEXT 的值为 1 时,镜像后的文字被翻转 180°,如图 3-29 所示。当 MIRRTEXT 的值为 0

时，镜像后的文字不被翻转或倒置，即文字的方向不改变。

图 3-27　未镜像前的图形　　　图 3-28　镜像后的文字情形　　　图 3-29　文字在镜像后被翻转的情形

在系统中设置变量 MIRRTEXT 的方法很简单，在命令提示行中输入变量 MIRRTEXT 后，按空格键或 Enter 键，待"命令提示行"的提示为"输入 MIRRTEXT 的新值<0>："时输入"0"或"1"，再按空格键或 Enter 键即叫。

【注意】

一旦设置好该变量的值之后，该变量值将作为非图形对象保存在图形文件中并保持不变，直到下一次被改变为止。

3．夹点镜像

夹点镜像是指使用夹点编辑模式来镜像对象的一种方法。在 AutoCAD 2009 中，夹点编辑是一种集成的编辑模式，是指在选择了编辑对象之后再给出操作命令的一种编辑方法，此方法方便快捷。使用该方法可对图形对象进行删除、移动、复制、镜像等操作。

假定已经绘制一个如图 3-30 所示的二极管，现需要以该二极管的最右端顶点的垂直线为镜像线对图形进行镜像，使镜像后能够绘制出两个二极管相通的电路，具体的操作步骤如下。

步骤 1：单击图形中的所有对象，直至全部被选中并呈"亮显"状态，即所有图形对象上都带有蓝色小正方形夹点，如图 3-31 所示。

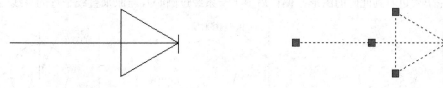

图 3-30　未镜像之前的二极管图形　　　　　图 3-31　所有对象均被选中

步骤 2：待"命令提示行"提示为"命令："之后，输入镜像命令"MIRROR"或"MI"，并按空格键或 Enter 键，或采用上述其他调用【镜像】命令的方法，执行镜像操作。

步骤 3：待"命令提示行"提示为"指定镜像线的第一点："之后，单击图 3-30 所示二极管最右边的顶点。

步骤 4：待"命令提示行"提示为"指定镜像线的第二点："之后，为保证镜像线为垂直线，可按 F8 键打开正交模式，单击第一个点下方的任意一点，如图 3-32 所示。

步骤 5：待"命令提示行"提示为"是否删除源对象?[是(Y)/否(N)]<N>："之后，按空格键或 Enter 键不删除源对象。

在完成上述操作之后，即可得到两个二极管相通的完整电路图，如图 3-33 所示。

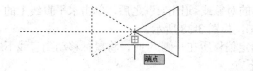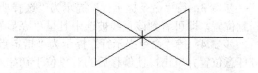

图 3-32　镜像后的二极管　　　　　图 3-33　两个二极管相通的完整图形

3.1.5　偏移对象

偏移对象是指用选定的图形对象来创建一个与其平行且保持一定相等距离的新对象。偏移的对象可以是线性对象（如直线、射线、构造线等），对这些对象执行偏移操作就是进行平行复制。另外，偏移的对象也可以是曲线对象（如圆弧、圆、多段线等），而对这些对象进行偏移操作则创作出更大或更小的曲线对象，这取决于向哪一侧偏移对象。

在 AutoCAD 2009 中，调用【偏移】命令的方法有如下 3 种。

方法 1：单击【菜单浏览器】按钮，在弹出的菜单中选择【修改】→【偏移】菜单项。

方法 2：在【功能区】选项板中选择【常用】选项卡，在【修改】面板中单击【偏移】按钮<span></span>。

方法 3：在"命令提示行"中直接输入命令"OFFSET"并按 Enter 键。

在 AutoCAD 2009 中，实现对象偏移操作的方法有多种，下面介绍两种最常用的方法，即指定目标点偏移对象和指定位移量偏移对象。

1．指定目标点偏移对象

指定目标点偏移对象是指先指定对象偏移的目标点之后，再进行偏移操作，从而获得偏移后的新对象的一种偏移方法。假定要对图 3-34 所示图形中的直线进行偏移，使偏移后的直线通过圆的圆心，则可执行如下的操作步骤。

步骤 1：按照上述调用【偏移】命令的方法，执行偏移操作命令。

步骤 2：待"命令提示行"提示为"指定偏移距离或[通过(T)]<50.0000>:"之后，输入字母"T"并按空格键或 Enter 键。

步骤 3：待"命令提示行"提示为"选择要偏移的对象或<退出>:"之后，单击直线上的任意位置，即可将该直线选中并呈"亮显"状态作为被偏移的对象，如图 3-35 所示。

步骤 4：待"命令提示行"提示为"指定通过点:"时，单击圆的圆心，即可看到一条与原来直线平行的直线，且"命令提示行"提示为"选择要偏移的对象或<退出>:"，这时右击鼠标或按空格键或 Enter 键结束偏移操作，就可得到偏移后的图形，如图 3-36 所示。

操作完毕后可看到此时的图形在偏移后多了一条经过圆心且与原来直线平行的直线。

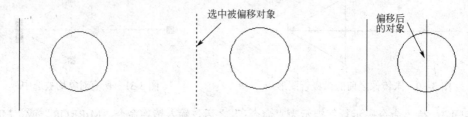

图 3-34　未偏移对象之前的图形　　图 3-35　选中偏移对象的图形　　图 3-36　偏移对象之后的图形

2．指定位移量偏移对象

指定位移量偏移对象是指通过输入距离参数或通过鼠标单击两点确定距离参数之后，再选定被偏移对象和偏移方向来进行偏移的方法。假定要对图 3-37 所示图形中的直线进行向下偏移，且偏移的距离为 100 个单位，则可执行如下的操作步骤。

步骤 1：在 AutoCAD 2009 主窗口中按照调用【偏移】命令的方法，执行偏移操作命令。

步骤 2：待"命令提示行"提示为"指定偏移距离或[通过(T)]<通过>:"之后，输入偏移距离"100"并按空格键或 Enter 键。

步骤 3：待"命令提示行"提示为"选择要偏移的对象或<退出>:"之后，单击水平直线上的任意位置，即可看到该直线被选中且呈"亮显"状态，如图 3-38 所示。

步骤 4：待"命令提示行"提示为"指定点以确定偏移所在一侧:"时，将鼠标移动到直线下方任意位置并单击，使偏移后的对象位于初始对象下方。

步骤 5：待"命令提示行"提示为"选择要偏移的对象或<退出>:"时，右击鼠标或按空格键或 Enter 键结束偏移操作，即可得到偏移后的图形，如图 3-39 所示。

在操作完毕之后，即可看到原图形中多了一条水平方向的直线，且该直线与原水平方向的直线保持等距离，是原直线的一条平行直线。事实上，在实际的绘图过程中，除可对直线进行偏移之外，还可以对圆弧、圆、曲线、多段线等进行偏移。

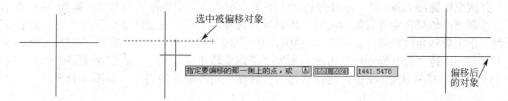

图 3-37　未偏移对象之前的图形　　　图 3-38　选中偏移对象的图形　　　图 3-39　偏移对象之后的图形

3.1.6　旋转对象

旋转对象是将指定对象绕基点旋转一定的角度。该编辑方式常用于在绘制斜视图时先按照正常的方式绘制，然后再对其进行旋转，从而获得想要的视图位置。

在 AutoCAD 2009 中，调用【旋转】命令的方法有如下 3 种。

方法 1：单击【菜单浏览器】按钮，在弹出的菜单中选择【修改】→【旋转】菜单项。

方法 2：在【功能区】选项板中选择【常用】选项卡，在【修改】面板中单击【旋转】按钮。

方法 3：在"命令提示行"中直接输入命令"ROTATE"并按 Enter 键。

在执行【旋转】命令并选取了待旋转的图形对象之后，即可确定旋转基点和输入旋转的角度，图形对象将绕基点旋转该角度。系统默认设置时，输入的角度为正值，图形将按逆时针方向旋转；输入的角度为负值，图形将按顺时针方向旋转。若想在输入角度为正值时图形按顺时针方向旋转，则可选择【格式】→【单位】菜单项，在打开的【图形单位】对话框中选中"顺时针"复选框，如图 3-40 所示。

在 AutoCAD 中，根据在旋转对象时指定角度方式的不同，可将旋转方式分为两种，即通过直接输入旋转角度来旋转对象和通过指定参照角度来旋转对象。

1．直接输入旋转角度

在绘图的过程中，如果知道图形对象应该旋转的角度，则采用该旋转方式比较方便快捷。

假定要逆时针旋转图 3-41 所示的图形 45°，可按照如下操作步骤进行。

步骤 1：在 AutoCAD 2009 主窗口中按照调用【旋转】命令的方法，执行旋转操作命令。

步骤 2：待"命令提示行"提示为"选择对象："之后，单击图 3-41 所示的图像对象，则被选中的图形呈"亮显"状态，如图 3-42 所示。此时"命令提示行"仍提示为"选择对象："，这时右击鼠标或按空格键或 Enter 键，结束对象的选择。

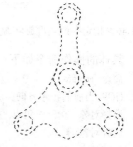

图 3-40　【图形单位】对话框　　　图 3-41　未旋转对象前的图形　　图 3-42　指定旋转对象的图形

步骤 3：待"命令提示行"提示为"指定基点："时，单击该图形中的任意一点指定基点，或单击图形中一些特殊的点作为基点（如圆的圆心），如图 3-43 所示。

步骤 4：待"命令提示行"提示为"指定旋转角度，或[复制(C)/参照(R)]<0>:"时，输入 45°并按空格键或 Enter 键，即可得到旋转结果，在该结果中删除了源对象，如图 3-44 所示。

步骤 5：如果在旋转对象的同时不想删除源对象，可在指定旋转基点后待"命令提示行"提示为"指定旋转角度，或 [复制(C)/参照(R)]<0>:"时，输入字母"C"并按空格键或 Enter 键。

步骤 6：待"命令提示行"再次提示为"指定旋转角度，或 [复制(C)/参照(R)]<0>:"时，输入 45°并按空格键或 Enter 键，这样获得的旋转结果将不删除源对象，如图 3-45 所示。

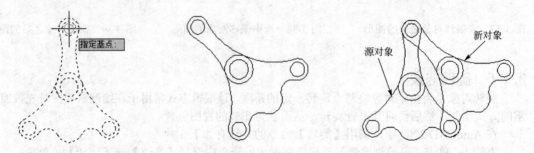

图 3-43　指定旋转基点的图形　图 3-44　旋转时删除源对象的图形　图 3-45　旋转时未删除源对象的图形

2. 指定参照角度旋转对象

在实际的绘图过程中，大多数情况下绘图员不知道旋转的角度，这时就可以采用参照旋转的方式来旋转对象。使用该方法旋转对象是在确定了旋转基点后拖动鼠标，再任意拾取两点以指定新角度来旋转对象。假定要对图 3-46 所示的图形使用该方法进行旋转，其旋转的过程如图 3-47 所示。

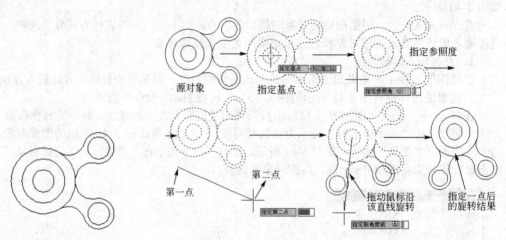

图 3-46　指定参照角度旋转源对象　　　　图 3-47　指定参照角度旋转源对象的过程

具体的操作命令如下。

命令: _rotate

UCS 当前的正角方向：　ANGDIR=逆时针　ANGBASE=0

选择对象: 指定对角点: 找到 11 个

选择对象: ↵

指定基点:

指定旋转角度，或 [复制(C)/参照(R)] <0>: r↵

指定参照角 <0>:　指定第二点:

指定新角度或 [点(P)] <0>:

3.1.7 移动对象

移动对象是指对象的重定位，即将指定对象在指定方向上按指定距离移动。移动仅仅是将对象的位置发生改变，并不改变对象的方向和大小。在实际的制图过程中，为保证移动对象的准确性，用户可使用捕捉模式、坐标、夹点和对象捕捉模式的方法来移动对象。

在 AutoCAD 2009 中，调用【移动】命令的方法有如下 3 种。

方法 1：单击【菜单浏览器】按钮，在弹出的菜单中选择【修改】→【移动】菜单项。

方法 2：在【功能区】选项板中选择【常用】选项卡，在【修改】面板中单击【移动】按钮 ✛。

方法 3：在"命令提示行"中直接输入命令"MOVE"并按 Enter 键。

在使用 AutoCAD 绘图的过程中，常采用两种方法，对图形对象进行移动，即指定点移动和输入坐标值移动来确定移动的位置。

1. 指定点移动

指定点移动是指通过指定的两个点来确定被选取对象的移动方向和移动距离，通常将指定的第一个点称为基点。假定要对图 3-48 所示图形中的圆进行移动，使移动后圆的圆心位于矩形右上角的顶点上，可按照如下操作步骤进行。

步骤 1：在 AutoCAD 2009 主窗口中按照调用【移动】命令的方法，执行移动操作命令。

步骤 2：待"命令提示行"提示为"选择对象："且光标变成一个小正方形的选择框时，在圆周上任意位置单击，该圆即可被选中并呈"亮显"状态。此时"命令提示行"仍提示为"选择对象："，这时右击鼠标或按空格键或 Enter 键，结束对象的选择。

步骤 3：待"命令提示行"提示为"指定基点或位移："时，单击圆的圆心。

步骤 4：待"命令提示行"提示为"指定位移的第二点或<用第一点作位移>："时，单击矩形右上角的顶点，如图 3-49 所示。

在完成上述操作后，即可看到该圆被移动到矩形的右上角，且圆心点与矩形的顶点重合，如图 3-50 所示。

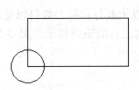 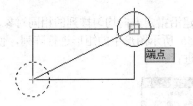 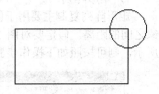

图 3-48　移动对象前的图形　　　　图 3-49　指定移动对象的基点　　　　图 3-50　移动对象后的图形

2. 输入坐标值移动

输入坐标值移动（即位移法）是指通过输入一个位移矢量来决定被选取对象的移动距离和移动方向，进而实现对图形对象的移动。位移矢量通过直角坐标 X 方向和 Y 方向的值来确定，也可以用极坐标的方式来确定。

假定要对图 3-51 所示图形中的圆进行移动，移动坐标是（100，100），即将移动对象沿 X 轴方向向右移动 100 个单位，沿 Y 轴方向向上移动 100 个单位。具体的操作步骤如下。

步骤 1：在 AutoCAD 2009 主窗口中按照调用【移动】命令的方法，执行移动操作命令。

步骤 2：待"命令提示行"提示为"选择对象："且光标变成一个小正方形的选择框时，在圆周上任意位置单击，该圆即可被选中并呈"亮显"状态，如图 3-52 所示。此时"命令提示行"仍提示为"选择对象："，这时右击鼠标或按空格键或 Enter 键，结束对象的选择。

步骤 3：待"命令提示行"提示为"指定基点或位移："时，输入坐标（100,100），然后右击鼠标或按空格键或 Enter 键。

步骤 4：待"命令提示行"提示为"指定位移的第二点或<用第一点作位移>："时，右击鼠标或按空格键或 Enter 键，即可得到移动对象后的图形，如图 3-53 所示。

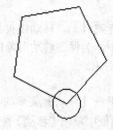 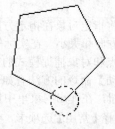 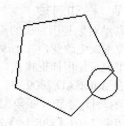

图 3-51　未移动对象之前的图形　　图 3-52　选中移动对象的图形　　图 3-53　移动对象之后的图形

在完成上述操作之后，从移动对象之后的图形中可以看出，圆被向右和向上移动了，且移动距离都是 100 个单位。

【注意】

在输入坐标值移动对象时，要注意所输入的位移值由两个值组成，直角坐标中间用逗号隔开，极坐标中间需用小于号隔开，而且位移量可用直角坐标和极坐标两种方式来表达。

3.1.8　阵列对象

阵列对象是指将选中的图形对象按矩形或环形的排列方式进行多重复制的操作。

在 AutoCAD 2009 中，调用【阵列】命令的方法有如下 3 种。

方法 1：单击【菜单浏览器】按钮，在弹出的菜单中选择【修改】→【阵列】菜单项。

方法 2：在【功能区】选项板中选择【常用】选项卡，在【修改】面板中单击【阵列】按钮 🔡。

方法 3：在"命令提示行"中直接输入命令"ARRAY"并按 Enter 键。

采用上述方法调用【阵列】命令后，即可打开【阵列】对话框，在其中可设置以矩形阵列和环形阵列方式复制对象，并设置相应的参数，如图 3-54 所示。

1．矩形阵列

矩形阵列复制主要用于创建沿指定方向均匀排列的相同对象，可以控制行和列的数目以及对象之间的距离。假定要对图 3-55 所示图形中的矩形进行阵列，使阵列之后的矩形效果如图 3-56 所示，则可按照如下操作步骤进行。

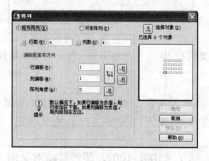 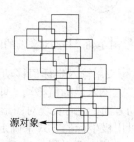

源对象←

图 3-54　【阵列】对话框　　　图 3-55　矩形阵列前的图形　　图 3-56　阵列后的效果图

步骤 1：在 AutoCAD 2009 主窗口中单击【选择对象】按钮，选中矩形。

步骤 2：采用上述方法调用【阵列】命令，即可打开【阵列】对话框，在其中根据实际需要输入所要阵列的行数、列数、行偏移、列偏移、阵列角度等，或单击【拾取两个偏移量】按钮、【拾取行偏移】按钮、【拾取列偏移】按钮来设置矩形阵列参数，如图 3-57 所示。

步骤 3：在所有参数设置完毕之后，单击【确定】按钮或按 Enter 键，即可得到如图 3-56 所示的矩形阵列。

【注意】

如果在"行偏移"文本框中输入的数值为负值，则阵列后的行将添加到源对象下方，为正值则在上方。如果在"列偏移"文本框中输入的数值为负值，则阵列后的列将在源对象左侧，为正值则在右侧。

2．环形阵列

环形阵列复制主要用于创建沿指定圆周均匀分布的对象，可以控制对象副本的数目并决定是否旋转副本。假定要对图 3-58 所示图形中的圆环进行环形阵列，使阵列之后的圆环效果如图 3-59 所示，则可按照如下操作步骤进行。

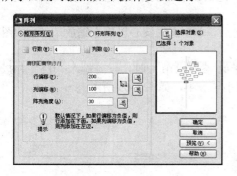

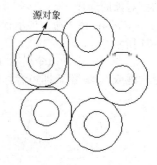

图 3-57 【阵列】对话框　　　图 3-58 环形阵列前的图形　　　图 3-59 环形阵列后的图形

步骤 1：在 AutoCAD 2009 主窗口中单击【选择对象】按钮，选中圆环，如图 3-60 所示。

步骤 2：采用上述方法调用【阵列】命令，打开【阵列】对话框，选中"环形阵列"单选按钮，根据实际需要设置控制环形阵列的参数（如中心点、项目总数、填充角度等），如图 3-61 所示。

图 3-60 选中阵列的图形　　　　　　　图 3-61 【阵列】对话框

步骤 3：在所有参数设置完毕之后，单击【确定】按钮或按 Enter 键，即可得到如图 3-59 所示的环形阵列。

3.1.9 缩放对象

缩放对象是指将指定的对象按照指定的比例相对于基点放大或者缩小，不改变图形对象的高度和宽度方向上的比例。

在 AutoCAD 2009 中，调用【缩放】命令的方法有如下 3 种。

方法 1：单击【菜单浏览器】按钮，在弹出的菜单中选择【修改】→【缩放】菜单项。

方法 2：在【功能区】选项板中选择【常用】选项卡，在【修改】面板中单击【缩放】按钮 。

方法 3：在"命令提示行"中直接输入命令"SCALE"并按 Enter 键或空格键。

在 AutoCAD 2009 中，实现对象缩放操作的方法有多种，下面介绍 3 种最常用的方法，即比例因子缩放法、参照缩放法和夹点缩放法。

1．比例因子缩放法

比例因子缩放法是指通过指定缩放比例因子来改变所选定对象实际大小的方法。当比例因子大于 1 时放大对象，小于 1 时缩小对象，等于 1 时对象不变。假定要对图 3-62 所示图形中的圆以其圆心为基点进行缩小，使缩小后的圆是原来圆的一半，则可按照如下操作步骤进行。

步骤 1：在 AutoCAD 2009 主窗口中按照调用【缩放】命令的方法，执行缩放操作命令。

步骤 2：待"命令提示行"提示为"选择对象："之后，单击圆周上的任意位置，选中该圆并呈"亮显"状态，如图 3-63 所示。

步骤 3：待"命令提示行"仍提示为"选择对象："之后，右击鼠标或按空格键或 Enter 键，结束对象的选择。

步骤 4：待"命令提示行"提示为"指定基点："之后，单击圆的圆心以确定缩放基点，如图 3-64 所示。

步骤 5：待"命令提示行"提示为"指定比例因子或[参照(R)]："时，只需输入"0.5"并按空格键或 Enter 键，即可看到该圆以其圆心为基点被缩小了一半，如图 3-65 所示。

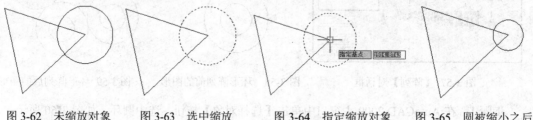

图 3-62　未缩放对象　　　　图 3-63　选中缩放　　　　图 3-64　指定缩放对象　　　图 3-65　圆被缩小之后
　　　　之前的图形　　　　　　　对象的图形　　　　　　基点的图形　　　　　　　　的图形

2．参照缩放法

参照缩放法是指通过指定参照长度和新长度，以确定缩放比例来进行缩放图形对象的方法。假定要对图 3-66 所示图形中的矩形进行缩放，使缩放后矩形底边的长度与三角形底边长度相同，则可按照如下操作步骤进行。

步骤 1：在 AutoCAD 2009 主窗口中按照调用【缩放】命令的方法，执行缩放操作命令。

步骤 2：待"命令提示行"提示为"选择对象："时，单击矩形任意位置处，选中该矩形并呈"亮显"状态，如图 3-67 所示。

步骤 3：待"命令提示行"仍提示为"选择对象："之后，右击鼠标或按空格键或 Enter 键，结束对象的选择。

步骤 4：待"命令提示行"提示为"指定基点："时，单击矩形左下角的顶点作为基点。

步骤 5：待"命令提示行"提示为"指定比例因子或[参照(R)]："之后，输入"R"并按空格键或 Enter 键，以参照缩放法来缩放图形对象。

步骤 6：待"命令提示行"提示为"指定参考长度<1>："时，再次单击矩形左下角的顶点。待"命令提示行"提示为"指定第二点："时，单击矩形右下角的顶点。

步骤 7：待"命令提示行"提示为"指定新长度："时移动鼠标，该矩形框将随着鼠标的移动变大或变小，移动鼠标至三角形右下角的端点处并单击之后即可得到被放大后的矩形，且矩形的底边与三角形的底边重合，如图 3-68 所示。

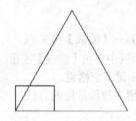 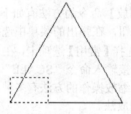 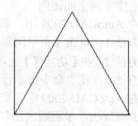

图 3-66　未缩放对象之前的图形　　　图 3-67　选中缩放对象的图形　　　图 3-68　缩放对象后的图形

【注意】

在使用参照缩放法对图形对象进行缩放时，比例因子是系统自动计算的，且比例因子=新长度值/参照长度值。因此，指定的新长度值不可以和参照长度值相同，否则图形对象不能缩放。

3. 夹点缩放法

夹点缩放法是指在夹点编辑模式下来缩小或放大对象的方法。假定要对图 3-69 所示图形中的圆进行缩放（圆心与三角形底边中点重合），且以该圆的圆心为基点，使缩放后圆的圆周经过三角形底边的两个端点，则可按照如下操作步骤进行。

步骤 1：在 AutoCAD 2009 主窗口中单击圆周上的任意一点，选中该圆并呈"亮显"状态，这时圆周上有 5 个夹点，其中 1 个夹点为圆心，其余 4 个夹点为圆的 4 个象限点，如图 3-70 所示。

步骤 2：移动鼠标至圆的任意一个象限点处单击，此时该夹点的小方框变为红色，且随着鼠标的移动，圆将被缩小或放大。

步骤 3：移动鼠标至三角形底边的一个端点处并单击，然后按 Esc 键或 Enter 键结束操作，即可得到放大后的圆，且圆周经过三角形底边的两个端点，如图 3-71 所示。

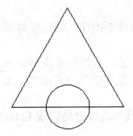
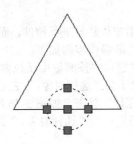
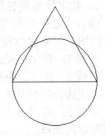

图 3-69　未缩放对象之前的图形　　　图 3-70　圆被选中后的图形　　　图 3-71　圆被放大后的图形

3.1.10　拉伸对象

拉伸对象是指将指定图形中的一部分进行拉伸、移动或变形，同时保持与图形对象未移动部分相连接的一种操作。具体操作方式由图形对象在选择框中的位置来决定。

在 AutoCAD 2009 中，调用【拉伸】命令的方法有如下 3 种。

方法 1：单击【菜单浏览器】按钮，在弹出的菜单中选择【修改】→【拉伸】菜单项。

方法 2：在【功能区】选项板中选择【常用】选项卡，在【修改】面板中单击【拉伸】按钮。

方法 3：在"命令提示行"中直接输入命令"STRETCH"并按 Enter 键或空格键。

在实际的绘图过程中，当执行该命令时，可以使用"交叉窗口"方式或者"交叉多边形"方式选择对象，依次指定位移基点和位移矢量来移动全部位于选择窗口之内的对象，而拉伸或压缩与选择窗口边界相交的对象。

在使用 AutoCAD 绘图的过程中，如果想对图形对象执行拉伸操作，根据命令行中的提示信息有以下两种拉伸方式供用户选择。

1. 指定基点拉伸对象

该方式是通过指定两点并按照这两点之间的距离来执行拉伸操作的，是系统默认的拉伸方式。假定要对图 3-72 所示的图形对象进行拉伸，则具体的操作步骤如下。

步骤 1：在 AutoCAD 2009 主窗口中按照调用【拉伸】命令的方法，执行拉伸操作命令。

步骤 2：待"命令提示行"提示为"选择对象："之后，使用"交叉窗口"方式或者"交叉多边形"方式选择被拉伸对象并呈"亮显"状态，如图 3-73 所示。

步骤 3：待"命令提示行"仍提示为"选择对象："之后，右击鼠标或按空格键或 Enter 键，结束对象的选择。

步骤 4：待"命令提示行"提示为"指定基点或 [位移(D)] <位移>："之后，在图形中单击最顶端圆的圆心作为基点。

步骤 5：待"命令提示行"提示为"指定第二个点或 <使用第一个点作为位移>："时，单击图形中的任意一点指定第二个点，即可得到拉伸后的图形对象，如图 3-74 所示。

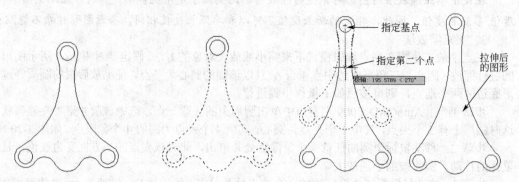

图 3-72　未拉伸对象之前的图形　　图 3-73　选中拉伸对象的图形　　　　　图 3-74　拉伸对象

2．指定位移量拉伸对象

该方式是指将指定对象按照指定位移量进行拉伸，而图形其他部分不改变。假定要对图 3-75 所示的图形对象进行拉伸，则具体的操作步骤如下。

步骤 1：在 AutoCAD 2009 主窗口中按照调用【拉伸】命令的方法，执行拉伸操作命令。

步骤 2：待"命令提示行"提示为"选择对象："之后，使用"交叉窗口"方式或"交叉多边形"方式选择被拉伸对象并呈"亮显"状态，如图 3-76 所示。

步骤 3：待"命令提示行"仍提示为"选择对象："之后，右击鼠标或按空格键或 Enter 键，结束对象的选择。

步骤 4：待"命令提示行"提示为"指定基点或 [位移(D)] <位移>："之后，输入字母"D"并按空格键或 Enter 键。

步骤 5：待"命令提示行"提示为"指定位移 <0.0000, 0.0000, 0.0000>："之后，输入偏移量"100，100"并按 Enter 键或空格键，即可得到如图 3-77 所示的图形效果。

 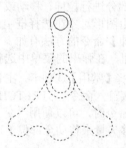 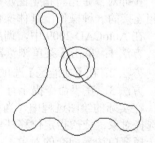

图 3-75　未拉伸对象之前的图形　　图 3-76　选中拉伸对象的图形　　图 3-77　拉伸对象后的图形

【注意】

调用【拉伸】命令后，命令行显示的提示信息中有一个位移选项，可以用来设置相对距离和方向，且最后输入的位移值会被保留。

在拉伸操作过程中，根据所处理对象类型的不同，有着不同的处理规则。如果只有一部分在选择窗口内，即对象与选择窗口的边界相交，则存在如下拉伸规则。

- 对于直线，位于窗口内的直线端点可以移动，窗口外的端点不动。
- 对于圆弧，处理方式与直线相同，但在圆弧拉伸过程中弧度保持不变，同时由此来调整圆心的位置和圆弧起始角、终止角的值。
- 对于多线段，则逐段当作直线或圆弧处理，但对多线段的宽度、切角和曲线拟合信息不作处理。

- 对于区域填充，位于选择窗口外的端点不动，位于选择窗口内的端点移动。
- 对于其他对象，如果该对象的定义点位于选择窗口内，该对象发生移动；否则不动。

3.1.11　修剪对象

修剪对象（或剪切对象）是指将需要修剪的对象，以指定的对象为边界来删除对象的多余部分。在进行修剪对象时先要选择修剪边界，而被选择的修剪边界和修剪对象可以相交，也可以不相交。在 AutoCAD 2009 中，调用【修剪】命令的方法有如下 3 种。

方法 1：单击【菜单浏览器】按钮，在弹出的菜单中选择【修改】→【修剪】菜单项。

方法 2：在【功能区】选项板中选择【常用】选项卡，在【修改】面板中单击【修剪】按钮 ⁒ 。

方法 3：在"命令提示行"中直接输入命令"TRIM"并按 Enter 键或空格键。

在采用上述方法调用【修剪】命令之后，命令行将提示选择对象作为剪切边界的对象，当用户选择对应的对象后，右击或按 Enter 键，这时命令行提示选择要修剪的对象，即选择需要剪切掉的对象。在选择完毕之后，AutoCAD 将以剪切边界为边界，将被修剪对象上位于选择点一侧的对象剪掉。如果被修剪对象没有与剪切边界交叉，这时需要按住 Shift 键，在【延伸】命令和【修剪】命令之间切换，将被修剪对象到剪切边界再执行修剪对象操作。

【注意】

修剪命令与删除命令的不同之处在于，修剪是只去除对象的一部分，而删除则是对于整个对象的全部去除。

在执行修剪对象的过程中，根据修剪对象的复杂程度可将修改对象分为两大类，即简单图形对象的修剪和复杂图形对象的修剪。

1. 修剪简单图形对象

简单图形对象一般是指图形中的两个对象在图面上不相交，但如果将其中的一个或两个对象延伸可得到相交点的对象。在默认状态下，对于这样的图形对象是不能作为剪切边界修剪对象的。

在修剪命令执行过程中，如果选择了了合适的选项，则可以利用对象的隐含交点作为剪切边界修剪在图面上不相交的对象。隐含交点是指两个对象虽然在图面上不相交，但如果将其中的一个或两个对象延伸，则可以相交而得到的点。

假定要对图 3-78 所示的图形对象进行修剪，图形中的两个对象不相交，但如果将其中任意一条直线延伸则这两条直线可以相交，该情况下可利用对象的隐含交点进行修剪对象。具体的操作步骤如下。

步骤 1：在 AutoCAD 2009 主窗口中按照调用【修剪】命令的方法，执行修剪操作命令。

步骤 2：待"命令提示行"提示为"选择对象："时，单击直线 A，右击鼠标或按空格键或 Enter 键，来确定修剪的剪切边界。

步骤 3：待"命令提示行"提示为"选择要修剪的对象，或按住 Shift 键选择要延伸的对象，或[投影(P)/边(E)/放弃(U)]："时，输入字母"E"并按空格键或 Enter 键，选择"边(E)"选项。

步骤 4：待"命令提示行"提示为"输入隐含边延伸模式[延伸(E)/不延伸(N)]<不延伸>："时，再次输入字母"E"并按空格键或 Enter 键，选择"延伸(E)"模式。

步骤 5：待"命令提示行"提示为"选择要修剪的对象，或按住 Shift 键选择要延伸的对象，或[投影(P)/边(E)/放弃(U)]："时，单击直线 B 靠近下部的任意位置，修剪掉直线 B 位于隐含交点以下的部分。

步骤 6：待"命令提示行"提示为"选择要修剪的对象，或按住 Shift 键选择要延伸的对象，或[投影(P)/边(E)/放弃(U)]："时，按空格键或 Enter 键结束修剪操作，即可得到直线 B 上位于隐含交点以下部分被修剪掉的图形对象，如图 3-79 所示。

2. 修剪复杂图形对象

在修剪复杂的图形对象时，可以采用不同的选择方法选择对象，使得对象既可以作为剪切边界，也可以作为被修剪的对象。假定要对图 3-80 所示的图形进行修剪，使修剪后的图形对象变为一个五角星，则具体的操作步骤如下。

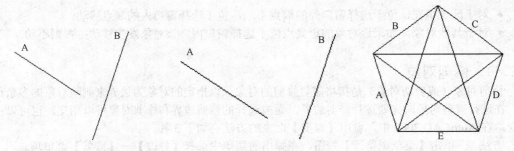

图 3-78 修剪对象前的图形   图 3-79 修剪对象后的图形   图 3-80 修剪复杂对象前的图形

步骤 1：在 AutoCAD 2009 主窗口中按照调用【修剪】命令的方法，执行修剪操作命令。

步骤 2：待"命令提示行"提示为"选择对象:"时，单击图形内部组成五角星的各边，右击鼠标或按空格键或 Enter 键，确定修剪的剪切边界，如图 3-81 所示。

步骤 3：待"命令提示行"提示为"选择要修剪的对象时，或按住 Shift 键选择要延伸的对象，或[投影(P)/边(E)/放弃(u)]:"时，选择被修剪部分（A、B、C、D 边）之后，按空格键或 Enter 键结束对象的修剪，即可得到修剪后的图形对象，如图 3-82 所示。

步骤 4：修剪边 E，可采用删除对象的方法将该边删除，也可采用上述修剪简单图形对象的方法将该边修剪掉，最终得到如图 3-83 所示的图形对象。

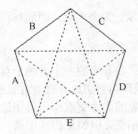　　　　　　　　

图 3-81 选中修剪边界   图 3-82 修剪边（A、B、   图 3-83 修剪复杂对象
　　　　的图像　　　　　　　　　　　C、D）后的图像　　　　　　　　后的图形

【注意】

在修剪操作中，修剪边界和被修剪的对象除了可以是直线外，还可以是圆、圆弧、椭圆、曲线、多段线等。

3.1.12 延伸对象

延伸对象是指以指定的图形对象为边界，延伸某图形对象与另一对象相交或外观相交。要执行延伸操作，只需选择延伸边界线，然后单击需要延伸的对象即可，其具体操作方式可根据图形对象在选择框中的位置决定。延伸边界可以由直线、圆、圆弧、曲线、多段线等组成，被延伸的对象则是直线、圆弧、非闭合等多线段。

在 AutoCAD 2009 中，调用【延伸】命令的方法有如下 3 种。

方法 1：单击【菜单浏览器】按钮，在弹出的菜单中选择【修改】→【延伸】菜单项。

方法 2：在【功能区】选项板中选择【常用】选项卡，在【修改】面板中单击【延伸】按钮 -/--。

方法 3：在"命令提示行"中直接输入命令"EXTEND"并按 Enter 键或空格键。

【注意】

在使用延伸命令时，如果在按住 Shift 键的同时选择对象，则执行修剪命令；在使用修剪命令时，如果在按住 Shift 键的同时选择对象，则执行延伸命令。

1. 一般对象的延伸

对于一般对象的延伸操作，通常只需在选择延伸边界线后，再选择需要延伸的对象即可执行延伸操作。假定要对图 3-84 所示图形中的直线进行延伸，使其延伸后与椭圆相交，则具体的操作步骤如下。

步骤 1：在 AutoCAD 2009 主窗口中按照调用【延伸】命令的方法，执行延伸操作命令。

步骤 2：待"命令提示行"提示为"选择对象:"时，单击椭圆上的任意位置，然后右击鼠标或按空格键或 Enter 键，来确定延伸边界。

步骤 3：待"命令提示行"提示为"选择要延伸的对象，或按住 Shift 键选择要修剪的对象，或[投影(P)/边(E)/放弃(U)]:"时，单击靠近椭圆一边的直线上的任意位置，即可看到直线被延伸至与椭圆相交。

步骤 4：待"命令提示行"提示为"选择要延伸的对象，或按住 Shift 键选择要修剪的对象，或[投影(P)/边(E)/放弃(U)]."时，按空格键或 Enter 键来结束对象延伸。

完成上述操作后，即可看到图形中直线已被延伸至与椭圆相交，如图 3-85 所示。

图 3-84　延伸对象前的图形　　　　　　　图 3-85　两次延伸对象后的图形

2．延伸到隐含边界

隐含边界是指只有在对两个对象都进行延伸后才有可能相交的情形，默认状态下，不能利用隐含边界作为延伸边界来延伸对象。但在延伸命令的执行过程中，如果选择合适的选项，也可以利用对象的隐含边界作为延伸边界来延伸对象。

假定要对图 3-86 所示的图形实现隐形延伸，而图形中的圆弧在延伸后与斜线并不相交，此时可以利用隐含边界对圆弧进行延伸。具体的操作步骤如下。

步骤 1：按照上述调用【延伸】命令的方法，执行延伸操作命令。

步骤 2：待"命令提示行"提示为"选择对象:"时，单击斜直线，然后右击鼠标或按空格键或 Enter 键，来确定延伸边界。

步骤 3：待"命令提示行"提示为"选择要延伸的对象，或按住 Shift 键选择要修剪的对象，或[投影(P)/边(E)/放弃(U)]:"时，输入字母"E"并按空格键或 Enter 键，选择"边(E)"选项。

步骤 4：待"命令提示行"提示为"输入隐含边延伸模式[延伸(E)/不延伸(N)]<延伸>:"时，再次输入字母"E"并按空格键或 Enter 键，选择"延伸(E)"模式。

步骤 5：待"命令提示行"提示为"选择要延伸的对象，或按住 Shift 键选择要修剪的对象，或[投影(P)/边(E)/放弃(U)]:"时，单击圆弧的右半部分任意位置，即可得到圆弧被延伸并与斜直线的隐含相交，如图 3-87 所示。

步骤 6：待"命令提示行"提示为"选择要延伸的对象，或按住 Shift 键选择要修剪的对象，或[投影(P)/边(E)/放弃(U)]:"时，按空格键或 Enter 键结束对象的延伸。

3．延伸多段线

对于非闭合的多段线，即未合并第一条和最后一条直线或圆弧的多线段，可以延伸第一条边或最后一条边，就像它是一条直线或圆弧。

图 3-88 所示的图形显示出了宽多段线在延伸前后的情形。

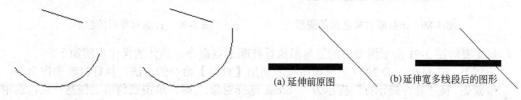

(a) 延伸前原图　　　　　　(b)延伸宽多线段后的图形

图 3-86　延伸前的图形　图 3-87　延伸后的图形　　　图 3-88　延伸宽多段线前后的图形

【注意】

在延伸有宽度的宽多段线使中心线与边界相交时，由于宽多段线的末端位于 90°角上，因此边界不与延伸线段垂直，而末端的一部分延伸时将越过边界。如果延伸的是一段锥形的多段线线段，则延伸末端的宽度将被修改至将原锥形延长到新端点时的宽度。在此修正时，如果给该线段指定一个负的末端宽度，则末端宽度强制为 0。

在延伸操作中，作为延伸边界的对象除可以是直线外，还可以是圆、圆弧、椭圆、曲线、多段线等。对于同样的图形，虽然延伸边界相同，但由于在选择被延伸的对象时选取了对象的不同部分，可得到不同的图形。

3.2 边、角、长度的编辑

在使用 AutoCAD 绘图的过程中，经常会遇到将一个对象断开成两个对象，或将两个对象合并成一个对象的情况，另外，还可能需要对一些边角进行一些圆角或斜角处理。

3.2.1 打断与打断于点

打断用于删除部分对象或将对象分解成两部分。可以打断的对象包括：直线、圆弧、圆、二维多线段、椭圆弧、构造线、射线和样条曲线等。在封闭的对象上进行打断时，打断部分按逆时针方向从第一点到第二点断开。

【注意】

在打断对象时，用户既可以在第一个打断点选择对象，也可以在第二个打断点选择对象，还可以先选择整个对象后再指定两个打断点。

在 AutoCAD 2009 中，调用【打断】命令的方法有如下 3 种。

方法 1：单击【菜单浏览器】按钮，在弹出的菜单中选择【修改】→【打断】菜单项。

方法 2：在【功能区】选项板中选择【常用】选项卡，在【修改】面板中单击【打断】按钮 。

方法 3：在"命令提示行"中直接输入命令"BREAK"并按 Enter 键或空格键。

在打断对象时，采用上述调用【打断】命令的方法执行打断命令后，根据命令行提示选择要打断的对象或第一个打断点，然后根据命令行提示确定第二个打断点，在第二个打断点上单击即可将对象上位于两个拾取点之间的那部分对象删除。

假定要对图 3-89 所示图形中的矩形执行打断命令，具体的操作步骤如下。

步骤 1：在 AutoCAD 2009 主窗口中按照调用【打断】命令的方法，执行打断操作命令。

步骤 2：待"命令提示行"提示为"_break 选择对象:"时，单击矩形顶边上任意一点。

步骤 3：待"命令提示行"提示为"指定第二个打断点 或 [第一点(F)]:"时，单击矩形顶边上其他任意一点，以确定第二个打断点。

在完成上述操作之后，即可看到被打断后的效果，如图 3-90 所示。

图 3-89　未打断对象之前的图形   图 3-90　打断对象后的图形

假定要对图 3-91 所示图形中的三角形执行打断于点命令，具体的操作步骤如下。

步骤 1：在 AutoCAD 2009 主窗口中按照调用【打断】命令的方法，执行打断操作命令。

步骤 2：待"命令提示行"提示为"_break 选择对象:"时，单击三角形上任意一点，选中该图形。待"命令提示行"提示为"指定第二个打断点或[第一点(F)]:"时，输入字母"F"，右击鼠标或按空格键或 Enter 键。

步骤 3：待"命令提示行"提示为"指定第一个打断点"时，单击三角形底边上任意一点。待"命令提示行"提示为"指定第二个打断点"时，单击三角形底边上其他任意一点。

在完成上述操作之后，即可看到被打断后的效果，如图 3-92 所示。

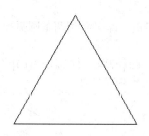

图 3-91　未打断对象之前的图形　　　　图 3-92　打断对象后的图形

3.2.2　合并对象

合并对象是指将相似的多个对象合并为一个对象，执行合并操作的对象可以是圆弧、椭圆弧、直线、多段线和样条曲线等。在 AutoCAD 2009 中，调用【合并】命令的方法有如下 3 种。

方法 1：单击【菜单浏览器】按钮，在弹出的菜单中选择【修改】→【合并】菜单项。

方法 2：在【功能区】选项板中选择【常用】选项卡，在【修改】面板中单击【合并】按钮 ⁺⁺。

方法 3：在"命令提示行"中直接输入命令"JOIN"并按 Enter 键或空格键。

1. 合并直线

直线的合并是指将位于同一条直线上的两条或多条直线合并为一条直线，直线之间可以有间隙。假定要对图 3-93 所示图形中的直线进行合并，使合并后的直线变成一条直线，则具体的操作步骤如下。

步骤 1：在 AutoCAD 2009 主窗口中按照调用【合并】命令的方法，执行合并操作命令。

步骤 2：待"命令提示行"提示为"选择要合并到源的直线:"时，单击左边直线上任意一点，选中该直线。待"命令提示行"提示为"选择要合并到源的直线:"时，单击右边直线上任意一点，选中该直线。

步骤 3：待两条直线选择完毕之后，按 Enter 键或空格键，即可看到两条直线被合并成一条，如图 3-94 所示。

图 3-93　未合并对象之前的图形　　　　图 3-94　合并对象之后的图形

2. 合并圆弧（椭圆弧）

圆弧的合并是指将位于一个圆周上的多个圆弧合并为一个圆弧或整圆，被合并的圆弧必须位于同一假想的圆上，圆弧之间可以有间隙。椭圆弧的合并是指将位于一个椭圆上的多个椭圆弧合并为一个椭圆弧或整个椭圆，被合并的椭圆弧必须位于同一假想的椭圆上，且它们之间允许有间隙。

【注意】

在执行合并圆弧操作时，如果选择"闭合"选项，可将源圆弧转换成圆，而合并两条或多条圆弧时，将从源对象开始按逆时针方向合并圆弧。在执行合并椭圆弧操作时，如果选择"闭合"选项，可将源椭圆弧闭合成完整的椭圆，而合并两条或多条椭圆弧时，将从源对象开始按逆时针方向合并椭圆弧。

假定要对图 3-95 所示的圆弧进行合并，使合并后的圆弧变为一个整圆，则具体的操作步骤如下。

步骤 1：在 AutoCAD 2009 主窗口中按照调用【合并】命令的方法，执行合并操作命令。

步骤 2：待"命令提示行"提示为"选择圆弧，以合并到源或进行 [闭合(L)]:"时，单击圆弧 A 上任意一点，选中该圆弧。

步骤 3：待"命令提示行"提示为"选择要合并到源的圆弧:"时，单击圆弧 B 上任意一点，选中该圆弧。

步骤 4：待两条圆弧选择完毕之后，按 Enter 键或空格键，即可看到两条圆弧被合并成一条，然后再按 Enter 键或空格键，效果如图 3-96 所示。

步骤 5：待"命令提示行"提示为"选择圆弧，以合并到源或进行 [闭合(L)]:"时，输入字母"L"并按 Enter 键或空格键，即可将圆弧转换为圆，如图 3-97 所示。

图 3-95　未合并对象之前的图形　　图 3-96　合并成圆弧的图形　　图 3-97　合并成圆的图形

椭圆弧的合并与圆弧的合并操作步骤一样，这里不再介绍。

3. 合并多段线

合并多段线是指将一条多段线和与其首尾相连的一条或多条直线、多段线、圆弧或样条曲线合并在一起。合并对象之间不能有间隙，且必须位于与 UCS 的 XY 平面平行的同一平面上。样条曲线对象必须位于同一平面内，且必须首尾相邻。合并多段线的具体操作命令如下。

命令：_join

选择源对象：（选择多段线）

选择要合并到源的对象：（选择与其相连的直线、圆弧、多段线）

选择要合并到源的对象：（回车结束命令）

某条线段已添加到多段线

【注意】

在合并多段线时，选择的第一个对象必须为多段线，其余的要合并对象可以是直线、多段线、圆弧或样条曲线。两个对象特性不相同时，合并后的对象特性与第一个拾取对象特性相一致。

3.2.3　圆角和倒角

圆角是指通过指定的半径创建一条圆弧，用这个圆弧将两个图形对象光滑地连接起来。倒角是指将两个非平行的对象通过延伸或修剪使之相交或用斜线连接。

1. 圆角命令

在 AutoCAD 2009 中，调用【圆角】命令的方法有如下 3 种。

方法 1：单击【菜单浏览器】按钮，在弹出的菜单中选择【修改】→【圆角】菜单项。

方法 2：在【功能区】选项板中选择【常用】选项卡，在【修改】面板中单击【圆角】按钮 。

方法 3：在"命令提示行"中直接输入命令"FILLET"并按 Enter 键或空格键。

执行圆角操作的对象有直线、圆弧、圆、二维多段线的直线段、椭圆弧、构造线和射线等，另外，两条平行的直线、构造线和射线也可进行圆角操作。

【注意】

在执行圆角操作时，圆角半径是连接圆角对象的半径，默认情况下，圆角半径是 0.500 或是上次设置的半径。

假定要对图 3-98 所示图形中的两条平行直线执行圆角操作，具体的操作步骤如下。

步骤 1：在 AutoCAD 2009 主窗口中按照调用【圆角】命令的方法，执行圆角操作命令。

步骤 2：待"命令提示行"提示为"选择第一个对象或 [放弃(U)/多段线(P)/半径(R)/修剪(T)/多个(M)]:"时，单击直线 A 上任意一点，选中该直线。

步骤 3：待"命令提示行"提示为"选择第二个对象，或按住 Shift 键选择要应用角点的对象:"时，单击直线 B 上任意一点，即可对这两条平行直线执行圆角操作，如图 3-99 所示。

图 3-98　未执行圆角之前的图形　　　　　　　图 3-99　执行圆角后的图形

在执行圆角命令时，系统提示"选择第一个对象或[放弃(U)/多段线(P)/半径(R)/修剪(T)/多个(M)]:"。其中各个选项的含义如下。

- 放弃　用于放弃这次的圆角操作命令。
- 多段线　用设置的圆角半径对整个多段线的各线段进行圆角。
- 半径　用于直接输入圆角半径，对图形对象执行圆角操作。
- 修剪　用于在圆角过程中设置是否自动修剪源对象。
- 多个　用于在一次圆角命令执行过程中对多个对象进行两两圆角，而不退出圆角命令。

在实际的绘图过程中，选择相应的选项可以对图形对象执行多样的圆角操作。

【注意】

对平行的直线（射线和构造线）进行圆角操作时，要保证两条线必须是直线、射线和构造线，而平行的多段线不能进行圆角操作。

在对平行直线执行圆角处理的过程中不用设置圆角半径，系统会自动计算半径值。如果需要连接两条不平行的直线，可以将圆角半径设置为 0 进行圆角操作。

2．倒角命令

在 AutoCAD 2009 中，调用【倒角】命令的方法有如下 3 种。

方法 1：单击【菜单浏览器】按钮，在弹出的菜单中选择【修改】→【倒角】菜单项。

方法 2：在【功能区】选项板中选择【常用】选项卡，在【修改】面板中单击【倒角】按钮。

方法 3：在"命令提示行"中直接输入命令"CHAMFER"并按 Enter 键或空格键。

在绘图的过程中，对两个图形对象执行倒角有两种方法，即指定距离法和指定角度法。距离法是指输入直线与倒角线之间的距离来定义倒角的方法；角度法是指通过指定倒角的长度以及它与第一条直线间的角度来定义倒角的方法。

【注意】

在倒角时，必须预先设置倒角的两个长度。如果不设置倒角距离，则系统将两个倒角距离均设置为上一次倒角时所设置的距离值。

假定要对图 3-100 所示图形中的矩形用指定距离法执行倒角操作，具体的操作步骤如下。

步骤 1：在 AutoCAD 2009 主窗口中按照调用【倒角】命令的方法，执行倒角操作命令。

步骤 2：待"命令提示行"提示为"选择第一条直线或 [放弃(U)/多段线(P)/距离(D)/角度(A)/修剪(T)/方式(E)/多个(M)]:"时，输入字母"D"并按 Enter 键或空格键。

步骤 3：待"命令提示行"提示为"指定第一个倒角距离 <0.0000>:"时，输入"100"并按 Enter 键或空格键，以确定第一个倒角距离。

步骤 4：待"命令提示行"提示为"指定第二个倒角距离 <100.0000>:"时，输入"200"并按 Enter 键或空格键，以确定第二个倒角距离。

步骤 5：待"命令提示行"提示为"选择第一条直线或 [放弃(U)/多段线(P)/距离(D)/角度(A)/

修剪(T)/方式(E)/多个(M)]:"时,单击矩形边 A 上任意一点,选择第一条直线。

步骤 6:待"命令提示行"提示为"选择第二条直线,或按住 Shift 键选择要应用角点的直线:"时,单击矩形边 B 上任意一点,选择第二条直线,这时即可看到被执行倒角后的图形,如图 3-101 所示。

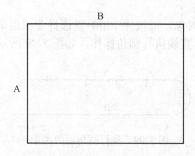
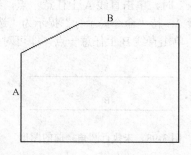

图 3-100 未执行倒角之前的图形   图 3-101 执行倒角后的图形

和圆角命令类似,在执行倒角命令时,系统将会提示"选择第一条直线或[放弃(U)/多段线(P)/距离(D)/角度(A)/修剪(T)/方式(E)/多个(M)]:"。其中各个选项的含义如下。

- 放弃 用于放弃这次的倒角操作命令。
- 多段线 用设置的倒角距离对整个多段线的各线段进行倒角。
- 距离 用于设置倒角的距离。
- 角度 用于设置倒角的角度。
- 修剪 用于在倒角过程中设置是否自动修剪源对象。
- 方式 用于设定按距离方式或按角度方式进行倒角。
- 多个 用于在一次倒角命令执行过程中对多个对象进行两两倒角,而不退出倒角命令。

在实际的绘图过程中,选择相应的选项可以对图形对象执行多样的倒角操作。

【注意】

设置倒角距离是为了确定倒角时所需裁剪的两个长度值。一旦设置好倒角距离,其值将不再改变,直到下次被重新设置为止。

在实际的绘图过程中,对两条直线执行倒角操作的情况非常常见。两条直线的关系可以是相交、不相交或相互垂直。对两条直线执行倒角操作后,可以使原来的两条直线被一条倒角边连接起来。

假定要对图 3-102 所示图形中的直线进行倒角,在执行倒角操作之前已经设置好了两个倒角距离,分别为 100 和 150,具体的操作步骤如下。

步骤 1:在 AutoCAD 2009 主窗口中按照调用【倒角】命令的方法,执行倒角操作命令。

步骤 2:待"命令提示行"提示为"选择第一条直线或[多段线(P)/距离(D)/角度(A)/修剪(T)/方式(E)/多个(M)]:"时,单击原图中的水平线段,即可看到该直线被选中且呈"亮显"状态,如图 3-103 所示。

步骤 3:待"命令提示行"提示为"选择第二条直线:"之后,单击图中的垂直线段,即可看到执行倒角操作后的图形对象,如图 3-104 所示。

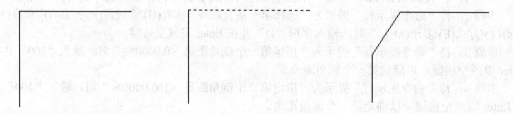

图 3-102 未执行倒角之前的图形   图 3-103 选中水平直线的图形   图 3-104 执行倒角后的图形

在执行倒角操作时，如果选择直线的顺序不同，则在倒角后所得到的图形也有所不同。

在绘图的过程中，如果对多段线执行倒角操作，则根据倒角点的不同分为两种情况：一种情况是对每个角点处倒角，这种方法适用于倒角距离值变化的情形；另一种情况是对多段线的所有角点一次性倒角，这种方法较适用于倒角距离值不变，特别是两个倒角距离值相同时的情形。

假定要对图 3-105 所示图形中的多段线进行倒角，且已设置好倒角距离为 30 和 40，具体的操作步骤如下。

步骤 1：在 AutoCAD 2009 主窗口中按照调用【倒角】命令的方法，执行倒角操作命令。

步骤 2：待"命令提示行"提示为"选择第一条直线或[多段线(P)/距离(D)/角度(A)/修剪(T)/方式(E)/多个(M)]:"时，输入字母"P"并按空格键或 Enter 键，即可对多段线倒角。

步骤 3：待"命令提示行"提示为"选择二维多段线:"时，单击多段线上任意位置，即可对多线段执行倒角操作，如图 3-106 所示。

图 3-105　多段线未执行倒角前的图形　　　　图 3-106　多段线执行倒角后的图形

由图 3-106 所示的图形可知，多段线的所有顶点被同时倒角。采用这种方法可以大大地提高绘图效率。此外，在实际的绘图过程中，为了便于操作，很多时候都可以利用倒角命令将两个倒角距离值均设置为 0，以快速地连接两条不相交的直线，这时【倒角】命令和【合并】命令的作用一样。

【注意】

在进行倒角的过程中，当需要设置倒角距离时，距离值不能太大，否则将无法实现倒角。同时，两个倒角距离的值是作为非图形对象保存在图形文件中的。

3.2.4　倒圆角

倒圆角是指通过一个指定半径的圆弧来光滑地连接两个对象，连接的对象包括直线、多段线、曲线、圆或圆弧等。在执行倒圆角之前，必须预先设置圆角的半径，即连接圆角对象的圆弧半径 R。如果不设置圆角半径，则 AutoCAD 会将圆角半径设为默认值 0 或上一次倒圆角时所设置的半径值。

假定要对图 3-107 所示图形中的矩形执行倒圆角，具体的操作步骤如下。

步骤 1：在"命令提示行"中输入命令"FILLET"并按 Enter 键或空格键，执行倒圆角操作命令。

步骤 2：待"命令提示行"提示为"选择第一个对象或 [放弃(U)/多段线(P)/半径(R)/修剪(T)/多个(M)]:"时，输入字母"R"并按 Enter 键或空格键。

步骤 3：待"命令提示行"提示为"指定圆角半径<0.0000>:"时，输入"100"并按 Enter 键或空格键，以确定圆角半径。

步骤 4：待"命令提示行"提示为"选择第一个对象或 [放弃(U)/多段线(P)/半径(R)/修剪(T)/多个(M)]: "时，单击矩形边 A 上任意一点，确定第一个对象。

步骤 5：待"命令提示行"提示为"选择第二个对象，或按住 Shift 键选择要应用角点的对象:"时，单击矩形边 B 上任意一点，确定第二个对象，这时即可看到倒圆角之后的图形，如图 3-108 所示。

【注意】

在倒圆角的操作中设置圆角半径时，半径值不能太大，否则无法倒圆角。例如，半径值大于某一条线段的长度则无法倒圆角。

另外，在设置倒圆角半径时，圆角半径的值一旦设置好之后就不再改变，直到下次被重新设置为止。圆角半径的值是作为非图形对象保存在图形文件中的。

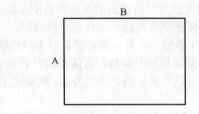   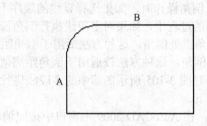

图 3-107　未执行倒圆角之前的图形   图 3-108　执行倒圆角后的图形

3.2.5　分解对象

在 AutoCAD 制图的过程中，使用【分解】命令可以将许多组合对象分解成各个独立的线条，以便使用户对这些对象做进一步的修改，被分解的图形对象一般有块、矩形、圆环、多边形、多段线、标注、多线、图案填充、三维网格、面域等。

在 AutoCAD 2009 中，调用【分解】命令的方法有如下 3 种。

方法 1：单击【菜单浏览器】按钮，在弹出的菜单中选择【修改】→【分解】菜单项。

方法 2：在【功能区】选项板中选择【常用】选项卡，在【修改】面板中单击【分解】按钮🔲。

方法 3：在"命令提示行"中直接输入命令"EXPLODE"并按 Enter 键或空格键。

假定要对图 3-109 所示图形中的五边形进行分解，使分解后的 5 个边各成一条线段，则具体的操作步骤如下。

步骤 1：在 AutoCAD 2009 主窗口中按照调用【分解】命令的方法，执行分解操作命令。

步骤 2：待"命令提示行"提示为"选择对象:"时，单击五边形上任意一点，选中该图形并呈现"亮显"状态。

步骤 3：在选择完毕之后，按 Enter 键或空格键，执行分解操作，如图 3-110 所示。

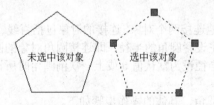   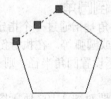

图 3-109　未分解对象之前的图形   图 3-110　分解对象后选中一边的图形

【注意】

在执行分解操作之后，有时在图形外观上看不出任何变化，但如果用鼠标直接拾取对象，即可发现分解前后之间的区别。另外，除极个别情况外，分解命令没有逆操作，因此在使用分解对象命令时一定要仔细考虑，特别是对于图案填充、标注、三维实体要慎用或最好不用。

另外，在分解多段线时，AutoCAD 将清除关联的宽度信息，生成的直线和圆弧段按照多段线的线型设置。在分解包含多段线和标注等的块时，需要先分解多段线等组合对象。在分解带有属性的块时，所有的属性会恢复到未组合为块之前的状态，并显示为属性标记。

3.3　基本的图形编辑

在使用 AutoCAD 绘制图形时，单纯地使用绘图工具只能创建一些基本的图形对象，有时为了获得所需要的图形，必须借助图形编辑命令对基本图形对象做进一步的编辑和修改。因此，只有熟悉了 AutoCAD 的各种编辑命令，才能方便地创建所需要的图形对象。

3.3.1 创建边界与面域

在 AutoCAD 2009 中，创建边界和面域主要用于确定图形对象的面积、质心和惯性矩等特性，进而从面域中提取其设计信息。用户可以对已经创建的面域对象进行着色和填充图案等操作，还可以通过拉伸面域生成三维对象和通过将多个面域进行布尔运算，生成形状更为复杂的面域。

1. 创建边界

利用【边界】命令可以将由直线、圆弧、多段线等多个对象组合形成的封闭图形构建为一个独立的多段线或面域对象。对边界定义的好坏直接影响着对该图形对象的填充效果。在对图形对象执行边界填充之前，必须确定填充边界是否是由图形实体组成的封闭区域，边界是否完全封闭，否则在填充时会出现错误。

在 AutoCAD 2009 中，打开【边界创建】对话框的方法有如下 3 种。

方法 1：单击【菜单浏览器】按钮，在弹出的菜单中选择【绘图】→【边界】菜单项。

方法 2：在【功能区】选项板中选择【常用】选项卡，在【绘图】面板中单击【边界】按钮□。

方法 3：在"命令提示行"中直接输入命令"BOUNDARY"并按 Enter 键或空格键。假定要将图 3-111 所示图形中的 A、B、C 这 3 个区域创建为边界，其具体的操作步骤如下。

步骤 1：在 AutoCAD 2009 主窗口中按照打开【边界创建】对话框的方法，打开【边界创建】对话框，如图 3-112 所示。

步骤 2：单击【拾取点】按钮切换到绘图屏幕，用鼠标分别在 A、B、C 这 3 个区域中拾取任意点后按 Enter 键，此时命令行提示为："BOUNDARY 已创建 5 个多段线"，表明对该图形创建边界成功，如图 3-113 所示。

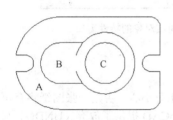

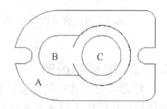

图 3-111　创建边界前的图形　　图 3-112　【边界创建】对话框　　图 3-113　创建边界后的图形

基于源对象创建的多段线或面域边界，源对象保留。另外，如果边界对象中包含有椭圆或样条曲线，则无法创建出多段线边界，只能创建与边界形状一样的面域。

2. 创建面域

在 AutoCAD 中，面域是指具有边界的平面区域，是一个面对象，其内部可以包含孔槽等特性。从外观来看，面域和一般的封闭线框没有区别，但实际上面域就像是一张没有厚度的纸，除了包括边界外，还包括边界内的平面。另外，可以把某些对象围成的封闭区域创建成面域，这些封闭区域可以是矩形、圆、封闭的二维多段线或是封闭的样条曲线等。

在 AutoCAD 2009 中，调用【面域】命令的方法有如下 3 种。

方法 1：单击【菜单浏览器】按钮，在弹出的菜单中选择【绘图】→【面域】菜单项。

方法 2：在【功能区】选项板中选择【常用】选项卡，在【绘图】面板中单击【面域】按钮◎。

方法 3：在"命令提示行"中直接输入命令"REGION"并按 Enter 键或空格键。

假定要对创建边界后的图形对象执行面域操作，具体的操作步骤如下。

步骤 1：在 AutoCAD 2009 主窗口中按照调用【面域】命令的方法，执行面域操作命令。

步骤 2：待"命令提示行"提示为"选择对象:"时，单击图形中构成面域的对象并呈现"亮显"状态。

步骤 3：在选择完毕之后，待"命令提示行"再次提示为"选择对象:"时，按 Enter 键或空格键，结束对象的选择。

步骤 4：这时，"命令提示行"提示为"系统提示生成的环和面域："，即已提取 3 个环和已创建 3 个面域，表明对该图形创建面域操作成功。

步骤 5：面域在创建完毕之后，从图形表面上看不出任何变化。选择【视图】→【视图样式】→【真实】菜单项，即可看到创建面域后的效果，如图 3-114 所示。

【注意】

AutoCAD 可以将选择集的闭合多段线、直线和曲线进行转换，以形成闭合的平面环，即面域的外边界和孔。面域的边界由端点相连的曲线组成，曲线上的每个端点仅连接两条边。

另外，面域对象除了具有一般图形对象的属性外，还具有面域对象特有的属性，其中一个重要的属性就是质量特性。用户可通过选择【工具】→【查询】→【面域/质量特性】菜单项，或在命令行中输入"MASSPROP"命令，再选择需要提取数据的一个或多个面域对象并按 Enter 键，AutoCAD 2009 将会切换到文本窗口，在其中显示出选择面域对象的特性，如图 3-115 所示。

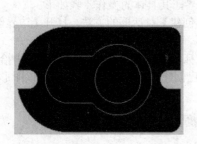

图 3-114　将多段线转换为面域

图 3-115　面域对象的特性窗口

3.3.2　放弃与重做

绘图人员在实际的绘图过程中，每进行一步绘制操作都必须十分小心，否则一张图纸将有可能作废，使绘图人员又从头做起。为了避免这样的情况出现，AutoCAD 提供了放弃（UNDO）与重做（REDO）命令，这两种命令是大多数 Windows 环境下软件的标准操作。放弃和重做命令为每个打开的图形保留了各自独立的操作序列。

1. 放弃

放弃是指一步一步退回至操作序列中的前一个操作。放弃最近操作的方法主要有如下几种。

方法 1：单击状态栏上的【放弃】按钮🔄。

方法 2：在"命令提示行"中输入"U"或"UNDO"命令并按空格键或 Enter 键。

方法 3：选择【编辑】→【放弃】菜单项。

方法 4：在没有任何命令运行也没有选定任何对象时，右击绘图区域并从弹出的快捷菜单中选择【放弃】菜单项。

方法 5：按快捷键 Ctrl+Z 放弃前一次操作。

此外，如果想要放弃指定的操作数目，则可以使用如下两种方法。

方法 1：输入"UNDO"（大小写均可）并按空格键或 Enter 键。输入要放弃的操作数目后再次按空格键或 Enter 键（如要放弃最近的 2 个操作，输入 2 并按空格键或 Enter 键即可）。

方法 2：单击【放弃】按钮右侧的下三角按钮🔽·，从中选取需要放弃的操作命令。

2. 重做

重做是指恢复最后一次的放弃操作，但重做命令必须在放弃命令执行后才能执行。有关重做操作的方法主要有如下几种。

方法 1：单击状态栏上的【重做】按钮🔄。

方法 2：输入"REDO"并按空格键或 Enter 键。

方法 3：选择【编辑】→【重做】菜单项。

方法 4：在没有运行任何命令也没选定任何对象时，右击绘图区域并从弹出的快捷菜单中选择【重做】菜单项。

方法 5：单击【重做】按钮右侧的下三角按钮 ↘ ，从中选取需重做的操作命令。

方法 6：按快捷键 Ctrl+Y。

放弃命令可以连续执行多次，重做命令也可以执行多次，但仅能重做已执行的放弃命令。以上所讲到的是放弃最近的一个或多个操作的方法，但最简单和最常用的是使用"UNDO"命令来放弃单个操作。

3.3.3　夹点的用途

在未执行任何命令的前提下先选择要编辑的图形对象，则被选的图形对象将出现若干个带颜色的小方框，这些小方框是用来标记被选中对象的特征点，称之为夹点。夹点也是图形对象上的控制点，不同的对象其夹点是不同的，如图 3-116 所示。

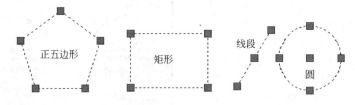

图 3-116　不同对象的夹点

表 3-1 所示给出了 AutoCAD 中常见对象的特征点。

表 3-1　图形对象的特征点

对象类型	特征点位置	对象类型	特征点位置
直线	两个端点和中点	圆	4 个象限点和圆心
多段线	直线段的两端点、圆弧段的中点和两端点	圆弧	两个端点和中点
构造线	控制点以及线上邻近两点	椭圆	4 个顶点和中心点
射线	起点以及射线上的一个点	椭圆弧	端点、中点和中心点
多线	控制线上的两个端点	文字	插入点和第二个对齐点
		段落文字	各项点

利用夹点可以快速地选择要编辑的对象，为用户提供了一种方便快捷的编辑操作途径，进而提高编辑修改的效率，使操作更快捷方便。夹点有两种状态：冷态和热态。冷态是指未被执行的夹点，夹点的颜色为蓝色，也称这样的夹点为"冷夹点"；热态是指被执行的夹点，默认情况下夹点的颜色变为红色，也称这样的夹点为"暖夹点"。

当夹点处于热态时，命令行提示为：

命令：

拉伸料

指定拉伸点或[基点(B)/复制(C)/放弃(U)/退出(X)]：

相当于先"选择"，后"执行"。通过选择相应的命令可以实现对象的拉伸、移动、旋转、镜像、缩放、复制等操作，也可以在右键快捷菜单中选择相应的编辑命令来实现对对象的编辑和修改。图 3-117 所示即为对正五边形的一个顶点执行拉伸操作的过程。

默认情况下，指定拉伸点之后，AutoCAD 将自动把对象拉伸或移动到新的位置，但对于某些夹点，移动时只能移动对象而不能拉伸对象，如文字、块、直线中点、圆心、椭圆中心和点对象上的夹点等。

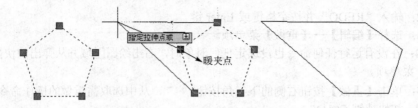

图 3-117   拉伸夹点的过程

例如，选择一条直线后，直线的端点和中点处将打开夹点。单击端点使其成为"暖夹点"后，此端点可以拖动到任何位置，从而实现线段的拉伸。单击中点使其成为"暖夹点"后，拖动到任何位置，即可实现线段的移动，如图 3-118 所示。

对象的夹点编辑功能以及夹点的显示外观都是可以控制的，用户可以通过【选项】对话框中的【选择集】选项卡来设置是否启用夹点功能，如图 3-119 所示。

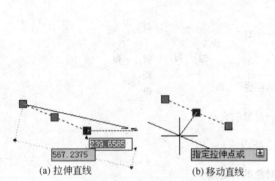

(a) 拉伸直线   (b) 移动直线

图 3-118   拉伸和移动直线的过程   图 3-119   【选项】对话框

在【选择集】选项卡中，用于设置夹点属性的各个参数的含义如下。
- 夹点大小   确定夹点小方格的大小，可通过调整滑块的位置来设置。
- 未选中夹点颜色   控制未选中夹点方格的颜色。
- 选中夹点颜色   控制选中夹点方格的颜色。
- 在块中启用夹点   设置块的夹点显示方式。启用该功能，用户所选择块中的对象均显示其本身的夹点，否则只显示插入点。
- 启用夹点   设置 AutoCAD 的夹点功能是否有效。

使用夹点可以在不调用任何编辑命令的情况下，对需要编辑的对象进行修改。单击所要编辑的对象后，当对象上出现若干个夹点时，单击其中一个夹点作为编辑操作的基点，这时该点会以高亮度显示，表示已成为基点。在选取基点后，就可以使用 AutoCAD 的夹点功能对相应的对象进行拉伸、移动、旋转等编辑操作了。

在激活夹点之后，通过反复按 Enter 键，循环切换到复制夹点模式移动光标并单击，即可进行多重复制。在复制夹点时，对于不同的对象可选择不同的夹点，其复制效果也不相同。

3.3.4   编辑对象的特性

在 AutoCAD 的【特性】对话框中，可以修改 AutoCAD 中图形对象的各项设置，相当于其他软件中的【属性】对话框。

1. 利用【特性】对话框

在 AutoCAD 2009 中，单击【菜单浏览器】按钮，在弹出的菜单中选择【修改】→【特性】

菜单项,可打开【特性】对话框。在没有选取对象时,该对话框将显示整个图纸的特性。在选定了图形对象时,该对话框将显示选定对象的特性,同时,当选取了多个对象时,【特性】对话框将显示这些对象的公共特性。

图 3-120 所示即为无选取对象和选取对象后打开的【特性】对话框。当选择一个对象之后,该对话框内将列出该对象的全部特性及其当前设置。选择同一类型的多个对象,对话框内列出这些对象的共有特性及当前设置。选择不同类型的对象时,在对话框内只列出这些对象的基本特性以及它们的当前设置。

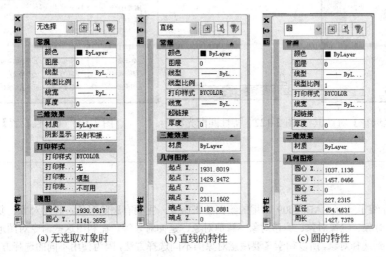

(a) 无选取对象时   (b) 直线的特性   (c) 圆的特性

图 3-120 【特性】对话框

在打开的【特性】对话框中,用于设置图形对象属性的常用参数的含义如下。

- 线宽　单击"线宽"下拉列表框,在下拉列表中可选择所需线的宽度。
- 颜色　单击"颜色"下拉列表框,在下拉列表中可改变当前所选择图形的颜色。
- 线型　单击"线型"下拉列表框,在下拉列表中可设置当前所选择图形线条的线型。
- 打印样式　单击"打印样式"下拉列表框,在下拉列表中可设置打印样式。
- 超链接　在"超链接"文本框中可设置图形对象的超链接。

另外,单击【特性】对话框中的【快速选择】按钮 ,可打开【快速选择】对话框,用于快速创建选择集,如图 3-121 所示。

单击【特性】对话框中的【切换 PICKADD 系统变量值】按钮 ,即可修改 PICKADD 系统变量的值。当按钮图标变为 时,可以一次选择多个对象的属性来进行修改。当按钮变为 时,一次只能选择一个对象进行修改。单击【特性】对话框中的【选择对象】按钮 ,即可在绘图编辑区中选择一个或多个需要修改属性的图形对象。

2．利用特性匹配

特性匹配是指将源对象的特性,包括颜色、图层、线型、线型比例等全部赋予目标对象,相当于 Word 的格式刷功能,对编辑同类图形对象非常有用。

在 AutoCAD 2009 中,调用【特性匹配】命令的方法有如下两种。

方法 1:单击【菜单浏览器】按钮,在弹出的菜单中选择【修改】→【特性匹配】菜单项。

方法 2:在【功能区】选项板中选择【常用】选项卡,在【特性】面板中单击【特性匹配】按钮 。

采用上述方法调用特性匹配命令之后,命令行提示用户选择源对象,同时光标变为小方块和小毛刷的形状,如图 3-122 所示。

另外,命令行还提示当前活动的设置,主要有颜色、线型、线型比例、线宽、厚度、打印样式、文字、标注、图案填充等,并要求用户选择目标对象或选择设置对象。如果直接选择对象(选择目标对象），则这些目标对象的特性将由源对象的特性替代；如果在该提示下输入命令 S，即可在【特性设置】对话框中设置要匹配的选项，如图 3-123 所示。

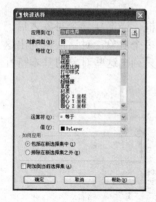

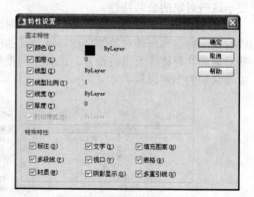

图 3-121 【快速选择】对话框   图 3-122 特性匹配光标   图 3-123 【特性设置】对话框

本章小结

　　本章主要介绍了 AutoCAD 2009 常用的绘图编辑命令，主要有删除对象、移动对象、复制对象、倒圆角、倒角、缩放对象、镜像对象、偏移对象、修剪对象、延伸对象等。在利用这些命令对图形对象进行修改和编辑时都要用到选择对象，所以初学者要注意对象的不同选择方法，因为使用不同的选择方法选择对象后，在执行图形编辑命令时会有不同的结果。

　　最后又介绍了基本图形的编辑，包括图形对象的边界和面域的创建、如何放弃和重做对图形对象的修改和编辑等，还提到了夹点在对图形对象编辑时的作用和编辑对象的特性。相信通过对本章的学习，读者对 AutoCAD 2009 的编辑命令将会有一个更深层次的理解。

习题与动手操作

1. **填空题**

　　（1）选取对象之后，转换成_____模式，可以非常简单地编辑一个或多个对象。

　　（2）AutoCAD 中提供有圆角和倒角命令，圆角是指_____，倒角是指_____。

　　（3）特性匹配是指将_____的特性，包括颜色、_____、线型、线型比例等，全部赋予_____，相当于 Word 的格式刷功能，对编辑同类图形对象非常有用。

　　（4）冷态是指_____的夹点，夹点的颜色为_____，也称这样的夹点为"冷夹点"。

　　（5）在 AutoCAD 中，_____是指具有边界的平面区域，是一个面对象，其内部可以包含_____等特性。

　　（6）矩形阵列复制主要用于创建_____的相同对象，可以控制_____的数目以及对象之间的距离。

　　（7）_____是指围绕指定的镜像轴线翻转对象，从而创建与原来图形对象相对称的镜像图形。

　　（8）在 AutoCAD 中，当用户需要选择具有某些共同特性的对象时，可利用_____对话框，根据对象的图层、_____、颜色等特性和类型进行快速选择。

　　（9）_____是一种利用指定的图形对象范围来选取多个对象的选取方法。

　　（10）在选取对象时，直接将光标或_____置于对象上，然后单击即可选取对象，被选取后的对象以_____显示。

2. **选择题**

　　（1）下面关于选取对象的说法不正确的是（　　　）。

A. 选择集可以包含单个对象，也可以包含复杂的对象编组

B. 如果需要一次选取多个对象，则可逐个选取这些对象

C. 当用户需要选择具有某些共同特性的对象时，可利用【快速选择】对话框

D. 使用栏选取可以很容易地从简单图形对象中选择相邻的对象

(2) 在默认状况下，当 MIRRTEXT 的值为（　　）时，镜像后的文字被翻转 180°。

A. 1　　　　　　　　B. 0　　　　　　　　C. 3　　　　　　　　D. 2

(3) 下面关于旋转对象操作方法不正确的是（　　）。

A. 在菜单中选择【修改】→【旋转】菜单项

B. 在【修改】面板中单击【旋转】按钮

C. 在"命令提示行"中运行"ROTATE"命令

D. 在"命令提示行"中运行"MOVE"命令

(4) 下面选项中属于可以打断的图形是（　　）。

A. 直线　　　　　　　B. 圆弧　　　　　　　C. 构造线　　　　　　D. 都正确

(5) 下列关于拉伸对象的说法中不正确的是（　　）。

A. 具体操作方式由图形对象在选择框中的位置来决定

B. 指定图形中的一部分进行拉伸、移动或变形，同时保持与图形对象未移动部分相连接的一种操作

C. 在拉伸操作过程中，根据所处理对象类型的不同，有着不同的处理规则

D. 对于直线，位于窗口内的直线端点不可以移动，窗口外的端点可以移动

3. 简答题

(1) 在 AutoCAD 中如何快速选取对象，具体步骤是什么？

(2) 在 AutoCAD 2009 中调用【分解】命令的方法有哪几种？

(3) 夹点有哪些用途？

4. 动手操作题

(1) 熟悉 AutoCAD 2009 常用的绘图编辑命令和方法。

(2) 在 AutoCAD 2009 主窗口中，实际体验各种编辑命令的使用，并对图形进行修改和编辑。

第4章

精确绘图与图案填充

///

重点提示

♂ 精确绘图基础

♂ 图案的填充

本章精粹

本章主要介绍 AutoCAD 2009 状态栏上的精确绘图工具的使用方法，以及如何对图案进行填充的基础知识，读者应灵活掌握精确绘图工具的设置方法，如掌握对象捕捉和正交功能的设置方法，以及利用图案填充功能对图形进行填充等操作。

在利用 AutoCAD 绘图的过程中，为了更精确地绘制图形，提高绘图的速度和准确率，需要使用精确的绘图工具，为此，AutoCAD 提供了很多精确绘图工具，利用这些工具可以辅助制图人员提高绘图效率。另外，为了标志某一区域的意义或用途，通常需要将其填充为某种图案，以区别于图形中的其他部分，为此 AutoCAD 提供了图案填充功能。

4.1 精确绘图基础

在利用 AutoCAD 2009 精确绘图之前，首先应了解其精确绘图工具的功能，AutoCAD 2009 状态栏上的按钮基本上都是精确绘图工具，主要包括捕捉和栅格、正交与极轴、对象捕捉与追踪、动态输入等。

4.1.1 图形单位概述

图形单位是在设计过程中所采用的单位，所创建的图形对象都是根据图形单位来计算的，一个图形单位可以等于 1 英寸、1 毫米、1 米或 1 英里。在默认情况下，AutoCAD 将一个图形单位的长度作为 1 毫米（1mm），将一个图形单位的角度作为 1 度（1°），但这些参数均可随时更改，这是和手工绘图相比最大的区别和优点。

在 AutoCAD 2009 中，打开【图形单位】对话框的方法有如下两种。
- 单击【菜单浏览器】按钮，在弹出的菜单中选择【格式】→【单位】菜单项。
- 在"命令提示行"中直接输入命令"UNITS"并按 Enter 键或空格键。

采用上述方法打开的【图形单位】对话框如图 4-1 所示。在其中可设置绘图时使用的长度单位、角度单位，以及单位的显示格式和精度等参数。
- **长度类型** 设置测量单位的当前类型，包括"建筑"、"小数"、"工程"、"分数"和"科学"。
- **长度精度** 设置线性测量值显示的小数位数和分数大小。
- **角度类型** 设置当前角度格式，包括"十进制度数"、"百分度"、"弧度"、"勘察单位"和"度/分/秒"。
- **角度精度** 设置当前角度显示的精度。
- **顺时针** 以顺时针方向计算正的角度值。默认的正角度方向是逆时针方向。
- **插入时的缩放单位** 控制插入到当前图形中的块和图形的测量单位。
- **光源** 用于设置光源强度单位的类型，包括"国际"、"美国"和"常规"。
- **方向** 单击【方向】按钮将打开【方向控制】对话框，可设置起始角度的方向，如图 4-2 所示。

图 4-1 【图形单位】对话框

图 4-2 【方向控制】对话框

默认情况下，长度单位使用十进制小数，小数位数为 4 位，角度单位则取整数度数，即角度不设小数位。在利用 AutoCAD 进行绘图时，如果需要修改图形单位的类型与精度，则可按照如下操作步骤进行。

步骤 1：采用上述方法打开【图形单位】对话框之后，打开"长度"和"角度"下拉列表框，在其中选择相应的类型和精度。

步骤 2：选中"顺时针"复选框，使角度以逆时针方向为负，顺时针方向为正。

步骤 3：在完成上述设置之后，单击【确定】按钮，即可保存用户自定义的图形单位。

【注意】

设置图形单位并不影响到设置尺寸标注单位，但在一般情况下为避免引起混淆，最好先将图形单位和尺寸标注单位设置为相同的类型和精度。

4.1.2　绘图比例和图限

绘图比例其实就是图样中图形要素的线性尺寸与实物相应尺寸之比。默认情况下，利用 AutoCAD 进行绘图时按 1∶1 的比例进行绘图，这在实际绘图过程中可保证各个专业之间的协同。如果要得到不同比例的图纸，则需通过绘图仪设置不同的打印比例来实现。

当然，一般一个图样中的各个视图都会选定一个比例（除另行注明比例的局部放大图外），这样，当用分号来代替比例代号"∶"时，比例就成为了一个分数。

- 当分数等于 1 时，图形与实物一样大。
- 当分数小于 1 时，图形为缩小。
- 当分数大于 1 时，图形为放大。

图限（即图形界限）是指绘制的图形对象所占据的范围，设置图形界限就是将所绘制的图形对象放置在一个特定的区域内。

在 AutoCAD 2009 中，调用【图形界限】命令的方法有如下两种。

- 单击【菜单浏览器】按钮，在弹出的菜单中选择【格式】→【图形界限】菜单项。
- 在"命令提示行"中直接输入命令"LIMITS"并按 Enter 键或空格键。

图形界限可以根据实际需要随时进行设置。设置图形界限的具体操作步骤如下。

步骤 1：按照上述调用【图形界限】命令的方法，执行图形界限操作命令。

步骤 2：在执行完毕之后，AutoCAD 将在"命令提示行"中给出提示信息，如图 4-3 所示。

步骤 3：根据"命令提示行"中的提示信息，输入左下角的坐标，如果直接按 Enter 键，则系统默认左下角的坐标为（0，0），如图 4-4 所示。

步骤 4：根据"命令提示行"中的提示信息，输入右上角的坐标，然后按空格键或 Enter 键，图形界限即可设置完毕。

图 4-3　设置图形界限的命令提示信息

图 4-4　设置图形界限

在图形界限设置完毕之后，由左下角和右上角所确定的矩形区域就是当前文档的图形界限。在设置图形界限时，一般不改变图形界限的左下角的坐标，而只给出右上角的坐标，也就是说给出当前图形界限的高度和宽度值。AutoCAD 默认的图形界限是 420×297 的图形单位，这是国际 A3 图幅标准。

【注意】

设置图形界限时，用户要注意绘图区域必须大于实际尺寸，同时必须要与标准图纸相匹配，即所设置的图形界限区域同标准图纸成一定的比例关系。

综上所述，在利用 AutoCAD 进行绘图时，为保证精确绘制图形和协同设计，应采用 1∶1 的比例绘制图形，即先按实物的长度来绘制图形，在绘制完毕之后再通过设置打印比例输出到纸张介质中。

4.1.3　使用正交

当沿水平或垂直方向移动对象时，使用 AutoCAD 提供的正交方式可以将光标限制在水平或垂直方向上移动，以便于精确地创建和修改对象。移动光标时，不管水平轴或垂直轴哪个离光标最近，拖引线将沿着该轴移动。

正交对齐取决于当前的捕捉角度、UCS 和捕捉设置等。打开正交模式时，使用直接距离输入方法以创建指定长度的正交线或将对象移动指定的距离。在绘图和编辑过程中，可以随时打开或关闭正交模式。

在 AutoCAD 2009 中，打开正交模式的方法有如下 3 种。

- 在 AutoCAD 2009 的状态栏上单击【正交模式】按钮 。
- 在"命令提示行"中直接输入命令"ORTHO"并按 Enter 键或空格键。
- 使用快捷键 F8。

图 4-5 所示即为打开和关闭正交模式的信息提示。另外，输入坐标或指定对象捕捉时将忽略"正交"，但要临时打开或关闭"正交"，需要按住临时替代键 Shift，使用临时替代键时，将无法使用直接距离输入方法。

图 4-5　打开和关闭正交模式

【注意】

"栅格捕捉"类型的设置将会影响到正交模式的作用，如果选择了"等轴测捕捉"选项，则正交模式将对准"等轴测平面"的两条轴测线。另外，正交模式和极轴追踪不能同时打开，打开正交模式将关闭极轴追踪。

4.1.4　使用捕捉与栅格

栅格显示和捕捉模式各自独立，但经常同时打开并配合起来使用，捕捉的作用是准确地对准到设置的捕捉间距点上，用于准确定位和控制间距；栅格的作用是对齐对象并直观显示对象之间的距离。

1．捕捉模式

在 AutoCAD 2009 中，打开捕捉模式的方法有如下两种。

- 在 AutoCAD 2009 的状态栏上单击【捕捉模式】按钮 。
- 使用快捷键 F8 或 Ctrl+B 组合键。

图 4-6 所示即为打开和关闭捕捉模式的信息提示。

在对对象捕捉之前，有时还需要先进行捕捉模式的设置，捕捉设置和栅格设置位于同一个选项卡内，如图 4-7 所示。在 AutoCAD 2009 中，激活捕捉设置的方法有如下 3 种。

图 4-6　打开和关闭捕捉模式　　　　　　　　　　图 4-7　【草图设置】对话框

● 单击【菜单浏览器】按钮，在弹出的菜单中选择【工具】→【草图设置】菜单项，即可打开【草图设置】对话框并选择【捕捉和栅格】选项卡。

● 右击状态栏中的【捕捉模式】按钮 ，在弹出的快捷菜单中选择【设置】菜单项，即可打开【草图设置】对话框并选择【捕捉和栅格】选项卡。

● 在"命令提示行"中直接输入命令"SNAP"并按空格键或 Enter 键。

采用上述激活捕捉设置的方法，打开【草图设置】对话框并选择【捕捉和栅格】选项卡后，即可根据实际需要进行捕捉设置。

控制捕捉设置的各个参数的含义如下。

● 启用捕捉　用于打开或关闭捕捉模式。

● 捕捉间距　用于控制捕捉位置的不可见矩形栅格，以限制光标仅在指定的 X 和 Y 间隔内移动。

● 捕捉 X 轴间距　指定 X 方向的捕捉间距，间距值必须为正实数。

● 捕捉 Y 轴间距　指定 Y 方向的捕捉间距，间距值必须为正实数。

● X 轴间距和 Y 轴间距相等　为捕捉间距和栅格间距强制使用同一 X 和 Y 间距值。捕捉间距可以与栅格间距不同。

● 极轴间距　用于控制极轴捕捉增量距离。

● 极轴距离　用于在选定"捕捉类型"选项组下的"PolarSnap"时，设置捕捉增量距离。如果该值为 0，则"PolarSnap"距离采用"捕捉 X 轴间距"的值。"极轴距离"设置与极坐标追踪和对象捕捉追踪结合使用。若两个追踪功能都未启用，则"极轴距离"设置无效。

● 捕捉类型　用于设置捕捉样式和捕捉类型。捕捉类型有栅格捕捉和 PolarSnap 两种，系统默认为栅格捕捉。

2. 栅格显示

栅格类似于在图形下放置一张坐标纸，是显示在用户定义的图形界限内的点阵，使用户可以直观地参照栅格绘制草图，在输出图纸时并不打印栅格。

在 AutoCAD 2009 中，打开栅格显示的方法有如下两种。

● 在 AutoCAD 2009 的状态栏上单击【栅格显示】按钮 。

● 使用快捷键 F7。

图 4-8 所示即为打开和关闭栅格显示的信息提示。

图 4-8　打开和关闭栅格模式

在 AutoCAD 2009 默认视图设置中，绘图区域是个无限大的空间（即模型空间），因此在打开栅格显示之后，全部栅格只显示在左下角，如果要修改栅格覆盖的区域，可以选择【格式】→【图形界限】菜单项，再按照命令提示选择替代界限。还可以选择【视图】→【缩放】→【全部】菜单项，使栅格覆盖用户坐标系的整个 XY 平面，如图 4-9 所示。

在 AutoCAD 2009 中，激活栅格显示设置的方法有如下 3 种。

● 单击【菜单浏览器】按钮，在弹出的菜单中选择【工具】→【草图设置】菜单项，即可打开【草图设置】对话框并选择【捕捉和栅格】选项卡。

● 右击状态栏中的【栅格显示】按钮 ，

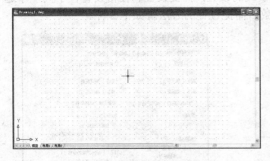

图 4-9　将栅格覆盖绘图区域

在弹出的快捷菜单中选择【设置】菜单项，即可打开【草图设置】对话框并选择【捕捉和栅格】选项卡，如图 4-7 所示。

● 在"命令提示行"中直接输入命令"GRID"并按空格键或 Enter 键。

采用上述激活栅格显示设置的方法,打开【草图设置】对话框并选择【捕捉和栅格】选项卡后,即可根据实际需要进行栅格显示设置。

控制栅格显示设置的各个参数的含义如下。

- 启用栅格 用于打开或关闭栅格显示。
- 栅格间距 用于控制栅格的显示,有助于形象化显示距离。
- 栅格 X 轴间距 用于指定 X 方向上的栅格间距。如果该值为 0,则栅格采用"捕捉 X 轴间距"的值。
- 栅格 Y 轴间距 用于指定 Y 方向上的栅格间距。如果该值为 0,则栅格采用"捕捉 Y 轴间距"的值。
- 每条主线之间的栅格数 用丁指定主栅格线相对丁次栅格线的频率。
- 栅格行为 用于控制除二维线框之外的任何视觉样式时所显示栅格线的外观。
- 自适应栅格 用于控制在视图缩小时,限制栅格密度,放大视图时,生成更多间距更小的栅格线。

在了解了控制栅格显示的各个参数的含义之后,就可根据需要灵活地设定栅格间距了。

【注意】

栅格间距按图形单位计算,在设置栅格间距时,如果间距设置得太小,可能在屏幕上无法显示。默认 X、Y 方向的栅格间距将自动设置成相同的数值,也可改变为行、列之间不同的间距值。

4.1.5 使用对象捕捉

使用对象捕捉可指定对象上的精确位置,而无须了解对象的精确坐标。如使用对象捕捉功能可以捕捉到圆的圆心、线段的中点等。默认情况下,当光标移到对象的对象捕捉位置时,将显示标记和工具提示,从而快速、准确地捕捉对象的位置,达到精确制图的效果。

众所周知,对象捕捉的前提是图形中必须有对象,一张空白的图纸是无法实现对象捕捉的。一般情况下,捕捉模式和栅格显示总是配合在一起使用的,用户可以通过设置 X 轴和 Y 轴的捕捉间距来控制捕捉精度。

【注意】

在提示输入点时指定对象捕捉后,对象捕捉只对指定的下一点有效。仅当提示输入点时对象捕捉才生效。如果尝试在命令提示下使用对象捕捉,将显示错误信息。

在 AutoCAD 2009 中,打开对象捕捉的方法有如下两种。

- 在 AutoCAD 2009 的状态栏上单击【对象捕捉】按钮□。
- 使用快捷键 F3。

图 4-10 所示即为打开和关闭对象捕捉的信息提示。

在捕捉对象之前,有时还需要先进行对象
捕捉的设置,在绘图过程中可以用两种方式设置
对象捕捉:单点捕捉和自动捕捉。

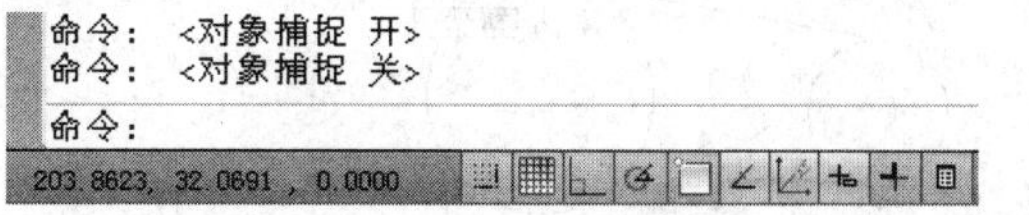

1. 单点捕捉

单点捕捉也称指定对象捕捉,是指在指定

图 4-10 打开和关闭对象捕捉

点的过程中只选择一个特定捕捉点,但比较麻烦的是,每次遇到选择点的提示后都必须先选择捕捉方式。在指定对象捕捉时,光标将变为对象捕捉靶框,选择对象时,AutoCAD 将捕捉离靶框中心点最近的捕捉点,并给出捕捉到该点的符号和捕捉标记提示。

在绘图时,按住 Shift 键或 Ctrl 键并右击,即可随时调出【对象捕捉】快捷菜单,从中可选择需要的捕捉点,如图 4-11 所示。

常用的对象捕捉模式有如下几种。

- 端点 捕捉到圆弧、直线、多段线线段、样条曲线、面域或射线的最近端点或捕捉宽线、实体、三维面域的最近角点。
- 中点 捕捉到圆弧、椭圆、椭圆弧、直线、多线、多段线线段、面域、实体、样条曲线或

参照线的中点。

● 交点　捕捉到圆弧、圆、椭圆、椭圆弧、直线、多线、多段线、射线、面域、样条曲线或参照线的交点。

● 圆心　捕捉到圆弧、圆、椭圆或椭圆弧的中心点。

● 切点　捕捉到圆弧、圆、椭圆、椭圆弧或样条曲线的切点。

● 垂足　捕捉到对象的垂足。

● 平行线　和选定的对象平行。

● 最近点　捕捉到圆弧、圆、椭圆、椭圆弧、直线、多线、点、多段线、射线、样条曲线或参照线的最近点。

● 象限点　捕捉到圆弧、圆、椭圆或椭圆弧的象限点。

● 节点　捕捉到点对象、标注定义点或标注文字起点。

● 延长线　当光标经过对象的端点时，显示临时延长线，以便用户使用

图 4-11　【对象捕捉】快捷菜单　　延长线上的点绘制对象。

对象捕捉功能能使用户绘制出精确的图形对象，对象捕捉必须在绘图或编辑命令的执行过程中提示输入点时才可使用。对于一般对象（如端点、中点、交点、圆心等）的捕捉都比较容易理解和操作，但对于不常用到的对象（如最近点、切点、平行线等）进行捕捉时则不是那么容易，因为这些点是不固定的。

假定要在图 4-12 所示的图形对象中绘制直线，使绘制的直线都和这 3 个圆相切，其具体的操作步骤如下。

步骤 1：在"命令提示行"中输入绘制直线命令"LINE"并按空格键或 Enter 键。

步骤 2：待"命令提示行"提示为"指定第一点："时，使用单点捕捉切点到 A 点附近的位置并单击鼠标，以确定切线的第一点。

步骤 3：待"命令提示行"提示为"指定下一点："时，使用单点捕捉切点到 B 点附近的位置并单击鼠标，以确定切线的下一点。

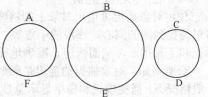

图 4-12　绘制切线之前的图形

步骤 4：待"命令提示行"提示为"指定下一点或[放弃(U)]："时，输入字母"U"或按空格键或 Enter 键，结束绘制直线的操作，即可绘制出 AB 点间的切线连线，如图 4-13 所示。

步骤 5：按 Enter 键重复执行直线命令，绘制出 BC、DE、EF 点之间的连线，最后完成的图形如图 4-14 所示。

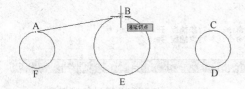

图 4-13　利用捕捉切点绘制切线

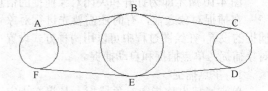

图 4-14　绘制完成后的图形对象

【注意】

在绘制的过程中，由于是由圆对象向其他对象绘制直线，因此直线和圆的切点是不固定的，这样的切点称做递延切点。

2. 自动捕捉

为了避免单点捕捉每次遇到输入点提示后都必须选择捕捉模式的麻烦，AutoCAD 预设了对象的自动捕捉功能，使用户可以一次选择多种捕捉模式，在命令操作中只要打开对象捕捉，捕捉方式即可持续生效。在 AutoCAD 2009 中，激活对象捕捉设置的方法有如下 5 种。

- 单击【菜单浏览器】按钮，在弹出的菜单中选择【工具】→【草图设置】菜单项。
- 按住 Shift 键或 Ctrl 键，在绘图区域空白处右击，从弹出的【对象捕捉】快捷菜单中选择【对象捕捉设置】菜单项，如图 4-11 所示。
- 右击状态栏中的【对象捕捉】按钮□，在弹出的快捷菜单中选择【设置】菜单项。
- 在"命令提示行"中输入命令"OSNAP"并按空格键或 Enter 键。
- 单击【菜单浏览器】按钮，在弹出的菜单中选择【工具栏】→【AutoCAD】→【对象捕捉】菜单项，在"对象捕捉"工具栏中单击【对象捕捉设置】按钮 **∩.**，如图 4-15 所示。

图 4-15 "对象捕捉"工具栏

采用上述激活对象捕捉设置的方法，打开【草图设置】对话框并选择【对象捕捉】选项卡后，即可根据实际需要进行对象捕捉的设置，如在"对象捕捉模式"栏中选中相应的复选框（如端点、中点、圆心等）之后，单击【确定】按钮保存设置，如图 4-16 所示。

在设置对象捕捉时，如果选中"启用对象捕捉"复选框，则用户在绘制图形遇到点提示时，一旦光标进入特定点的范围，该点就将被捕捉到。

如果需要重复使用一个或多个对象捕捉，可以打开"执行对象捕捉"功能。例如，如果需要用直线连接一系列圆的圆心，可以将圆心设置为执行对象捕捉。

另外，用户还可以在【草图设置】对话框的【对象捕捉】选项卡中指定一个或多个执行对象捕捉。 如果启用多个执行对象捕捉，则在一个指定的位置可能有多个对象捕捉符合条件。在指定点之前，按 Tab 键可遍历各种可能选择。如果要让对象捕捉忽略图案填充对象，则需要将 OSOPTIONS 系统变量设置为 1。

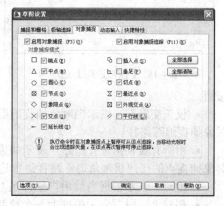

图 4-16 【对象捕捉】选项卡

在绘制复杂的图形对象时，如果自动捕捉类型选择得太多，那么使用起来将不太方便，因为邻近的对象上可能会因同时捕捉到多个捕捉类型而相互干扰，从而影响绘图速度。因此，除了常用的捕捉类型（如端点、交点、圆心等），最好不要过多选择其他的捕捉类型。当临时需要一些不常用的捕捉类型时，可以使用单点捕捉方式。

4.1.6 使用极轴追踪

使用极轴追踪，光标将按指定角度进行移动。使用极轴捕捉，光标将沿极轴角度按指定增量进行移动。通过极轴角的设置，可以在绘图时捕捉到各种设置好的角度方向。在 AutoCAD 2009 的动态输入中，可以直接显示当前光标点的角度。

在 AutoCAD 2009 中，打开极轴追踪的方法有如下两种。

- 在 AutoCAD 2009 的状态栏上单击【极轴追踪】按钮 **∠**。
- 使用快捷键 F10。

图 4-17 所示即为打开和关闭极轴追踪的信息提示。

在创建或修改对象时，可以使用极轴追踪以显示由指定极轴角度所定义的临时对齐路径。在三维视图中，极轴追踪额外提供上下方向的对齐路径。在这种情况下，工具栏将提示该角度为+Z 或–Z。

极轴角与当前用户坐标系（UCS）的方向和图形中基准角度法则的设置相关。在【图形单位】对话框中可以设置角度的基准方向。

在 AutoCAD 2009 中，激活极轴追踪设置的方法有如下 3 种。

- 单击【菜单浏览器】按钮，在弹出的菜单中选择【工具】→【草图设置】菜单项。

- 右击状态栏中的【极轴追踪】按钮 ⚿，在弹出的快捷菜单中选择【设置】菜单项。

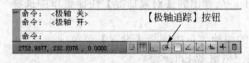

图 4-17　打开和关闭极轴追踪

- 在"命令提示行"中输入命令"DSETTINGS"并按空格键或 Enter 键。

采用上述激活极轴追踪设置的方法，打开【草图设置】对话框并选择【极轴追踪】选项卡后，即可根据实际需要进行极轴追踪的设置，如图 4-18 所示。

控制极轴追踪设置的各个参数的含义如下。

- 启用极轴追踪　打开或关闭极轴追踪。
- 极轴角设置　设置极轴追踪的对齐角度。
- 增量角　设置用来显示极轴追踪对齐路径的极轴角增量。可以输入任何角度，也可以从列表中选择 90、45、30、22.5、18、15、10 或 5 这些常用角度。
- 附加角　对极轴追踪使用列表中任何一种附加角度，附加角度是绝对的，而非增量的。
- 角度列表　如果选中"附加角"复选框，将列出可用的附加角度。要添加新的角度，可单击【新建】按钮。要删除现有的角度，可单击【删除】按钮。

图 4-18　【极轴追踪】选项卡

- 仅正交追踪　表示当对象捕捉追踪打开时，仅显示已获得对象捕捉点的正交（水平/垂直）对象捕捉追踪路径。
- 用所有极轴角设置追踪　表示如果对象捕捉追踪打开，则当指定点时，允许光标沿已获得对象捕捉点的任何极轴角追踪路径进行追踪。
- 绝对　表示根据当前用户坐标系 UCS 确定极轴追踪角度。
- 相对上一段　表示根据上一个绘制线段确定极轴追踪角度。

如果在图形绘制过程中打开了极轴追踪，当光标靠近设置的极轴角时，即可出现极轴追踪线和角度值，当光标从该角度移开时，对齐路径和工具栏提示消失，如图 4-19 所示。显示极轴追踪线时，指定的点将采用极轴追踪角度，这可绘制出各种设置极轴角度方向的图线。

在进行极轴追踪时，可以使用极轴追踪沿着 90°、60°、45°、30°、22.5°、18°、15°、10° 和 5° 的极轴角增量进行追踪，也可以指定其他角度。图 4-20 所示显示了当极轴角增量设置为 30°，光标移动 90° 时显示的对齐路径。

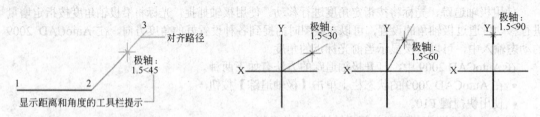

图 4-19　极轴追踪模式　　　　　　　　　　　图 4-20　指定极轴角度（极轴追踪）

如果使用指定极轴距离（即极轴捕捉）功能进行追踪，光标将按指定的极轴距离增量进行移动。如果指定 4 个单位的长度，光标将自指定的第一点捕捉 0、4、8、12、16 等长度。移动光标时，工具栏提示将显示最接近的极轴捕捉增量。必须在"极轴追踪"和"捕捉"模式（设置为"极轴捕捉"）同时打开的情况下才能将点输入限制为极轴距离（用户可以使用功能键临时关闭所有的捕捉和追踪）。

光标移动时，如果接近极轴角，将显示对齐路径和工具栏提示。默认角度测量值为

90°。可以使用对齐路径和工具栏提示绘制对象。与"交点"或"外观交点"对象捕捉一起使用极轴追踪，可以找出极轴对齐路径与其他对象的交点。

【注意】

　　正交模式和极轴追踪不能同时打开，打开极轴追踪将关闭正交模式。同样，极轴捕捉和栅格捕捉不能同时打开，打开极轴捕捉将关闭栅格捕捉。

　　对于极轴追踪参数的设置，在选中"启用极轴追踪"复选框激活极轴追踪后，在"极轴角设置"选项区域的"增量角"下拉列表中，可以选择一个极轴角追踪的增量角，也可以直接输入一个列表中没有的角度，这样，所有 0°和增量角的整数倍角度都会被追踪到。

　　0 方向取决于在【绘图单位】对话框中设置的角度。捕捉的方向（顺时针或逆时针）取决于设置测量单位时指定的单位方向。用户可以使用功能键临时打开和关闭极轴追踪（使用功能键进行极轴追踪时，无法使用直接距离输入方法）。

　　如果极轴增量角度仍不能满足绘图需求，还可以增加附加角来设置单独的极轴角。在选中"附加角"复选框之后，单击【新建】按钮，在列表框中输入角度值即可。附加角不像增量角，只有被设置的单个附加角才会被追踪，可以设置多个附加角。

　　【提示】

　　正交与极轴都是为了准确追踪一定的角度而设置的绘图工具，不同的是，正交仅仅能追踪到水平和垂直方向的角度，而极轴可以追踪更多的角度。

4.1.7　使用对象捕捉追踪

　　利用对象捕捉追踪可以快捷地定义某些无法用对象捕捉直接捕捉到的点的位置，对象捕捉追踪可以根据现有对象的特征点定义新的坐标点。

　　在 AutoCAD 2009 中，打开对象捕捉追踪的方法有如下两种。

- 在 AutoCAD 2009 的状态栏上单击【对象捕捉追踪】按钮。
- 使用快捷键 F11。

　　图 4-21 所示即是打开和关闭对象捕捉追踪的信息提示。

【注意】

　　对象捕捉追踪必须配合自动对象捕捉完成，即

图 4-21　打开和关闭对象捕捉追踪

使用对象捕捉追踪时必须将状态栏上的对象捕捉也打开，并且设置相应的捕捉类型。

　　假定要在一条直线上方绘制一个半径为 30 的圆，且圆心与直线两端的连线分别与直线的夹角为 30°和 120°，具体的操作步骤如下。

　　步骤 1：设置自动对象捕捉的端点捕捉方式，并激活状态栏上的"对象捕捉"功能，如图 4-22 所示。

　　步骤 2：在【草图设置】对话框的【极轴追踪】选项卡中，设置极轴增量角为 30，选中"用所有极轴角设置追踪"单选按钮并将其激活，如图 4-23 所示。

　　步骤 3：单击状态栏上的【对象捕捉追踪】按钮之后，选择绘制圆命令。

　　步骤 4：光标在直线左端处停留，出现端点标记后移开，再将光标放在直线右端处停留，出现端点标记后将光标移向屏幕上方。

　　步骤 5：待屏幕上出现追踪线并在光标附近的工具栏提示中显示交点的坐标为"端点<30，端点<120"时，拾取点即为创建圆的圆心，指定圆的半径为 30 之后，即可得到如图 4-24 所示的效果。

　　利用对象捕捉追踪功能，不用作辅助线即可直接生成相关的特征点，这样既确保了绘图的精确性，又可以大大提高绘图效率。

图 4-22 【对象捕捉】选项卡

图 4-23 【极轴追踪】选项卡

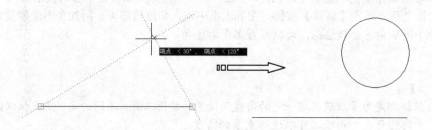

图 4-24 利用对象追踪绘制圆

4.1.8 使用动态输入

动态输入主要用于控制指针输入、标注输入、动态提示以及绘图工具提示的外观，由指针输入、标注输入、动态提示 3 部分组成。动态输入在光标附近提供了一个命令界面，以帮助用户专注于绘图区域。在 AutoCAD 2009 中，打开动态输入的方法有如下两种。

- 在 AutoCAD 2009 的状态栏上单击【动态输入】按钮 ↳。
- 使用快捷键 F12。

启用动态输入时工具栏提示将在光标附近显示信息，该信息会随着光标的移动而动态更新。当某条命令为活动时，工具栏提示将为用户提供输入的位置，如图 4-25 所示。

图 4-25 动态输入提示信息

在 AutoCAD 2009 中，激活动态输入设置的方法有如下 3 种。

- 单击【菜单浏览器】按钮，在弹出的菜单中选择【工具】→【草图设置】菜单项。
- 右击状态栏中的【动态输入】按钮 ↳，在弹出的快捷菜单中选择【设置】菜单项。

- 在"命令提示行"中输入命令"DSETTINGS"并按空格键或 Enter 键。

采用上述激活动态输入设置的方法，打开【草图设置】对话框并选择【动态输入】选项卡，如图 4-26 所示。在其中有"指针输入"、"标注输入"、"动态提示" 3 个选项区域，分别控制动态输入的 3 项功能。

- 指针输入 当启用指针输入且有命令在执行时，十字光标的位置将在光标附近的工具栏提示中显示为坐标。第一点为绝对直角坐标，第二点和后续点的默认设置为相对极坐标。用户可以在工具栏提示中输入坐标值，而不用在命令行中输入，使用 Tab 键可以在多个工具栏提示中切换。

- 标注输入 标注输入可用于绘制直线、多段线、圆、圆弧、椭圆等命令。启用标注输入时，当命令提示输入第二点时，工具栏提示将显示距离和角度值。工具栏提示中的值将随光标移动而改变，按 Tab 键可以移动到要更改的值。

使用夹点编辑对象时，标注输入工具栏提示可能会显示旧的长度、移动夹点时更新的长度、长度的改变、角度、移动夹点时角度的变化和圆弧的半径等信息。使用标注输入设置可以只显示用户希望看到的信息，如图 4-27 所示。

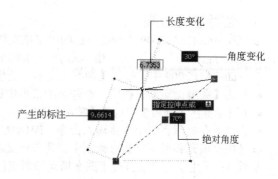

图 4-26 【动态输入】选项卡   图 4-27 只显示希望看到的信息

● 动态提示 启用动态提示时，提示会显示在光标附近的工具栏提示中。用户可以在工具栏提示（而不是在命令行）中输入响应。按下箭头键可以查看和选择选项；按上箭头键可以显示最近的输入。

在开启动态输入后，当提示指定下一点时，若输入数值后输入逗号，则输入的值为 Y 坐标值；若输入数值后按 Tab 键，则输入的值为角度值。使用指针输入设置可修改坐标的默认格式，以及控制指针输入工具栏提示何时显示。

动态输入不会取代命令窗口，但可以隐藏命令窗口以增加绘图屏幕区域，按 F2 键可根据需要隐藏和显示命令提示和错误消息。 另外，也可以浮动命令窗口，并使用"自动隐藏"功能来展开或卷起该窗口。

动态输入可以输入命令、查看系统反馈信息、响应系统，能够基本取代 AutoCAD 传统的命令行，使用快捷键 Ctrl+9 可以关闭或打开命令行的显示，在命令行不显示的状态下可以仅使用动态输入方式输入或响应命令，为用户提供了一种全新的操作体验。

另外，使用快捷键 Ctrl+0 可以清除屏幕，清除屏幕方式可以关闭所有工具栏和浮动面板的显示。Ctrl+9 快捷键和 Ctrl+0 快捷键配合使用，可以在不升级显示设备硬件的情况下将工作区域最大化，是一种扩大工作区域的好方法。

捕捉和栅格、正交和极轴、对象捕捉和追踪、动态输入等绘图辅助工具，可以在绘图过程中随时打开或关闭，并且可以随时修改设置以适应绘图需求。

4.2 图案的填充

AutoCAD 2009 为用户提供了丰富的预定义填充图案，这些预定义图案简单且实用，如果这些图案不能满足绘图需要，还可以创建更复杂的填充图案。例如：创建一种实体填充图案类型，它是使用实体颜色来填充图形区域的。另外，还可以创建渐变填充。渐变填充在一种颜色的不同灰度之间或两种颜色之间使用过渡。渐变填充提供光源反射到对象的外观上，可用于增强演示图形。

图案填充是当绘制完成一个图案后，将该图案填充到某一封闭图形区域的过程。设置图案填充的目的是为了标识某一区域的意义或组成材料。图案填充常用来表达剖切面和不同物体的材质等，主要应用于绘制机械图、建筑图、地质构造图等各类图形。

AutoCAD 2009 在设置图案填充方案、定义图案填充的边界、编辑图案填充的密度、控制图案填充的可见性以及数字信息的提取等方面都有了很大的改进。

在对编辑好的图形进行填充前，需要先设置填充。用户可以使用预定义的填充图案样式或当前的线型定义一个简单的图案样式，还可以通过【图案填充和渐变色】对话框的"自定义图案"选项创建更复杂的填充图案。

4.2.1　创建填充图案

要想在 AutoCAD 2009 中创建自己的图案填充样式，必须先打开【图案填充和渐变色】对话框，通过此对话框可以在某一封闭区域内填充关联或非关联图案。

在 AutoCAD 2009 中，打开【图案填充和渐变色】对话框的方法有如下 3 种。

- 单击【菜单浏览器】按钮，在弹出的菜单中选择【绘图】→【图案填充】菜单项。
- 在【功能区】选项板中选择【常用】选项卡，在【绘图】面板中单击【图案填充】按钮。
- 在"命令提示行"中直接输入命令"BHATCH"并按 Enter 键或空格键。

在【图案填充和渐变色】对话框中创建自定义填充图案类型的操作步骤如下。

步骤 1：采用上述方法打开【图案填充和渐变色】对话框并选择【图案填充】选项卡，如图 4-28 所示。

步骤 2：在"类型和图案"区域中的"类型"下拉列表中设定图案的类型，包括"预定义"、"用户定义"及"自定义" 3 种类型，如选择"自定义"类型。

- 预定义　指定一个预定义的图案样式。用户可以控制任何预定义图案的角度和缩放比例。对于预定义 ISO 图案，还可以控制 ISO 笔宽。
- 用户定义　基于图形中当前线型创建直线图案。用户可以控制用户定义图案中直线的角度、布置方式和间距。
- 自定义　指定以任意自定义 PAT 文件定义的图案，这些自定义 PAT 文件应已添加到 AutoCAD 的搜索路径。

步骤 3：在选择完毕之后，单击"图案"下拉列表框右侧的────按钮，即可打开【填充图案选项板】对话框，在其中选择一种预定义的图案作为当前图形的填充图案，如图 4-29 所示。

图 4-28 【图案填充和渐变色】对话框　　　图 4-29 【填充图案选项板】对话框

步骤 4：单击【确定】按钮，返回到【图案填充和渐变色】对话框，即可在"样例"中预览所选择的填充图案，如图 4-30 所示。

步骤 5：另外，还可以直接单击文本框右边的下三角按钮来选择填充图案，从弹出的下拉列表中选择一种图案的文件名来确定需要填充的图案，如图 4-31 所示。

图 4-30 "样例"预览效果

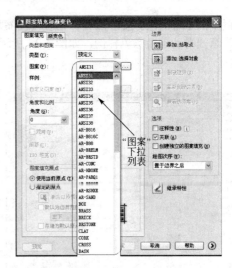

图 4-31 "图案"下拉列表

步骤 6：在填充图案选择完毕之后，根据需要在"角度和比例"区域中设置相应的参数，控制填充图案的显示样式和缩放。"角度和比例"区域中的"相对图纸空间"选项可用于相对图纸空间单位缩放填充图案，该选项仅用于布局，可以使用户轻松实现以适合于布局的比例显示填充图案。

【注意】

根据"类型和图案"区域中选择的图案类型的不同，可以显示不同的选项，如图案类型设置为"用户定义"时，将显示角度、双向和间距选项。

步骤 7：指定填充原点。在创建和编辑填充图案时可以指定填充原点，用户可以使用当前的原点，通过单击一个点来设置新原点或利用边界范围来确定，甚至可以指定这些选项中的任意一个，作为默认行为用于填充操作。

步骤 8：单击"边界"区域中的相应按钮，即可使用户添加、删除、重新创建边界以及查看当前选择集。如选择填充区域内一个点，可以通过单击【添加:拾取点】按钮 来实现等。

步骤 9：在单击"边界"区域中的【添加：选择对象】按钮 指定填充边界之后，系统将返回【图案填充和渐变色】对话框，此时可在"选项"区域中选中相应复选框来创建填充图案特性：一种是创建关联图案填充和非关联图案填充；一种是创建分离的填充图案。

步骤 10：单击【图案填充和渐变色】对话框右下角的三角按钮 ，伸展该对话框的高级选项，如图 4-32 所示。在伸展出的高级选项中选择"孤岛检测"样式选项，设置 AutoCAD 对孤岛的显示样式（包括普通、外部、忽略 3 种），并在选中"保留边界"复选框之后，其左边的下拉列表框才可用，并以对象形式保留填充边界，否则不保留。

【注意】

"孤岛"是指进行图案填充时位于一个已定义好填充区域内的封闭区域。用户在使用"选择对象"选项时，由于 AutoCAD 不会自动检测内部对象，因此必须选择选定边界内的对象，以确保按照当前"孤岛检测"样式填充这些对象。

步骤 11：除使用对话框设置之外，某些功能还可以在确定填充边界后通过右击弹出的快捷菜单来选择相应选项完成，如图 4-33 所示。

至此，就完成了一个创建自定义填充图案类型的所有操作。

在使用 AutoCAD 绘图的过程中，有时在对图像填充时需要用到一种或多种颜色的填充图案，这时就需要在【图案填充和渐变色】对话框的【渐变色】选项卡中创建颜色填充图案。具体的操作步骤如下。

步骤 1：采用上述方法打开【图案填充和渐变色】对话框并选择【渐变色】选项卡或单击工

具栏中的【渐变色】按钮，即可在【图案填充和渐变色】对话框中显示带浏览的下拉列表和渐深、渐浅滑动条及颜色样例，如图 4-34 所示。

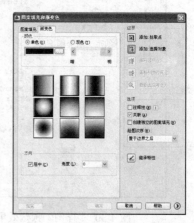

图 4-32　伸展后的对话框　　　图 4-33　填充图案快捷菜单　　图 4-34　【渐变色】选项卡

　　步骤 2：选中"双色"单选按钮，则 AutoCAD 将分别以"颜色 1"和"颜色 2"显示带浏览的下拉列表颜色样例，如图 4-35 所示。
　　步骤 3：在设置图形颜色时，还可通过单击颜色选项右侧的按钮，在弹出的【选择颜色】对话框中选择颜色模式（包括"索引颜色"、"真彩色"和"配色系统"3 个选项），如图 4-36 所示。
　　步骤 4：根据需要进行选择后，在对图形颜色进行填充时，只需选择居中并在"角度"下拉列表框中选择所需角度，即可调整填充颜色的位置与角度，如图 4-37 所示。

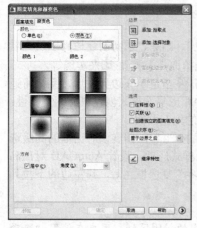

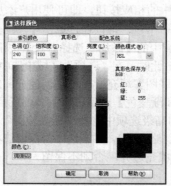

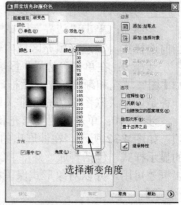

图 4-35　双色图案填充　　　　图 4-36　【选择颜色】对话框　　　图 4-37　选择图案填充角度

4.2.2　图案填充编辑

　　如果用户对已有的图案填充效果不满意，则可以编辑现有的图案填充，在编辑图案填充时，可以更改其绘制顺序，使其显示在图案填充边界后面、图案填充边界前面、所有其他对象后面或所有其他对象前面等。
　　在 AutoCAD 2009 中，打开【图案填充编辑】对话框的方法有如下 3 种。
　　● 单击【菜单浏览器】按钮，在弹出的菜单中选择【修改】→【对象】→【图案填充】菜单项。

- 在"命令提示行"中直接输入命令"HATCHEDIT"并按 Enter 键或空格键。
- 单击"修改II"工具栏（如图 4-38 所示）中的【编辑图案填充】按钮。

当 AutoCAD 提示选择图案填充的对象时，选择所需编辑的对象并右击鼠标，即可打开【图案填充编辑】对话框，如图 4-39 所示。

图 4-38　"修改II"工具栏　　　　　　　　　图 4-39　【图案填充编辑】对话框

【注意】

　　在【图案填充编辑】对话框中显示了选定图案填充或填充对象的当前特性。用户只允许修改在【图案填充编辑】对话框中可用的特性。

　　在【图案填充编辑】对话框中对填充图案进行编辑时，不仅可以修改图案、比例、旋转角度和关联性等设置，还可以修改、删除及重新创建边界，但对渐变色图案填充的编辑情况则与【图案填充和渐变色】对话框中一样，如图 4-40 所示。

　　在命令行内输入"BOUNDARY"命令，或选择【绘图】→【边界】菜单项，即可在【边界创建】对话框中单独进行边界定义，如图 4-41 所示。

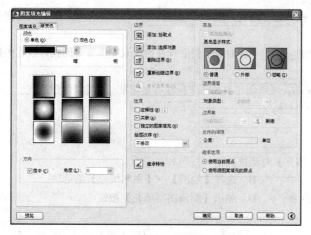

图 4-40　渐变色填充图案编辑

图 4-41　【边界创建】对话框

【注意】

　　【边界创建】对话框与【边界图案填充】对话框中的高级选项区域基本相同，各个选项的含义和使用也基本一样，不同之处为边界创建命令结束之后，只创建边界而不创建填充。

　　图案填充是按照图纸尺寸进行定义的，可以创建单独的注释性填充对象，也可以创建注释性填充图案，使用注释性图案填充可象征性地表示材质（如沙子、混凝土、钢铁等）。

本章小结

　　在使用 AutoCAD 绘制工程设计图纸的过程中，工程图的设计不仅反映了设计师的设计意图，同时还需要将相关的绘图数据从图纸中提取出来，以供非设计人员也能看明白设计者的意图。

　　在工程图纸的设计过程中，无论多么简单的工程图纸一次性都不可能绘制成功，都需要在设计的过程中对设计方案或各种绘图参数进行反复论证和修改，包括零件尺寸、形状、配合、位置和动作等。在此需求下，就需要设计人员能够运用 AutoCAD 中的辅助工具实现精确绘图了。此外，对于绘制完毕的图案，还往往需要使用图案填充功能对其中的某些封闭区域进行填充，以表达剖切面和不同物体的材料等。

　　因此，只有熟练地掌握了精确绘图工具和图案填充功能的使用方法和操作方法，才能将其应用到实际的工作中，如常见的土地测量、建筑面积计算、装配图的绘制等。

习题与动手操作

1. 填空题

　　（1）图形单位是在_____中所采用的单位，所创建的图形对象都是根据图形单位来计算的，一个图形单位可以等于 1 英寸、_____、1 米或 1 英里。

　　（2）绘图比例其实就是图样中图形要素的_____尺寸与_____相应尺寸之比，因为在实际工作中利用 AutoCAD 进行绘图时，往往是按_____的比例来进行绘图的。

　　（3）使用极轴追踪，光标将按指定_____进行移动。使用极轴捕捉，光标将沿极轴角度按指定_____进行移动。

　　（4）动态输入主要由_____、_____、_____3 部分组成。动态输入在光标附近提供了一个命令界面，以帮助用户专注于绘图区域。

　　（5）当绘制完成一个图案后，常常需要将图案填充到某一_____区域，这一过程称为图案填充。

　　（6）正交对齐取决于当前的_____、UCS 和_____等。

　　（7）_____的作用是准确地对准到设置的捕捉间距点上，用于准确定位和控制间距；_____的作用是可以对齐对象并直观显示对象之间的距离。

　　（8）捕捉模式和栅格显示一般总是配合在一起使用的，用户可通过设置_____和_____的捕捉间距来控制捕捉精度。

　　（9）对象捕捉功能能使用户绘制出精确的_____，对象捕捉必须在绘图或编辑命令的执行过程中提示_____时才可使用。

　　（10）图案填充是按照_____进行定义的，可以创建单独的注释性填充对象，也可以创建_____填充图案，使用注释性图案填充可象征性地表示材质。

2. 选择题

　　（1）下面操作方法不能打开【边界图案填充】对话框的是（　　　）。

　　　　A. 单击【图案填充】按钮 ▓　　　　　　　B. 选择【绘图】→【图案填充】菜单项

　　　　C. 在命令行内输入 "BHATCH" 命令　　　D. 单击【编辑图案填充】按钮

　　（2）一个图形单位不等于（　　　）。

　　　　A. 1 英寸　　　　　　B. 1 毫米　　　　　　C. 1 米　　　　　　D. 1 厘米

　　（3）下列关于在 AutoCAD 2009 中打开正交模式的方法中，错误的是（　　　）。

　　　　A. 单击【正交模式】按钮　　　　　　　　　B. 直接运行 "ORTHO" 命令

　　　　C. 使用快捷键 F12　　　　　　　　　　　　D. 使用快捷键 F8

　　（4）控制极轴追踪设置的各个参数中，用于设置极轴追踪的对齐角度的是（　　　）。

　　　　A. 极轴角设置　　　B. 启用极轴追踪　　　C. 附加角　　　D. 角度列表

（5）动态输入主要由 3 部分组成，下列选项中错误的是（　　　）。

　　A．指针输入　　　　　　B．标注输入　　　　　C．动态提示　　　　　D．静态提示

3. 简答题

（1）在 AutoCAD 2009 中，调用【图形界限】命令的方法有哪几种？

（2）在 AutoCAD 2009 中，激活栅格显示设置的方法有哪几种？

（3）在绘图过程中，可以用哪两种方式设置对象捕捉？

4. 动手操作题

（1）以画圆、画多边形、画剖面线的方法完成下图。

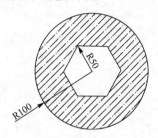

（2）不计尺寸，完成一个常见的阀类（Valve）表示图。

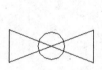 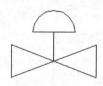 

第5章

文字标注与表格制作

////

重点提示

- ♂ 单行文字与多行文字
- ♂ 字段的使用
- ♂ 表格的制作

本章精粹

本章主要介绍 AutoCAD 2009 中文字标注、字段和表格样式的设置方法和类型，并重点讲述文字对象和标注样式的定义，以及进行快速标注和制作表格的技巧。读者应灵活掌握 AutoCAD 进行工程项目设计过程中文字、字段和表格的使用方法，从而更熟练地使用经常变化的文字、表格、字段等。

文字对象和表格是 AutoCAD 图形中很重要的元素，是机械制图和工程制图中不可缺少的组成部分。在一张完整的工程图中，除要将实际物体绘制成几何图形外，还必须加上必要的文字注释、技术要求和明细表等非图形信息，以便为施工人员或生产人员提供足够的使用信息。图形中的文字标注可以是英文、中文等，还可以是数字或符号。另外，还可以通过表格的形式来标注图形信息，这样不仅可以增加图形的易懂性，还能表达出图形对象不易表达出来的信息。

在对图形对象进行文字标注时，AutoCAD 2009 可以使用 Windows 系统本身所带的 TTF 字库，但使用该字库的缺点是容易使图形文件变大，从而使系统反应有所下降。为此，AutoCAD2009 提供了专用的 SHX 字库，使用该字库的优点是图形文件占用空间小，系统反应速度较快。

【注意】

　　在打开 AutoCAD 图形文件时，如果发生打开文件后所有的文字都不可见或变为问号（或乱码）的情形，主要原因可能是缺少字库文件或字库文件不一致。

使用"文字"工具栏和【注释】选项卡中的【文字】面板（如图 5-1 所示）都可以创建和编辑文字。"文字"工具栏是由一系列工具按钮组成的，如图 5-2 所示。如果该工具栏未显示在屏幕上，则可以通过单击【菜单浏览器】按钮，在弹出的菜单中选择【工具】→【工具栏】→【AutoCAD】→【文字】菜单项来打开。

图 5-1 【文字】面板　　　　　　　　　　　　　　图 5-2 "文字"工具栏

5.1 单行文字与多行文字

在 AutoCAD 制图中，使用文字可标明图形对象中的各个部分，还可以给图形对象添加必要的注释，但是对不同的对象或在不同的位置进行文字标注时，应使用不同的文字样式。为此，AutoCAD2009 为用户提供了极为强大的文字编辑功能，并提供了多种创建文字的方法。对于简短的输入项可以使用单行文字，对于带有内部格式的较长输入项则可以使用多行文字。此外，还可以设置文字的字体、字形、大小、颜色等。

5.1.1 单行文字标注与对齐

单行文字标注是指每次向图形中输入一行文字，即每一行就是一个文字对象，并且可对每一行文字进行单独的修改，是最常用也是最简单的一种文字标注方法。对于简单的文字标注（如标签、标题等）可以创建单行文字。在 AutoCAD 2009，中，激活单行文字命令的方法如下。

- 单击【菜单浏览器】按钮，在弹出的菜单中选择【绘图】→【文字】→【单行文字】菜单项。
- 在【功能区】选项板中选择【注释】选项卡，在【文字】面板中单击【单行文字】按钮 AI。
- 在"命令提示行"中运行"DTEXT"命令。
- 在"文字"工具栏中单击【单行文字】按钮 AI。

假定要创建一个如图 5-3 所示的图形，并向其中引出水平线的上方标注字体为黑体的文字"原设备附带"，则具体的操作步骤如下。

步骤 1：按照上述激活单行文字命令的方法，执行单行文字操作命令。待"命令提示行"提示为"指定文字的起点或[对正(J)/样式(S)]："时，单击水平引线上方的位置，使其成为文字行的左下角起点位置。

步骤 2：待"命令提示行"提示为"指定文字的旋转角度<0>："时按 Enter 键，设置旋转角度为 0，即表示对文字不进行旋转，按水平方式从左向右书写。

步骤 3：依次输入文字的高度、文字行的旋转角度后，即可开始输入文字。待"命令提示行"提示为"输入文字："时，输入"原设备附带"文字后按 Enter 键，结束文字输入操作。空格键在输入文字时是被当作一个字符来处理的，因此切记不要按空格键。

步骤 4：待"命令提示行"提示为"输入文字："时，因不再需要输入文字，所以再次按 Enter 键以结束单行文字的输入。

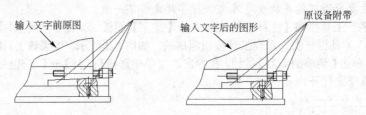

图 5-3　向图形中输入文字

【注意】

执行系统提示操作时，若已在所使用的文字样式中将文字高度设置成固定值，则执行操作时，系统将不再提示指定文字高度。

在书写单行文字的操作过程中，还可以使用对齐功能，为不同需求的文字指定不同的对齐方式。系统默认对其方式为左对齐。因此，如果要左对齐文字，则不必在"命令提示行"的"对正"提示下输入选项。单行文字中对正选项用于决定字符的哪一部分与指定基点对齐。

AutoCAD 2009 提供了对齐（A）、调整（F）、正中（MC）、中上（TC）、右上（TR）、右中（MR）、右（R）、右下（BR）、中间（M）、中下（BC）、中心（C）、左下（BL）、左（L，系统默认）、左中（ML）、左上（TL）等多种对齐方式，其具体含义如表 5-1 所示。

表 5-1　AutoCAD 2009 中的对齐方式

方　式	含　义
正中（MC）	文本对齐在文本串的垂直中点和水平中点
中上（TC）	文本对齐在文本单元串的顶部，文本串向中间对齐
右上（TR）	文本对齐在文本串最后一个文本单元的右上角
右中（MR）	文本对齐在右侧文本单元的垂直中点
右（R）	确定文本串基线的右端点
右下（BR）	文本对齐在基线的最右侧
中间（M）	确定文本串基线的水平和垂直的中点
中下（BC）	文本对齐在基线的中点
中心（C）	确定文本串基线的水平中点
左下（BL）	文本对齐在第一个文字单元的左角点
左（L）	系统默认
左中（ML）	文本对齐在第一个文本单元左侧的垂直中点
左上（TL）	文本对齐在第一个字符的文本单元的左上角
对齐（A）	确定文本串的起点和终点。AutoCAD 调整文本高度以使文本适于放在两点之间
调整（F）	确定文本串的起点和终点，不改变高度。AutoCAD 调整宽度系数以使文本适于放在两点间

　　如果用户在输入文字的过程中想改变后面输入文字的位置，只需将光标移到新位置并按拾取键，原标注行结束，标注出现在新确定的位置之后，即可在新位置继续输入文字。还可以在指定的两个点之间调整单行文字，即在指定的两个点之间拉伸或压缩文字，以满足一些特殊的需要。

　　另外，在输入单行文字时，经常会遇到要输入一些特殊符号（如"±"、"°"、"Φ"等），而这些符号既不能直接从键盘上输入，也不能从快捷菜单中直接插入符号，只能通过 AutoCAD 提供的控制符，来实现这些符号的输入。常用的 AutoCAD 控制符如表 5-2 所示。

表 5-2　AutoCAD 中的常用控制符

控　制　符	具　体　功　能	控　制　符	具　体　功　能
%%O	打开或关闭文字上划线	\U+2238	标注（≈）符号
%%U	打开或关闭文字下划线	\U+2220	标注角度（∠）符号
%%D	标注度（°）符号	\U+2126	标注欧姆（Ω）符号
%%P	标注正负公差（±）符号	\U+2260	标注不相等(≠)符号
%%C	标注直径（Φ）符号	\U+2082	标注下标 2 符号
%%%	标注%	\U+0082	标注上标 2 符号
		\U+0083	标注上标 3 符号

5.1.2　多行文字标注

　　多行文字（也称段落文字）主要用于标注比较复杂的说明，如图样的技术要求等。它是区别于单行文字的一种文字对象，可以由任意数目的文字行或段落组成，且各行文字作为一个整体处理，并可以沿垂直方向无限延伸。

　　在 AutoCAD 2009 中，激活多行文字命令的方法如下。

　　● 单击【菜单浏览器】按钮，在弹出的菜单中选择【绘图】→【文字】→【多行文字】菜单项。

　　● 在【功能区】选项板中选择【注释】选项卡，在【文字】面板中单击【多行文字】按钮**A**。

　　● 在"命令提示行"中运行"MTEXT"命令。

　　● 在"文字"工具栏中单击【多行文字】按钮**A**。

　　采用上述方法激活多行文字命令后，系统将给出如图 5-4 所示的提示。用鼠标在绘图区域内单击或直接在"命令提示行"内输入数据指定第一角点的位置坐标后，系统将在"命令提示行"给出指定第一角点后的信息提示，如图 5-5 所示。

图 5-4　创建多行文字的信息提示　　　　　图 5-5　指定第一角点后的信息提示

　　括号内各选项的含义如下。

　　● 高度　用于指定所输入文字的高度。

　　● 对正　它的功能同输入单行文字时的提示相同。

　　● 行距　用于设置所输入文字的行间距。

　　● 宽度　用于设置文字行的宽度。

　　● 旋转　用于设置文字行的旋转角度。

　　● 样式　用于设置文字字体样式。

　　在了解了激活多行文字命令的方法以及"命令提示行"中的各个含义之后，用户即可以选择相应的选项来输入多行文字，还可以采用系统默认选项，即直接指定矩形框来确定多行文本的放置区域，这时 AutoCAD 将打开多行文字编辑器，如图 5-6 所示。

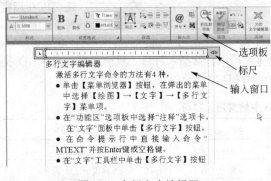

图 5-6　多行文字编辑器

多行文字编辑器由各选项板和一个带标尺的文本输入框组成。在对图形进行多行文字标注时，需先定义一个矩形区域，由该区域来确定文字行的宽度和起始位置，再向图形中输入一段或多段文字，而在以后对这些文字进行编辑时，这些文字是作为一个对象来处理的。在多行文字编辑器的文本输入框中右击，打开快捷菜单，用户可以直接输入文字内容，并对文字的字体、大小、颜色等进行编辑；还可以方便地在标注文字中插入字段和符号，控制段落格式，导入文字以及为文字添加背景颜色等。

为文字添加背景颜色的操作步骤如下。

步骤 1：在多行文字编辑器中选中要添加背景颜色的多段文字，如图 5-7 所示。

步骤 2：在多行文字编辑器中右击，在打开的快捷菜单中选择【背景遮罩】菜单项，打开【背景遮罩】对话框，如图 5-8 所示。

图 5-7　选中多行文字

图 5-8　【背景遮罩】对话框

步骤 3：在【背景遮罩】对话框中选中"使用背景遮罩"复选框，单击"红"右侧的下拉箭头，在下拉列表中选择所需要的颜色，如图 5-9 所示。

步骤 4：如果下拉列表中无所需要的颜色，则选择"选择颜色"选项，即可打开【选择颜色】对话框，如图 5-10 所示。在该对话框中有 3 个选项卡，分别是【索引颜色】、【真彩色】和【配色系统】，用户可根据实际需要选择相应的颜色。

步骤 5：在选择所需颜色完毕之后，单击【确定】按钮，即可返回到【背景遮罩】对话框，并在右侧看到自己所选择的颜色样式，如图 5-11 所示。

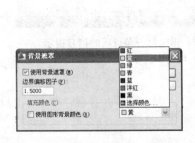

图 5-9　颜色下拉列表

图 5-10　【选择颜色】对话框

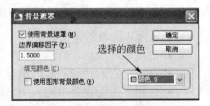

图 5-11　选择的颜色效果

步骤 6：单击【确定】按钮，即可为多行文字添加背景颜色，如图 5-12 所示。

多行文字一次可以创建多个段落，并对文字设置不同的字高等。另外，AutoCAD 软件的多行文字编辑器，还可以将在其他软件中录入的含有大段文字的文本文件，使用 Windows 系统中的"复

制+粘贴"操作，将编辑好的多段文字粘贴到多行文字编辑器中。AutoCAD 可以接受的文本格式
有纯文本文件、RTF 格式文本文件等。

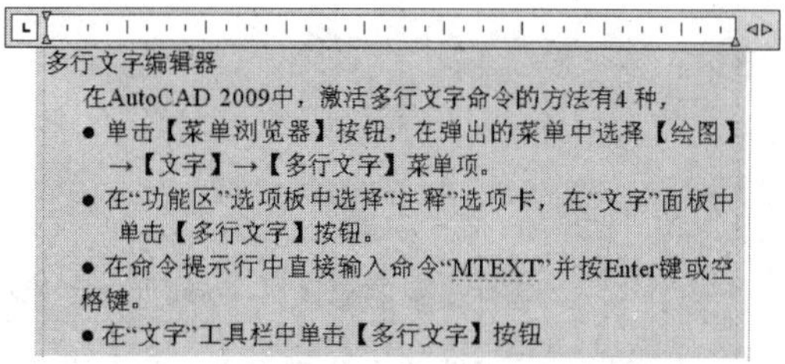

在使用 AutoCAD 为图形对象进行标注时，
对于较长、较复杂的标注内容，使用多行或段落
文字进行标注比较方便快捷。多行文字与单行文
字的主要区别是：无论行数多少，创建的段落集
都被认为是单个对象。

多行文字的编辑选项比单行文字多。对于多
行文字的编辑，可以使用 Word 的多项操作如复
制、粘贴、对齐、编号等，还可以设置字体的样

图 5-12　为多行文字添加的背景效果

式、尺寸、大小等，并能在这些文字中间插入一些特殊符号。此外，对于多行文字的编辑，可以
将对下划线、字体、颜色和高度的修改应用到段落中的每个字符、词语或短语中，用户可以通过
控制文字的边界框，来控制文字段落的宽度和位置等。总之，AutoCAD 2009 的多行文字编辑器
功能比起以往的版本又得到了进一步增强，并新增了项目符号和透明背景功能，可以自动为换行
文本添加项目符号，透明背景让文字和图形的关系更加明了。

5.1.3　对文字进行修改

在对图形对象进行文字标注的过程中，可以在初次输入文字对象时进行编辑，如果标注完毕
之后，感觉其内容或文本特性不太理想，还可以重新对其进行编辑。

在 AutoCAD 2009 中，激活文字编辑命令的方法如下。

- 单击【菜单浏览器】按钮，在弹出的菜单中选择【修改】→【对象】→【文字】→【编辑】
菜单项。
- 在【功能区】选项板中选择【注释】选项卡，在【文字】面板中单击【编辑】按钮。
- 在"命令提示行"中运行"DDEDIT"命令。
- 在"文字"工具栏中单击【编辑】按钮。

采用上述方法激活文字编辑命令后，AutoCAD 对于单行文字和多行文字的响应是不同的，但
也有共同之处：在 AutoCAD 2009 中，无论单行文字还是多行文字，都采用在位编辑方式，即被
编辑的文字不离开原来文字在图形中的位置，保证了文字与图形相对位置的一致性。

修改文字有两种不同的情形：一是修改文字的内容；二是修改文字的属性，也可以同时修改
文字的内容和属性。

1. 编辑文字内容

对于单行文字的修改，可以双击单行文字对象或在"命令提示行"中执行"DDEDIT"命令，
在打开的文本编辑框中进行修改。在文本编辑框处于"亮显"状态时，可以跟随光标的插入点，
在该文本框中直接添加、删除或修改内容。

图 5-13 所示为删除单行文字内容的前后效果对比图。也可以在文本框中右击，在打开的快捷
菜单中编辑文字内容，图 5-14 所示即为单行文字的编辑菜单。

对于多行文字的修改，可以双击多行文字对象或执行"MTEDIT"命令，在打开的多行文字
编辑器中进行相应的文字编辑和修改。

【注意】

在修改图形中的文字时，如果原来的文字是通过"多行文字"命令的形式输入的，则在执行
完【编辑文字】对话框的操作之后，将打开一个"文字格式"工具栏及文字输入框。

2. 编辑文字特性

AutoCAD 2009 的【特性】面板相当于其他软件的属性面板，在该面板中可以修改所有
AutoCAD 对象的属性。选择【修改】→【特性】菜单项或在"命令提示行"中运行"PROPERTIES"
命令，即可打开【特性】面板。

单行文字的修改 ——→ 单行文字修改

图 5-13　删除单行文字内容的前后效果对比图　　　图 5-14　单行文字的编辑菜单

在【特性】面板中，如果选择单行文字，则在该面板中显示单行文字相应特性的编辑框，如图 5-15 所示；如果选择多行文字，则在该面板中显示多行文字相应特性的编辑框，如图 5-16 所示。利用该编辑器可以设置文字的样式、高度、对齐方式、坐标等。

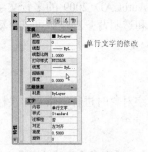

图 5-15　单行文字【特性】面板　　　　　　图 5-16　多行文字【特性】面板

另外，如果将鼠标置于【特性】面板的右下角，鼠标将变成斜向箭头，按住鼠标拖动【特性】面板，即可放大或缩小【特性】面板。放大面板可以显示被面板覆盖的内容，缩小面板则可以隐藏面板中一部分内容。

利用对象的【特性】面板进行文字修改的方法虽然复杂，但其功能全面，不仅可以修改文字内容，还可以修改文字的其他属性，如样式、高度、对正方式、旋转角等。

此外，用户还可以通过修改属性中各项的值，来精确地控制文字的内容、样式及位置，关于文字的属性如表 5-3 所示。

表 5-3　文字属性

特性名称	作用	备注
内容	指定文本字符串	最大长度为 256 个字符
样式	指定文本的文字样式名	
对正	指定文字的对齐方式	
高度	指定文字的高度	英文大写字母的高度，以图形单位度量
旋转	指定文字的旋转角度	旋转角度是相对 X 轴的角度
宽度比例	指定文字的宽度比例因子	此比例因子通常指定为 X 方向的相对比例因子
倾斜	指定文字的倾斜角	
文字对齐 X 坐标	指定对齐点的 X 坐标	
文字对齐 Y 坐标	指定对齐点的 Y 坐标	
文字对齐 Z 坐标	指定对齐点的 Z 坐标	对于二维平面绘图，此值为 0
位置 X 坐标	指定插入点的 X 坐标	
位置 Y 坐标	指定插入点的 Y 坐标	
位置 Z 坐标	指定插入点的 Z 坐标	对于二维平面绘图，此值为 0
颠倒	确定文字是否颠倒	
反向	确定文字是否反向	

5.1.4 查找、替换文字

在现实生活中，存在有一些基本结构相同的系列化产品，它们只是在发行标号、尺寸大小、颜色等属性上有一些差异。在对这些产品进行标注时，如果都各自新建说明性文字，无疑是浪费时间和精力。为此，AutoCAD 2009 为用户提供了查找和替换功能，该功能允许用户在当前的整个图形文件中或指定的某一区域内，查找所需要的文本文件并替换，即对完全相同或相似的文本文件进行适当修改以满足新的要求。

在 AutoCAD 2009 中，激活查找和替换命令的方法如下。

- 单击【菜单浏览器】按钮，在弹出的菜单中选择【编辑】→【查找】菜单项。
- 右击绘图区域，在弹出的快捷菜单中选择【查找】菜单项。
- 在"命令提示行"中运行"FIND"命令。
- 在"文字"工具栏中单击【查找】按钮 。

采用上述方法之一打开【查找和替换】对话框，如图 5-17 所示。在"查找内容"下拉列表框中可选择或输入要被修改或被替代的文本内容，在"替换为"下拉列表框中可选择或输入新的文本内容，单击【替换】按钮，将查找到的文本改为"替换为"文本框中的字符串。

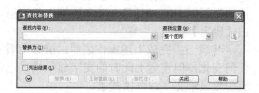

图 5-17 【查找和替换】对话框

另外，如果选中"列出结果"复选框，则在单击【查找】按钮后，符合条件的搜索结果将在"列出结果"下方的文本框中显示出来，如图 5-18 所示。单击左下角的 按钮，将会展开【查找和替换】对话框的另半部分，如图 5-19 所示。其中，包括"搜索选项"和"文字类型"两个选项区域，选中相应的复选框可以查找相应的内容。

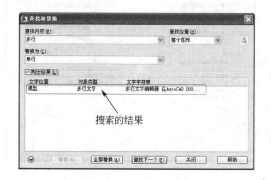

图 5-18 搜索结果

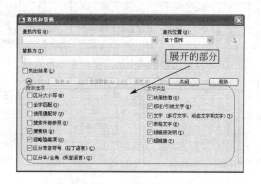

图 5-19 展开后的【查找和替换】对话框

【注意】

只有在创建了查找区域之后，规定 AutoCAD 在该区域内查找与替换时，【查找和替换】对话框中的【全部选择】按钮才允许用户启用。

5.1.5 文字的显示模式

在绘图和编辑的过程中，如果图形中的文字太多，则图形的显示和生成速度就可能会变得较慢，这时就需要改变文字的显示模式以提高图形的显示速度。

在 AutoCAD 2009 中，用于控制文字显示模式的命令是"QTEXT"，执行该命令后将在"命令提示行"显示提示信息，用户可以在打开（ON）选项和关闭（OFF）选项中进行选择，如图 5-20 所示。

　　如果输入"ON"，在重新生成图形时，AutoCAD 将把图形文件中的所有文字以矩形框代替，而不显示其具体内容。矩形框的大小、位置反映了相应文字行的长度、字高及其所在的位置，如图 5-21 所示。如果输入"OFF"，则相反，如图 5-22 所示。

图 5-20　"QTEXT"命令提示信息

　　现假定对图 5-23 所示的图形对象中的文字显示方式进行修改，使修改后的文字只显示文字边框，具体操作步骤如下。

图 5-21　"QTEXT"模式为"ON"时的文字对象

　　步骤 1：单击【菜单浏览器】按钮，在弹出的菜单中选择【选项】菜单项 选项，即可打开【选项】对话框，如图 5-24 所示。

　　步骤 2：选择【显示】选项卡，选中"显示性能"区域中的"仅显示文字边框"复选框，单击【确定】按钮。

图 5-22　"QTEXT"模式为"OFF"时的文字对象

　　步骤 3：完成上述操作之后，屏幕上看不出任何变化，但实际上此时的文字显示模式已经改变为仅显示文字边框模式了。

　　步骤 4：此时在"命令提示行"中输入命令"REGEN"，即图形重生成命令，即可得到一个仅显示文字边框的图形，即图形中凡有文字之处均以一个矩形框来表示，如图 5-25 所示。

SYM.	WIDTH	HEIGHT	STYLE	REF#	MANUFACTURER	QTY	COST	TOTAL
			DOOR SCHEDULE					
1	3'	6'-8"	TWO PANEL	TS 3010	TRU STYLE	2	189.00	$378.00
2	3'	6'-8"	TWO PANEL	TS 3010	TRU STYLE	7	189.00	$1323.00
3	5'	6'-8"	FRENCH DOORS	FL 301	TRU STYLE	1	310.00	$310.00
4	5'	6'-8"	FRENCH DOORS	FL 1000	TRU STYLE	1	329.00	$329.00
5	2'-4"	6'-8"	ONE PANEL	TS 3010	TRU STYLE	1	189.00	$189.00
6	5'	6'-8"	BI-FOLD	BF 5068	TRU STYLE	4	119.00	$476.00
					ESTIMATED COST OF DOORS			$3005.00

图 5-23　正常模式下的文字对象显示效果

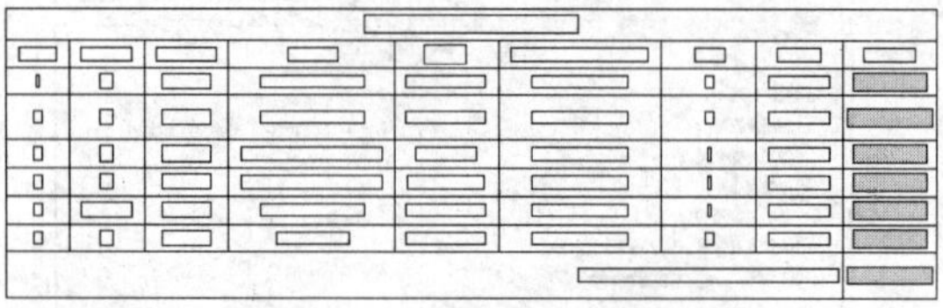

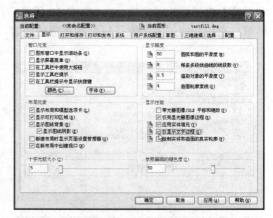

图 5-25　仅显示文字边框的图形　　　　　图 5-24　【选项】对话框

　　当"仅显示文字边框"复选框被选中时，打印图形时将在纸上看不到文字的内容。因此，在对图形进行打印输出时，一定要确保在屏幕上能正确地显示出文字的内容。

　　在实际的绘图过程中，如果文字较多而导致图形生成速度变慢，则可以将文字的显示设置为仅显示文字边框；如果文字不多也不影响图形生成速度，则应当将文字设置为正常显示模式。因为设置成仅显示文字边框的缺点是不能看到文字的内容，这直接影响到对文字的编辑和修改。

　　除使用【选项】对话框中的【显示】选项卡来设置文字的显示方式外，还可以在"命令提示行"中直接输入"QTEXT"命令来设置，具体操作步骤如下。

　　步骤 1：直接输入命令"QTEXT"（大小写均可），并按空格键或 Enter 键。

　　步骤 2：待"命令提示行"提示为"输入模式[开(ON) / 关(OFF)]<关>："时，根据需要输入"ON"或"OFF"，并按空格键或 Enter 键。

当通过该命令将显示模式设置为"ON"状态，执行重新生成操作时，AutoCAD 2009 将不需要对文字的笔划进行具体计算与绘制，从而大大节约了图形生成所需要的时间。

【注意】

"QTEXT"命令仅用于控制文字的显示方式，而不是一个绘制和编辑对象的命令，该系统 QTEXT 变量的值被作为非图形对象保存在图形文件中。

5.1.6　输入特殊符号

在制图的过程中，有时候会遇到一些特殊的工程符号，而不能直接从键盘上输入，如直径符号、角度符号、对文字添加下划线或上划线等，这时就需要利用 AutoCAD 提供的特殊符号来输入。输入特殊字符的方法非常简单：执行输入文字的命令，当"命令提示行"提示为"输入文字："时，输入表 5-4 中所示的相应字符即可。

表 5-4　特殊字符代码一览表

控制码（需要输入的代码）	输入后所得到的字符
%%c	圆直径标注符号Φ
%%d	角度符号°
%%p	正/负公差符号±
%%o	控制是否加上划线
%%u	控制是否加下划线
%%%	百分号%
键+数字键盘上的 0128	欧元符号€

表 5-4 中的代码可以组合使用，如可以同时为文字加上划线和下划线，并在其中输入其他特殊符号，如直径符号及正/负公差符号。即在"命令提示行"提示为"输入文字："时，输入字符：圆柱体的%%u 外径%%u 为%%c350%%p2。

上面的字符串中，第一个%%u 表示开始对文字加下划线，第二个%%u 表示结束对文字加下划线，%%c 表示输入圆直径符号Φ，%%p 表示输入正/负公差符号±，输入完毕即可得到如图 5-26 所示的特殊字符字段（控制码在文字字符串结束时自动关闭）。

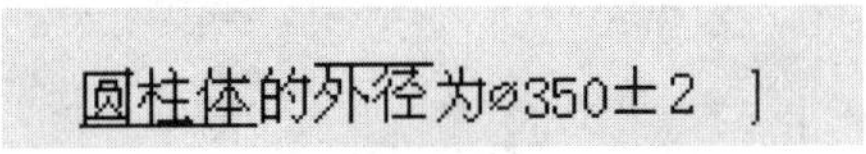

圆柱体的外径为∅350±2　]

图 5-26　向图形中输入文字和符号

5.1.7　定义文字样式

在大部分应用软件中，文字对象都有与之相关联的文字样式。AutoCAD 2009 应用软件也不例外，在为图形文件创建文字标注时，AutoCAD 通常使用当前的文字样式。但也可以根据具体要求重新设置文字样式或创建新的文字样式。文字样式包含字体、字号、角度、方向和其他文字特征等参数。

在 AutoCAD 2009 中，打开【文字样式】对话框的方法如下。

- 单击【菜单浏览器】按钮，在弹出的菜单中选择【格式】→【文字样式】菜单项。
- 在"命令提示行"中运行"STYLE"命令。
- 在"样式"工具栏中单击【文字样式】按钮。
- 在【功能区】选项板中选择【注释】选项卡，在【文字】面板中单击【文字样式】按钮。

采用上述方法激活文字样式命令，即可打开【文字样式】对话框，在其中可根据实际需要设置文字样式，包括字体、大小等，如图 5-27 所示。

AutoCAD 默认的当前文字样式是"Standard"，且该"Standard"文字样式设置了"SHX 字体"

（也就是西文字体）"txt.shx"和"大字体"（此处为中国 GB 字体）"gbcbig.shx"。在 AutoCAD 2009 中，可以通过单击【新建】按钮来创建新的文字样式。

具体操作步骤如下。

步骤 1：在【文字样式】对话框中单击【新建】按钮，即可打开【新建文字样式】对话框，如图 5-28 所示。

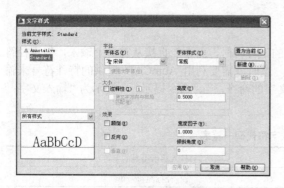

图 5-27　【文字样式】对话框　　　　　　　　　　图 5-28　【新建文字样式】对话框

步骤 2：在"样式名"文本框中输入名称（如"新文字样式"）之后，单击【确定】按钮，即可在"样式"下方的空白区域中看到新添加的文字样式，如图 5-29 所示。

步骤 3：在"字体"选项区域中，单击"字体名"下方的下拉箭头，在弹出的下拉列表中选择新字体名，如选择"华文隶书"，即可在左下角空白处预览字体效果，如图 5-30 所示。

图 5-29　添加新的文字样式　　　　　　　　　　图 5-30　文字样式预览效果

步骤 4：单击"字体样式"下方的下拉箭头，在弹出的下拉列表中选择需要的字体样式，包括"常规"、"粗体"、"斜体"等多种样式。

【注意】

在"字体"选项区域中有一个"使用大字体"复选框，该复选框只有在"字体名"下拉列表框中选择"shx"字体文件时才可以被激活，选中该复选框用于指定亚洲语言的大字体文件。大字体是指亚洲国家如日本、韩国、中国等使用的非拼音文字大字符集字体。

步骤 5：在"大小"选项区域中的"高度"文本框中输入数值以设置文字的高度，最好不要改变其默认设置"0"。如果想要修改为其他数值，则以此样式输入单行文字的字高便不会再提示，并且在以后的标注中如果使用该文字样式，则标注的字高将被固定，禁止在标注设置中进行更改。

步骤 6：选中"注释性"和"使文字方向与布局匹配"复选框，将注释比例与显示这些对象的视口比例一致，确保注释对象以合适的大小在图纸上打印或显示。

步骤 7：在"效果"选项区域中可以设置文字的显示效果，有"垂直"、"颠倒"、"反向"3 种效果可供选择，在"宽度因子"文本框和"倾斜角度"文本框中可以设置字体的宽窄以及文字放置的倾斜度。通常保持"倾斜角度"的默认设置"0"，图 5-31 所示即为将文字放置效果设置成

"正常"、"颠倒"、"反向"的效果对比图。

图 5-31　文字放置效果设置成"正常"、"颠倒"、"反向"效果对比图

步骤 8：在设置完毕之后，单击【应用】按钮或【置为当前】按钮，即可将新建的文字样式应用到文字中，单击【关闭】按钮，即可关闭【文字样式】对话框。

步骤 9：在【文字样式】对话框中单击【重命名】按钮，即可对选中的文字样式进行重命名。单击【删除】按钮，即可删除不用的文字样式。

【注意】

"Standard"文字样式既不能重命名，也不能删除。其中的"颠倒"复选框用于确定是否倒写文字，"反向"复选框用于确定是否反写文字。

AutoCAD 可以使用形（SHX）字体和 TrueType 字体两类字体。如果要同时使用形（SHX）字体和 TrueType 字体，则必须确保取消选中"使用大字体"复选框，而 GB（国标）字体都不是 TrueType 字体，属于形（SHX）字体，要想使用则必须选中"使用大字体"复选框。

5.2　字段的使用

在制图的过程中，经常会用到一些在设计过程中发生变化的文字和数据，如建筑图中引用的视图方向、修改设计后的建筑面积、重新编号后的图纸、更改后的出图尺寸和日期、公式的计算结果等。如果有这样的引用，若这些数据发生变化后又做了相应的手工修改，则会在图纸中出现一些错误，如果一些关键数据出错，还可能引发事故。

字段也是文字，又称作"智能文字"，因为字段可以自动更新，所以设计人员在工程图中如果需要引用可能会在图形生命文字或数据，可以采用字段的方式引用。这样，当字段所代表的文字或数据发生变化时，不需要手工去修改它，字段会自动更新。

5.2.1　插入字段

字段是设置为显示可能会在图形生命周期中修改的数据的可更新文字。字段更新时，将显示最新的字段值。插入字段的方法非常简单，在文字和表格中均可方便地插入字段。

在 AutoCAD 2009 中，实现字段的插入的操作方法有 4 种。

- 单击【菜单浏览器】按钮，在弹出的菜单中选择【插入】→【字段】菜单项。
- 在"命令提示行"中运行"FIELD"命令。
- 在要编辑的表格单元中，右击并在弹出的快捷菜单中选择【插入字段】菜单项。
- 在编辑文字上右击，并在弹出的快捷菜单中选择【插入字段】菜单项。

现要求出图 5-32 所示的一张建筑平面图各个房间的建筑面积，通过为封闭区域创建一个多段线边界查询面积的方法，将 3 个房间的面积信息以字段的形式添加到表格中，来讲述一下如何在表格中插入字段。具体操作步骤如下。

步骤 1：在 AutoCAD 2009 主窗口中单击【菜单浏览器】按钮，在弹出的菜单中选择【绘图】→【边界】菜单项，激活边界命令之后，即可打开【边界创建】对话框，如图 5-33 所示。

步骤 2：单击【拾取点】按钮，分别在房间内部的不同位置处单击来拾取点，然后按 Enter 键结束命令。这样，在 3 个房间中分别创建了 1 个封闭多段线边界，这 3 个多段线的面积便是各个房间的面积，如图 5-34 所示。

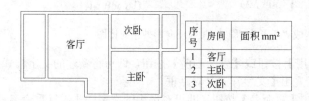

图 5-32 创建的建筑平面图   图 5-33 【边界创建】对话框

步骤 3：右击表格中"客厅"右侧单元格内的任意位置，在弹出的快捷菜单（如图 5-35 所示）中选择【插入字段】菜单项，即可打开【字段】对话框。

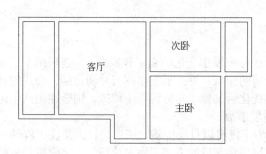

图 5-34 创建的 3 个封闭多段线边界   图 5-35 快捷菜单

步骤 4：在"字段类别"下拉列表中选择"对象"选项，单击【选择对象】按钮，拾取客厅的多段线边界，即可返回到【字段】对话框，如图 5-36 所示。

步骤 5：此时，在"对象类型"文本框中将显示为"多段线"，在"特性"列表中选择"面积"，如图 5-37 所示。单击【确定】按钮，即可结束此字段的插入。

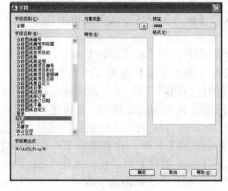

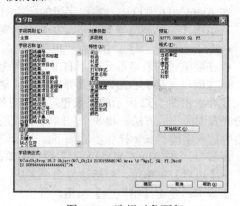

图 5-36 【字段】对话框   图 5-37 选择对象面积

步骤 6：重复上述步骤，将主卧和次卧的面积字段分别插入到面积表格中，即可得到图 5-38 所示的结果。

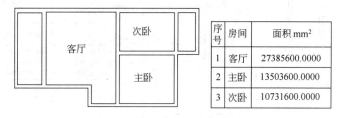

图 5-38　完成字段插入后的面积表

5.2.2　更新字段

字段更新时将显示最新的值，可以单独更新字段，也可以在一个或多个选定的文字对象中更新所有字段，还可以将字段设置为在打开、保存、打印或重新生成时自动进行更新。现仍然以图 5-32 所示的建筑平面图为例，将整个建筑平面的尺寸整体向上增大一定的比例，再使用更新字段的方法，将面积表格中的数据也更新。具体操作步骤如下。

步骤 1：在 AutoCAD 2009 主窗口中单击【菜单浏览器】按钮，在弹出的菜单中选择【修改】→【拉伸】菜单项，即可激活拉伸命令，如图 5-39 所示。

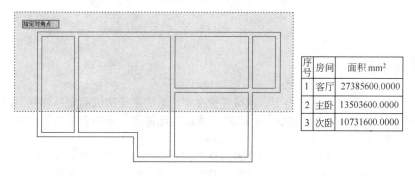

图 5-39　拉伸命令选择对象

具体操作命令如下。

命令: _stretch

以交叉窗口或交叉多边形选择要拉伸的对象...

选择对象:(从左上角的位置向右下角偏的位置拉出一个交叉窗口，如图 5-39 所示。)

指定对角点: 找到 7 个

选择对象:(按 Enter 键结束选择)

指定基点或 [位移(D)] <位移>:(在屏幕上任意拾取一点)

指定第二个点或 <使用第一个点作为位移>: 1000(确保正交或极轴在开启的情况下将光标水平向上移，然后再输入位移值)

步骤 2：在完成拉伸命令后，发现虽然 3 个房间的水平尺寸整体向上扩大了 1000，但面积表中的面积字段并没有发生变化，如图 5-40 所示。

步骤 3：选择【工具】→【更新字段】菜单项，在"命令提示行"提示为"选择对象:"时，选择面积表并按 Enter 键结束选择，即可发现面积表中的面积已经更新为扩大后的面积,如图 5-41 所示。

在简单讲述了字段的应用方法之后，由于字段的类型还包括日期、时间、打印、文档、图纸集等，有兴趣的读者不妨参考 Auto CAD 2009 的帮助文件，进行更深入的学习。

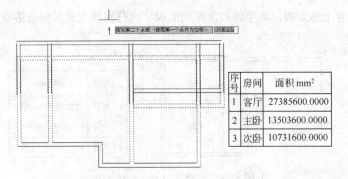

图 5-40   进行拉伸之后的面积表

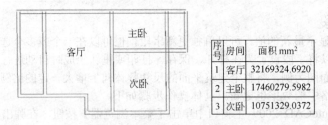

图 5-41   更新字段之后的面积表

5.3   表格制作

　　表格是由包含注释（以文字为主，也可包含多个块）的单元构成的矩形阵列。在工程制图的过程中，会经常用到表格，AutoCAD 从 2005 版本就开始提供了新的表格工具，并在计算表格中的数据时可以使用公式。

　　在 AutoCAD 2009 中除可以使用创建表格命令创建表格外，还可以从 Microsoft Excel 中直接复制表格，并将其作为 AutoCAD 表格对象粘贴到图形中，也可以从外部直接导入表格对象。此外，还可以输出来自 AutoCAD 的表格数据，以供在 Microsoft Excel 或其他应用程序中使用，使用户轻松地完成复杂、专业的表格编制。

5.3.1   表格样式的创建

　　表格的外观由表格样式来控制，用于保证标准的字体、颜色、文本、高度和行距。用户可以使用默认的表格样式，也可以创建自定义表格样式。

　　在 AutoCAD 2009 中，激活表格样式命令的方法如下。

- 单击【菜单浏览器】按钮，在弹出的菜单中选择【格式】→【表格样式】菜单项。
- 在"命令提示行"中直接输入命令"TABLESTYLE"，并按 Enter 键或空格键。
- 在"样式"工具栏（如图 5-42 所示）中单击【表格样式】按钮 。

图 5-42   "样式"工具栏

- 在【功能区】选项板中选择【注释】选项卡，在【表格】面板中单击【表格样式】按钮 。

　　采用上述方法激活表格样式命令，即可打开【表格样式】对话框，在其中可根据实际需要设置表格样式，如图 5-43 所示。现假定要为图 5-44 所示的图形创建一个出厂明细栏，下面具体讲述一下表格样式的创建方法。具体操作步骤如下。

步骤 1：在图 5-43 所示的【表格样式】对话框中，单击【新建】按钮，即可弹出【创建新的表格样式】对话框，如图 5-45 所示。另外，系统默认的是一个名为"Standard"的表格样式，用户也可使用默认设置。

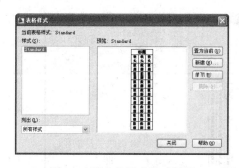
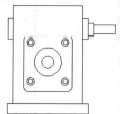

图 5-43 【表格样式】对话框　　图 5-44 一个机械工程图　　图 5-45 【创建新的表格样式】对话框

步骤 2：在"新样式名"文本框中输入"明细栏"，表明为明细栏新建一个名为"明细栏"的表格样式，在"基础样式"下拉列表中，选择一种表格样式作为新表格样式的默认设置。

步骤 3：单击【继续】按钮，即可弹出【新建表格样式：明细栏】对话框，如图 5-46 所示。单击【选择表格】按钮🔲，即可在图形中选择一个要应用新表格样式设置的表格。

步骤 4：在"表格方向"下拉列表中，选择"下"或"上"。"上"创建由下而上读取的表格；标题行和列标题行都在表格的底部，"下"则相反。在"单元样式"下拉列表中，选择要应用到表格的单元样式，或通过单击该下拉列表框右侧的按钮，创建一个新单元样式，如图 5-47 所示。

步骤 5：在。【常规】选项卡中，用户可根据实际需要设置单元样式的特性和页边距等。

其中，各个参数的含义如下。

● 填充颜色　指定填充颜色。选择"无"或选择一种背景色或单击"选择颜色"以显示【选择颜色】对话框，如图 5-48 所示。

图 5-46 【新建表格样式：　　　图 5-47 【创建新单元样式】　　图 5-48 【选择颜色】
　　　明细栏】对话框　　　　　　　对话框　　　　　　　　　对话框

● 对齐　为单元内容指定一种对齐方式。"中心"指水平对齐；"中间"指垂直对齐。

● 格式　设置表格中各行的数据类型和格式。单击【...】按钮以显示【表格单元格式】对话框，从中可以进一步定义格式选项，如图 5-49 所示。

● 类型　将单元样式指定为标签或数据，在包含起始表格的表格样式中插入默认文字时使用，也用于在工具选项板上创建表格工具的情况。

- 水平　设置单元中的文字或块与左右单元边界之间的距离。
- 垂直　设置单元中的文字或块与上下单元边界之间的距离。
- 创建行/列时合并单元　将使用当前单元样式创建的所有新行或列合并到一个单元中。

步骤 6：选择【文字】选项卡，在该选项卡中，可设置文字样式、文字高度、文字颜色等，如图 5-50 所示。

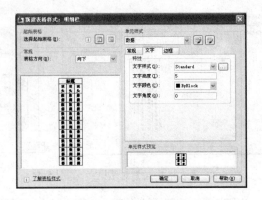

图 5-49　【表格单元格式】对话框　　　　　　　　图 5-50　【文字】选项卡

其中，各个参数的含义如下。

- 文字样式　指定文字样式。选择文字样式或单击【...】按钮从打开【文字样式】对话框并创建新的文字样式。
- 文字高度　指定文字高度。此选项仅在选定文字样式的文字高度为 0 时可用（默认文字样式 Standard 的文字高度为 0）。如果选定的文字样式指定了固定的文字高度，则此选项不可使用。这里，将文字高度更改为 5。
- 文字颜色　指定文字颜色。选择一种颜色或单击"选择颜色"以显示【选择颜色】对话框。
- 文字角度　设置文字角度。默认的文字角度为 0°，可以输入–359°～+359°之间的任何角度。

步骤 7：选择【边框】选项卡，在该选项卡中，可设置边框的线宽、线型、颜色等，如图 5-51 所示。

其中，各个参数的含义如下。

- 线宽　设置要用于显示边界的线宽。如果使用加粗的线宽，可能必须修改单元边距才能看到文字。
- 线型　通过单击边框显示按钮，设置线型以应用于指定边框。将显示标准线型"ByBlock"、"ByLayer"和"连续"，或者可以选择"其他"加载自定义线型。
- 颜色　指定颜色以应用于显示的边界。单击"选择颜色"将显示【选择颜色】对话框。
- 双线　指定选定的边框为双线型。可以通过在"间距"框中输入值来更改行距。
- 边框显示按钮　应用选定的边框选项。单击按钮可以将选定的边框选项应用到所有的单元边框，外部边框、内部边框、底部边框、左边框、顶部边框、右边框或无边框。对话框中的预览将更新以显示设置后的效果。

步骤 8：如果用户在创建表格样式的过程中遇到一些自己无法解决的问题，则可在【新建表格样式：明细栏】对话框中单击"了解表格样式"超链接，打开【新功能专题研习】窗口，学习有关表格样式在 AutoCAD 2009 中的新功能，如图 5-52 所示。

步骤 9：设置完毕后，单击【确定】按钮，即可返回到【表格样式】对话框，这时已经创建好一个名为"明细栏"的表格样式，如图 5-53 所示。单击【关闭】按钮，即可结束表格样式的创建。

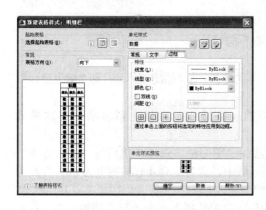

图 5-51　【边框】选项卡

图 5-52　【新功能专题研习】窗口

步骤 10：在创建完表格样式之后，即可在屏幕右上角的"表格样式"下拉列表中，选择"明细栏"作为当前的表格样式，如图 5-54 所示。

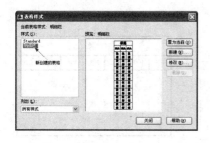

图 5-53　新创建一个表格样式

图 5-54　选择"明细栏"作为当前表格样式

5.3.2　表格的插入操作

在完成表格样式的创建之后，即可在 AutoCAD 2009 绘图区域中用新创建好的表格样式插入一个表格。在 AutoCAD 2009 中，激活插入表格命令的方法如下。

- 单击【菜单浏览器】按钮，在弹出的菜单中选择【绘图】→【表格】菜单项。
- 在"绘图"工具栏（如图 5-55 所示）中单击【表格】按钮▦。
- 在【功能区】选项板中选择【注释】选项卡，在【表格】面板中单击【表格】按钮▦。
- 在"命令提示"行中直接输入命令"TABLE"，并按 Enter 键或空格键。

图 5-55　【绘图】工具栏

在绘图区域中插入表格的具体操作步骤如下。

步骤 1：采用上述方法激活插入表格命令，AutoCAD 2009 将弹出【插入表格】对话框，在其中可设置所插入表格的样式、插入方式、插入选项以及所插入表格的行数和列数等，如图 5-56 所示。

其中，各个参数的含义如下。

- 表格样式　在要从中创建表格的当前图形中选择表格样式。单击下拉列表旁边的按钮，可以创建新的表格样式。
- 插入选项　用于指定插入表格的方式。有 3 个选项可供选择，即"从空表格开始"（用于创建可以手动填充数据的空表格)、"自数据链接"（用于从外部电子表格中的数据创建表格）、"自图形中的对象数据（数据提取）"（启动"数据提取"向导）。

- 预览　显示当前表格样式的样例。
- 插入方式　用于指定表格的位置。有两个选项可供选择，即"指定插入点"和"指定窗口"。
- 列和行设置　用于设置表格的行数和列数等。
- 设置单元样式　用于对于不包含起始表格的表格样式，来指定新表格中行的单元格式。

步骤 2：在"表格样式"下拉列表中选择新创建的"明细栏"选项，然后将"插入方式"指定为"指定插入点"方式，在"列和行设置"选项区域中设置为 7 列 4 行，列宽为 60，行高为 6 行。

步骤 3：单击【确定】按钮，即可在绘图区域的任意位置处插入一个 4 行 7 列的表格，并在随后提示输入的列标题行中，分别填入"明细栏"、"序号"、"代号"、"名称"、"数量"、"材料"、"重量"、"备注"，在"序号"一列向下填入 1～4，即可得到图 5-57 所示的效果。

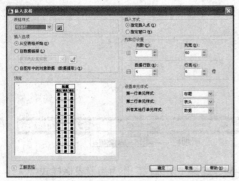
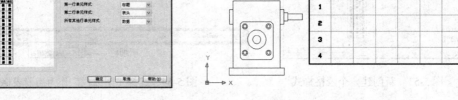

图 5-56　【插入表格】对话框   图 5-57　完成插入后的表格

完成上述操作后，即完成了表格的插入，且明细栏已经有了一个雏形，下面将进一步编辑该表格，使其更加完善。

5.3.3　表格的编辑操作

在 AutoCAD 的表格中，每一个单元格的高度和宽度，都可以由用户自己进行设定，对于复杂的表格，也可以像 Excel 类电子表格软件一样，对单元格进行合并和拆分等操作。

下面以利用【特性】对话框对"明细栏"表格进行编辑为例，讲述表格的编辑操作。

具体操作步骤如下。

步骤 1：按住鼠标左键并进行拖动，选中多个单元格（如将"序号"一列全部选中）之后，右击鼠标即可弹出表格的快捷菜单，如图 5-58 所示。

【提示】

在该菜单中包括【对齐】、【边框】、【合并】等多个菜单项，如果选择单个单元格，则在快捷菜单中还会包括【公式】等菜单项。

步骤 2：选择【特性】菜单项，即可弹出【特性】对话框，如图 5-59 所示。将"单元宽度"项更改为 40，将"单元高度"项更改为 50。

步骤 3：在绘图区域内继续选择其他列，分别将"代号"列宽度保持为 60、"名称"列宽度改为 80、"数量"列宽度改为 40、"材料"列宽度保持为 60、"重量"列宽度保持为 60、"备注"

列宽度保持为 60，即可根据需要改变单元宽度。

图 5-58 表格快捷编辑菜单 　　　　　图 5-59 【特性】对话框

步骤 4：双击表格中的任意单元格，使单元格处于编辑状态，并根据实际情况输入相应的数据，完成后的明细表如图 5-60 所示。

在完成专业表格的创建之后，还需要在其中填写一些相应的数据。有时还需要在表格中应用一些公式进行统计分析或合并拆分单元格，以及添加或删除行或列等，由于这些操作同 Excel 类似，这里不再赘述。

另外，AutoCAD 还可以直接引用 Excel 表或其他软件中的数据，具体操作方法如下。先将 Excel 表中的数据复制到剪贴板中，然后，在 AutoCAD 2009 主窗口中单击【菜单浏览器】按钮，在弹出的菜单中选择【编辑】→【选择性粘贴】菜单项，即可打开【选择性粘贴】对话框，在其中选择"AutoCAD 图元"并指定插入点。

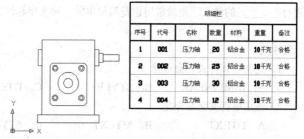

图 5-60 完成后的"明细栏"表格

同样，如果想把 AutoCAD 中的表格数据引入到 Excel 或 Access 中，则可通过在 AutoCAD 的"命令提示行"中输入"TABLEEXPORT"命令，然后将表格数据输出成以逗号分隔（CSV）的文件格式，最后再将其导入到 Excel 或 Access 中即可。

此外，用户还可以通过将表格放到 AutoCAD 的工具选项板上来实现与其他软件的相互引用。具体操作方法是：在 AutoCAD 中，将创建好的整个表格复制，并将其粘贴到工具选项板上，再将其拖动到需要引用的地方。这样，可以保证表格单元格的尺寸不变。

本章小结

众所周知，在使用 AutoCAD 制图的过程中，文字标注和表格说明是图形对象不可缺少的重要元素。本章主要介绍了如何对图形对象添加文字标注（包括英文和中文），以及在对图形对象添加文字标注之前如何创建新的文字样式，创建新的文字样式包括对文字的字体、字高、字宽、颜色以及大小的设置等。

在设置字体时，应尽可能多地使用 AutoCAD 专用的 shx 字库，在输入大段的英文时，尽可能多地使用多行文字编辑器，而在输入中文时，应尽可能多地使用单行文字输入法。最后，又介绍了如何创建新的表格样式、如何在 AutoCAD 中插入表格以及如何对表格进行编辑等。

通过本章的学习，相信用户对文字标注和表格制作有了一个更深层次的理解。此外，在输入文字时还应注意文字的对齐方式，在图形编辑过程中，可设置文字的不同显示模式，来提高工作效率。

习题与动手操作

1. 填空题

(1) 输入文字的方式有单行文本和_____两种方式。

(2) 文字样式包含字体、字号、角度和_____等参数。

(3) 如果想把 AutoCAD 中的表格数据引入到 Excel 或 Access 中，则可通过在 AutoCAD 的"命令提示行"中输入"_____"命令。

(4) 表格的外观由_____来控制，用于保证标准的字体、_____、文本、高度和行距。

(5) 表格是由包含注释（以文字为主，也可包含多个块）的单元构成的_____。

(6) _____是设置为显示可能会在图形生命周期中修改的数据的可更新文字。

(7) 对于单行文字的修改，可以双击单行文字对象或在"命令提示行"中执行"_____"命令，在打开的文本编辑框中进行修改。

(8) _____由各选项板和一个带标尺的文本输入框组成。

(9) 多行文字（也称段落文字）主要用于_____的说明，如图样的技术要求等。

(10) 单行文字标注是指每次向图形中输入_____，即每一行就是一个文字对象，并且可对每一行文字进行_____的修改，是最常用也是最简单的一种文字标注方法。

2. 选择题

(1) 定义字体样式的命令是（   ）。

    A. DIMLINEAR   B. STYLE   C. DTEXT   D. MTEXT

(2) 激活单行文字命令是（   ）。

    A. DTEXT   B. MTEXT   C. STYLE   D. DIMLINEAR

(3) 下列选项中不属于在 AutoCAD 2009 中，打开【文字样式】对话框的方法的是（   ）。

    A. 单击【菜单浏览器】按钮，在弹出菜单中选择【格式】→【文字样式】菜单项

    B. 在"命令提示行"中运行"STYLE"命令

    C. 在"样式"工具栏中单击【文字样式】按钮 A

    D. 在"命令提示行"中运行"FIELD"命令

(4) 设置文字角度时，默认文字角度为（   ），可输入$-359°\sim+359°$之间的任何角度。

    A. $0°$ B. $100°$ C. $1°$ D. $10°$

(5) 在 AutoCAD 2009 中，下列激活表格样式命令的方法中，错误的是（   ）。

    A. 选择【格式】→【表格样式】菜单项

    B. 直接运行"DIMLINEAR"命令

    C. 单击【表格样式】按钮

    D. 在【表格】面板中单击【表格样式】按钮

3. 简答题

(1) AutoCAD 2009 提供了哪些对齐方式？

(2) 如何在表格中插入字段，具体步骤有哪些？

(3) AutoCAD 直接引用 Excel 或其他软件中数据的具体操作方法是什么？

4. 动手操作题

(1) 画出图 5-61 所示的组件表示图。

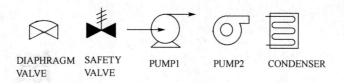

图 5-61　4.（1）题图

（2）运用画椭圆、画弧、画剖面线、画圆、画线以及多行文字命令完成图 5-62。

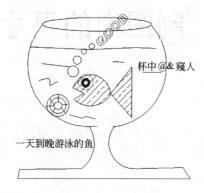

图 5-62　4.（2）题图

第6章

制图中的尺寸标注

///////

重点提示

♂ 尺寸标注的基础

♂ 快速标注的使用

♂ 编辑尺寸标注

本章精粹

　　本章主要介绍在 AutoCAD 2009 中对图形对象进行尺寸标注的基础知识，读者应掌握利用常用的尺寸标注形式对图形对象进行标注和对已有尺寸标注进行编辑修改的方法和技巧，确保以符合国家标准或行业标准的样式进行标注。

　　无论是利用计算机绘图还是手工绘图，对图形对象进行尺寸标注都是必不可少的。因为绘制图形只能反映物体对象的形状，并不能表达清楚图形的设计意图。而利用尺寸标注则可以确定图形中各个对象的真实大小和各个部分之间的相互位置。

　　AutoCAD 2009 为用户提供了一套完整的尺寸标注命令和实用程序，可以轻松完成图纸中要求的尺寸标注，例如使用 AutoCAD 中的"直径"、"半径"、"角度"、"线性"、"圆心标记"等标注命令，可以对直径、半径、角度、直线及圆心位置等进行标注。

6.1　尺寸标注基础

　　在制作工程图纸的过程中，尺寸标注对传达有关设计元素的尺寸和材料等信息有着非常重要的作用，因此准确的尺寸标注是一张完整的工程图所必不可少的。标注可以让其他工程人员清楚地知道几何图形的严格数字关系和约束条件，以方便进行加工、制造、施工、检验以及备案工作。但不同行业对于标注的标准要求是不尽相同的，因此在对图形对象进行标注前，应按照有关规定和要求设置合适的尺寸标注。

6.1.1　尺寸标注基础知识

　　标注是绘图过程中的一项重要内容，为此，AutoCAD 2009 为用户提供了多种多样的标注样式，而且还允许用户在各个方向上为各类图形对象创建各种不同的尺寸标注。

　　标注的文字可以是英文，也可以是中文，主要用于对图形的说明和标注。在给不同图形对象以及不同位置的对象进行标注时，需要使用不同的标注样式或不同的标注类型。

　　尺寸标注是向图形中添加测量注释的过程，在对图形进行标注前，应先了解尺寸标注的组成、类型以及规则等。

　　1．尺寸标注的组成

　　一个完整的尺寸标注通常包括以下元素：标注文字、尺寸线、箭头和尺寸界线，针对圆或圆弧时还需要标出圆心标记线等。

　　（1）标注文字

　　标注文字是用于指示测量值的字符串，通常由数字、词汇、参数和特殊符号组成。默认情况下，数字符号的格式为十进制。

　　设置文字样式时，应符合国际标准要求：字体端正、笔划清楚、排列整齐、间隔均匀。根据图形的复杂程度，字体的大小通常可选用 20、13、10、7、5、3.5、2.5 这 7 种，宽高比为 0.67，数字及字母的笔划粗细度约为字高的 1/10，且规定图样上的汉字应为仿宋体，并采用国家正式公布的简化字。

　　（2）尺寸线

　　尺寸线一般与所标注对象平行，用于指示标注的方向和范围（角度标注或弧线标注的尺寸线是圆弧形状）。当尺寸线所在的测量区域空间太小，不足以放置标注文字时，尺寸线将被分为两部分，分别来表示测量的方向和被测量距离的长度。

　　（3）箭头

　　箭头也叫终止符号，显示在尺寸线的两端，主要用于确定测量的开始和结束的位置。根据不同的行业需求，可以为箭头指定不同的尺寸和形状。在某些特殊情况下，如果出现了采用箭头时空间不够的情况，AutoCAD 还允许用圆点或斜线来代替箭头。

　　（4）尺寸界线

　　尺寸标注是指从标注起点、终点引出的，标明标注范围的直线。尺寸界线应从图形的轮廓线、轴线、对称中心线引出，一般要垂直于尺寸线。另外，图形的轮廓线、轴线、对称中心线也可用作尺寸界线。

（5）圆心标记线

标记圆或圆弧中心的十字标记。圆心标记的形式由系统变量 DIMCEN 确定，当该变量的值大于 0 时，绘制圆心标记，该值是圆心标记线长度的一半；当变量的值小于 0 时，该值的绝对值是圆心处小十字线长度的一半。

2．尺寸标注的类型

AutoCAD 2009 提供了 10 余种标注工具以标注图形对象，如线性标注、直径标注、角度标注等在以后的章节中将详细介绍，使用它们可以进行角度、直径、半径、线性、对齐、连续、圆心及基线等标注。

3．尺寸标注的规则

在 AutoCAD 2009 中，对绘制的图形进行尺寸标注时，应遵循如下 3 个规则。

● 物体的真实大小应以图样上所标注的尺寸数值为依据。

● 图样中的尺寸以 mm（毫米）为单位时，用户在进行标注时不需要标注计量单位的代号或名称，若采用其他单位，则必须注明相应计量单位的代号或名称。

● 图样中所标注的尺寸为该图样所表示的物体的最后完工尺寸，否则应另加说明。

6.1.2　尺寸标注样式

标注样式（Dimension Style）是标注设置的命名集合，用于控制标注的格式和外观，如箭头样式、文字位置和尺寸公差等。用户可以创建标注样式，以快速指定标注的格式，并确保标注符合行业或项目标准。AutoCAD 中的标注均与一定的标注样式相关联。

在 AutoCAD 2009 中，激活标注样式命令的方法有 4 种。

● 单击【菜单浏览器】按钮，在弹出的菜单中选择【格式】→【标注样式】菜单项。

● 在【功能区】选项板中选择【注释】选项卡，在【标注】面板中单击【标注样式】按钮。

● 在"命令提示"行中运行"DIMSTYLE"命令。

● 在"样式"工具栏（如图 6-1 所示）中单击【标注样式】按钮。

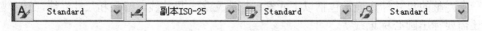

图 6-1　"样式"工具栏

采用上述方法激活标注样式命令，即可打开【标注样式管理器】对话框，如图 6-2 所示。在该对话框中，可根据需要创建新的标注样式，设置当前标注样式，修改现有的标注样式，替代标注样式中的值，比较标注样式，重命名标注样式，以及删除标注样式等操作。

● 当前标注样式　用于显示正在使用的标注样式，默认标注样式为"Standard"。

● 样式　用于显示当前图形中可供选择的所有标注样式，对当前使用的标注样式，在该列表框中突出显示。

【小技巧】

右击"样式"列表中任意样式名称，均可弹出一个如图 6-3 所示的快捷菜单，从中可以设置当前样式、重命名和删除所选的标注样式。若标注样式正在使用，则无法删除该样式。

● 列出　列出标注样式有两个选项："所有样式"和"正在使用的样式"。其中，选择"所有样式"选项时，在"样式"列表框中中将显示所有的标注样式；若选择"正在使用的样式"选项，则在"样式"列表框中显示当前图形引用的标注样式。

● 不列出外部参照中的样式　供用户选择是否在"样式"列表框中显示外部参照图形中的标注样式。

● 置为当前　用于将选中的标注样式设置为当前标注样式。

● 新建　用于创建新的标注样式。

● 修改　用于修改已创建的标注样式。

● 替代　用于设置当前样式的临时替代值。

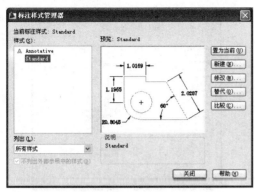

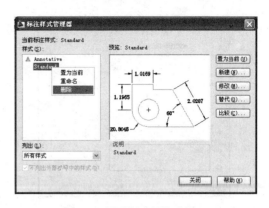

图 6-2 【标注样式管理器】对话框　　　　　　图 6-3 设置样式快捷菜单

- 比较　用于比较两种标注样式的特性或浏览标注样式的特性。

创建新标注样式的具体操作步骤如下。

步骤 1：在【标注样式管理器】对话框中单击【新建】按钮，即可打开【创建新标注样式】对话框，在其中输入新样式名称（如"新样式"），并选择新样式的基础样式，如图 6-4 所示。

步骤 2：在"用于"下拉列表中选择使用新样式的标注类型，默认为"所有标注"。如果选择具体的标注类型，将创建基础样式的子样式。如在"用于"下拉列表中选择"线性标注"选项，则定义的新样式是"Standard"的子样式，用户不可为新样式设置名称，如图 6-5 所示。

图 6-4 【创建新标注样式】对话框　　　　　图 6-5 创建"Standard"的子标注样式

步骤 3：单击【创建新标注样式】对话框中的【继续】按钮，即可打开【新建标注样式：新样式】对话框，其中有【线】、【符号和箭头】、【文字】、【调整】、【主单位】、【换算单位】及【公差】7 个选项卡，如图 6-6 所示（在【新建标注样式】、【修改标注样式】和【替代当前样式】这 3 个对话框中，各选项卡中的选项是相同的）。

步骤 4：选择【线】选项卡，在其中可设置尺寸线、延伸线的尺寸、方式、颜色等。

- "尺寸线"选项区域用于设置尺寸线的颜色、线型、线宽、超出标记、基线间距以及控制是否隐藏尺寸线。
- "延伸线"选项区域用于设置延伸线的颜色、线宽、超出尺寸线的长度、起点偏移量以及控制是否隐藏尺寸界线等。

步骤 5：选择【符号和箭头】选项卡，在其中可设置箭头格式和特性、圆心标记格式和大小、圆弧标注的格式及半径折弯标注的格式等，如图 6-7 所示。

- "箭头"选项区域用于选择尺寸线和引线箭头的种类及定义它们的尺寸大小。
- "圆心标记"选项区域用于控制直径标注和半径标注的圆心标记和中心线的外观。若选择类型为"无"，则关闭圆心标记；选择"标记"，则在圆心位置以短十字线标记圆心，该十字线的长度可在文本框中设定。选择"直线"，则圆心标记的标记线将延伸到圆外。
- "折断标注"选项区域用于控制折断标注的间距宽度。
- "弧长符号"选项区域用于控制弧长标注中圆弧符号的显示。有 3 个单选按钮可供选择，即"标注文字的前缀"（将弧长符号放置在标注文字前），"标注文字的上方"（将弧长符号放置在标注文字的上方），"无"（不显示弧长符号）。

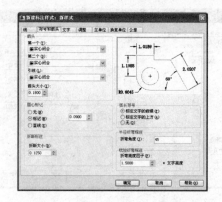

图 6-6 【新建标注样式：新样式】对话框 　　图 6-7 【符号和箭头】选项卡

- "半径折弯标注"选项区域用于控制折线角度的大小。
- "线性折弯标注"选项区域用于控制线性标注折弯的显示。当标注不能精确表示实际尺寸时，通常将折弯线添加到线性标注中。

步骤 6：选择【文字】选项卡，在其中可根据实际需要设置标注文字的外观、位置和对齐方式，如图 6-8 所示。

- "文字外观"选项区域用于设置文字的样式、颜色、高度和分数高度比例，以及控制是否绘制文字边框。
- "文字位置"选项区域用于控制标注文字的垂直、水平位置和距尺寸线的偏移量。
- "文字对齐"选项区域用于控制标注文字是保持水平还是与尺寸线平行。

步骤 7：选择【调整】选项卡，在其中可根据实际需要设置标注文字、箭头、引线和尺寸线的位置，如图 6-9 所示。

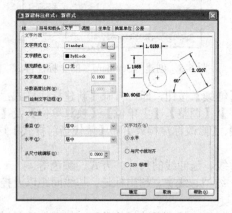

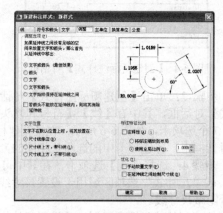

图 6-8 【文字】选项卡 　　　　　　图 6-9 【调整】选项卡

- "调整选项"选项区域（默认为"文字或箭头（最佳效果）"）可通过选中各单选按钮或复选框，控制基于延伸线之间可用空间的文字和箭头的位置。如果两延伸线之间有足够大的空间，文字和箭头都将放在延伸线内。否则，将按照调整选项放置文字和箭头。
- "文字位置"选项区域供用户设置标注文字从默认位置（由标注样式定义的位置）移动时标注文字的位置。
- "标注特征比例"选项区域用于设置全局标注比例值或图纸空间比例。
- "优化"选项区域利用复选框来设置其他调整选项（如是否在标注时手动放置标注文字，是否始终在延伸线之间绘制尺寸线）。

步骤 8：选择【主单位】选项卡，在其中可设置主标注单位的格式和精度、标注文字的前缀和后缀等，如图 6-10 所示。

- "线性标注"选项区域用于设置线性标注的格式和精度。

- "测量单位比例"选项区域用于设置比例因子，及控制该比例因子是否仅应用到布局标注。
- "消零"选项区域用于控制前导和后续零，以及英尺和英寸中的零是否输出。若选中"前导"复选框，则不输出十进制尺寸的前导零（如 0.05 变为.05）；若选中"后续"复选框，则不输出十进制尺寸的后续零（如 35.000 变为 35，78.600 变为 78.6 等）。
- "角度标注"选项区域用于控制显示和设置角度标注的当前角度格式。

步骤9：选择【换算单位】选项卡，在其中可对换算单位进行设置，如图 6-11 所示。

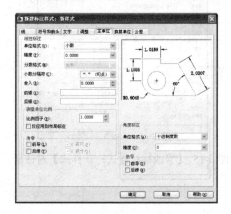

图 6-10 【主单位】选项卡

图 6-11 【换算单位】选项卡

- "显示换算单位"复选框用于控制是否显示换算后标注文字的值，选中它之后，将在标注文字中同时显示以两种单位标识的测量值。
- "换算单位"选项区域用于控制显示和设置除角度之外的所有标注类型的当前换算单位格式。其中的"换算单位倍数"是指定主单位和换算单位之间的换算因子，即通过线性距离与换算因子相乘之后，确定出换算单位的数值。
- "位置"选项区域用于控制标注文字中换算单位的位置，有"主值后"和"主值下"两个单选按钮。

步骤10：选择【公差】选项卡，在其中可控制标注文字中公差的格式，如图 6-12 所示。

- "公差格式"选项区域用于控制公差的格式。通过该选项区域可设置计算公差的方式、精度、上偏差、下偏差、高度比例以及垂直位置等。
- "换算单位公差"选项区域用于设置换算公差单位的精度和消零的规则。
- "公差对齐"选项区域用于控制堆叠时上偏差值和下偏差值的对齐方式。

步骤11：在完成上述各选项卡的设置之后，单击【新建标注样式：新样式】对话框中的【确定】按钮，即可返回【标注样式管理器】对话框，并在"样式"列表中显示新建的标注样式，如图 6-13 所示。

图 6-12 【公差】选项卡

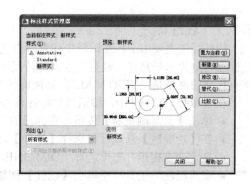

图 6-13 创建新样式

步骤 12：如果在新建样式时选择了具体的标注类型，则子样式将显示在基础样式之下，如图 6-14 所示。单击【置为当前】按钮，将当前的标注样式变成列表框中被选取的样式。单击【修改】按钮，即可打开【修改标注样式：新样式】对话框，在其中重新修改之前感觉不理想的标注样式设置，如图 6-15 所示。

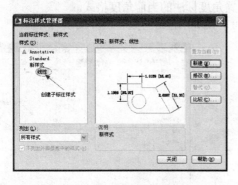

图 6-14　创建子样式

图 6-15　【修改标注样式：新样式】对话框

6.2　常用的尺寸标注

AutoCAD 2009 为用户提供了多种尺寸标注类型，如线性型尺寸标注、径向型尺寸标注、角度型尺寸标注、指引型尺寸标注、坐标型尺寸标注和中心型尺寸标注等，使用这些标注类型可以方便快速地标注图纸中的各种方向、形式的尺寸。在掌握了这些标注类型后，就可以灵活地为各种图形对象添加尺寸标注了。

使用"标注"工具栏和【注释】选项卡中的【标注】面板（如图 6-16 所示）都可以为图形对象添加标注。"标注"工具栏是由一系列工具按钮组成的，如图 6-17 所示。如果该工具栏未显示在屏幕上，则可通过单击【菜单浏览器】按钮，在弹出的菜单中选择【工具】→【工具栏】→【AutoCAD】→【标注】菜单项来打开。

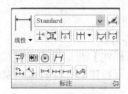

图 6-16　【标注】面板

图 6-17　"标注"工具栏

6.2.1　线性标注

线性标注主要用于标注图形中任意两点之间的水平、垂直或具有一定旋转角度的尺寸，即线性标注可分为水平尺寸、垂直尺寸及旋转尺寸。标注水平尺寸的命令是"HORIZONTAL"，标注垂直尺寸的命令是"VERTICAL"，标注旋转尺寸的命令是"ROTATED"。

在 AutoCAD 2009 中，激活线性标注命令的方法如下。

- 单击【菜单浏览器】按钮，在弹出的菜单中选择【标注】→【线性】菜单项。
- 在【功能区】选项板中选择【注释】选项卡，在【标注】面板中单击【线性】按钮┝┥。
- 在"命令提示行"中运行"DIMLINEAR"命令。
- 在"标注"工具栏中单击【线性】按钮┝┥。

采用上述方法激活线性标注命令后，即可创建用于标注用户坐标系 XY 平面中的两个点之间的距离测量值，并通过指定点或选择一个对象来实现。

现假定要对图 6-18 所示的图形分别进行水平尺寸标注、垂直尺寸标注和旋转尺寸标注。

对边 AB 进行水平尺寸标注的操作步骤如下。

步骤 1：采用上述方法激活线性标注命令，执行线性标注操作。

步骤 2：待"命令提示行"提示为"指定第一条尺寸界线原点或 <选择对象>:"时，打开对象捕捉功能，当捕捉到 A 点时单击鼠标，以确定第一条尺寸界线原点。

步骤 3：待"命令提示行"提示为"指定第二条尺寸界线原点:"时，使用对象捕捉功能捕捉 B 点并单击鼠标，以确定第二条尺寸界线原点。

步骤 4：待"命令提示行"提示为"指定尺寸线位置或[多行文字(M)/文字(T)/角度(A)/水平(H)/垂直(V)/旋转(R)]:"时，输入字母"h"并按 Enter 键或空格键，表示绘制水平方向的尺寸标注。

在"指定尺寸线位置"提示中各项的含义如下。

- 多行文字(M)和文字(T)　可以修改系统自动测量的标注文字。
- 角度(A)　可以修改标注文字的旋转角度。
- 水平(H)　用于绘制水平方向的尺寸标注。
- 垂直(V)　用于绘制垂直方向的尺寸标注。
- 旋转(R)　用于绘制指定尺寸线偏转角度的尺寸标注。

步骤 5：待"命令提示行"提示为"指定尺寸线位置或 [多行文字(M)/文字(T)/角度(A)]:"时，输入字母"t"并按 Enter 键或空格键。

步骤 6：待"命令提示行"提示为"输入标注文字 <356.6>:"时，输入数据"200"用于指定尺寸的大小，然后按 Enter 键或空格键。

步骤 7：待"命令提示行"提示为"指定尺寸线位置或 [多行文字(M)/文字(T)/角度(A)]:"时，在直线 AB 上方的任意位置单击鼠标，即可结束线性标注的操作，图 6-19 所示是水平尺寸标注的命令提示信息。

步骤 8：在完成上述操作之后，即可看到线段 AB 被标注，如图 6-20 所示。

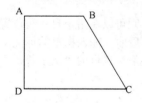

图 6-18　被标注前的图形对象

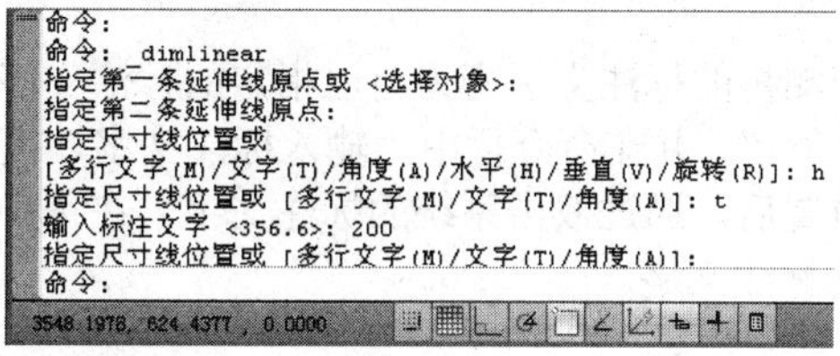

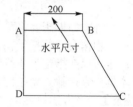

图 6-19　水平尺寸标注的命令行提示

图 6-20　水平尺寸标注后的图形对象

对边 AD 进行垂直尺寸标注与对边 AB 进行水平尺寸标注的操作步骤大致相同，不同之处在于：待"命令提示行"提示为"指定尺寸线位置或[多行文字(M)/文字(T)/角度(A)/水平(H)/垂直(V)/旋转(R)]:"时，输入字母"v"并按 Enter 键或空格键，表示绘制垂直方向的尺寸标注。

图 6-21 所示即为绘制垂直尺寸标注的命令提示信息，绘制完毕后的具体显示效果如图 6-22 所示。对边 BC 进行旋转尺寸标注的操作步骤如下。

图 6-21　垂直尺寸标注的命令行提示

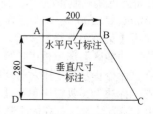

图 6-22　垂直尺寸标注后的图形对象

步骤 1：采用上述方法激活线性标注命令，执行线性标注操作。

步骤 2：待"命令提示行"提示为"指定第一条尺寸界线原点或 <选择对象>:"时，打开对象捕捉功能，当捕捉到 B 点时单击鼠标，以确定第一条尺寸界线原点。

步骤 3：待"命令提示行"提示为"指定第二条尺寸界线原点:"时，使用对象捕捉功能捕捉 C 点并单击鼠标，以确定第二条尺寸界线原点。

步骤 4：待"命令提示行"提示为"指定尺寸线位置或[多行文字(M)/文字(T)/角度(A)/水平(H)/垂直(V)/旋转(R)]:"时，输入字母"r"并按 Enter 键或空格键，表示绘制旋转方向的尺寸标注。

步骤 5：待"命令提示行"提示为"指定尺寸线的角度 <0>:"时，输入"50"以指定尺寸线的角度并按 Enter 键或空格键。

步骤 6：待"命令提示行"提示为"指定尺寸线位置或[多行文字(M)/文字(T)/角度(A)/水平(H)/垂直(V)/旋转(R)]:"时，输入字母"t"并按 Enter 键或空格键。

步骤 7：待"命令提示行"提示为"输入标注文字 <144.7>:"时，输入数据"300"用于指定尺寸的大小，然后按 Enter 键或空格键。

步骤 8：待"命令提示行"提示为"指定尺寸线位置或 [多行文字(M)/文字(T)/角度(A)/水平(H)/垂直(V)/旋转(R)]:"时，在直线 BC 上方的任意位置单击鼠标，即可结束线性标注的操作，图 6-23 所示是绘制旋转尺寸标注的命令提示信息。

步骤 9：在完成上述操作后，即可看到线段 BC 被标注，如图 6-24 所示。

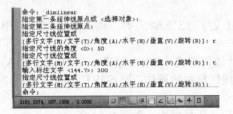

图 6-23　旋转尺寸标注的命令行提示

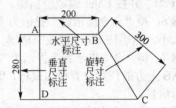

图 6-24　旋转尺寸标注后的图形对象

另外，如果想要将系统测量的标注文字变为自己指定的标注文字，则可以在指定尺寸线位置之前，根据命令行提示输入"t"，并在命令行中"输入标注文字"提示后面，输入指定的标注文字；也可以在指定尺寸线位置后，通过双击系统的标注文字，在【特性】对话框的"文字替代"文本框中直接输入要指定的标注文字。

【注意】

在拾取标注点时，一定要打开对象捕捉功能，精确地拾取标注对象的特征点，这样才可以在标点与注点之间建立关联性，也即标注值会随着标注对象的修改而自动更新。

6.2.2　对齐标注

对齐标注主要用于标注图形中具有倾斜特性的对象（如斜线、斜面等），其尺寸线平行于两尺寸界线原点之间的连线。对齐标注的标注方法与线性标注的标注方法基本相同。对齐标注是线性标注尺寸的一种特殊形式。在对直线段进行标注时，如果该直线的倾斜角度未知，则可以使用对齐标注得到准确的测量结果。

在 AutoCAD 2009 中，激活对齐标注命令的方法如下。

- 单击【菜单浏览器】按钮，在弹出的菜单中选择【标注】→【对齐】菜单项。
- 在【功能区】选项板中选择【注释】选项卡，在【标注】面板中单击【对齐】按钮。
- 在"命令提示行"中运行"DIMALIGNED"命令。
- 在"标注"工具栏中单击【对齐】按钮。

采用上述方法激活对齐标注命令后，即可对图形对象执行对齐标注操作。现假定要对图 6-25 所示的图形中的斜线段进行对齐标注，具体操作步骤如下。

步骤1：采用上述方法激活对齐标注命令，执行对齐标注操作。

步骤2：待"命令提示行"提示为"指定第一条尺寸界线原点或 <选择对象>:"时，打开对象捕捉功能，当捕捉到 A 点时单击鼠标，以确定第一条尺寸界线原点。

步骤3：待"命令提示行"提示为"指定第二条尺寸界线原点:"时，使用对象捕捉功能捕捉 B 点并单击鼠标，以确定第二条尺寸界线原点。

步骤4：待"命令提示行"提示为"指定尺寸线位置或[多行文字(M)/文字(T)/角度(A)]:"时，移动鼠标至线段 AB 的最上角任意位置并单击，系统将自动计算线段 AB 的长度并标注出来，图 6-26 所示是绘制对齐标注的命令提示信息。

步骤5：在完成上述所有操作后，即可看到线段 AB 被对齐标注后的效果，如图 6-27 所示。

对齐标注与线性旋转标注不同，对齐标注的尺寸线的倾斜度是通过指定两点来确定的，而旋转标注是根据指定的角度绘制尺寸标注。

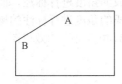

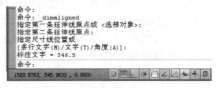

图 6-25　对齐标注前的图形对象　　图 6-26　对齐标注的命令行提示　　图 6-27　对齐标注后的
图形对象

6.2.3　角度标注

角度标注主要用于标注图形中圆、圆弧、两条非平行直线或 3 个点之间的夹角。由于标注值为度数，因此，AutoCAD 会自动在标注值后面加上度数单位"°"。

在 AutoCAD 2009 中，激活角度标注命令的方法如下。

- 单击【菜单浏览器】按钮，在弹出的菜单中选择【标注】→【角度】菜单项。
- 在【功能区】选项板中选择【注释】选项卡，在【标注】面板中单击【角度】按钮△。
- 在"命令提示行"中运行"DIMANGULAR"命令。
- 在"标注"工具栏中单击【角度】按钮△。

采用上述方法激活角度标注命令后，AutoCAD 将在"命令提示行"给出提示，其中共有 4 项选择：圆弧、圆、直线和指定顶点，如图 6-28 所示。

下面分别介绍选择各项的标注方法。

- 选择圆弧　对圆弧进行角度标注。选择圆弧并确定弧型尺寸线的位置之后，AutoCAD 自动计算出该段圆弧的角度并将其标出。

- 选择圆　对圆上的一段弧进行角度标注。在圆上

图 6-28　角度标注的命令行提示

确定第一个点作为第一尺寸界线，再确定另一个点作为第二尺寸界线，然后确定弧型尺寸线的位置，AutoCAD 自动计算出被选中圆弧的角度并标出。

- 选择直线　对两直线组成的角度进行标注。先选择角的第一条边作为第一尺寸界线，再选择另一条边作为第二尺寸界线，然后确定弧型尺寸线的位置，AutoCAD 自动计算出两条直线组成的角度并标出。

- 指定顶点　该方式默认使用三点指定角。先指定顶点，再指定另外两点作为两条尺寸界线，然后确定弧型尺寸线的位置，AutoCAD 自动计算出三点组成的角度并标出。

现假定对图 6-29 所示的图形对象进行角度标注，具体操作步骤如下。

步骤1：采用上述方法激活角度标注命令，执行角度标注操作。

步骤2：待"命令提示行"提示为"选择圆弧、圆、直线或 <指定顶点>:"时，单击直线 BC 以确定第一条尺寸界线。待"命令提示行"提示为"选择第二条直线:"时，单击直线 CD 以确定第二尺寸界线。

步骤 3：待"命令提示行"提示为"指定标注弧线位置或 [多行文字(M)/文字(T)/角度(A)]:"时，单击两直线夹角处任意位置，以确定弧型尺寸线的位置，图 6-30 所示即为绘制角度标注的命令提示信息。

步骤 4：在完成上述操作之后，即可看到直线 BC 和直线 CD 之间的角度被标注出来，如图 6-31 所示。

图 6-29　角度标注前的图形对象　　图 6-30　角度标注的命令行提示　　图 6-31　角度标注后的图形对象

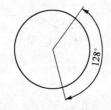

图 6-32　对圆角度标注后的图形对象

上述所介绍的是对两直线组成的角度进行标注，而对于圆弧和圆的标注和对两直线组成的角度进行标注的操作方法类似，图 6-32 所示是对圆进行角度标注的效果图，其具体操作命令如下。

命令：_dimangular
选择圆弧、圆、直线或 <指定顶点>:
指定角的第二个端点:
指定标注弧线位置或 [多行文字(M)/文字(T)/角度(A)/象限点(Q)]:

标注文字 = 128

【注意】

在对圆上的一段圆弧、两直线组成的角或三点组成的角度标注时，若确定弧型尺寸线的位置不同，则 AutoCAD 计算出的角度也不相同。

6.2.4　直径标注

直径标注主要用于标注图形中的圆或圆弧的直径。

在 AutoCAD 2009 中，激活直径标注命令的方法如下。

- 单击【菜单浏览器】按钮，在弹出的菜单中选择【标注】→【直径】菜单项。
- 在【功能区】选项板中选择【注释】选项卡，在【标注】面板中单击【直径】按钮◎。
- 在"命令提示行"中运行"DIMDIAMETER"命令。
- 在"标注"工具栏中单击【直径】按钮◎。

采用上述方法激活直径标注命令之后，即可利用直径标注功能测量圆和圆弧的直径。

现假定要对一个圆的直径进行标注，则可执行如下操作步骤。

步骤 1：采用上述方法激活直径标注命令，执行直径标注操作。

步骤 2：待"命令提示行"提示为"选择圆弧或圆:"且鼠标变成一个小正方形选框时，单击圆周上的任意位置，选择该圆作为被标注的对象。

步骤 3：待"命令提示行"提示为"指定尺寸线位置或[多行文字(M)/文字(T)/角度(A)]:"时，移动鼠标使直径的尺寸标注位于合适位置并单击。

步骤 4：完成上述操作后，即可看到此时的圆已多了一个直径标注，如图 6-33 所示。

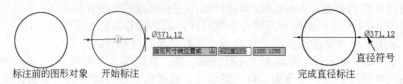

图 6-33　标注圆的直径尺寸

在实际的绘图过程中,一般标注的尺寸不是系统自动度量出来的,而是由绘图人员按照一定的比例指定出来的。假如要对圆标注直径,且标注尺寸被指定为 400 或对圆弧标注直径为 350,则可以执行如下操作步骤。

步骤 1:采用上述方法激活直径标注命令,执行直径标注操作。

步骤 2:待"命令提示行"提示为"选择圆弧或圆:"且鼠标变成一个小正方形的选择框时,单击圆周上的任意位置,选择圆为被标注的对象。如果是圆弧,则圆弧被作为标注的对象。

步骤 3:待"命令提示行"提示为"指定尺寸线位置或[多行文字(M)/文字(T)/角度(A)]:"时,输入字母"T"并按空格键或 Enter 键。

步骤 4:待"命令提示行"提示为"输入标注文字:"时,输入"%%c400"表示圆的直径是400,或输入"%%c 350"表示圆弧的直径是 350,最后按 Enter 键以确定输入。

步骤 5:待"命令提示行"提示为"指定尺寸线位置或[多行文字(M)/文字(T)/角度(A)]:"时,移动鼠标使直径的尺寸标注位于合适位置并单击。

步骤 6:在完成上述操作之后,即可得到图 6-34 所示的图形。

图 6-34 标注好指定尺寸后的图形

6.2.5 半径标注

半径标注主要用于标注图形中圆或圆弧的半径。

在 AutoCAD 2009 中,激活半径标注命令的方法如下。

- 单击【菜单浏览器】按钮,在弹出的菜单中选择【标注】→【半径】菜单项。
- 在【功能区】选项板中选择【注释】选项卡,在【标注】面板中单击【半径】按钮。
- 在"命令提示行"中运行"DIMRADIUS"命令。
- 在"标注"工具栏中单击【半径】按钮。

采用上述方法激活半径标注命令之后,即可利用半径标注功能测量圆和圆弧的半径。

现假定要对一个圆的半径进行标注,则可执行如下操作步骤。

步骤 1:采用上述方法激活半径标注命令,执行半径标注操作。

步骤 2:待"命令提示行"提示为"选择圆弧或圆:"且鼠标变成一个小正方形选框时,单击圆周上的任意位置,选择该圆作为被标注的对象。

步骤 3:待"命令提示行"提示为"指定尺寸线位置或[多行文字(M)/文字(T)/角度(A)]:"时,移动鼠标使半径的尺寸标注位于合适位置并单击。

步骤 4:在完成上述操作后,即可看到此时的圆已多了一个半径标注,如图 6-35 所示。

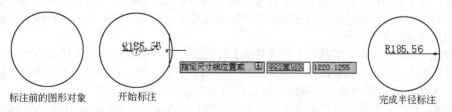

图 6-35 标注完半径后的圆

在实际的绘图过程中,一般标注的尺寸不是系统自动度量出来的,而是由绘图人员按照一定的比例指定出来的。假如要对圆弧标注半径，且标注尺寸被指定为 R180.00，则可执行如下操作步骤。

步骤 1：采用上述方法激活半径标注命令，执行半径标注操作。

步骤 2：待"命令提示行"提示为"选择圆弧或圆："，且鼠标变成一个小正方形选框时，单击圆周上的任意位置，选择圆弧作为被标注对象。

步骤 3：待"命令提示行"提示为"指定尺寸线位置或[多行文字(M)/文字(T)/角度(A)]："时，输入"T"并按空格键或 Enter 键。待"命令提示行"提示为"输入标注文字："时，输入"R180.00"表示输入的文字为 R180.00。

步骤 4：待"命令提示行"提示为"指定尺寸线位置或[多行文字(M)/文字(T)/角度(A)]："时，移动鼠标使半径的尺寸标注位于合适位置并单击。

步骤 5：在完成上述操作之后，即可看到此时的圆弧多了一个半径标注，且半径标注的文字为 R180.00，如图 6-36 所示。

半径标注前的图形   半径标注后的图形

图 6-36   标注好指定半径尺寸后的图形

6.2.6   基线标注

基线标注主要用于标注图形中以同一尺寸界线为基准的一系列尺寸标注，即是指从某一点引出的尺寸界线作为第一条尺寸界线来标注多个对象，每个对象的其他尺寸都按该基准进行定位或画线。基线标注又被称为基准标注或平行尺寸标注，它是一种比较特殊的标注。在创建基线标注前，要求用户必须先创建（或选择）一个线性、坐标或角度标注作为基准标注。

在 AutoCAD 2009 中，激活基线标注命令的方法如下。

- 单击【菜单浏览器】按钮，在弹出的菜单中选择【标注】→【基线】菜单项。
- 在【功能区】选项板中选择【注释】选项卡，在【标注】面板中单击【基线】按钮 。
- 在"命令提示行"中运行"DIMBASELINE"命令。
- 在"标注"工具栏中单击【基线】按钮 。

采用上述方法激活基线标注后，即可对图形对象执行基线标注操作。现以要对图 6-37 所示的图形对象进行基线标注为例，来具体讲述进行基线标注的方法。习惯上以最左边的边为基准来标注图形中各个长度方向上的不同尺寸，但在使用基线标注前，必须先使用线性标注命令将第一个尺寸界线标注出来。

具体操作步骤如下。

步骤 1：单击"标注"工具栏上的【线性】按钮 。待"命令提示行"提示为"指定第一条尺寸界线原点或<选择对象>："时，使用对象捕捉方式单击 A 处，则该点所在的尺寸界线将成为基准标注的第一条尺寸界线。

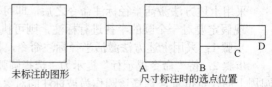

未标注的图形   尺寸标注时的选点位置

图 6-37   尺寸标注时的选点位置

步骤 2：待"命令提示行"提示为"指定第二条尺寸界线原点："时，使用对象捕捉方式单击 B 处。待"命令提示行"提示为"指定尺寸线位置或[多行文字(M)/文字(T)/角度(A)/水平(H)/垂直(V)/旋转(R)]："时，移动鼠标使尺寸标注位于矩形底边下方合适位置后单击，则该点将成为第一个尺寸的尺寸线所在的位置。

步骤 3：单击"标注"工具栏上的【基线】按钮 。待"命令提示行"提示为"指定第二条尺寸界线原点或[放弃(U)/选择(S)]<选择>："时，单击 C 点处，即在该图上多出一个尺寸标注，且该尺寸标注以 A 处为第一条尺寸界线，以 C 处为第二条尺寸界线。

步骤 4：待"命令提示行"提示为"指定第二条尺寸界线原点或[放弃(U)/选择(S)]<选择>："时，单击 D 处，即在该图上多出一个尺寸标注，且该尺寸标注以 A 处为第一条尺寸标注界线，以 D 处为第二条尺寸界线。

步骤 5：待"命令提示行"提示为"指定第二条尺寸界线原点或[放弃(U)/选择(S)]<选择>："

时，按空格键或 Enter 键两次或按 Esc 键一次，即可结束基线标注命令，得到图 6-38 所示的图形，所标注尺寸均为 AutoCAD 自动测量出来的尺寸。

【注意】

在基线标注中，每个新的尺寸线都与前一个尺寸线偏离一段距离，以避免与前一条尺寸线重合。各个尺寸线之间的间距值，均由标注样式中的"基线间距"控制，如图 6-39 所示。

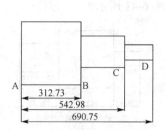

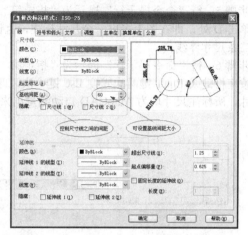

图 6-38　标注好所有尺寸后的图形　　　　图 6-39　【修改标注样式】对话框

6.2.7　连续标注

连续标注主要用于标注图形中以同一尺寸界线为基准的串联排列的一系列尺寸标注。 同基线标注一样，在进行连续标注之前也必须先创建（或选择）一个线性、坐标或角度标注作为基准标注。但其不同于基线标注的是：基线标注是基于同一个标注起始点来标注，而连续标注则是将尺寸的第二个尺寸界线作为下一个标注的起始点。

在 AutoCAD 2009 中，激活连续标注命令的方法如下。

- 单击【菜单浏览器】按钮，在弹出的菜单中选择【标注】→【连续】菜单项。
- 在【功能区】选项板中选择【注释】选项卡，在【标注】面板中单击【连续】按钮 。
- 在命令提示行中运行 "DIMCONTINUE" 命令。
- 在 "标注" 工具栏中单击【连续】按钮 。

采用上述方法激活连续标注之后，即可对图形对象执行连续标注操作。现以要对图 6-40 所示的图形对象进行连续标注为例，来具体讲述进行连续标注的方法。习惯上以从左至右的顺序标注出每段轴的长度，但在使用连续标注前，必须先使用线性标注命令将第一个尺寸界线标注出来。具体操作步骤如下。

步骤 1：单击 "标注" 工具栏上的【线性】按钮 。待 "命令提示行" 提示为 "指定第一条尺寸界线原点或<选择对象>："时，使用对象捕捉方式单击 A 处，则该点所在的尺寸界线，将成为连续标注的第一个尺寸标注的第一条尺寸界线。

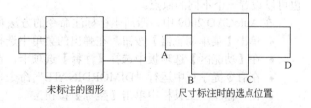

未标注的图形　　　尺寸标注时的选点位置

图 6-40　尺寸标注时的选点位置

步骤 2：待 "命令提示行" 提示为 "指定第二条尺寸界线原点："时，单击 B 处，则该点所在的尺寸界线，将成为连续标注的第一个尺寸标注的第二尺寸界线，同时也是下一个连续尺寸标注的第一条尺寸界线。

步骤 3：待 "命令提示行" 提示为 "指定尺寸线位置或[多行文字(M)/文字(T)/角度(A)/水平(H)/

垂直(V)/旋转(R)]:"时，移动鼠标使尺寸标注位于矩形底边下方合适位置后单击，则该点将成为第一个尺寸标注的尺寸线所在的位置，同时也是连续尺寸标注的公共尺寸线所在的位置。

步骤 4：单击"标注"工具栏上的【连续】按钮 ⊩⊩。待"命令提示行"提示为"指定第二条尺寸界线原点或[放弃(U)/选择(S)]<选择>:"时单击 C 处，即在图上多出一个尺寸标注，且该尺寸标注以 B 处为第一条尺寸界线，以 C 处为第二条尺寸界线。

步骤 5：待"命令提示行"提示为"指定第二条尺寸界线原点或[放弃(U)/选择(S)]<选择>:"时，单击 D 处，即在图上多出一个尺寸标注，且该尺寸标注以 C 处为第一条尺寸界线，以 D 处为第二条尺寸界线。

步骤 6：待"命令提示行"提示为"指定第二条尺寸界线原点或[放弃(U)/选择(S)]<选择>:"时，按空格键或 Enter 键两次或按 Esc 键一次，即可结束连续标注命令。此时的图形已标注好连续尺寸，所标注尺寸均为 AutoCAD 自动测量出来的尺寸，如图 6-41 所示。

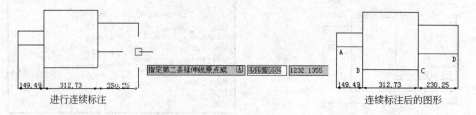

图 6-41　标注好所有尺寸后的图形

另外，使用基线标注和连续标注不仅可以对线性尺寸进行标注，还可以对角度进行标注。图 6-42 所示是分别使用基线标注和连续标注对图形对象进行标注的效果图。

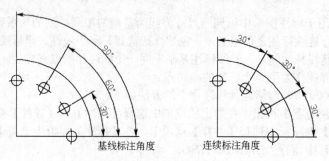

图 6-42　使用基线标注和连续标注对角度进行标注

6.2.8　坐标标注

坐标标注主要用于标注相对于坐标原点的坐标。用户可使用当前 UCS 的原点计算每个坐标，也可以设置一个不同的原点。

在 AutoCAD 2009 中，激活坐标标注命令的方法有 4 种。

- 单击【菜单浏览器】按钮，在弹出的菜单中选择【标注】→【坐标】菜单项。
- 在【功能区】选项板中选择【注释】选项卡，在【标注】面板中单击【坐标】按钮 ⊡。
- 在命令提示行中运行"DIMORDINATE"命令。
- 在"标注"工具栏中单击【坐标】按钮 ⊡。

在采用上述方法激活坐标标注之后，即可利用坐标标注功能来测量一个点与基准点的距离。执行坐标标注命令之后，系统提示如图 6-43 所示。

其中，X 基准坐标标注是沿 X 轴测量一个点与基准点的距离，Y 基准坐标标注是沿 Y 轴测量距离，且坐标标注的文字与坐标引线对齐。图 6-44 所示即为坐标标注。用户在执行坐标标注命令时，如果相对于标注点上下移动光标，将出现标注点的 X 坐标值；如果相对于标注点左右移动光标，将出现标注点的 Y 坐标值。

图 6-43 坐标标注命令行   图 6-44 坐标标注

6.2.9 引线标注

引线是连接注释和图形对象的一条带箭头的线，用户可从图形的任意点或对象上创建引线。引线标注是指向图形中创建引线和引线注释。引线可由直线段或平滑的样条曲线组成，注释文字就放在引线末端。

在 AutoCAD 2009 中，激活多重引线标注命令的方法如下。

- 单击【菜单浏览器】按钮，在弹出的菜单中选择【标注】→【多重引线】菜单项。
- 在【功能区】选项板中选择【标注】选项卡，在【多重引线】面板中单击【多重引线】按钮 。
- 在"命令提示行"中运行"QLEADER"命令。
- 在"多重引线"工具栏（如图 6-45 所示）中单击【多重引线】按钮 。

采用上述方法激活多重引线标注命令后，即可为图形对象添加多重引线标注。但在向 AutoCAD 图形中添加多重引线时，单一的引线样式并不能满足设计的需求，所以需要预先定义新的引线样式，以便于控制引线的外观以及调整和管理多重引线标注。

在 AutoCAD 2009 中，创建新引线样式的操作步骤如下。

步骤 1：在【标注】选项卡下单击【多重引线】面板（如图 6-46 所示）中的【多重引线样式】按钮 ，即可打开【多重引线样式管理器】对话框，如图 6-47 所示。

图 6-45 "多重引线"工具栏   图 6-46 【多重引线】面板 图 6-47 【多重引线样式管理器】对话框

步骤 2：单击【新建】按钮，即可打开【创建新多重引线样式】对话框，在"新样式名"文本框中输入新的样式名称（如"新样式 1"），在"基础样式"下拉列表中选择"Standard"选项，如图 6-48 所示。

步骤 3：单击【继续】按钮，即可打开【修改多重引线样式:新样式 1】对话框，其中有 3 个选项卡，即【引线格式】、【引线结构】和【内容】，如图 6-49 所示。

步骤 4：选择【引线格式】选项卡，在其中可以设置引线类型以及箭头的形状。

- "常规"选项区域用于设置引线的类型、颜色、线型、线宽。
- "箭头"选项区域用于设置箭头的形状和大小。

● "引线打断"选项区域用于设置引线打断大小的参数。

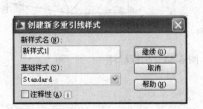

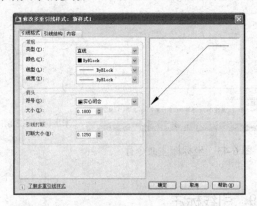

图 6-48 【创建新多重引线样式】对话框 图 6-49 【修改多重引线样式:新样式 1】对话框

步骤 5：选择【引线结构】选项卡，在该选项卡中可以设置引线的段数、引线每一段的倾斜度以及引线的显示属性等，如图 6-50 所示。

● "约束"选项区域用于设置引线的最大点数以及引线的第一段角度和第二段角度。
● "基线设置"选项区域用于设置多重引线基线的固定距离以及是否自动包含基线。
● "比例"选项区域用于设置引线的比例显示方式。

步骤 6：选择【内容】选项卡，在其中可以设置引线标注的文字属性，以及标注内容是包含文字还是块，如图 6-51 所示。

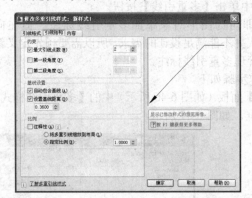

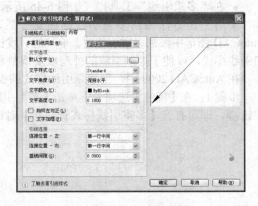

图 6-50 【引线结构】选项卡 图 6-51 【内容】选项卡

● "多重引线类型"下拉列表框用于控制标注内容是包含文字还是包含块。
● "文字选项"选项区域用于设置标注文字的外观。
● "引线连接"选项区域用于设置多重引线的引线连接位置和基线间隙等。
● "块选项"选项区域在多重引线类型为块时才出现，用于控制多重引线对象中块内容的特性，如图 6-52 所示。

步骤 7：在完成上述各选项卡的设置之后，单击【修改多重引线样式:新样式 1】对话框中的【确定】按钮，即可返回【多重引线样式管理器】对话框，并在"样式"列表框中显示新建的多重引线样式，如图 6-53 所示。

步骤 8：单击【置为当前】按钮，将当前的多重引线样式变成"样式"列表框中被选取的样式。单击【修改】按钮，即可打开【修改多重引线样式】对话框，重新修改之前感觉的不理想的多重引线样式设置。

在完成创建新多重引线样式之后，即可利用新引线样式来对图形对象进行标注。假定要对图

6-54 所示图形中圆的圆心位置添加引线标注，标注文字为"实施钻孔(R=5(cm))"，则具体操作步骤如下：

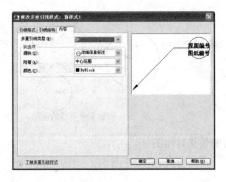

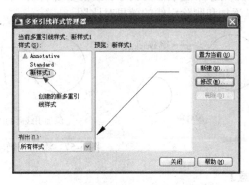

图 6-52 选择"块"时的【内容】选项卡　　　图 6-53 创建新的多重引线样式

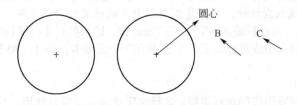

图 6-54 引线位置的确定

　　步骤 1：采用上述方法激活多重引线标注命令，执行多重引线标标注操作。待"命令提示行"提示为"指定引线箭头的位置或 [引线基线优先(L)/内容优先(C)/选项(O)] <选项>："时，使用对象捕捉功能单击圆心处，使此点成为引线标注的引出点。

　　步骤 2：待"命令提示行"提示为"指定下一点："时，使用对象捕捉功能单击 B 处。待"命令/提示行"提示为"指定下一点："时，按功能键 F8 键打开正交模式之后，使用对象捕捉功能单击 C 处，以保证从 B 至 C 的引线为水平。

　　步骤 3：待"命令提示行"提示为"指定文字宽度<0>："时，按空格键或 Enter 键。待"命令提示行"提示为"输入注释文字的第一行<多行文字(M)>："时，输入"实施钻孔(R=5(cm))"并按 Enter 键。

　　步骤 4：待"命令提示行"提示为"输入注释文字的下一行："时，按 Enter 键结束文字的输入，这时即可看到图形中多了一个引线标注，如图 6-55 所示。

　　步骤 5：如果想将引线标注文字"实施钻孔(R=5(cm))"移至水平引线的上方，则可以预先将该引线标注进行分解，再移动文字到水平引线的上方，移动完后的效果如图 6-56 所示。

图 6-55 引线标注后的图形　　　　　　　图 6-56 引线标注文字移位后的图形

　　另外，如果需要将引线添加至现有的多重引线对象上，则可以单击"多重引线"工具栏上的【添加引线】按钮 或在【多重引线】面板中单击【添加引线】按钮，然后依次选取需要添加引线的多重引线和需要引出标注的图形对象，最后按 Enter 键即可。

　　如果对创建的多重引线不满意或不符合设计的要求，则可将此引线删除，其操作方法是：单

击 "多重引线" 工具栏上的【删除引线】按钮或在【多重引线】面板中单击【删除引线】按钮 <img>，在图形对象中选取需要删除引线的多重引线，然后选取多余的引线并按 Enter 键即可。图 6-57 所示是添加和删除引线的效果对比图。

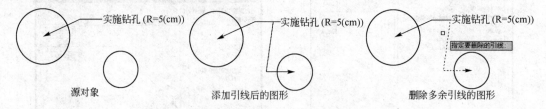

源对象　　　　　　　添加引线后的图形　　　　　　删除多余引线的图形

图 6-57　添加和删除引线的效果对比图

【注意】

引线与多行文字对象相关联，因此在重定位文字对象时，引线相应拉伸。当打开关联标注并使用对象捕捉功能确定引线箭头的位置时，引线则与附着箭头的对象相关联。如果重定位该对象，箭头也重定位，且引线相应拉伸。可以复制图形中其他位置使用的文字，并为其附加引线。

执行 "QLEADER" 命令后输入 "S" 并按 Enter 键，即可打开【引线设置】对话框，如图 6-58 所示。从中可以对注释和引线进行设置，在其中有 3 个选项卡，即【注释】、【引线和箭头】、【附着】。

1.【注释】选项卡

在该选项卡中可设置引线的注释类型、多行文字选项以及重复使用注释等。其中 "注释类型" 选项区域的各个参数含义如下。

● 多行文字　可利用多行文字编辑标注帮助。

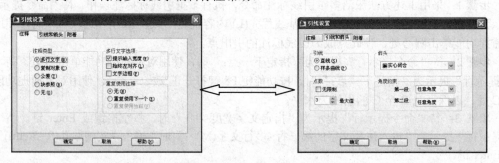

图 6-58　【引线设置】对话框

● 复制对象　可将绘图区目前存在的引线标注，复制到目前编辑的引线标注上，如图 6-59 所示。

● 公差　可标注不同的公差值，如图 6-60 所示。

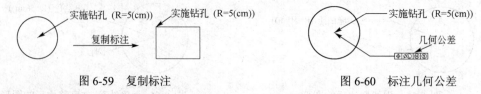

图 6-59　复制标注　　　　　　　　　　图 6-60　标注几何公差

● 块参照　以建立的块为注释。

● 无　只有引线，不加任何标注帮助。

2.【引线和箭头】选项卡

在该选项卡中可设置引线的样式、箭头的形状、点数的多少以及引线的角度限制等。其中，常用参数的含义如下。

- 样条曲线　将引线样式设为样条曲线，如图 6-61 所示。
- 直线　将引线样式设为直线，此为默认值。
- 箭头　从下拉列表中选择引线起点箭头的样式，如图 6-62 所示。
- 角度约束　设置引线第一段及第二段的角度，默认值是"任意角度"。

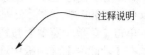

图 6-61　引线样式为样条曲线

3．【附着】选项卡

【附着】选项卡如图 6-63 所示，在该选项卡中可设置标注文字的显示位置，下面列举几个标注结果，如图 6-64 所示。

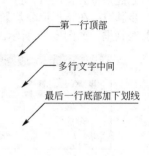

图 6-62　"箭头"下拉列表　　　图 6-63　【附着】选项卡　　　图 6-64　几个标注结果

6.2.10　圆心标记

圆心标记主要用于标记图形中的圆或圆弧的圆心。

在 AutoCAD 2009 中，激活圆心标记命令的方法如下。

- 单击【菜单浏览器】按钮，在弹出的菜单中选择【标注】→【圆心标记】菜单项。
- 在【功能区】选项板中选择【注释】选项卡，在【标注】面板中单击【圆心标记】按钮⊕。
- 在"命令提示行"中运行"DIMCENTER"命令。
- 在"标注"工具栏中单击【圆心标记】按钮⊕。

采用上述方法激活圆心标记命令，即可标记圆或圆弧的圆心。现假定要对图 6-65 所示图形中的圆和圆弧的圆心进行标记，则可执行如下操作步骤。

步骤 1：采用上述方法激活圆心标记命令，执行圆心标记操作。

步骤 2：待"命令提示行"提示为"选择圆弧或圆:"，且鼠标变成一个小正方形选框时，单击圆周上的任意位置，选择圆或圆弧作为被标注的对象。

步骤 3：在完成上述操作之后，即可看到此时的圆和圆弧多了一个圆心标记标注，如图 6-66 所示。

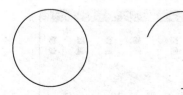

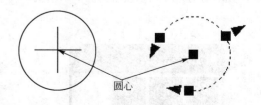

图 6-65　未进行标注前的图形　　　　图 6-66　进行圆心标记后的图形

6.2.11　公差标注

公差是指加工或装配所允许的最大误差，主要包括尺寸公差和形位公差。形位公差表示特征的形状、轮廓、方向、位置和跳动的允许偏差，一般由指引线、形位公差代号、形位公差框、形位公差值和基准代号组成。在标注的过程中，可以把形位公差作为标注文字添加到当前图形中。在 AutoCAD 2009 中，激活公差标注命令的方法如下。

- 单击【菜单浏览器】按钮，在弹出的菜单中选择【标注】→【公差】菜单项。
- 在【功能区】选项板中选择【注释】选项卡，在【标注】面板中单击【公差】按钮 ⊞1。
- 在"命令提示行"中运行"TOLERANCE"命令。
- 在"标注"工具栏中单击【公差】按钮 ⊞1。

采用上述方法激活公差标注命令后，即可打开【形位公差】对话框，如图 6-67 所示。在该对话框中可设置公差的符号、值及基准等参数来创建形位公差。

创建形位公差的具体操作步骤如下。

步骤 1：在【形位公差】对话框中单击"符号"选项区域的黑色小方格，即可打开【特征符号】对话框，如图 6-68 所示。

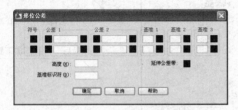

图 6-67 【形位公差】对话框　　　　图 6-68 【特征符号】对话框

步骤 2：从中选择需要的特征符号，选择完毕后单击该符号，即可将该符号添加到"符号"选项区域的黑色小方格中，如图 6-69 所示。

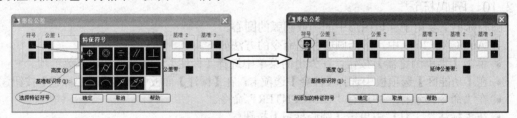

图 6-69　添加特征符号

步骤 3：单击"公差 1"选项区域中的第一个黑色小方格，插入直径符号，并在"公差 1"选项区域的文本框中输入所设置的公差值。

步骤 4：单击"公差 1"选项区域后面的黑色小方格，即可打开【附加符号】对话框，从中选择包容条件，当确定好包容条件后单击该条件符号，如图 6-70 所示。

步骤 5：在【形位公差】对话框中加入第二个公差值，其方法和加入第一个公差值的方法相同，完成后的具体显示效果如图 6-71 所示。

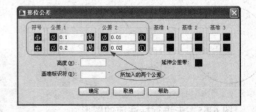

图 6-70 【附加符号】对话框　　　　图 6-71　加入两个公差值的效果图

步骤 6：分别在"基准 1"、"基准 2"和"基准 3"下方的文本框中输入基准参考字母，单击"基准 1"、"基准 2"和"基准 3"选项区域后面的黑色小方格,即可打开【附加符号】对话框,为每个基准参考插入包容条件符号。基准区域设置完成后的显示效果如图 6-72 所示。

步骤 7:在"高度"文本框中输入数值,以确定公差标注的高度;再单击"延伸公差带"后面的黑色方框,插入特殊符号,再在"基准标识符"文本框中添加一个基准值,所有设置完成后的显示效果如图 6-73 所示。

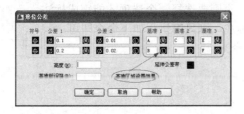

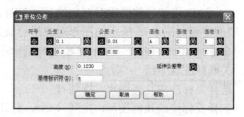

图 6-72 基准区域设置完成的效果图　　　　图 6-73 所用设置完成后的效果图

步骤 8:完成上述操作步骤之后,单击【确定】按钮,即可保存公差标注的参数设置。在 AutoCAD 的绘图区域中单击鼠标,以指定特征控制框的位置,完成后即可看到所设置的形位公差基本样式,如图 6-74 所示。

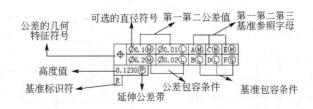

图 6-74 形位公差基本样式

形位公差基本样式不是固定不变的,各选项的内容可以根据具体设计需要来设定。表 6-1 给出了国家标准规定的各种形位公差符号及其含义,以及与形位公差有关的材料控制符号及其含义。

表 6-1 特征符号与附加符号

特征符号	含　义	特征符号	含　义	附加符号	含　义
⊕	位置度	▱	平面度	Ⓜ	材料的一般中等状况
◎	同轴度	○	圆度	Ⓛ	材料的最大状况
=	对称度	⚊	直线度	Ⓢ	材料的最小状况
//	平行度	⌒	面轮廓度		
⊥	垂直度	⌒	线轮廓度		
∠	倾斜度	↗	圆跳度		
⌖	圆柱度	↗↗	全跳度		

6.2.12 快速标注

快速标注工具具有智能推测功能,可以允许用户一次性标注多个对象。

在 AutoCAD 2009 中,激活快速标注命令的方法如下。

- 单击【菜单浏览器】按钮,在弹出的菜单中选择【标注】→【快速标注】菜单项。
- 在【功能区】选项板中选择【注释】选项卡,在【标注】面板中单击【快速标注】按钮。
- 在"命令提示行"中运行"QDIM"命令。

- 在"标注"工具栏中单击【快速标注】按钮 。

采用上述方法激活快速标注命令后，即可快速创建成组的基线、连续、阶梯和坐标标注，快速标注多个圆、圆弧，以及编辑现有标注的布局。使用快速标注命令可以进行"连续(C)"、"并列(S)"、"基线(B)"、"坐标(O)"、"半径(R)"及"直径(D)"等一系列形式的标注。

在执行"QDIM"命令并选择对象后，将在"命令提示行"给出一系列选项提示，直接按 Enter 键，AutoCAD 将按当前选项对对象进行快速标注，否则要选择一个选项才能完成标注。

现假定要对图 6-75 所示的图形对象进行快速标注，则只需执行如下命令即可。

命令: _qdim （按下 Enter 键激活快速标注命令）
关联标注优先级 = 端点
选择要标注的几何图形: 找到 1 个
选择要标注的几何图形: 找到 1 个，总计 2 个
选择要标注的几何图形: 找到 1 个，总计 3 个
选择要标注的几何图形:（按下 Enter 键确定所选择的几何图形）
指定尺寸线位置或 [连续(C)/并列(S)/基线(B)/坐标(O)/半径(R)/直径(D)/基准点(P)/编辑(E)/设置(T)]<连续>:

在执行完上述命令后，即可得到图 6-76 所示的快速标注后的图形。

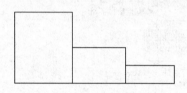

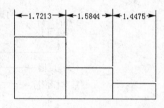

图 6-75 执行快速标注前原图   图 6-76 执行快速标注后的图形

6.2.13 折弯标注

通过折弯标注（也称缩放半径标注）可以折弯标注圆和圆弧的半径，该标注方法与半径标注方法基本相同，可以在任意合适的位置指定尺寸线的原点，但需要指定一个位置代替圆或圆弧的圆心。

在 AutoCAD 2009 中，激活折弯标注命令的方法如下。

- 单击【菜单浏览器】按钮，在弹出的菜单中选择【标注】→【折弯】菜单项。
- 在"命令提示行"中运行"DIMJOGGED"命令。
- 在"标注"工具栏中单击【折弯】按钮 。

采用上述方法激活折弯标注命令后，即可折弯标注圆和圆弧的半径。在执行该命令并选择对象之后，"命令提示行"将给出一系列选项提示，直接按 Enter 键，AutoCAD 将按当前选项对对象进行折弯标注，否则要选择一个选项才能完成标注。

现假定要对一个圆弧图形对象进行折弯标注，则只需执行如下命令即可。

命令: _dimjogged
选择圆弧或圆:
指定图示中心位置:
标注文字 = 228.78
指定尺寸线位置或 [多行文字(M)/文字(T)/角度(A)]:
指定折弯位置:
图 6-77 所示即为进行折弯标注过程的效果图。

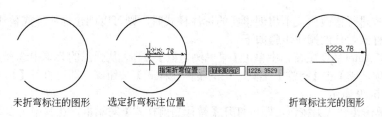

未折弯标注的图形　　选定折弯标注位置　　　　　　折弯标注完的图形

图 6-77　折弯标注图例

6.2.14　弧长标注

弧长标注主要用于标注圆弧或多段线圆弧的弧线长度。

在 AutoCAD 2009 中，激活弧长标注命令的方法如下。

- 单击【菜单浏览器】按钮，在弹出的菜单中选择【标注】→【弧长】菜单项。
- 在【功能区】选项板中选择【注释】选项卡，在【标注】面板中单击【弧长】按钮 。
- 在 "命令提示行" 中运行 "DIMARC" 命令。
- 在 "标注" 工具栏中单击【弧长】按钮 。

采用上述方法激活弧长标注命令后，即可根据 "命令提示行" 的提示，指定要标注尺寸的圆弧及标注线的位置，完成对弧长的标注。在执行 "DIMARC" 命令并选择对象之后，将在 "命令提示行" 给出一系列选项提示，直接按 Enter 键，AutoCAD 将按当前选项对对象进行弧长标注，否则要选择一个选项才能完成标注。现假定要对一个圆弧图形对象进行弧长标注，则只需执行如下命令即可。

命令: _dimarc

选择弧线段或多段线弧线段:

指定弧长标注位置或 [多行文字(M)/文字(T)/角度(A)/部分(P)/引线(L)]:

标注文字 = 1165.8

图 6-78 所示即为进行弧长标注过程的效果图。

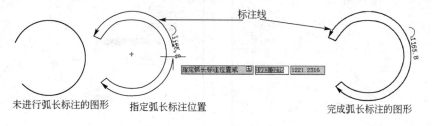

未进行弧长标注的图形　　指定弧长标注位置　　　　完成弧长标注的图形

图 6-78　弧长标注图例

6.3　编辑尺寸标注

当标注的尺寸界线、文字和箭头与当前图形文件中的几何对象重叠，或标注位置不符合设计的要求时，如果不想显示这些标注元素或需要对其进行适当位置调整，则可通过更改、替换标注尺寸样式或编辑标注的外观使图纸更加清晰、美观，增强其可读性。

6.3.1　更改与替代标注样式

在使用 AutoCAD 绘图的过程中，往往创建好的尺寸标注、文字和尺寸线，并不一定会符合当时的标注设计要求，这时可利用标注编辑法对其进行修改，或利用性质命令变更标注样式。当想要对当前样式进行修改但又不想创建新的标注样式时，则可以创建标注样式替代。

创建标注样式替代的操作步骤如下。

步骤 1：在 AutoCAD 主窗口中单击【菜单浏览器】按钮，从弹出的菜单中选择【标注】→【标注样式】菜单项，或单击【标注】工具栏中的【标注样式】按钮，即可打开【标注样式管理器】对话框，如图 6-79 所示。

步骤 2：单击【替代】按钮，即可打开【替代当前样式】对话框，在其中可以调整样式替代，内容包括尺寸界线、公差、单位以及其可见性等，如图 6-80 所示。

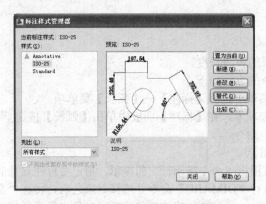

图 6-79 【标注样式管理器】对话框　　　　　图 6-80 【替代当前样式】对话框

步骤 3：在完成创建标注样式替代之后，AutoCAD 将在标注样式名下显示"样式替代"，如图 6-81 所示。

步骤 4：如果想要重命名新的标注样式，则只需在"<样式替代>"上右击，并选择【重命名】菜单项，输入新名称之后再单击鼠标即可，如图 6-82 所示。

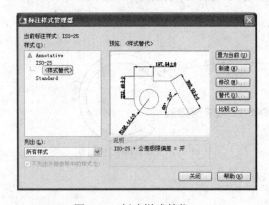

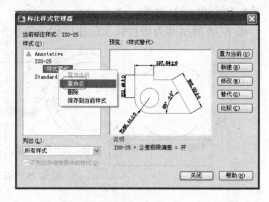

图 6-81 创建样式替代　　　　　　　　　　图 6-82 重命名样式替代

【注意】

用户只能为当前样式创建标注样式替代，当其他标注样式被设置为当前样式之后，标注样式替代将自动被删除。

6.3.2 尺寸标注的编辑

一般情况下尺寸界线都与尺寸线垂直，但如果想要使尺寸界线有一定的倾斜度，则可以单击 AutoCAD 主窗口中的【菜单浏览器】按钮，从弹出的菜单中选择【标注】→【倾斜】菜单项，或在【功能区】选项板中选择【注释】选项卡，在【标注】面板中单击【倾斜】按钮，并选择标注对象之后，输入想要倾斜的角度或通过指定两点确定角度即可。

当标注空间狭小而不易标注时，用户可利用倾斜的延长线来实现标注。选择需要进行标注的项目，再选择需要修改的尺寸标注对象后右击，以结束选择并输入倾斜角度。

现假定要使图 6-83 所示图形中的标注对象倾斜 60°，则只需执行如下命令。

命令: _dimedit

输入标注编辑类型 [默认(H)/新建(N)/旋转(R)/倾斜(O)] <默认>: _o

选择对象: 找到 1 个

选择对象:（按下 Enter 键以结束对象的选取）

输入倾斜角度 (按 ENTER 表示无): 60（按下 Enter 键完成倾斜操作）

在完成上述操作命令之后，即可得到图 6-84 所示的将尺寸标注倾斜 60°的效果图。

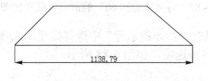 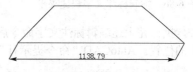

图 6-83 尺寸标注未倾斜前的效果　　　　　　图 6-84 尺寸标注倾斜 60°的效果

6.3.3 分解尺寸标注

当需要对标注对象的文本、箭头和尺寸线等多个对象进行单独编辑时，用户可以利用分解（EXPLODE）命令将尺寸标注元素分解。

对尺寸标注元素进行分解的操作方法很简单，只需在选择需要分解的标注对象后，单击【菜单浏览器】按钮，从弹出的菜单中选择【修改】→【分解】菜单项，或在命令行中运行"EXPLODE"命令，或在【功能区】选项板中选择【常用】选项卡，在【修改】面板中单击【分解】按钮，最后根据"命令提示行"的提示，将尺寸标注分解为文本、箭头和尺寸线等多个对象。图 6-85 所示即为标注对象分解前后的选取效果对比图。

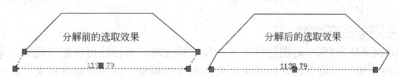

图 6-85 标注对象分解前后的选取效果对比图

6.3.4 调整尺寸位置

如果用户在 AutoCAD 中对创建好的尺寸标注、文字或尺寸线的位置不满意或是不符合设计的要求，则可以对其进行调整位置，其中常用的两种方法是：通过移动夹点来调整和通过编辑标注文字来调整。

1．通过移动夹点调整标注的位置

通过移动夹点来调整标注的位置是最常用的一种方法，即在选中要调整的标注对象后，按住夹点直接拖动光标，即可通过移动夹点调整标注的位置。

2．通过编辑标注文字命令调整标注的位置

在 AutoCAD 2009 中，激活编辑标注文字命令的方法如下。

- 在"命令提示行"中运行"DIMTEDIT"命令。
- 在"标注"工具栏中单击【编辑标注文字】按钮 。

采用上述方法激活编辑标注文字命令之后，选择需要编辑的对象并右击，从弹出的快捷菜单中选择合适的选项来调整标注文字的位置，如图 6-86 所示。图 6-87 所示即为将文字旋转 60°的前后效果对比图。

图 6-86　编辑标注文字快捷菜单　　　　　　图 6-87　将文字旋转 60° 的前后效果对比图

另外，执行完上述编辑标注文字命令后，还可以在"命令提示行"中选择需要的选项来调整标注文字的位置。AutoCAD "命令提示行"将给出多种选项，如图 6-88 所示。

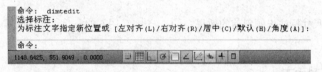

图 6-88　编辑标注文字命令提示信息

各选项的具体含义如下。
- 左对齐　将标注文字移动到靠近左边的尺寸界线处，该选项适用于线性、半径和直径标注。
- 右对齐　将标注文字移动到靠近右边的尺寸界线处。
- 居中　将标注文字移动到尺寸界线中心处。
- 默认　将标注文字移动到原来的位置。
- 角度　用于改变标注文字的旋转角度。

6.3.5　标注对象的关联性

用户在 AutoCAD 2009 中对图形对象进行尺寸标注时，其标注可以是关联的、无关联的或分解的，关联标注将根据所测量的几何对象的变化而进行调整。标注关联性定义了几何对象和为其提供距离和角度的标注间的关系。几何对象和标注之间有 3 种关联性，即关联标注、非关联标注和已分解标注。

- 关联标注　是指当与其关联的几何对象被修改时，关联标注将自动调整其位置、方向和测量值。
- 非关联标注　是指与其测量的几何图形一起选定和修改。无关联标注在其测量的几何对象被修改时不发生改变。
- 已分解标注　是指包含单个对象而不是单个标注对象的集合。

尺寸标注与标注对象之间是否具有关联性由系统变量"DIMASO"来控制。当系统变量"DIMASO"设置为 2 时，尺寸标注与标注对象之间具有关联性；当系统变量"DIMASO"设置为 1 时，尺寸标注与标注对象之间不具有关联性；当系统变量"DIMASO"设置为 0 时，表示是已分解的标注，即标注对象已不再是一个整体，而是组成尺寸标注的各元素分解成的单个对象。

在对图形对象进行标注时，可以将关联标注修改为非关联标注，也可以将非关联标注修改为关联标注。

1. 将非关联标注改为关联标注

选择【选择对象】菜单项并选择非关联标注之后，在"命令提示行"运行"DIMREASS OCIATE"命令或选择【添加关联性】菜单项，均可使尺寸标注与标注对象上的某个位置关联。

2．将关联标注改为非关联标注

选择【选择对象】菜单项并选择关联标注之后，在"命令提示行"运行"DIMDISASSO CIATE"命令或选择【解除关联性】菜单项，均可将尺寸标注与标注对象的关联性解除，将其转换为非关联标注。

【注意】

在创建或修改关联标注时，务必仔细定位关联点，以便在将来修改设计时使几何对象与其关联标注一起改变。另外，在对图形进行尺寸标注时，不要标注过多的尺寸，形成尺寸封闭或标注的尺寸不够而无法充分表达设计信息。

本章小结

在图形设计中，尺寸标注是绘图设计工作中的一项重要内容，因为绘制图形只能反映对象的形状，并不能表达清楚图形的设计意图，或设计的图形需要更多解释，这就需要标注大批量的常规文字来最终定义图形对象的形状、位置、构造等要素，如技术要求、资源搭配说明等内容。而图形中各个对象的真实大小和相互位置，只有经过尺寸标注才能确定。

因此，本章主要介绍了常用的尺寸标注，如线性标注、对齐标注、角度标注等。通过对本章的学习，可掌握常用的尺寸标注形式和对图形对象进行标注的方法和技巧等。此外，本章还介绍了如何对已有标注的尺寸进行编辑修改，如何设置尺寸样式、如何标注公差来建立符合工业标准的样式以及形位公差的标注等。

习题与动手操作

1．填空题

（1）当标注空间狭小而不易标注时，用户可利用_____来实现标注。

（2）_____表示特征的形状、轮廓、方向、位置和跳动的允许偏差，一般由指引线、_____、形位公差框、形位公差值和基准代号组成。

（3）_____是指加工或装配所允许的最大误差，主要包括尺寸公差和_____。

（4）_____主要用于标注图形中以同一尺寸界线为基准的串联排列的一系列尺寸标注。

（5）_____又被称为基准标注或平行尺寸标注，它是一种比较特殊的标注。

（6）直径标注主要用于标注图形中的圆或_____。

（7）角度标注主要用于标注图形中圆、_____、_____或3个点之间的夹角。

（8）标注文字是用于指示测量值的_____，通常由数字、_____、参数和特殊符号组成。

（9）_____是向图形中添加测量注释的过程，在对图形进行标注前，应先了解尺寸标注的组成、类型以及规则等。

（10）标注的文字可以是_____，也可以是中文，主要用于对_____和标注。

2．选择题

（1）（　）主要用于标注图形中任意两点之间的水平、垂直或具有一定旋转角度的尺寸。

　　A．线性标注　　　　B．直径标注　　　　C．连续标注　　　　D．圆心标记

（2）在 AutoCAD 2009 中，下列激活圆心标记命令的方法中错误的是（　　）。

　　A．选择【标注】→【圆心标记】菜单项

　　B．单击【圆心标记】按钮⊕

　　C．在"命令提示行"中运行"TOLERANCE"命令

　　D．在"标注"工具栏中单击【圆心标记】按钮⊕

（3）当因为标注空间狭小而不易标注时，用户可利用倾斜的（　　）来实现标注。

　　A．尺寸线　　　　B．角度线　　　　　C．基线　　　　　D．延长线

（4）标注样式（Dimension Style）用于控制标注的（　　），在 AutoCAD 中的标注均与一定的标注样式

相关联。

    A. 格式   B. 外观   C. 格式和外观   D. 都不是

3. 简答题

（1）在 AutoCAD 2009 中，激活直径标注命令的方法有哪些？

（2）对尺寸标注元素进行分解的操作方法是什么？

（3）调整尺寸位置有哪两种方法？分别是什么？

4. 动手操作题

（1）绘制图 6-89 并为其标注尺寸。

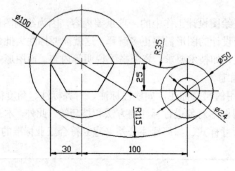

图 6-89　4.（1）题图

（2）绘制图 6-90 并为其标注尺寸。

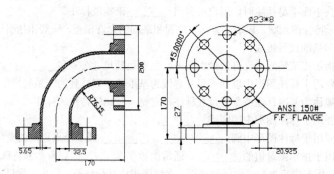

图 6-90　4.（2）题图

第7章

AutoCAD 2009 图层管理

重点提示

♂ 图层设定

♂ 图层的管理

本章精粹

在本章中，读者应掌握设置图层特性的方法以及对图层状态的管理方法，从而了解图层在创建复杂图形过程中的强大功能。在创建比较复杂的图形对象时，为了绘图方便，可以将暂时不用的图形所在的图层关闭，为正在创建的图形提供更大的绘图空间。

图层相当于图纸绘图中使用的重叠图纸，是图形中使用的主要组织工具。可以使用图层将信息按功能编组，以及执行线型、颜色及其他标准。通过设置和管理图层可控制大量对象的可见性和对象特性，还可以将页面上的元素精确定位。每个图形都包含一个名为"0"的图层，对该图层无法执行删除或重命名操作，其主要用途有两个，第一个是确保每个图形至少包括一个图层，第二个是提供与块中的控制颜色相关的特殊图层。

7.1 图层设定

图层的设定主要包括图层状态的设定和图层特性的设定，其中图层状态包括图层的开和锁定；图层特性包括颜色、线型以及线宽等。通过创建图层，可以将类型相似的对象指定给同一个图层使其相关联。

例如，可以将构造线、文字、标注和标题栏置于不同的图层上，还可以控制如下操作。

- 图层上的对象在任何视口中是可见还是暗显。
- 是否打印对象以及如何打印对象。
- 为图层上的所有对象指定何种颜色。
- 为图层上的所有对象指定何种默认线型和线宽。
- 图层上的对象是否可以修改。
- 对象是否在各个布局视口中显示不同的图层特性。

利用图层绘制图形可以使图面层次分明且条理，以方便编辑与管理图形。同时，还可以在不影响其他图层的情形下，对个别图层的状态和特性进行修改。另外，在绘制复杂的图形对象时，可以把部分图层暂时关闭，以减少图面的复杂度，从而提高绘图效率。

7.1.1 新建图层

用户在创建新的图形文件时，系统将自动生成一个默认的图层，且图层名为"0"。但在绘制复杂图形对象的过程中，一个图层往往不能满足设计需求，这时就需要根据设计要求创建多个图层并分别对其命名，以及设置各个图层对应的颜色、线宽和线型等特性。

在 AutoCAD 2009 中，创建新图层之前，需要先打开【图层特性管理器】对话框，具体打开方法如下。

- 单击【菜单浏览器】按钮，在弹出的菜单中选择【格式】→【图层】菜单项。
- 在【功能区】选项板中选择【常用】选项卡，在【图层】面板中单击【图层特性】按钮🔲。
- 在"命令提示行"中运行"LAYER"命令。
- 在"图层"工具栏（如图 7-1 所示）中单击【图层特性】按钮🔲。

在采用上述方法打开【图层特性管理器】对话框之后，即可在其中创建新的图层、指定图层的各种特性、设置当前图层、选择图层和管理图层等，如图 7-2 所示。

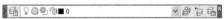

图 7-1 "图层"工具栏   图 7-2 【图层特性管理器】对话框

　　在开始绘制一个新图形时，系统会创建一个名为 "0" 的图层，该图层颜色为 7（黑色或白色，由背景来确定），"Continous"（连续）线型，而且线宽为 0.25mm，"0" 层无法被删除或重命名，当前图层也不能被删除。

【注意】

　　图层名最多可包含 255 个字符，可以包含字母、数字和特殊字符，如美元符号（$）、连字符（-）和下划线（_），但图层名不能包含空格。要更改特性，可以单击颜色、线型或线宽列，从弹出的下拉列表中选择新选项。

　　在【图层特性管理器】对话框中创建图层的具体操作步骤如下。

　　步骤 1：在【图层特性管理器】对话框中单击【新建图层】按钮，新的图层将以临时名称 "图层 1" 显示在列表中，并采用默认设置的图层特性，如图 7-3 所示。

　　步骤 2：双击 "图层 1"，即可输入新的图层名称，单击 "图层 1" 后面的黑色方格，即可打开【选择颜色】对话框，如图 7-4 所示。在其中可以选择相应的图层颜色。

图 7-3　新建图层

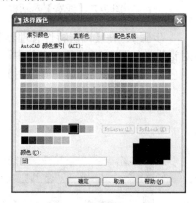

图 7-4　【选择颜色】对话框

　　步骤 3：单击 "图层 1" 后面的线型属性文字 "Continous"，即可打开【选择线型】对话框，如图 7-5 所示。在其中可以查看图层 1 已经加载的线型，同时还可以单击【加载】按钮，打开【加载或重载线型】对话框，可以从中选择新的线型，如图 7-6 所示。

图 7-5　【选择线型】对话框

图 7-6　【加载或重载线型】对话框

　　步骤 4：单击 "图层 1" 后面的线宽属性文字 "默认"，即可打开【线宽】对话框，在其中可以选择新的线宽，如图 7-7 所示。如果需要创建多个图层，则可再次单击【新建图层】按钮，创建其他新的图层，并输入新的图层名。

　　步骤 5：在设置完毕之后，单击【关闭】按钮，即可将【图层特性管理器】对话框关闭，还可以单击【自动隐藏】按钮，将该对话框隐藏起来，在 "图层" 工具栏的下拉列表中，即可看到新创建的图层，如图 7-8 所示。

　　步骤 6：在完成对图层的创建之后，用户还可以通过更改某些特性的设置来对新创建的图层进行其他编辑，如可以将指定层设置为当前层等。在选择一个图层之后，单击【置为当前】按钮，或按 Alt+C 快捷键，或右击选定的图层，从弹出的快捷菜单中选择【置为当前】菜单项，即可将选定的图层设置为当前图层，如图 7-9 所示。

图 7-7　【线宽】对话框　　　　　　　　图 7-8　"图层"工具栏下拉列表

步骤 7：在【图层特性管理器】对话框中单击左上角的【设置】按钮，即可打开【图层设置】对话框，如图 7-10 所示。在其中可设置发出新图层通知的时间、图层特性管理器中视口替代的背景色，及是否将图层过滤器应用到"图层"工具栏上等。

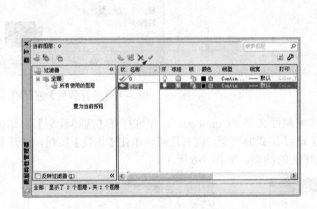

图 7-9　设置为当前图层　　　　　　　　图 7-10　【图层设置】对话框

另外，如果用户绘制的图形都在当前图层上，则当前图层在【图层特性管理器】对话框的图层列表中的状态图标将是 ✓。此外，用户还可以在【图层特性管理器】对话框中将没有对象的图层删除。具体操作步骤如下。

步骤 1：在【图层特性管理器】对话框中选择一个要删除的图层，或按住 Ctrl 键选择多个要删除的图层，如图 7-11 所示。

步骤 2：单击对话框上方工具栏中的【删除图层】按钮 ✕，即可将所选图层删除。

步骤 3：如果所删除的图层是当前正在运行的图层或是图层 0，则在执行删除图层操作时，系统将弹出图 7-12 所示的警告对话框，提示用户不可删除该图层。

步骤 4：此时，在"图层"工具栏的下拉列表中，就看不到删除的图层了。

在【图层特性管理器】对话框中有一列图标，移动指针到图标上并单击之后，即可打开或关闭该图标所代表的功能，如不显示（💡/💡）、锁护（📝/📝）、在所有视口内冻结（○/❄）及不出图（🖨/🖨）等项目。

各图标的功能如表 7-1 所示。

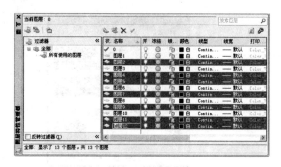

图 7-11　选择要删除的图层

图 7-12　AutoCAD 警告

表 7-1　各图标功能

图标	名　称	作　用
♀/♀	开/关	将图层设置为打开或关闭状态。当呈现关闭状态时，该图层上的所有对象将隐藏不显示，只有打开状态的图层会在屏幕上显示或由打印机中打印出来。因此，绘制复杂的图面时，先将不编辑的图层暂时关闭，可降低图形的复杂性
○/❀	解冻/冻结	将图层设置为解冻或冻结状态。当图层呈现冻结状态时，该图层上的对象均不会显示于屏幕或由打印机印出，而且不会执行重生（REGEN）、缩放（ROOM）、平移（PAN）等命令的动作，因此若将图面中不编辑的图层暂时冻结，可加快执行绘图编辑的速度。而 ♀ / ♀（打开/关闭）功能只是单纯将对象隐藏，并不会加快执行速度
⬀/⬀	解锁/锁定	将图层设置为解锁或锁定状态。被锁定的图层，仍然显示于画面上，但不能以编辑命令修改被锁定的对象，只能绘制新的对象，如此可防止重要的图形被修改
⬀/⬀	打印/不打印	设置该图层是否可以打印

另外，在 AutoCAD 中绘制的每一个对象均有自己的特性，但有些特性属于基本特性，适用于绝大多数对象，如图层、颜色、线宽以及打印样式等；但有些特性则专用于某一类对象性，如圆的特性包括半径和面积，直线的特性包括长度和角度等。

7.1.2　图层颜色的设置

在大多数应用软件中，用户可以为对象设置不同的颜色，AutoCAD 2009 也不例外。一旦设置好颜色后，所创建的对象将都采用该颜色设置，直至用户再次修改颜色设置为止。

为图层指定不同的颜色，可以在图形中轻易识别每个图层，或用不同颜色在同一图层对象之间产生差别。此外，通过指定图形对象的颜色，可以实现直观地将图形对象编组，或用作一种为颜色相关打印指示线宽的方式。

在 AutoCAD 2009 中，打开【选择颜色】对话框的方法如下。

- 单击【菜单浏览器】按钮，在弹出的菜单中选择【格式】→【颜色】菜单项。
- 在【功能区】选项板中选择【常用】选项卡，在【特性】面板中单击【选择颜色】按钮⬤。
- 在"命令提示行"中运行"COLOR"命令。
- 在"特性"工具栏"颜色控制"下拉列表（如图 7-13 所示）中单击"选择颜色"选项。

采用上述方法打开【选择颜色】对话框，即可在其中选择合适的颜色。【选择颜色】对话框包括【索引颜色】、【真彩色】及【配色系统】3 个选项卡。

各选项卡所实现的功能如下。

- 索引颜色　也叫 ACI 颜色，是在 AutoCAD 中使用的标准颜色。每种颜色用一个 ACI 编号标识（即 1～255 之间的整数），如红色为 1，黄色为 2，绿色为 3，青色为 4，蓝色为 5，品红色为 6，白色/黑色为 7 等。标准颜色仅适用于 1～7 号颜色。当选择某一颜色为绘图颜色后，AutoCAD 将以该颜色绘图，而不再随所在的图层颜色变化，如图 7-14 所示。

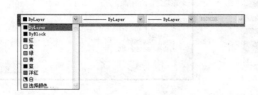

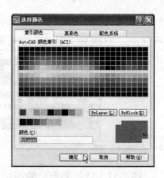

图 7-13 "颜色控制"下拉列表   图 7-14 【索引颜色】选项卡

【注意】

在【索引颜色】选项卡下有【ByLayer】按钮和【ByBlock】按钮,都属于逻辑特性,在线型、线宽特性列表中均有这两项。

其中,【ByLayer】按钮表示随图层而定,当选择【ByLayer】按钮时,所绘制对象的颜色与当前图层的绘图颜色相一致;【ByBlock】按钮表示对象的颜色特性随图块而定,当选择【ByBlock】按钮时,所绘制对象的颜色为白色,在把在该颜色设置下绘制的对象创建成块后,块成员的颜色将随着块的插入而与当前图层的颜色相一致,但前提是插入块时,当前的颜色应设置成"ByLayer"方式。

● 真彩色　在指定真彩色显示时,可使用 RGB 或 HSL 颜色模式。如果使用 RGB 颜色模式,则可指定颜色的红、绿、蓝组合;如果使用 HSL 颜色模式,则可指定颜色的色调、饱和度和亮度要素,如图 7-15 所示。

● 配色系统　输入用户定义的配色系统可进一步扩充使用的颜色选择。AutoCAD 包括多个标准的 PANTONE 配色系统,也可输入其他配色系统(如 DIC 颜色指南或 RAL 颜色集),如图 7-16 所示。

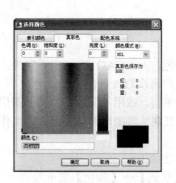

图 7-15 【真彩色】选项卡   图 7-16 【配色系统】选项卡

7.1.3 图层线型的设置

使用不同的线型可以从视觉上将不同的图形对象相互区分开来,使得图形易于观察。AutoCAD 2009 为用户提供了有丰富的线型,都存放在 acad.lin 线型库文件中。在利用 AutoCAD 绘图的过程中,允许用户根据需要使用不同的线型来绘制不同类型的图形对象,以符合行业标准。此外,用户还可以定义自己的线型,以满足实际的需要。

同颜色设置一样,用户可以根据需要直接对选定的对象设置线型,一旦线型设定之后,以后创建的所有对象均采用此线型,直至用户选择新的线型为止。

在 AutoCAD 2009 中,打开【线型管理器】对话框的方法如下。

- 单击【菜单浏览器】按钮，在弹出的菜单中选择【格式】→【线型】菜单项。
- 在【功能区】选项板中选择【常用】选项卡，在【特性】面板中单击【选择线型】按钮，左侧的下三角按钮，从弹出的列表中选择"其他"选项。
- 在"命令提示行"中运行"LINETYPE"命令。
- 在"特性"工具栏的"线型控制"下拉列表（如图 7-17 所示）中选择"其他"选项。

图 7-17　"线型控制"下拉列表

采用上述方法打开【线型管理器】对话框，即可在其中选择合适的线型，如图 7-18 所示。只有在设置并加载线型之后，才可以在绘制图形时使用加载的线型。

设置并加载图层线型的具体操作步骤如下。

步骤 1：在【线型管理器】对话框中单击【加载】按钮，即可打开【加载或重载线型】对话框，如图 7-19 所示。

图 7-18　【线型管理器】对话框

图 7-19　【加载或重载线型】对话框

步骤 2：在该对话框中选择线型，或按住 Ctrl 键选择多个线型，或按住 Shift 键选择一个范围的线型后，单击【确定】按钮，即可返回到【线型管理器】对话框并在其中显示所添加的线型，如图 7-20 所示。

【注意】

通过【线型管理器】对话框不仅可以加载所需要的线型，还可以管理线型（如选择线型置于当前或删除线型等）。

步骤 3：在线型设置完毕之后，单击【确定】按钮即可将新添加的线型加载。这时，"特性"工具栏的"线型控制"下拉列表中将显示加载的所有线型，如图 7-21 所示。

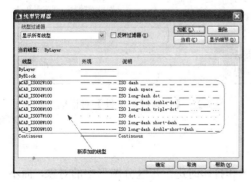

图 7-20　新添加的线型

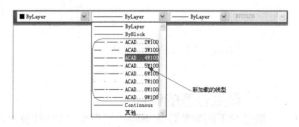

图 7-21　"线型控制"下拉列表

步骤 4：通过此下拉列表框可设置和更改当前线型，如果还需要重新加载另一种新线型，则可直接选择下拉列表中的"其他"选项，在【加载或重载线型】对话框中再次选择所需的线型。

通常情况下，AutoCAD 使用全局和单个虚线线型比例为 1.000，通过全局更改或单个更改每个对象的虚线线型比例因子，即可以不同的比例使用同一个虚线线型。若要更改选定对象的线型比例，双击该线型或按 Ctrl+1 快捷键或选择【工具】→【选项板】→【特性】菜单项，均可打开【特性】面板，在面板的线型比例文本框中输入比例值，如图 7-22 所示。

另外，有些时候感觉设置好的线型在绘制出来后，并未达到预期的效果，这主要是由线型比例设置不当造成的。当出现这种情况时，可通过调整线型比例来对其进行解决。其方法很简单，只需单击【线型管理器】对话框中的【隐藏细节】按钮，从伸展出的"详细信息"选项区域中直接设置新线型的比例因子即可，如图 7-23 所示。

图 7-22　【特性】面板

图 7-23　显示详细信息

【注意】

【线型管理器】对话框中的"全局比例因子"文本框可以设置整个图形中所有对象的线型比例，"当前对象缩放比例"文本框可以设置当前新创建对象的线型比例。

AutoCAD 2009 中包含了 acad.lin 和 acadiso.lin 两种线型定义文件，使用哪种线型文件取决于是使用英制测量系统还是使用公制测量系统，如图 7-24 所示。

英制测量系统使用 acad.lin 文件；公制测量系统则使用 acadiso.lin 文件。这两种文件可以通过单击【加载或重载线型】对话框中的【文件】按钮，从弹出的【选择线型文件】对话框中选择，如图 7-25 所示。

图 7-24　选择不同的测量系统

图 7-25　【选择线型文件】对话框

7.1.4　图层线宽的设置

通过对不同对象设置不同的线型宽度，可以在显示和打印时进一步区分图形中的对象，而不必将所有带有宽度的线条都用具有宽度的多线段和圆环来替代。同时，通过改变图形对象的线型宽度，可以解决大比例工程图绘制和输出之间的关系。还可以用粗线和细线清楚地表现出部件的截面、边线、尺寸线和标记等。

在 AutoCAD 2009 中，设置线型宽度的方法如下。

- 单击【菜单浏览器】按钮，在弹出的菜单中选择【格式】→【线宽】菜单项，即可打开【线宽设置】对话框，从中选择合适的线宽，如图 7-26 所示。
- 在【功能区】选项板中选择【常用】选项卡，在【特性】面板中单击【选择线宽】按钮▤左侧的下三角按钮✔，从弹出的下拉列表中选择合适线宽。
- 在"命令提示行"中运行"LWEIGHT"命令，即可打开【线宽设置】对话框，从中选择合适的线宽。
- 在"特性"工具栏的"线宽控制"下拉列表（如图 7-27 所示）中选择合适的线宽。

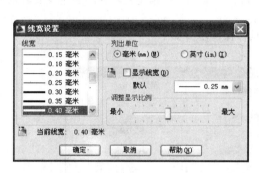

图 7-26 【线宽设置】对话框

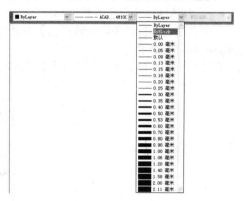

图 7-27 "线宽控制"下拉列表

在【线宽设置】对话框的模型空间中可以设置对象线宽，默认线宽以像素显示，线宽的默认值为 0，且在缩放时不发生变化。同时，还可以选择是否"显示线宽"并调整线宽的默认宽度和显示比例。只有选中"显示宽度"复选框，才可以将线的宽度显示出来，以后所创建的图形也均会按此线宽显示，直到重新设置新的线宽为止。

在布局空间中，线宽将以实际宽度显示，并随缩放比例因子而变化。用户可通过【打印】对话框的【打印设置】选项卡来控制图形中的线宽打印和缩放。

【注意】

在绘制矩形、多段线时，可以在"命令提示行"直接输入相应的选项设置线宽，通过此方式设置的线宽不受图形空间的约束。

为保证最终的打印出图效果，一般的工程图细线线宽可以设置为 0.15mm，粗线线宽可以设置为 0.35mm 或 0.40mm。模型空间的线宽并不能准确地显示不同线宽之间的比例，只是一个示意性的宽度。

7.2 图层的管理

在 AutoCAD 中建立完图层之后，还需要对其进行管理，以便更好更快地绘制复杂的图形对象。在中文版 AutoCAD 2009 中，所有图形对象都具有图层、颜色、线型和线宽 4 个基本属性。用户可以使用不同的图层、不同的颜色、不同的线型和线宽绘制不同的对象和元素，以方便控制对象的显示和编辑。

另外，AutoCAD 允许将对象从一个图层转移到另一个图层。同时，图形对象的基本属性也可以通过设置图层特性来确定，因为每个图形元素的特性都放置在各自的图层上。

7.2.1 图层转换器

图层转换器主要用于控制在使用 AutoCAD 绘制复杂图形过程中的所有图层，还用于将当前图形对象中的图层进行变更，以使其符合其他图面或符合 CAD 标准文件中的图层定义。这样，就可以将其他文件的图层属性，依照一定的标准来转换图层名称和性质。

在 AutoCAD 2009 中，打开【图层转换器】对话框的方法如下。

• 单击【菜单浏览器】按钮，在弹出的菜单中选择【工具】→【CAD 标准】→【图层转换器】菜单项。

• 在【功能区】选项板中选择【工具】选项卡，在【标准】面板中单击【图层转换器】按钮。

• 在"命令提示行"中运行"LAYTRANS"命令。

• 在"CAD 标准"工具栏（如图 7-28 所示）中单击【图层转换器】按钮。

采用上述方法打开【图层转换器】对话框，即可在当前图形中指定要转换的图层及要转换到的图层，如图 7-29 所示。

在【图层转换器】对话框中进行图层转换的具体操作步骤如下。

图 7-28 "CAD 标准"工具栏　　　图 7-29 【图层转换器】对话框

步骤 1：在【图层转换器】对话框中单击【加载】按钮，即可打开【选择图形文件】对话框，在其中可选择要载入应用的图层，如图 7-30 所示。

步骤 2：在【选择图形文件】对话框中选择文件存放的文件夹之后，再选择要应用图层的文件并单击【打开】按钮。

步骤 3：待返回到【图层转换器】对话框之后，在"转换自"列表框中选择"0"，再在"转换为"列表框中选择第二个选项，如图 7-31 所示。

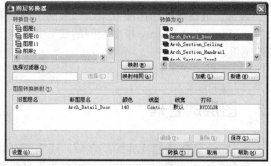

图 7-30 【选择图形文件】对话框　　　图 7-31 进行图层转换

步骤 4：在选择完毕之后，单击【映射】按钮，再单击【转换】按钮，将弹出一个【图层转换器警告】对话框，如图 7-32 所示。选择【是】按钮，将保存并转换为新图层的设置；选择【否】按钮，将不保存并直接转换成新图层的设置。

步骤5：如果选择【是】按钮，则可以弹出【保存图层映射】对话框，允许用户将应用的图层文件保存成扩展名为.dws 的文件，作为图层使用标准，如图7-33 所示。

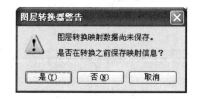

图7-32 【图层转换器警告】对话框　　　　　　　　图7-33 【保存图层映射】对话框

步骤6：如果"图层转换映射"列表框内所显示的新、旧图层名称，不是自己想要变更的设置，则可以在选择该项目之后，单击【删除】按钮将该项目删除。

步骤7：如果想要变更新图层的设置，则可以单击【编辑】按钮，从弹出的【编辑图层】对话框中更改新图层的线宽、颜色等设置，如图7-34 所示。

图层是 AutoCAD 提供的一个管理图形对象的工具，用户可以根据图层对图形几何对象、文字、标注等进行归类处理。这样，不仅能使图形的各种信息清晰、有序，便于观察，而且也会为图形的编辑、修改和输出带来很大的方便。

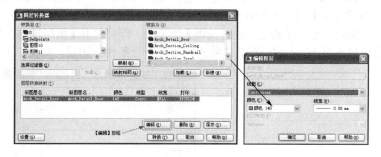

图7-34　编辑需要转换的图层

7.2.2　图层特性管理器

在 AutoCAD 中，是通过【图层特性管理器】来控制所有图层的。使用【图层特性管理器】对话框不仅可以创建图层，设置图层的颜色、线型和线宽，还可以对图层进行更多的设置与管理，如图层的切换、重命名、删除及图层的显示控制等。

在 AutoCAD 2009 主窗口中单击【菜单浏览器】按钮，在弹出的菜单中选择【格式】→【图层】菜单项，即可打开【图层特性管理器】对话框，如图7-35 所示。

在【图层特性管理器】对话框中，每个图层都包含状态、名称、打开/关闭、冻结/解冻、锁定/解锁、线型、颜色、线宽和打印样式等特性，如图7-36 所示。

在【图层特性管理器】对话框中，有树状视图和列表视图两个面板。

- 树状视图　显示图形中图层和过滤器的继承关系列表。
- 列表视图　显示图层过滤器及其特性和描述。

在【图层特性管理器】对话框中选择要切换的图层之后，单击【置为当前】按钮 ，或在图7-37 所示的工具栏中进行置换和操作，均可实现图层的切换。

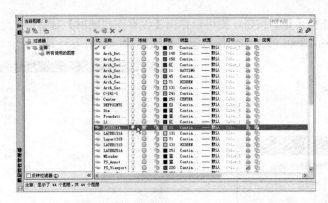

图 7-35 【图层特性管理器】对话框

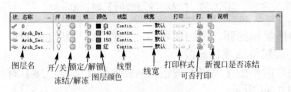

图 7-36 图层特性

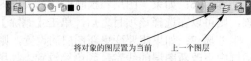

图 7-37 进行置换和操作

默认情况下，图形对象的颜色、线型、线宽都是"ByLayer（随层）"，一个层的对象都保持同一特性，也可在【特性】工具栏中进行设置，使同一层中出现不同特性的对象，如图 7-38 所示。

在【图层特性管理器】对话框中还有很多控制按钮，下面具体介绍这些按钮的功能。

• 新建特性过滤器 单击【新建特性过滤器】按钮，即可打开【图层过滤器特性】对话框，将其命名为"特性过滤器 1"之后，在其中将列出所有符合条件的图层，如图 7-39 所示。

图 7-38 "特性"工具栏

图 7-39 【图层过滤器特性】对话框

• 新建组过滤器 单击【新建组过滤器】按钮，将在树状视图中新建树枝状的图层组，且在每个组过滤器下面还可以新建分支组过滤器，分支组过滤器中的图层被包含在组过滤器列表中，如图 7-40 所示。

• 图层状态管理器 单击【图层状态管理器】按钮，即可打开【图层状态管理器】对话框，如图 7-41 所示。在其中可设置图层是否打开、冻结、锁定、打印和在新视口中是否自动冻结等状态。在其中单击【新建】按钮，也可创建新的图层状态。

• 新建 单击【新建图层】按钮，将新建一个图层。

• 删除 单击【删除图层】按钮，可删除通过图形文件定义的图层，正在引用的图层不可删除。

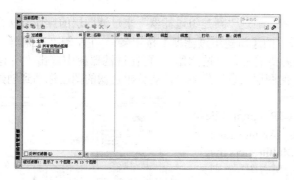

图 7-40　创建组过滤器

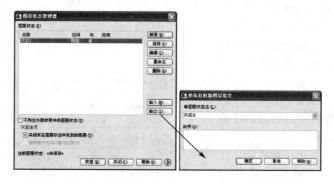

图 7-41　新建图层状态

- 置为当前　单击【置为当前】按钮 ，可以将选中的图层置于当前。
- 反转过滤器　选中"反转过滤路"复选框，将显示不满足过滤器中条件的所有图层。

7.2.3　图层过滤器的作用

在 AutoCAD 中，当图形中包含大量图层时，要想找到某一符合条件的图层，需要大量的时间和精力，为此，AutoCAD 2009 加为用户提供了图层过滤功能。单击【图层特性管理器】对话框中的【新建特性过滤器】按钮，即可打开【图层过滤器特性】对话框，在其中可设置图层过滤的条件，如图 7-42 所示。

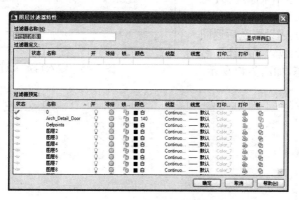

图 7-42　【图层过滤器特性】对话框

另外，若想要变更一个复杂工程设计图的某些具有相同性质的图层，也可使用 AutoCAD 2009 中的图层过滤器，先将具有相同名称或性质的图层过滤出来，进而修改其属性，从而使用户在复杂的设计图中更改图层设置变得轻而易举。

在 AutoCAD 2009 中，通过"新建组过滤器"来过滤图层的操作方法很简单，只需单击【图层特性管理器】对话框中的【新建组过滤器】按钮，在左侧"过滤器"列表中添加一个"组过滤器 1"（也可根据需要重命名组过滤器），再在过滤器树中单击"所有使用的图层"节点或其他过滤器，显示对应的图层信息，最后将需要分组过滤的图层拖动到创建的"组过滤器 1"上即可。

现假定要过滤"C:\Program Files\AutoCAD 2009\Sample \Architectural - Annotation Scaling and Multileaders.dwg"文件中包含 Arch 名称的所有图层，则具体操作步骤如下。

步骤 1：在 AutoCAD 2009 主窗口中打开"C:\Program Files\AutoCAD 2009\Sample\Architec tural - Annotation Scaling and Multileaders.dwg"图形文件，如图 7-43 所示。

步骤 2：单击"图层"工具栏中的【图层特性管理器】按钮，即可打开【图层特性管理器】对话框。

步骤 3：在其中单击【新建特性过滤器】按钮（如图 7-44 所示），即可打开【图层过滤器特性】对话框，在"过滤器名称"文本框中输入自定义的过滤器名称"All-CHAIRS"，在过滤器定义区中输入过滤条件"*Arch*"，即要过滤包含 Arch 名称的所有图层，如图 7-45 所示。

步骤 4：在输入完毕之后，单击【确定】按钮，即可返回到【图层特性管理器】对话框，右击 All-CHAIRS 特性过滤器，在弹出的快捷菜单中依序选择【可见性】→【关】菜单项，如图 7-46 所示。

步骤 5：待完成上述设置之后返回到绘图窗口，即可看到包含"Arch"名称的图层皆呈关闭状态，如图 7-47 所示。

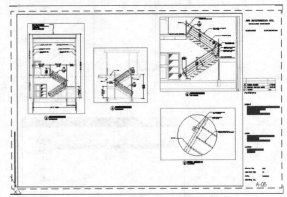

图 7-43　Architectural - Annotation Scaling and Multileaders.dwg 例图

图 7-44　单击【新建特性过滤器】按钮

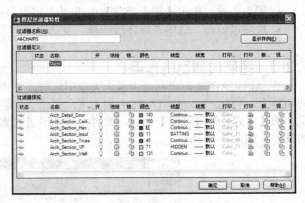

图 7-45　输入自定义过滤器名称

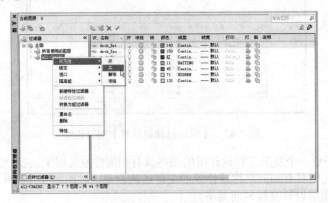

图 7-46　选择【关闭】菜单项

7.2.4 图层工具的使用

除上述介绍的图层管理工具外， AutoCAD 2009 软件又新增加了一系列的图层工具，这大大增强了图层管理的功能。在 AutoCAD 2009 主窗口中单击【菜单浏览器】按钮，在弹出的菜单中选择【格式】→【图层工具】菜单项，即可使用相应的图层工具来管理图层，如图 7-48 所示。

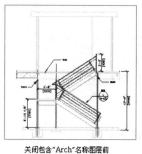

关闭包含"Arch"名称图层前　　　关闭包含"Arch"名称图层后

图 7-47　包含"Arch"名称的图层皆呈关闭状态

图 7-48　图层工具

本章小结

本章主要介绍了在 AutoCAD 2009 中如何设定图层和图层的管理。通过本章的学习，读者应掌握设置和管理图形对象的图层、颜色、线型和线宽这 4 个基本属性的方法和操作方式。在使用 AutoCAD 绘制图形时，如果遇到许多错综复杂的线条叠放在一起，分不清需要编辑的线条时，就可以使用 AutoCAD 的图层管理功能，将图形中的线条放置于不同的图层中。

另外，有时为了更方便地绘制图形，还可以将一些已经绘制好的线条所在的图层先进行关闭。这样，用户就可以很清楚地找到自己所要编辑的线条了。

习题与动手操作

1. 填空题

（1）图层转换器主要用于控制在使用 AutoCAD 绘制＿＿＿＿＿＿过程中的所有图层，还用于将＿＿＿＿＿＿中的图层进行变更，以使其符合其他图面或符合 CAD 标准文件中的图层定义。

（2）在中文版 AutoCAD 2009 中，所有图形对象都具有＿＿＿＿＿＿、颜色、线型和线宽 4 个基本属性。

（3）＿＿＿＿＿＿系统使用 acad.lin 文件；＿＿＿＿＿＿系统则使用 acadiso.lin 文件。

（4）若要更改选定对象的线型比例，双击该线型或按＿＿＿＿＿＿快捷键或选择【工具】→【＿＿＿＿＿＿】→【特性】菜单项，均可打开【特性】面板。

（5）通常情况下，AutoCAD 使用全局和单个虚线线型比例为＿＿＿＿＿＿，通过全局更改或单个更改每个对象的＿＿＿＿＿＿，即可以不同的比例使用同一个虚线线型。

（6）图层的设定主要包括＿＿＿＿＿＿的设定和＿＿＿＿＿＿的设定。

（7）在【图层特性管理器】对话框中，每个图层都包含状态、＿＿＿＿＿＿、打开/关闭、冻结/解冻、＿＿＿＿＿＿、线型、颜色、线宽和打印样式等特性。

（8）默认情况下，图形对象的颜色、＿＿＿＿＿＿、线宽都是"ByLayer（随层）"，一个层的对象都保持同一特性，也可在"＿＿＿＿＿＿"工具栏中进行设置，使同一层中出现不同特性的对象。

（9）在 AutoCAD 2009 主窗口中单击＿＿＿＿＿＿按钮，在弹出的菜单中选择【格式】→【图层工具】菜单项，即可使用相应的＿＿＿＿＿＿来管理图层。

（10）在_____对话框的模型空间中可以设置对象线宽，默认线宽以_____显示，线宽的默认值为 0，且在缩放时不发生变化。

2. 选择题

（1）打开【图层特性管理器】对话框的命令是（　　　）。

    A. LAYER　　　　　B. ROOM　　　　　C. PAN　　　　　　　D. REGEN

（2）在 AutoCAD 2009 中，下列打开【选择颜色】对话框的方法中错误的是（　　　）。

    A. 选择【格式】→【颜色】菜单项

    B. 在【特性】面板中单击【选择颜色】按钮

    C. 在"命令提示行"中运行"LAYER"命令

    D. 在"特性"工具栏"颜色控制"下拉列表中选择"选择颜色"选项

（3）若要更改选定对象的线型比例，双击该线型或按（　　　）快捷键可打开【特性】面板。

    A. Ctrl+0　　　　　B. Ctrl+N　　　　　C. Ctrl+2　　　　　D. Ctrl+1

（4）（　　　）显示图层过滤器及其特性和描述。

    A. 列表视图　　　　B. 树状视图　　　　C. 普通视图　　　　D. 都不对

（5）AutoCAD 对图层的操作不包括（　　　）。

    A. 关闭　　　　　　B. 引用　　　　　　C. 冻结　　　　　　D. 锁定

3. 简答题

（1）简述图层转换器的作用。

（2）在 AutoCAD 2009 中，设置线型宽度的方法是什么？

（3）在 AutoCAD 2009 中，打开【线型管理器】对话框的方法有哪些？

4. 动手操作题

利用图层功能，在图 7-49 所示的原图中标注图 7-50 所示的尺寸。

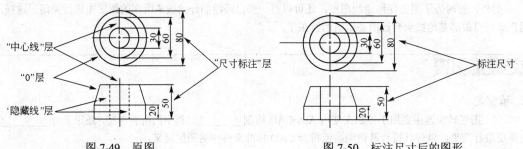

        图 7-49　原图　　　　　　　　　　　　　　　　　　　　图 7-50　标注尺寸后的图形

第 8 章

块、属性与外部参照

重点提示

- ♂ 图块的应用
- ♂ 图块的属性
- ♂ 外部参照

本章精粹

本章主要介绍有关图块和外部参照的概念和一些操作知识。通过本章的学习，读者应掌握在图形中使用块并创建块文件的操作方法和技巧，以及如何建立块和编辑块属性，除此之外，还应熟悉外部参照的插入、管理和编辑等操作。

在绘制图形时，对于绘图过程中经常需要重复绘制的图形对象，或所绘制图形与已有的图形文件相同，则可把要重复绘制的图形创建成块并根据需要为块创建属性，如指定块的名称、用途及设计者等信息，在需要时将该组对象插入，可缩短重复绘图的时间，从而提高绘图效率。同时，也可把已有图形文件以参照的形式插入到当前图形中（即外部参照）。

8.1 图块的应用

图块也称为块，是 AutoCAD 图形设计中的一个重要概念。图块（BLOCK）是一个或多个图形对象形成的对象集合。该集合对象可以作为一个单一的整体在图形文件中重复插入使用。另外，块还具有各自的图层、颜色、线型和线宽等基本特性，对于块的操作可以像对其他单个的图形对象一样，执行移动、复制、分解、镜像等操作。

如果在图块中加入一些帮助文字，即可将图块改变为属性图块。在 AutoCAD 中插入属性图块时，用户可设置输入的提示文字，使每一个图块都能拥有各自的定义。

8.1.1 块的定义

AutoCAD 的块包含了内部块和外部块。内部块是指创建的图块保存在定义该图块的图形中，只能在当前图形中应用，而不能插入到其他图形中；外部块是指创建的图块可作为一个独立文件保存，还可将该图块插入到任何图形中去，并可对图块执行单独的打开和编辑操作。

另外，在 AutoCAD 2009 中提出了动态块的概念，所谓动态块是指将一般的图块创建成可以自由调整其属性参数的图块，使块的概念得到了新的延伸。比如，可以将不同长度、角度、大小、对齐方式等，甚至整个块图形的样式设计到一个相关块中，插入块后仅需要简单拖动几个变量即可实现块的修改。因此，动态块具有灵活性和智能性，使用动态块可极大地提高绘图效率，并减少块图形库创建的工作量，还可以精简块图形库。

在 AutoCAD 绘图的过程中，创建块的前提是将组成块的图形对象预先绘制出来，有了绘制好的原始图形对象后，再激活创建块的命令，才可以创建块。

可以使用若干种方法创建块。
- 合并对象以在当前图形中创建块定义。
- 使用"块编辑器"将动态行为添加到当前图形中的块定义。
- 创建一个图形文件，随后将它作为块插入到其他图形中。
- 使用若干种相关块定义创建一个图形文件以用作块库。

在 AutoCAD 2009 中，激活图块命令的方法有 4 种。
- 单击【菜单浏览器】按钮，在弹出菜单中选择【绘图】→【块】→【创建】菜单项。
- 在【功能区】选项板中选择【常用】选项卡，在【块】面板中单击【创建】按钮 ⬚。
- 在"命令提示行"中直接输入命令"BMAK"，并按 Enter 键或空格键。
- 在"绘图"工具栏（如图 8-1 所示）中单击【创建】按钮 ⬚。

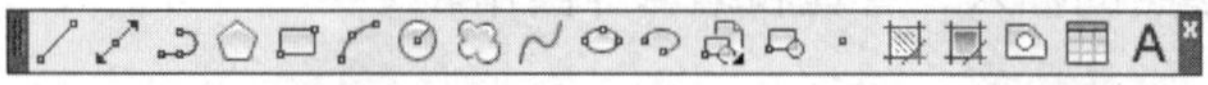

图 8-1 "绘图"工具栏

采用上述方法激活图块命令，即可打开【块定义】对话框。在其中可以对块命名、选择图形对象、指定基点等，将原对象生成块。此时的块为内部块，只能出现在本图中，或由 AutoCAD 设计中心插入其他图档。块的定义包括名称、基点和对象 3 个基本要素。

下面对【块定义】对话框中的各选项进行说明。

（1）"名称"下拉列表框

在相应的文本编辑框中输入块名，或在下拉列表中选取当前图形中已存在的块名。

【注意】

在创建时尽量使用中文来给块命名，并在名称中尽可能表达清楚该块的具体用处，而不要使用"aaa"、"111"等随意输入的名字，这样，在创建了多个块定义后仍然能将不同用处的块区分开来。

（2）"基点"选项区域

此选项区域指定块的插入基点坐标，默认值为（0,0,0）。定义块时的基点实际就是插入块时的位置基准点，可直接在"X"、"Y"、"Z"这3个文本框中输入坐标值。当然，也可以单击【拾取点】按钮选取一个块图形中的特征点，来作为基点坐标。其正确的做法是：单击【拾取点】按钮之后，拾取块对象上的某个特征点坐标作为基点坐标，并在拾取坐标的过程中打开状态栏上的【对象捕捉】开关，以确保精确拾取到块上的坐标点。

（3）"对象"选项区域

此选项区域用于指定新块中要包含的对象，以及创建块后是保留或删除选定的对象，还是将其转换成块实例。

• "保留"单选按钮　将原封不动地保留创建块的原始对象，是一组零散图线，对于想要利用这些对象来创建另外一些类似的图块时，将其简单修改即可，这种情况应选择"保留"。

• "转换为块"单选按钮　将块的原始对象直接转换成新创建的块，相当于在原位置执行了一次插入块的操作，这也是经常要执行的操作。

• "删除"单选按钮　创建块的原始对象将从当前图形中被删除掉。

（4）"设置"选项区域

该区域指定块的一些特性设置。

• "块单位"下拉列表　使用设计中心、工具选项板或 i-drop 将块拖放到图形时，指定块的缩放单位（最好指定一个单位而不要使用"无单位"，以避免设计中心或 i-drop 将块拖放图块时，AutoCAD 会自动换算单位而不出现比例问题）。

• "按统一比例缩放"复选框　选中这一复选框后，插入块时不允许块沿 X、Y、Z 方向使用单独的缩放比例。

• "允许分解"复选框　指定块是否可以被分解。

• 【超链接】按钮　在【插入超链接】对话框（如图 8-2 所示）中将超链接与块定义相关联。现假定将图 8-3 所示的图形文件定义为块，则具体操作步骤如下。

步骤 1：在 AutoCAD 2009 主窗口的绘图区域中绘制图 8-3 所示的图形对象。

步骤 2：采用上述方法激活图块命令，即可打开【块定义】对话框。在"名称"文本框中输入块名（如"自定义块1"），在"对象"选项区域中选中"转换为块"单选按钮，如图 8-4 所示。

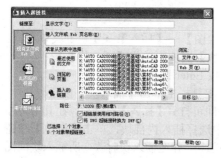 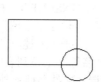 

图 8-2　【插入超链接】对话框　　　图 8-3　原图形文件　　　图 8-4　【块定义】对话框

步骤 3：如果需要在图形中保留用于创建块定义的原对象，则必须确保取消选中"删除"单选按钮。如果选中该单选按钮，将从图形中删除原对象。如果有必要，还可以使用"OOPS"命令恢复原对象。

步骤 4：单击【选择对象】按钮，在绘图区域中选择要包括在块定义中的对象。选择完毕之后按 Enter 键或空格键，以完成对象选择。待【块定义】对话框重新出现时，即可在"对象"选项区域中看到"已经选择 2 个对象"，如图 8-5 所示。

步骤 5：在【块定义】对话框的"基点"选项区域中，单击【拾取点】按钮，用鼠标指定一个点作为块插入点，或在"X"、"Y"、"Z"文本框中输入该点的坐标。

【注意】

如果没有拾取基点，则块将以默认值为（0,0,0）作为基点来创建块，这样将造成块定义中的对象距离坐标原点有多远，插入块时该图块就会跑多远。因此，在定义块时一定不要遗漏基点的定义。

步骤 6：在"说明"文本框中输入块定义的说明。该说明将显示在设计中心（ADCENTER）中，如图 8-6 所示。在所有设置完毕之后，单击【确定】按钮，即可在当前图形中定义块，并将其随时插入到其他图形中。

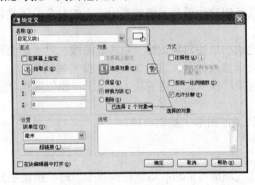
图 8-5　选择块对象

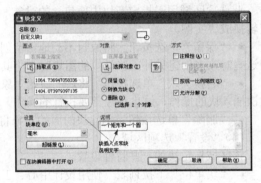
图 8-6　指定块插入点和块说明

在块创建完成之后，块的定义将保存到当前图形文件的块库中。块的定义实际上存在于一个专门的块库中，但该库不在图形中显示，仅仅是在插入块时调用库中的块图形并使其显示出来。另外，块的定义支持嵌套，即已经是块的图形对象还可以被包含到另一个与之不同名的块定义中。

外部块单独作为一个图形文件存在，是将图块保存成一个新的图片文件（*.dwg），可以在任何一个文件中使用。在"命令提示行"中输入"WBLOCK"，可以创建外部块。

8.1.2　块的插入

创建块或图形文件都是为了便于在绘图时使用，在实际的使用过程中，这些块或图形文件均可作为单个的对象放置于图形文件中。

在 AutoCAD 2009 中，激活插入块命令的方法如下。

- 单击【菜单浏览器】按钮，在弹出的菜单中选择【绘图】→【插入】→【块】菜单项。
- 在【功能区】选项板中选择【常用】选项卡，在【块】面板中单击【插入块】按钮。
- 在"命令提示行"中直接输入命令"INSERT"，并按 Enter 键或空格键。

图 8-7　【插入】对话框

- 在"绘图"工具栏中单击【插入块】按钮。

采用上述方法即可打开【插入】对话框，在其中可在"名称"下拉列表中选择插入内部块，单击【浏览】按钮选择文件名插入外部块，并在插入块时改变所插入块或图形的比例与旋转角度，如图 8-7 所示。

【插入】对话框各选项的含义如下。

- "名称"文本框　指定要插入块的名称，或指定作为块插入的图形文件名，单击【浏览】按钮可选择作为块插入的图形文件名。

- "插入点"选项区域　该选项区域用于决定插入点的位置，在屏幕上使用鼠标指定插入点或直接输入插入点坐标，均可决定插入点的位置。
- "比例"选项区域　该选项区域用于决定块在 X、Y、Z 这 3 个方向上的比例。在屏幕上使用鼠标指定或直接输入缩放比例，均可决定图形的缩放比例。若选中了"统一比例"复选框，则表示在 X、Y、Z 这 3 个方向上的比例是相同的。
- "旋转"选项区域　该选项区域决定插入块的旋转角度，在屏幕上使用鼠标指定块的旋转角度或直接输入块的旋转角度均可。
- "分解"复选框　决定插入块时是作为单个对象还是分成若干个对象。

【注意】

在【插入】对话框中，"X"、"Y"、"Z"文本框可设置 X、Y、Z 方向的比例系数，大于 1 为放大，小于 1 为缩小；"角度"文本框可设置插入块的旋转角度。

此外，用户还可以使用"MINSERT"命令来插入多个块，该命令实际上是阵列命令和块插入命令的融合。使用"MINSERT"命令产生的多个块是一个整体，用户不能单独编辑一个组块。用户还可以利用"DIVIDE"和"MEASURE"这两个命令在所选对象上间隔放置点和放置块。此外，还有一个创建块的命令"WBLOCK"，主要用于将图面上已创建的图块或新建图块保存成一个新的图档（*.dwg），再用插入块命令将其插入其他图档中使用。

下面以 AutoCAD 2009 内建的范例文件为例，讲述将部分图形以"WBLOCK"命令保存成一个独立文件的方法，具体操作步骤如下。

步骤 1：打开 C:\Program Files\AutoCAD 2009\Sample\Blocks and Tables - Imperial.dwg 并选择模型标签之后，使用缩放工具将欲制作图块的图形区域放大，然后在命令窗口中输入"W"（执行 WBLOCK 命令），如图 8-8 所示。

步骤 2：在【写块】对话框的"文件名和路径"文本框中，输入新图块要保存的路径及名称，并单击【拾取点】按钮，如图 8-9 所示。

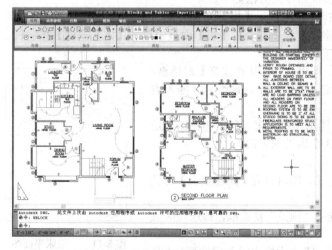

图 8-8　使用缩放工具将欲制作图块的图形区域放大　　图 8-9　【写块】对话框

步骤 3：待返回到 AutoCAD 绘图区之后，选择【直线】按钮捕捉到端点，然后在绘图区中选择图块的插入基准点。待返回到【写块】对话框之后，单击【选择对象】按钮，并在绘图区中右击选取欲创建块的对象。

步骤 4：待返回到【写块】对话框之后，单击【确定】按钮，完成对该图块的创建，即可将文件保存在被选择的文件夹中。

8.2 块的属性

块的属性是将数据附着到块上的标签或标记，这些文本信息可增强图块的通用性，属性中可能包含的数据包括零件编号、价格、注释和物主的名称等。标记相当于数据库表中的列名。图 8-10 所示为具有 4 种特性（类型、制造商、型号和价格）的块。

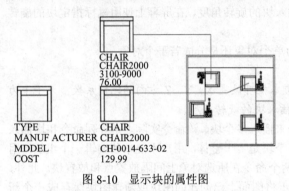

可以利用定义属性的方法在块的固定位置处定义文字属性，以便在执行插入块命令时，可以马上输入相关的文字，插入后的图形便会直接显示这些文字内容。

块的属性是附属于块的非图形信息，是块的组成部分，可包含块定义中的文字对象。在定义一个块时，属性必须预先定义而后选定。通常情况下，块属性用于在块的插入过程中进行自动注释。

图 8-10　显示块的属性图

8.2.1 创建块的属性

一般情况下，定义的块只包含图形信息，而有些情况下需要定义块的非图形信息，如定义的零件图块需要包含零件的重量、规格、价格等信息，这类信息可显示在图形中，也可不显示，但在需要时可提取出来，还可对需要的信息进行统计分析。属性的作用就是在图形中加上定义文字，以便插入块时可输入不同的帮助文字。而建立属性必须执行定义属性命令。

要让一个块附带有属性，需要先绘制出块的图形并定义出属性，再将属性连同图形对象一起创建成块，这样的块就会附带有属性，而且在插入块时会提示输入这些属性值。

在 AutoCAD 2009 中，激活创建属性命令的方法如下。

- 单击【菜单浏览器】按钮，选择【绘图】→【块】→【定义属性】菜单项。
- 在【功能区】选项板中选择【常用】选项卡，在【块】面板中单击【定义属性】按钮。
- 在"命令提示行"中运行"ATTDEF"命令。

采用上述方法激活创建属性命令，即可打开【属性定义】对话框，在其中可定义块的属性模式、属性标记、属性提示、属性值、插入点和属性的文字设置等。

下面以图 8-11 所示的一张床平面图形为例，来具体讲述将图形定义成块并给块加上名称、规格、价格 3 个属性的方法。

具体操作步骤如下：

步骤 1：采用激活创建块属性的方法，即可打开【属性定义】对话框，如图 8-12 所示。

步骤 2：在"模式"选项区域中选中"预设"复选框，该选项区域主要用于设置与块相关联的属性值。

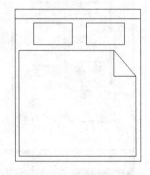

图 8-11　一张床平面图

步骤 3：在"属性"选项区域的"标记"文本框中输入属性标记"名称"，在"提示"文本框中输入"请输入名称"，在"默认"文本框中输入"床平面图"。该选项区域主要用于设置属性数据。

步骤 4：单击【拾取点】按钮，在床中间位置拾取一点，并返回到【属性定义】对话框。在"文字设置"选项区域的"文字高度"文本框中输入"0.5"并单击【确定】按钮，即可完成"名称"属性的定义。

步骤 5：参照上述方法完成"规格"和"价格"属性的定义（定义属性时都选中"不可见"

复选框和"在上一个属性定义下对齐"复选框），且"规格"和"价格"属性的值分别为"2000×1500"和"1200"，完成的属性定义如图 8-13 所示。

图 8-12　【属性定义】对话框

图 8-13　完成的属性定义

步骤 6：将此图形连同属性一起定义为"床平面图"块之后，单击【绘图】工具栏的【创建块】按钮，在【块定义】对话框中单击"基点"选项区域的【拾取点】按钮，拾取床的左上角，再单击"对象"选项区域的【选择对象】按钮，将床连同属性一起选中，并选中"删除"单选按钮，如图 8-14 所示。

步骤 7：单击【确定】按钮之后，屏幕上的图形将消失。此时图形已经被定义成块并存放在文件的块库中，但在图形中并不显示。

步骤 8：在当前图形中插入定义好的属性块。单击【菜单浏览器】按钮，在弹出的菜单中选择【插入】→【块】菜单项，或在【功能区】选项板中选择【常用】选项卡，在【块】面板中单击【插入】按钮，即可打开【插入】对话框，如图 8-15 所示。单击【确定】按钮，即可在屏幕上拾取一个插入点（此时命令窗口提示输入新的属性值）。

图 8-14　【块定义】对话框

图 8-15　【插入】对话框

步骤 9：最后插入的块如图 8-16 所示，因为规格和价格属性都选择了"不可见"，因此在插入后将不被显示出来。而名称属性的模式选择了"预置"，因此也没有提示输入名称。

此外，在 AutoCAD 中，利用属性还可以创建一些带参数的符号和标题栏等，AutoCAD 样板图中的标题栏就使用了带属性的块来创建。在使用时用户只需要按提示输入属性，即可完成标题栏中各项目的填写。在定义属性时，文字的对齐方式要根据需要做出调整，不然，在实际使用时将可能会出现属性值压过图线的情况。

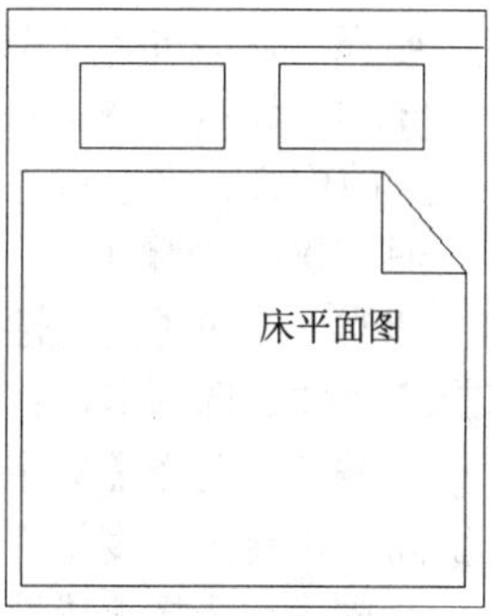

8.2.2　修改块的属性

在创建带有附加属性的块时，需要同时选择块属性作为块的成

图 8-16　插入附带属性的块

员对象。带有属性的块创建完成后，即可使用【插入】对话框，在当前图形中插入该块。属性块插入后，即可根据设计需要及时编辑这些块属性。

在 AutoCAD 2009 中，激活编辑属性命令的方法如下。

- 单击【菜单浏览器】按钮，选择【修改】→【对象】→【属性】→【单个】菜单项。
- 在【功能区】选项板中选择【常用】选项卡，在【块】面板中单击【编辑属性】按钮。
- 在"命令提示行"中运行"EATTEDIT"命令。
- 在"修改Ⅱ"工具栏（如图 8-17 所示）中单击【编辑属性】按钮。
- 双击带有属性的块，即可打开该属性块的【增强属性编辑器】对话框。

图 8-17　"修改Ⅱ"工具栏

采用上述激活编辑属性命令的方法，即可打开【增强属性编辑器】对话框。在其中可对属性的值、文字选项、特性等进行编辑，但不能对其模式、标记、提示进行编辑，如图 8-18 所示。如果修改了属性值，且该属性的模式又可见，则图形中显示的属性将随之变化。

另外，如果在没有附带属性的块上双击，则可打开块编辑器的【编辑属性定义】对话框，如图 8-19 所示。

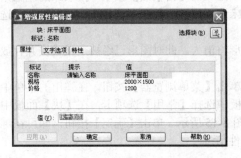

图 8-18　【增强属性编辑器】对话框

图 8-19　【编辑属性定义】对话框

AutoCAD 2009 还提供了一个功能非常强的"块属性管理器"工具，主要用于重新设置属性定义的构成、文字特性和图形特性等属性，如对整个图形中任意一个块中的属性标记、提示、值、模式（除"固定"外）等进行编辑，还可以调整插入块时提示属性的顺序。

在 AutoCAD 2009 中，激活块属性管理器的方法如下。

- 单击【菜单浏览器】按钮，在弹出的菜单中选择【修改】→【对象】→【属性】→【块属性管理器】菜单项。
- 在【功能区】选项板中选择【常用】选项卡，在【块】面板中单击【管理属性】按钮。
- 在"命令提示行"中运行"BATTMAN"命令。
- 在"修改Ⅱ"工具栏中单击【块属性管理器】按钮。

采用上述方法激活块属性管理器，即可打开【块属性管理器】对话框。在其中可重新设置属性定义的构成、文字特性和图形特性等属性，如图 8-20 所示。

具体操作步骤如下。

步骤 1：在【块属性管理器】对话框中单击【编辑】按钮，即可打开【编辑属性】对话框，选择【属性】选项卡，在其中可重新设置块属性的模式、数据信息等，如图 8-21 所示。

步骤 2：选择【文字选项】选项卡，在其中可根据实际需要重新设置文字样式、对齐样式、文字高度和旋转角度等文字属性，如图 8-22 所示。

步骤 3：选择【特性】选项卡，在其中可设置块属性的图层特性、线型、颜色以及线宽等特性，如图 8-23 所示。

图 8-20 【块属性管理器】对话框   图 8-21 【编辑属性】对话框

图 8-22 【文字选项】选项卡   图 8-23 【特性】选项卡

步骤 4：单击【块属性管理器】对话框中的【设置】按钮，即可打开【块属性设置】对话框，在其中可通过"在列表中显示"选项区域，来设置【块属性管理器】对话框中的属性显示内容，如图 8-24 所示。

步骤 5：在【块属性管理器】对话框中单击【上移】或【下移】按钮，即可调整块属性的顺序，如单击一次【下移】按钮，即可将顺序调整为 "规格"→"名称"→"价格"，如图 8-25 所示。

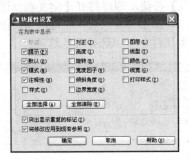

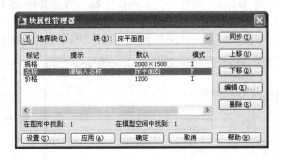

图 8-24 【块属性设置】对话框   图 8-25 调整块属性顺序

步骤 6：在【块属性管理器】对话框中单击【同步】按钮，即可更新具有当前定义属性特性的选定块的全部实例，而不会影响在每个块中指定给属性的值。

步骤 7：在所有设置完毕之后，单击【确定】按钮，即可保存重新设置后的块属性并关闭【块属性管理器】对话框，单击【应用】按钮，即可应用当前的属性设置但不关闭【块属性管理器】对话框。

【注意】

在向已经插入好的块中增加属性时，重定义的块在插入图形后并不显示新增属性，直到单击【同步】按钮并应用属性修改之后才能显示。这里的【同步】按钮与【修改Ⅱ】工具栏中的【同步属性】按钮，以及在"命令提示行"中输入"AttSync"命令功能相同。

8.2.3　提取属性信息

在 AutoCAD 2009 中，提取块属性最直接和最简单的方法是：双击插入的带属性块，在弹出的【增强属性编辑器】对话框中查看或修改当前块的属性。但这样只能提取单个块的属性，对于需要将整个图形中所有块的属性数据提取出来的情况，则需要使用 AutoCAD 2009 提供的"属性提取"工具。下面以图 8-26 所示的图形文件为例，讲述如何在 AutoCAD 2009 中提取块的属性信息，具体操作步骤如下。

步骤 1：单击【菜单浏览器】按钮，在弹出的菜单中选择【工具】→【数据提取】菜单项，即可打开【数据提取-开始】窗口，如图 8-27 所示。

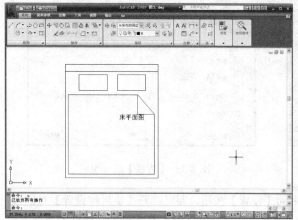
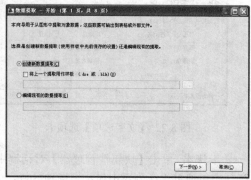

图 8-26　绘制的床平面图文件　　　　　　　图 8-27　【数据提取-开始】窗口

步骤 2：选中"创建新数据提取"单选按钮，单击【下一步】按钮，即可打开【将数据提取另存为】对话框，如图 8-28 所示。

步骤 3：在"文件名"文本框中输入名称并单击【保存】按钮，即可打开【定义数据源】窗口，如图 8-29 所示。在"数据源"选项区域中选中"包括当前图形"复选框，即可从当前图形的所有块中提取信息，如果想要从局部的块或其他图形中提取属性，可以选择其他选项。

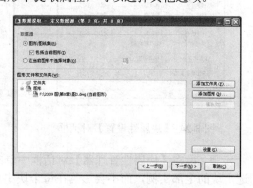

图 8-28　【将数据提取另存为】对话框　　　　图 8-29　【定义数据源】窗口

步骤 4：单击【设置】按钮，即可打开【其他设置】对话框，如图 8-30 所示。在"提取设置"选项区域和"提取自"选项区域中设置数据提取的其他设置。

步骤 5：单击【下一步】按钮，即可打开【选择对象】窗口，在其中可以选择要从中提取数据的对象和显示选项，如图 8-31 所示。

步骤 6：单击【下一步】按钮，即可打开【选择特性】窗口，在其中选择要提取的特性，可以选取需要提取属性的块和每个块的各种属性，包括插图点坐标、图层、缩放比例等信息，在"类别过滤器"选项区域中选择类别过滤器，如图 8-32 所示。

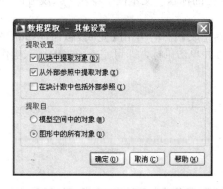

图 8-30 【其他设置】对话框

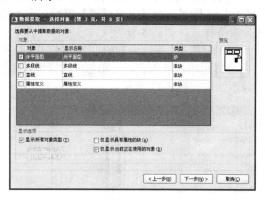

图 8-31 【选择对象】窗口

步骤 7：单击【下一步】按钮，即可打开【优化数据】窗口，在该窗口中可以将列重排和排序、 过滤数据列、添加公式列以及创建数据外部链接，如图 8-33 所示。

图 8-32 【选择特性】窗口

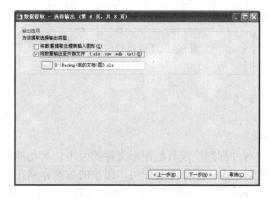

图 8-33 【优化数据】窗口

步骤 8：在【优化数据】窗口中单击【完整预览】按钮，即可预览从图形中提取的数据信息表。单击【下一步】按钮，即可打开【选择输出】窗口，选中"将数据输出至外部文件"复选框，如图 8-34 所示。

步骤 9：单击【下一步】按钮，即可完成数据的提取。单击【完成】按钮，即可关闭数据提取向导，如图 8-35 所示。

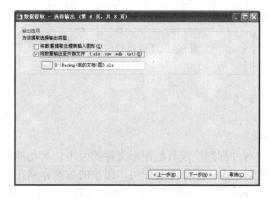

图 8-34 【选择输出】窗口

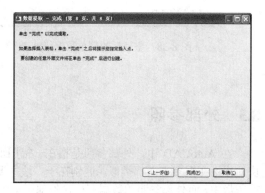

图 8-35 【完成】窗口

步骤 10：如果在【选择输出】窗口中选中 "将数据提取处理表插入图形" 复选框，并单击【下一步】按钮，即可打开【表格样式】窗口，在 "输入表格的标题" 文本框中输入 "床规格说明" 并选择表格样式，如图 8-36 所示。

步骤 11：单击【下一步】按钮，即可打开【数据提取-完成】窗口。单击【完成】按钮，AutoCAD 2009 将会提示用户插入表，在图形中选择插入表的位置并单击鼠标，即可完成图表的插入操作，具体显示效果如图 8-37 所示。

图 8-36　【表格样式】窗口

床规格说明					
计数	名称	规格	价格	名称	图层
1	床平面图	2000×1500	1200	床平面图	0

图 8-37　属性提取完成后生成的表

步骤 12：在提取数据完毕之后，也可打开输出的 Excel 文件进行简单的数据统计，如图 8-38 所示。

另外，除利用数据提取向导来提取数据外，还可以利用在 "命令提示行" 中输入 "ATTEXT" 和 "DDATTEXT" 命令打开【属性提取】对话框，来提取图形中的数据，如图 8-39 所示。在 "文件格式" 选项区域中，提供了 3 种属性信息提取方式，同时，还可以通过【样板文件】按钮使图块信息按照样板文件提取查看。此外，通过【选择对象】按钮还可以选取要提取信息的块对象。

【注意】

在 AutoCAD 的属性提取功能中，不但可以从当前的文件中提取属性，还可以从其他未打开的文件中提取属性。

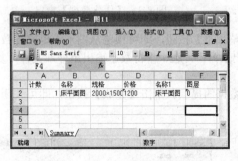

图 8-38　整理后的简单数据统计表

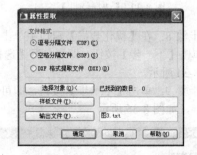

图 8-39　【属性提取】对话框

8.3　外部参照

在 AutoCAD 中，外部参照是指在一幅图形中对外部图块或其他图形文件的引用。其功能和块的作用在很多方面都类似，区别在于：块主要针对小型的图形重复使用，图块的数据存储在当前图形中，而外部参照的数据存储在外部图形中，当前图形数据库中仅存放外部文件的一个引用。这样，当外部参照的图形被修改之后，所有引用该图形的图形文件将会被自动更新。

8.3.1 使用外部参照

使用外部参照有两个基本的用途：其一是在当前图形中引入不必修改的标准元素，进而提高绘图效率，其二是提供用户在多个图形中应用相同的图形数据，从而节约绘图时间。

在 AutoCAD 2009 的主窗口中，选择【块和参照】选项卡，其中，【参照】面板中包含设置外部参照的所有工具，利用这些工具可执行附着和剪裁外部参照等操作。

在 AutoCAD 2009 中，打开【外部参照】选项板的方法如下。

- 单击【菜单浏览器】按钮，在弹出的菜单中选择【插入】→【外部参照】菜单项。
- 在【功能区】选项板中选择【块和参照】选项卡，在【参照】面板中单击【外部参照】按钮。
- 在"命令提示行"中运行"XREF"命令。
- 在"参照"工具栏（如图 8-40 所示）中单击【外部参照】按钮。

图 8-40 "参照"工具栏

采用上述方法打开【外部参照】选项板，即可从中附加、覆盖、链接或更新外部参照图形。将图形作为外部参照附着时，会将该参照图形链接到当前图形；打开或重载外部参照时，对参照图形所做的任何修改都将显示在当前图形中。

一个图形可以作为外部参照同时附着到多个图形中。反之，也可以将多个图形作为参照图形附着到单个图形。附着到当前图形的外部参照中的对象仅包括模型空间对象。可以在模型空间或图纸空间中将外部参照插入到当前图形中，也可以在任何位置，以任何比例和旋转角度附着外部参照。

【注意】

用于定位外部参照的已保存路径可以是绝对（完全指定）路径，也可以是相对（部分指定）路径或没有路径。如果外部参照包含任何可变块属性，则它们将被忽略。

在 AutoCAD 2009 中，dwg 文件、dwf 文件、dgn 文件、光栅图像等统称为外部参照，可使用【外部参照】选项板进行管理。使用外部参照的具体操作步骤如下。

步骤 1：采用上述打开【外部参照】选项板的方法，打开【外部参照】选项板，如图 8-41 所示。

步骤 2：单击【附着】按钮，即可打开【选择参照文件】对话框，在其中选择要作为外部参照的图形文件，如图 8-42 所示。

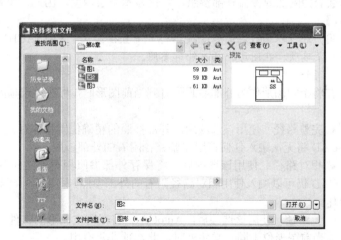

图 8-41 【外部参照】选项板　　　　图 8-42 【选择参照文件】对话框

步骤 3：选定参照文件之后，单击【打开】按钮，即可打开【外部参照】对话框。在其中选择引用类型（附着或覆盖），加入图形时的插入点、比例和旋转角度，以及是否包含路径，如图 8-43 所示。

步骤 4：选择完毕之后，单击【确定】按钮，即可将"图 2"文件以外部参照的形式插入到当前图形"图 3"文件中，如图 8-44 所示。默认情况下，外部参照文件的基点坐标为（0,0,0）。

【注意】

如果要改变基点，可以直接在"命令提示行"中运行"BASE"命令或选择【绘图】→【块】→【基点】菜单项，指定新的基点。

在执行附着外部参照操作时，可在指定文件中附着 4 种格式的文件，即 dwg 文件、dwf 文件、dgn 文件和图像文件。其各个附着工具都位于【参照】选项板（如图 8-45 所示）中。同时，还可以单击【参照】选项板中的【外部参照】按钮，在打开的【外部参照】对话框中指定附着类型。其中，附着类型有两种可供选择。

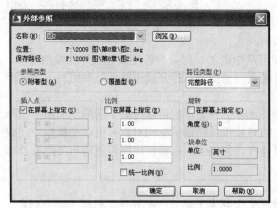

图 8-43　【外部参照】对话框　　　　图 8-44　添加外部参照　　图 8-45　【参照】选项板

1．参照类型

在该选项组中可选择外部参照的类型，即指定是否显示嵌套的内容。如果要附加外部参照，可以在该选项区域中，选中"附加型"单选按钮。当需要嵌套至少一级的外部参照时，可以使用附加型的"XREF"命令，但附加外部参照不支持循环嵌套。

如果想要覆盖外部参照，则可在该选项区域中选中"覆盖型"单选按钮。覆盖外部参照不能显示嵌套的附加或覆盖外部参照，它仅显示一层深度。因此，覆盖引用可允许循环引用。

【注意】

用户还可以通过在"命令提示行"中直接输入"XATTACH"命令或选择【插入】→【外部参照】菜单项，在图形中插入外部参照。

2．路径类型

在将指定图形作为外部参照附着到当前图形时，可在该选项区域中指定 3 种路径类型附着该图形。

● 完整路径　使用该选项后，外部参照的精确位置将保存到当前图形中。如果移动文件夹，AutoCAD 将无法融入任何使用完整路径附着的外部参照。

● 相对路径　使用该选项后，将保存外部参照相对于当前图形的位置。在移动文件夹后，AutoCAD 仍可以融入使用相对路径附着的外部参照，只要此外部参照相对当前图形的位置没有发生变化。

● 无路径　使用该选项后，AutoCAD 将在宿主图形的文件夹中查找外部参照。当外部参照文件与当前图形位于同一文件夹时，此选项非常有用。

在命令行直接输入"XATTACH"命令也可以附着外部参照，具体命令格式如下。

命令：_XATTACH

附着 外部参照 "图 2"：F:\2009 图\第 8 章\图 2.dwg

"图 2"已加载。

:指定插入点或 [比例(S)/X/Y/Z/旋转(R)/预览比例(PS)/PX/PY/PZ/预览旋转(PR)]: s↵
指定 XYZ 轴比例因子: 0.1↵

另外，插入块是把整个块的定义及内容复制到一份图面上，但插入外部参照的图只是把图形的定义链接到了图面，其实际内容仍然在保存在原文档中，因此，采用外部参照不会增加图形文件所占用的内存。

8.3.2 修改外部参照

在 AutoCAD 2009 中，如果想要对引入的外部参照进行修改，可以指定外部参照直接进行编辑，即使用"在位编辑"功能执行编辑操作，另外，用户还可以在【外部参照】选项板中对外部参照进行编辑。

用户在【外部参照】选项板中对外部参照进行编辑的操作很简单，即单击选项板上方的【附着】按钮，为当前图形文件添加不同格式的外部参照文件。选择任意一个外部参照文件之后，在下方"详细信息"选项区域中显示该外部参照的名称、加载状态、文件大小、参照类型、参照日期及参照文件的存储路径等内容，如图 8-46 所示。

在使用"在位编辑"功能对外部参照进行编辑时，首先需要单击"参照编辑"工具栏（如图8-47 所示）中的【在位编辑参照】按钮，并选择要编辑的外部参照图形，再在【参照编辑】对话框（如图 8-48 所示）中对需要编辑的外部参照文件进行编辑。其中，包含【标识参照】和【设置】（如图 8-49 所示）两个选项卡。

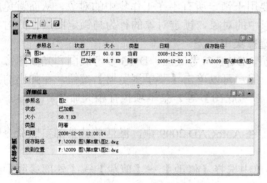

图 8-46 显示外部参照的信息

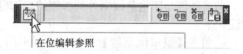

图 8-47 "参照编辑"工具栏

如果需要对外部参照进行较大的改动，则可以直接打开外部参照文件进行编辑。使用"在位编辑"功能可以对外部参照文件进行较大的改动，但会显著增加图形的大小。在改动完毕之后，单击【确定】按钮，即可进入外部参照图形编辑状态。

图 8-48 【参照编辑】对话框

图 8-49 【设置】选项卡

1. 【标识参照】选项卡

在该选项卡中，可以指定要编辑的参照。如果选择的对象是一个或多个嵌套参照的一部分，则此嵌套参照将显示在对话框中。"自动选择所有嵌套的对象"单选按钮用于控制嵌套对象是否自动包含在参照编辑任务中。"提示选择嵌套的对象"单选按钮用于控制是否逐个选择包含在参照编辑任务中的嵌套对象。

【注意】

如果选中"提示选择嵌套的对象"单选按钮，则在关闭【参照编辑】对话框并进入参照编辑状态之后，系统将提示用户在要编辑的参照中选择特定的对象。

2.【设置】选项卡

该选项卡为编辑参照提供了所需的选项，其含义具体如下。

● "创建唯一图层、样式和块名"复选框主要用于控制从参照中提取的图层和其他命名对象是否是唯一可修改的。如果选中此复选框，外部参照中的命名对象将改变，与绑定外部参照时修改它们的方式类似。如果取消选中此复选框，图层和其他命名对象的名称与参照图形中的一致。未改变的命名对象将唯一继承当前宿主图形中有相同名称的对象的属性。

● "显示编辑的属性定义"复选框主要用于控制编辑参照期间是否提取和显示块参照中所有可变的属性定义。如果选中该复选框，则属性(固定属性除外)变得不可见，同时属性定义可与选定的参照几何图形一起被编辑。当修改保存回块参照时，原始参照的属性将保持不变。新的或改动过的属性定义只对后来插入的块有效，而现有块引用中的属性不受影响。此复选框对外部参照和没有定义的块参照不起作用。

● "锁定不在工作集中的对象"复选框主要用于锁定所有不在工作集中的对象，从而避免用户在参照编辑状态时意外地选择和编辑宿主图形中的对象。锁定对象的行为与锁定图层上的对象类似。如果试图编辑锁定的对象，则它们将从选择集中过滤。

在 AutoCAD 2009 中，还有插入 DWG 参照、DWF 参考底图、DNG 参考底图和光栅图像参照的功能，这些功能和附着外部参照功能相同，用户可以单击【菜单浏览器】按钮，在弹出的菜单中选择【插入】→【DWG 参照】(或【DWF 参考底图】等)菜单项执行相关命令。

3. 剪裁外部参照

剪裁外部参照也是编辑外部参照的一部分，在 AutoCAD 2009 中，激活剪裁外部参照命令的方法如下。

● 单击【菜单浏览器】按钮，在弹出的菜单中选择【修改】→【剪裁】→【外部参照】菜单项。

● 在【功能区】选项板中选择【块和参照】选项卡，在【参照】面板中单击【剪裁外部参照】按钮 。

● 在"命令提示行"中运行"XCLIP"命令。

● 在"参照"工具栏中单击【剪裁外部参照】按钮 。

采用上述方法激活剪裁外部参照命令后，即可定义外部参照或块的剪裁边界。在选择了相应的图形之后，在"命令提示行"中将显示如下提示信息："输入剪裁选项[开(ON)/关(OFF)/剪裁深度(C)/删除(D)/生成多段线(P)/新建边界(N)]<新建边界>:"，此时即可通过激活剪裁外部参照命令来剪裁外部参照。

4. 绑定外部参照

使用绑定外部参照功能可以把从外部参照文件中选中的一组依赖符添加到主图中，使之成为主图形中不可分割的一部分；还可将块、标注样式、图层和线型等选项中的依赖符添加到主图形中。

在 AutoCAD 2009 中，打开【外部参照绑定】对话框的方法如下。

● 单击【菜单浏览器】按钮，在弹出的菜单中选择【修改】→【剪裁】→【外部参照】→【绑定】菜单项。

● 在"命令提示行"中运行"XBIND"命令。

● 在"参照"工具栏中单击【外部参照绑定】按钮 。

采用上述方法均可打开【外部参照绑定】对话框，如图 8-50 所示。

8.3.3 参照管理器

Autodesk 的参照管理器是一种外部应用程序。使用参照管理器，可以使用户轻松地管理图形文件和查看附着外部参照文件，其中包括图形、图像、字体和打印样式等由 AutoCAD 或基于 AutoCAD 产品生成的内容，还能够编辑外部参照附件的路径且不必打开 AutoCAD 中的图形文件。

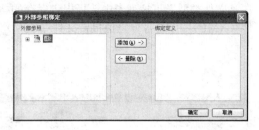

图 8-50 【外部参照绑定】对话框

选择【开始】→【程序】→【Autodesk】→【AutoCAD 2009】→【参照管理器】菜单项，即可打开【参照管理器】窗口，在其中可以对参照文件进行处理，也可以设置参照管理器的显示形式，如图 8-51 所示。

参照管理器提供了两个窗格，用于列出选定图形中的参照文件以及修改已保存的参照路径（无需在 AutoCAD 中打开图形）。左侧的窗格中包含一个由图形以及图形中保存的文件参照构成的树状图。在树状图中添加图形文件后，即可编辑保存在其中的文件参照路径。可以以两种样式列出树状图中的信息："按图形列表"或"按参照类型列表"。

● 所有图形 显示树状图中添加的图形的列表。每个图形节点都可以展开，显示多种文件参照类型。每种文件参照类型也可以展开，显示此类型的参照。带有外部参照的图形可能包含若干嵌套的参照级别。如果无法定位图形中的一个或多个参照，那么图形图标将沿对角线方向断开。如果丢失的参照是外部参照，则该外部参照的图标中将显示一个红色的感叹号（!），如图 8-52 所示。

图 8-51 【参照管理器】窗口

图 8-52 丢失了外部参照

在右侧的窗格中，显示树状图中选定项目中的文件参照。如果选中了树状图中的"所有图形"或"按参照"，那么"参照"列表中将显示所有参照。

在图 8-52 所示的【参照管理器】窗口中丢失了外部参照文件，那么如何向【参照管理器】的树状视图中添加一个图形文件呢？可执行如下操作步骤。

步骤 1：单击【参照管理器】窗口上的【添加图形】按钮，即可打开【添加图形】对话框，在其中找到放置图形文件的位置，并选择要添加的 DWG 文件（如 C:\Program Files\ AutoCAD 2009\Sample\Blocks and Tables - Imperial.dwg 文件），如图 8-53 所示。

步骤 2：单击【打开】按钮，即可打开【参照管理器-添加外部参照】对话框，如图 8-54 所示。在其中可根据设计需要选择对应的选项，即可将该图形文件添加到树状视图中，如图 8-55 所示。

图 8-53 【添加图形】对话框

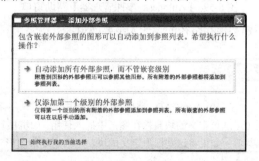

图 8-54 【参照管理器-添加外部参照】对话框

步骤 3：在【参照管理器】窗口中单击【输出报告】按钮，即可打开【输出报告】对话框，在"文件类型"下拉列表中选择报告保存的格式，有 3 种各个可供选择"可扩展标识语言报告文件（XML）"、"逗号分隔值报告文件（CSV）"和"Excel 工作簿（XLS）"，如图 8-56 所示。

图 8-55 【参照管理器】对话框   图 8-56 【输出报告】对话框

步骤 4：在文件类型选择完毕之后，单击【确定】按钮，即可将外部参照文件报告输出。在【参照管理器】右边的窗格中选中某一文件，即可激活【编辑选定的路径】按钮和【查找和替换】按钮，单击【编辑选定的路径】按钮，即可打开【编辑选定的路径】对话框，如图 8-57 所示。

图 8-57 【编辑选定的路径】对话框   图 8-58 【查找和替换选定的路径】对话框

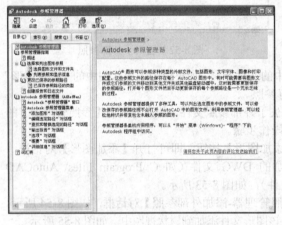

图 8-59 【Autodesk 参照管理器】帮助窗口

步骤 5：单击 🔲 按钮，即可指定文件新保存的路径。单击【查找和替换】按钮，即可打开【查找和替换选定的路径】对话框，在其中可指定文件的查找保存的路径和替换的路径，如图 8-58 所示。

步骤 6：在设置完毕之后单击【全部替换】按钮，即可完成替换选定路径操作。

步骤 7：如果对【参照管理器】的一些相关知识不是很了解，则可单击【帮助】按钮，在【Autodesk 参照管理器】窗口中查询相关问题，如图 8-59 所示。

参照管理器主要适合十分了解路径的 CAD 管理员使用，使用参照管理器可立即更改多个路径且无法撤销其动作，因此，对于不熟悉保存路径的设计人员要谨慎。

本章小结

在使用 AutoCAD 绘制图形的过程中，对于一些需要重复使用的图形元素，除可以利用复制命令操作外，还可以通过定义的块直接在图形中插入使用。如机械行业中的螺钉、螺母等标准紧固件，建筑行业中的座椅、家具等。如果将这些图形定义成块，在创建复杂图形对象时，如果需要这些图形元素，则不必重新绘制而直接插入图块即可。

本章主要介绍了在 AutoCAD 2009 中创建和编辑块的方法、管理和编辑块属性的方法以及如何设置外部参照等。通过对本章的学习，读者应掌握使用创建好的块来绘制复杂图形对象的技巧，从而提高绘图速度。

习题与动手操作

1. 填空题

（1）"_____"单选按钮用于控制嵌套对象是否自动包含在参照编辑任务中。

（2）"提示选择嵌套的对象"单选按钮用于控制是否_____包含在参照编辑任务中的_____。

（3）在 AutoCAD 2009 的主窗口中，选择【_____】选项卡，其中的【参照】面板中包含设置外部参照的所有工具，利用这些工具可执行附着和_____外部参照等操作。

（4）AutoCAD 2009 提供的"_____"工具，主要用于重新设置属性定义的构成、_____和图形特性等属性。

（5）定义块时的基点实际就是插入块时的_____，可直接在"X"、"Y"、"Z"这 3 个文本框中输入_____。

（6）块的定义包括名称、_____和_____3 个基本要素。

（7）_____是指创建的图块保存在定义该图块的图形中，只能在当前图形中应用，而不能插入到其他图形中。

（8）使用"_____"命令产生的多个块是一个整体，用户不能单独编辑一个组块。

（9）在 AutoCAD 2009 中，DWG 文件、_____、DGN 文件、_____等统称为外部参照，可使用【外部参照】选项板进行管理。

（10）_____是指将一般的图块创建成可以自由调整其属性参数的图块，使块的概念得到了新的延伸。

2. 选择题

（1）在 AutoCAD 2009 中，激活图块的命令是（　　）。

A．BMAK　　　B．WBLOCK　　　　　C．INSERT　　　　　D．MEASURE

（2）在执行附着外部参照操作时，可在指定文件中附着 4 种格式文件中，错误的是（　　）。

A．DWG 文件　　B．DWF 文件　　　　C．DBE 文件　　　　D．图像文件

（3）下列关于外部参照，说法不正确的一项是（　　）。

A．将图形作为外部参照附着时，会将该参照图形链接到当前图形

B．打开或重载外部参照时，对参照图形所做的任何修改都将显示在当前图形中

C．附着到当前图形的外部参照中的对象仅包括实体空间对象

D．可以在模型空间或图纸空间中将外部参照插入到当前图形中

（4）下面关于创建块的方法中错误的是（　　）。

A．使用若干种相关块定义创建一个图形文件以用作块库

B．创建一个图形文件，随后将它作为块插入到其他图形中

C．使用"块编辑器"功能区上下文选项卡

D．指定要插入块的名称

（5）在 AutoCAD 2009 中，激活剪裁外部参照的命令是（　　）。

A．ATTEXT　　　　B．XREF　　　　　C．XCLIP　　　D．XATTACH

3. 简答题

（1）在 AutoCAD 2009 中，激活插入块命令的方法有哪些？

（2）在 AutoCAD 2009 中，提取块属性最直接和最简单的方法是什么？

（3）在 AutoCAD 2009 中，激活编辑属性命令的方法有哪些？

4. 动手操作题

外部参照的功能之一是把已有的图形文件以参照的形式插入到当前图形中。下面在不计尺寸完成绘制图 8-61 所示的图形 B 之后，以外部参照命令将图 8-60 所示的图形 A 贴附到图面上，并利用外部参照增强功能，先在图形中添加一个外部参照，再打开外部参照进行更改。

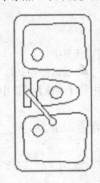

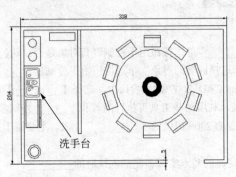

图 8-60　图形 A（洗手台）　　　　图 8-61　图形 B（完成后的图形）

第 9 章

图形打印与输入/输出

重点提示

- ♂ 工作空间与布局设置
- ♂ 布局与打印
- ♂ 打印样式表
- ♂ 电子打印与发布

本章精粹

本章讲解在 AutoCAD 2009 中进行图形打印时所需的布局设置与管理、视口的创建与基本操作，打印样式表、电子打印与发布以及其他一些图形输出的相关设置，读者应灵活掌握图形打印的各种操作，并能够在模型空间和图纸空间之间进行灵活切换。

当在 AutoCAD 中绘制完图形，需要打印草图时，可以使用 AutoCAD 提供的打印命令。在实际设计工作中，往往先利用打印机打印出小样图，在确认所绘的图形无误后，再利用绘图仪按一定比例来绘制出所需图纸。在很多情况下，往往需要对图形进行适当处理后再进行打印。例如，希望在一张图纸中输出图形的多个视图、添加标题块等，此时就需要对图纸空间的布局进行设置。

9.1　设置工作空间

在 AutoCAD 中有模型空间和布局空间（图纸空间）两个工作空间，分别用【模型】和【布局】选项卡表示，选项卡位于绘图区域底部附近的位置。在模型空间中可以绘制图形的主体模型，而在布局空间中绘制图形时则可以排列模型的图纸形式。在模型空间中进行打印出图时，还可以使用图纸空间（即布局的方法）进行打印出图。

9.1.1　模型空间和图纸空间

通常情况下，由几何对象组成的模型是在称为"模型空间"的三维空间中创建的。特定视图的最终布局和此模型的注释，是在称为"图纸空间"的二维空间中创建的。用户可以通过选择绘图区域底部附近的两个或多个选项卡访问这些空间：【模型】选项卡及一个或多个【布局】选项卡（可以隐藏这些选项卡，不是显示为应用程序窗口中下部状态栏上的按钮），如图 9-1 所示。

通常在模型空间按 1∶1 进行设计绘图，为了与其他设计人员交流、进行产品生产加工或工程施工，往往需要在图纸空间进行排版并输出图纸，即规划视图的位置与大小，将不同比例的视图安排在一张图纸上并对其标注尺寸，加上图框、标题栏、文字注释等内容后打印输出。启动 AutoCAD 之后，将会默认处于模型空间，此时绘图窗口下面的【模型】选项卡是激活的；而图纸空间则是未被激活的。

图纸空间又称为布局空间，是完全模拟图纸页面设置、管理视图的 AutoCAD 环境，在图纸空间中，可以按模型对象的不同方位显示视图，按合适的比例在"图纸"上表示出来，还可定义图纸的大小、生成图框和标题栏，在绘图前或绘图后安排图形的输出布局。模型空间中的三维对象在图纸空间中是用二维平面上的投影来表示的，因此它是一个二维环境。

如果希望在打印图形时为图形增加一个标题块，或在一幅图中同时打印立体图形的三视图，则需要借助图纸空间，如图 9-2 所示。

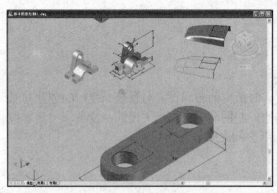 

图 9-1　模型空间显示　　　　　　　　　　　　图 9-2　图纸空间显示

9.1.2　在模型空间和图纸空间之间切换

在【布局】选项卡中，每个布局视口都类似于包含模型"照片"的相框。每个布局视口包含一个视图，该视图按指定比例和方向显示模型。布局整理完毕之后，关闭包含布局视口对象的图层。此时的视图仍然可见，可以打印该布局，而无需显示视口边界。

在实际工作中，常常需要选择绘图区域下方的【布局】及【模型】选项卡，在图纸空间与模型空间之间相互切换。任何新创建的图形中，AutoCAD 都默认提供两个布局，并在窗口左下角显示有标签，并通过该标签进行切换。也可通过 AutoCAD 中的"TILEMODE"命令来实现图纸空间与模型空间之间的切换控制。

当在"命令提示行"内输入"TILEMODE"命令并按空格键或 Enter 键之后，"命令提示行"将提示用户输入新值。该命令的值包括 1 和 0：当设置为 1 时，工作空间为模型空间；当设置为 0 时，工作空间为图纸空间。如果当前用户在图纸空间的某一个视口中工作，则可以通过"MSPACE"（图纸空间）和"PSPACE"（模型空间）命令来切换该视口的工作空间。

9.2 图形的输入与输出

在 AutoCAD 2009 中，除可以打开和保存 DWG 格式的图形文件外，还可以输入或输出其他格式的图形。

9.2.1 图形的输入

在 AutoCAD 2009 主窗口中，在"命令提示行"中运行"IMPORT"命令，或选择【插入】菜单中的相应菜单项，或单击"插入点"工具栏上的【输入】按钮，均可打开【输入文件】对话框，在其中的"文件类型"下拉列表中即可看到，系统允许输入图元文件、ACIS 及 3D Studio 图形格式的文件，如图 9-3 所示。

9.2.2 图形的输出

在 AutoCAD 2009 主窗口中选择【文件】→【输出】菜单项，或在"命令提示行"中运行"EXPORT"命令，均可打开【输出数据】对话框，如图 9-4 所示。允许用户在"保存于"下拉列表框中设置文件输出的路径，在"文件"文本框中输入文件名称，在"文件类型"下拉列表中选择文件的输出类型，如图元文件、ACIS、平版印刷、封装 PS、DXX 提取、位图、3D Studio 及块等。

图 9-3 【输入文件】对话框　　　　　　　　　图 9-4 【输出数据】对话框

在设置了文件的输出路径、名称及文件类型之后，单击【保存】按钮，即可切换到绘图窗口，从中选择需要以指定格式保存的对象。

9.3 布局与打印

布局相当于图纸空间环境。一个布局就是一张图纸，并提供预置的打印页面设置。在布局中，可以创建和定位视口，并生成图框、标题栏等。利用布局可在图纸空间创建多个视口以显示不同的视图，且每个视图均可有不同的显示缩放比例，还可以冻结指定的图层。

9.3.1 创建新的布局

在一个图形文件中，模型空间只有一个，而布局可以设置多个。这样就可以用多张图纸多侧面地反映同一个实体或图形对象。例如，将在模型空间绘制的装配图拆成多张零件图；或将某一工程的总图拆成多张不同专业的图纸。

在 AutoCAD 2009 中，有如下 4 种方式创建布局。

方法 1：使用"LAYOUTWIZARD"布局向导命令创建一个新布局。

方法 2：使用"LAYOUT"来自样板的布局命令插入基于现有布局样板的新布局。

方法 3：通过【布局】选项卡创建一个新布局。

方法 4：通过设计中心从已有的图形文件或样板文件中，把已建好的布局拖入到当前图形文件中。

下面以图 9-5 所示的零件图形采用"布局向导"来创建新布局为例，来讲述创建新布局的具体操作方法。

步骤 1：在 AutoCAD 2009 主窗口中，设置"视口"为当前层。选择【插入】→【布局】→【创建布局向导】菜单项，或选择【工具】→【向导】→【创建布局】菜单项，或在"命令提示行"中运行"LAYOUTWIZARD"命令或"LAYOUT"命令，均可激活布局创建向导，打开【创建布局-开始】对话框，并其左边列出了创建布局的步骤，如图 9-6 所示。

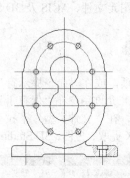

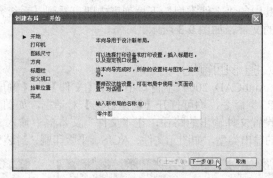

图 9-5　一个简单的零件图形　　　　　　　　图 9-6　【创建布局-开始】对话框

步骤 2：在"输入新布局名称"文本框中输入"零件图"之后，单击【下一步】按钮，即可打开【创建布局-打印机】对话框，为新布局选择一种已配置好的打印设备（如佳能 LBP2900 激光打印机"Canon LBP2900"），如图 9-7 所示。

步骤 3：如果没有安装打印机，则可选择"DWF6 ePlot.pc3"选项。单击【下一步】按钮，即可打开【创建布局-图纸尺寸】对话框，在其中选择图形所用单位为"毫米"，并选择打印图纸为"A4（296.93 毫米×209.97 毫米）"，如图 9-8 所示。

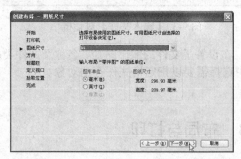

图 9-7　【创建布局-打印机】对话框　　　　　图 9-8　【创建布局-图纸尺寸】对话框

步骤 4：单击【下一步】按钮，即可打开【创建布局-方向】对话框，在其中确定图形在图纸上的方向为"横向"，如图 9-9 所示。

步骤 5：单击【下一步】按钮，即可打开【创建布局-标题栏】对话框，在其中选择图纸的边框和标题栏的样式为"DIN A4 title block.dwg"，在"类型"选项区域中可指定所选择的图框和标题栏文件是作为块插入，还是作为外部参照引用，如图 9-10 所示。

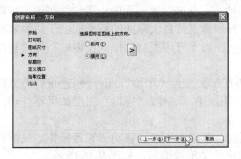

图 9-9 【创建布局-方向】对话框

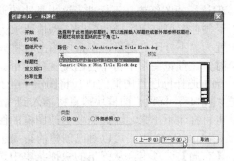

图 9-10 【创建布局-标题栏】对话框

步骤 6：单击【下一步】按钮，即可打开【创建布局-定义视口】对话框，如图 9-11 所示。在其中设置新建布局中视口的个数和形式、视口中的视图与模型空间的比例关系（可设置视口为"单个"，视口比例为"按图纸空间缩放"，即把模型空间的图形按图纸大小显示在视口中）。

步骤 7：单击【下一步】按钮，即可打开【创建布局-拾取位置】对话框，如图 9-12 所示，单击【选择位置<】按钮切换到 AutoCAD 绘图窗口之后，通过指定两个对角点来指定视口的大小和位置，如图 9-13 所示。

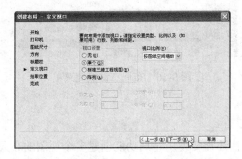

图 9-11 【创建布局-定义视口】对话框

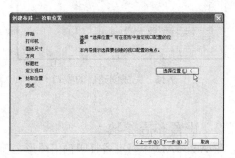

图 9-12 【创建布局-拾取位置】对话框

步骤 8：在指定视口的大小和位置之后，即可打开【创建布局-完成】对话框，如图 9-14 所示。单击【完成】按钮，即可完成新布局及视口的创建，所创建的布局出现在屏幕上（含视口、视图、图框和标题栏）。

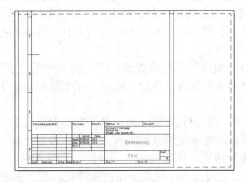

图 9-13 选择视口的位置和大小

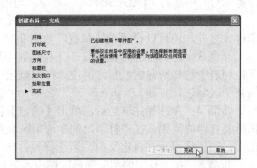

图 9-14 【创建布局-完成】对话框

　　步骤 9：此外，AutoCAD 将显示图纸空间的坐标系图标，在该视口中双击，即可透过图纸操作模型空间的图形（AutoCAD 将这种视口称为浮动视口）。

　　上述操作完成之后，可能会发现图框跑到布局图纸外面去了，如图 9-15 所示。造成这种结果的原因是图框和布局图纸的大小完全一样。布局图纸上的虚线框表示可打印的区域，因此只有将图框缩放调整到虚线框内，才能将全部图线打印出来。

　　但这样的图纸势必不标准，这也是比较遗憾的地方，除非是大幅面的绘图仪，普通的打印机由于受硬件上可打印区域的限制，恐怕要永远无法打印所支持最大幅面的标准图纸了。将所在的层设置为"不打印"之后，在布局输出时将只打印视图而不打印视口边框。在将此布局进行打印预览时，在预览图形中将不会出现视口边框。

　　单击选择标题栏图框的块，将图层下拉列表所在图层改为"图框"，因为创建布局的当前图层是"视口"，标题栏图框块被直接插入到"视口"图层中。这样，"视口"图层如果不打印，则图框也将打印不出来，因此需要更改图框的图层。

　　在 AutoCAD 中，可以对已创建的布局进行复制、删除、更名、移动位置等操作。只需右击某个【布局】选项卡，从弹出的快捷菜单中选择相应的菜单项即可，如图 9-16 所示。

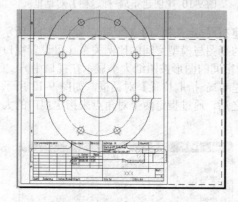

图 9-15　完成创建后的视口

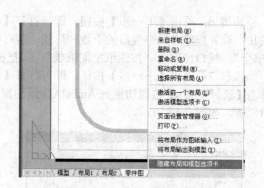

图 9-16　布局右键快捷菜单

9.3.2　设置布局参数

　　在 AutoCAD 中，准备打印输出图形之前，往往还需要使用布局功能创建多个视图的布局，来设置需要输出的图形。布局中的浮动视口可以是任意形状的，个数也不受限制，可根据需要在一个布局中创建多个新的视口，每个视口显示图形的不同方位，清楚、全面地描述模型空间图形的形状与大小。

　　设置布局参数的具体操作步骤如下。

　　步骤 1：在 AutoCAD 2009 主窗口中，选择【文件】→【页面设置管理器】菜单项，或在"命令提示行"中运行"PAGESETUP"命令，均可打开【页面设置管理器】对话框，如图 9-17 所示。

　　步骤 2：单击【修改】按钮，即可打开【页面设置】对话框，在其中除可设置打印设备和打印样式之外，还可以设置布局参数，如图 9-18 所示。

　　步骤 3：在"打印机/绘图仪"下拉列表中选择打印机或绘图仪的类型之后，在"图纸尺寸"下拉列表中选择所需的纸张，再在"打印范围"下拉列表中选择"窗口"选项（用于选择布局中的某个区域进行打印）。

　　步骤 4：在选择完毕之后，单击【确定】按钮，即可返回到布局空间，单击并拖动鼠标，选择所要打印的范围。在"打印比例"选项区域中选择标准缩放比例或输入自定义值。若选择标准比例，该值将显示在自定义中。若选择按打印比例缩放线宽，则需选中"缩放线宽"复选框。

　　步骤 5：在"打印偏移"选项区域中，可指定相对于可打印区域左下角的偏移量，如 X 轴与 Y 轴的打印偏移分别为（30，0）。如果选中"居中打印"复选框，则可以自动计算偏移值以实现居中打印。

图 9-17 【页面设置管理器】对话框

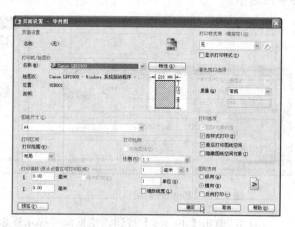

图 9-18 【页面设置】对话框

步骤 6：在"图形方向"选项区域中，可以设置图形在图纸上的放置方向。如果选中"反向打印"复选框，即可实现图形旋转 180°的打印输出。最后单击【预览】按钮，即可预览当前视图的打印效果，如图 9-19 所示。

步骤 7：右击【布局】选项卡，从弹出的快捷菜单中选择合适的菜单项，即可实现删除、新建、重命名、移动或复制布局。

在默认情况下，单击某个布局选项卡，均可自动打开【页面设置管理器】对话框以设置页面布局。如果想要修改页面布局，只要选择【文件】→【页面设置管理器】菜单项，或从图 9-20 所示的快捷菜单中选择【页面设置管理器】菜单项即可。

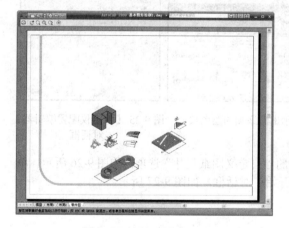

图 9-19 打印预览

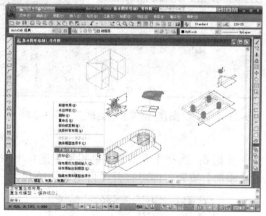

图 9-20 管理布局的快捷菜单

9.3.3 配置绘图设备

在 AutoCAD 2009 中，用户可通过使用打印机管理器来配置绘图设备。AutoCAD 2009 的打印机管理器中列出了所有非系统打印机的配置（PC3）文件。

添加并配置绘图设备的具体操作步骤如下。

步骤 1：在 AutoCAD 2009 主窗口中，选择【文件】→【绘图仪管理器】菜单项，或在"命令提示行"中运行"PLOTTERMANAGER"命令，均可打开【Plotters】（打印机管理器）窗口，如图 9-21 所示。

步骤 2：双击其中的【添加绘图仪向导】图标，即可打开【添加绘图仪-简介】对话框，如

图 9-22 所示。

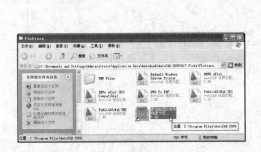

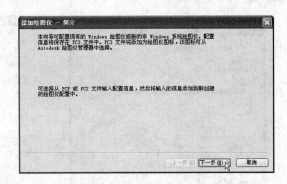

图 9-21 【Plotters】窗口　　　　　　　　　　　图 9-22 【添加绘图仪-简介】对话框

步骤 3：单击【下一步】按钮，依据向导提示逐步进行添加设置之后，在图 9-23 所示的【添加绘图仪-完成】对话框中单击【完成】按钮，即可完成绘图仪的添加。

步骤 4：当完成绘图仪的添加配置之后，即可在【Plotters】窗口中找到添加的绘图仪的名称，如图 9-24 所示。

步骤 5：如果想要对绘图仪的配置进行设置，则双击【Plotters】窗口中新建的绘图仪的名称，即可打开【绘图仪配置编辑器】对话框，如图 9-25 所示。

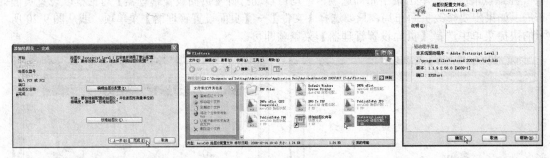

图 9-23 【添加绘图仪-完成】对话框　　　图 9-24　显示出新添加的绘图仪　　　图 9-25 【绘图仪配置编辑器】
　　　对话框

步骤 6：选择【设备和文档设置】选项卡中的"自定义图纸尺寸"选项，如图 9-26 所示。单击【添加】按钮，即可打开【自定义图纸尺寸-开始】对话框，如图 9-27 所示。

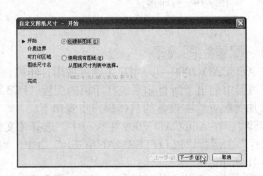

图 9-26 【设备和文档设置】选项卡　　　　　图 9-27 【自定义图纸尺寸-开始】对话框

步骤 7：单击【下一步】按钮，依据向导逐步设置图纸尺寸，在图 9-28 所示的【自定义图纸尺寸-完成】对话框中单击【完成】按钮，即可完成自定义图纸尺寸设置。

步骤 8：在【绘图仪配置编辑器】对话框的【设备和文档设置】选项卡中选择【绘图仪校准】选项，如图 9-29 所示。单击【标准绘图仪】按钮，即可打开【校准绘图仪-开始】对话框，如图 9-30 所示。

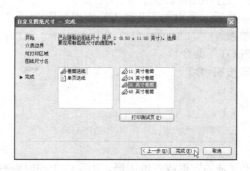

图 9-28 【自定义图纸尺寸-完成】对话框

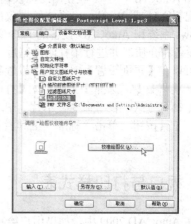

图 9-29 选择【绘图仪校准】选项

步骤 9：单击【下一步】按钮，依据向导逐步校准绘图仪，再在图 9-31 所示的【标准绘图仪-完成】对话框中单击【完成】按钮，即可结束编辑。

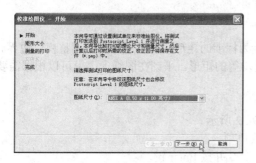

图 9-30 【校准绘图仪-开始】对话框

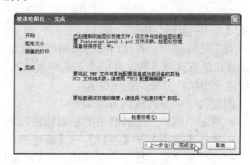

图 9-31 【校准绘图仪-完成】对话框

9.3.4 文件的打印预览

在进行打印之前，最好先预览打印图形，可以预览当前图形的全页，以检查设置是否完全正确。如果没有在【页面设置】对话框中指定打印设备，则系统将无法进行打印预览。

进行打印预览的方法有如下几种。

- 菜单命令 选择【文件】→【打印预览】菜单项。
- 键盘方式 在"命令提示行"中运行"PREVIEW"命令。
- 工具按钮 单击"标准"工具栏上的打印预览按钮 。

在执行完上述命令之后，AutoCAD 2009 即可按照当前的页面设置、绘图样式和绘图设备设置来显示预览图像，光标显示为带加号（+）和减号（–）的放大镜，向屏幕顶端拖动光标将放大预览图像，向屏幕底部拖动光标将缩小预览图像，按 Esc 键或 Enter 键可以结束预览。

在执行打印预览操作之后，图形将处于缩放显示状态。此时单击并拖动鼠标，即可缩放打印预览画面。在打印预览区域中右击，将弹出一个快捷菜单，使用该菜单上的菜单项即可实现对打印效果进行设置，如退出打印预览、打印图形、平移预览画面等。

9.3.5　实现打印输出

创建完图形之后，通常要打印到图纸上，也可以生成一份电子图纸，以便从互联网上进行访问。打印的图形可以包含图形的单一视图，或者复杂的视图排列。根据不同的需要，可以打印一个或多个视口，或设置选项以决定打印的内容和图像在图纸上的布置。

在 AutoCAD 中，一般使用绘图仪输出图形文件。绘图仪管理器负责添加和修改 AutoCAD 绘图仪配置文件或 Windows 系统绘图仪配置文件。在绘图仪管理器中，可以创建和管理适用于 Windows 系统和 AutoCAD 设备的 PC3 文件。如果想要将图形打印输出到纸上，则只要在指定了打印设备和介质，并进行了打印预览后，即可实现打印图形。

可以在【页面设置】对话框中设置相应的参数后，采用如下几种方法实现打印。

- 菜单命令　选择【文件】→【打印】菜单项。
- 键盘方式　在"命令提示行"中运行"PLOT"命令。
- 工具按钮　单击"标准"工具栏上的打印按钮 。

9.4　视口与打印样式表

在 AutoCAD 2009 中，如果用户绘制了比较复杂的图形或三维图形，为了便于同时观察图形的不同部分或三维图形的不同侧面，可以将绘图区域划分为多个视口。视口可以分为在模型空间创建的平铺视口和在布局空间创建的浮动视口。视口中的各个视图可以使用不同的打印比例，并能够控制视口中图层的可见性。

9.4.1　平铺视口的创建

对于平铺视口，各视口间必须相邻，视口只能为标准的矩形，而且用户无法调整视口边界。创建视口的方式有多种，在一个布局中视口可以是均等的矩形，平铺在图纸上；也可以根据需要有特定的形状，并放到指定位置。

创建视口命令的激活方式如下。

- 单击"视口"工具栏中的相应按钮，如图 9-32 所示。
- 执行【视图】→【视口】→【新建视口】菜单项。
- 在"命令提示行"中直接输入"VPORTS"命令并按 Enter 键。

要创建平铺视口，在 AutoCAD 2009 主窗口中选择【视图】→【视口】→【新建视口】菜单项，即可打开【视口】对话框，如图 9-33 所示。在"标准视口"列表框中选择合适的选项之后，单击【确定】按钮即可。

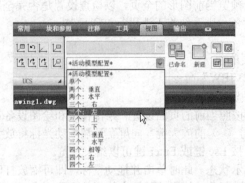

图 9-32　"视口"工具栏

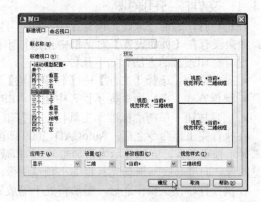

图 9-33　【视口】对话框

在"应用于"下拉列表中包括"显示"和"当前视口"两个选项，可规定新设置是应用于整个显示还是当前视口。如果要创建多个三维平铺视口，可以在"设置"下拉列表中选择"三维"选项。在"修改视图"下拉列表中，可以选择所要修改的视图。在"预览"选项区域中选择一个视口，并利用"修改视图"下拉列表框为该视口选择正交或等轴侧视图。在调整好标准视口配置并保存视口配置时，可以在"新名称"文本框内输入名称。

9.4.2　浮动视口的创建

　　浮动视口是用来建立图形最终布局的，其形状可以为矩形、任意多边形或圆等，相互之间可以重叠，并能同时打印，而且可以调整视口边界形状。在构造布局图时，可以将浮动视口视为图纸空间的图形对象，并对其进行移动和调整。

　　如果布局图中使用了多个浮动视口，则可以为这些视口中的视图建立相同的缩放比例。这时，可选择要修改缩放比例的浮动视口，在【特性】选项板的"标准比例"下拉列表中选择某一比例之后，再对其他浮动视口执行同样操作，即可设置相同的比例值。

　　浮动视口可以相互重叠或分离。在图纸空间中无法编辑模型空间中的对象，如果要编辑模型，必须激活浮动视口，进入浮动模型空间。

　　激活浮动视口的方法与平铺视口相同，在创建浮动视口时，只要求系统指定创建浮动视口的区域。但在创建浮动视口前，需要先在 AutoCAD 2009 主窗口中选择窗口下方的【布局】标签，再选择【视图】→【视口】→【新建视口】菜单项，即可完成浮动视口的创建。

　　在布局图中，选择浮动视口边界之后，按 Delete 键即可删除浮动视口。

9.4.3　对视口进行编辑与调整

　　新创建视口默认的显示比例，都是将模型空间中全部图形最大化地显示在视口中，对于规范的工程图纸，需要使用规范的出图比例，在"视口"工具栏的最右侧有一个"比例"下拉列表框，使用它可以调节当前视口的比例，也可以选定视口后，使用【特性】选项板来对其进行调整。

　　如果在"视口"工具栏的"比例"下拉列表中没有所需要的比例，则可以在"视口"工具栏的"比例"文本框中直接输入比例值（如比例为 5∶1，则应输入 5）。

　　确定好视口与模型空间图形的比例关系之后，通常可以使用"实时平移"命令来调整视口中图形显示的内容，但切忌不要使用"实时缩放"命令，这样往往会改变视口与模型空间图形的比例关系。

　　相对于图纸空间而言，浮动视口和一般的图形对象没有什么区别。例如，每个浮动视口均绘制在当前层上，并采用当前层的颜色和线型。因此，可以使用通常的图形编辑方法来编辑浮动视口。创建好的浮动视口可以通过移动，复制等命令进行调整复制，还可以通过编辑视口的夹点调整视口的大小形状。例如，利用夹点调整浮动视口时，可以先单击右侧浮动视口外框上任意一点，这时在视口的外框上出现 4 个夹点，单击并把该夹点拖动到合适的位置即可。此外，通过"剪裁现有视口"命令还可以对视口边界进行剪裁。

　　如果双击进入视口的模型空间，则可以直接对模型空间中的对象进行修改，并将修改反映在所有显示修改对象的视口中。

9.4.4　打印样式表

　　根据对象的类型不同，在输出图形时，其线条宽度也有所不同（如图形中的实线通常粗一些，而辅助线通常细一些）。打印样式表是指通过确定打印特性（如线宽、颜色和填充样式）来控制对象或布局的打印方式，分为颜色相关打印样式表和命名打印样式表两种打印样式类型。可用打印样式表为不同的对象设置打印颜色、抖动、灰度、线型、线宽、端点样式和填充样式等。

【注意】

　　在 AutoCAD 2009 中，一个图形只能使用一种打印样式表，它取决于开始画图以前采用的是与颜色相关打印样式的样板文件，还是与命名打印样式有关的样板文件。

通过"选项（options）"命令可以查看默认的打印样式类型，具体操作步骤如下。

步骤 1：在 AutoCAD 2009 主窗口的"命令提示行"中运行"VPORTS"命令，即可激活选项命令，此时选择【工具】→【选项】菜单项，即可打开【选项】对话框，如图 9-34 所示。

步骤 2：在【打印和发布】选项卡中单击【打印样式表设置…】按钮，即可打开【打印样式表设置】对话框，在该对话框中，可指定新图形所使用的打印样式是"使用颜色相关打印样式表"还是"使用命名打印样式表"，如图 9-35 所示。

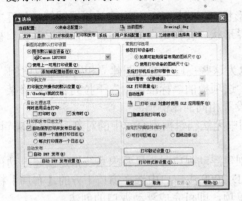 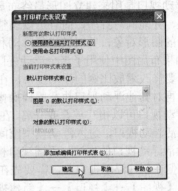

图 9-34 【选项】对话框   图 9-35 【打印样式表设置】对话框

步骤 3：在"命令提示行"中运行"CONVENPSTYLES"命令，即可将当前图形的打印样式由颜色相关打印样式表转换为命名打印样式表，或将命名打印样式表转换为颜色相关打印样式表。

步骤 4：单击【添加或编辑打印样式表】按钮，即可打开【Plot Styles】窗口（选择【文件】→【打印样式表管理器】菜单项，同样可以打开该窗口），在其中指定是编辑还是添加新的打印样式表，如图 9-36 所示。

1. 颜色相关打印样式表

颜色相关打印样式表实际上是一种根据对象颜色设置的打印方案，当用户在创建图层时，如果选择的颜色不同，系统将根据颜色为其指定不同的打印样式。

在 AutoCAD 2009 主窗口中，选择【格式】→【图层】菜单项，即可打开【图层特性管理器】对话框，在其中根据不同颜色的图层将为其设置不同的打印样式，如图 9-37 所示。

 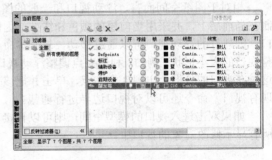

图 9-36 【Plot Styles】窗口   图 9-37 不同颜色的图层将为其设置不同的打印样式

通过使用颜色相关打印样式表来控制对象的打印方式，可以确保所有颜色相同的对象以相同方式进行打印。

- 当图形使用颜色相关打印样式表时，用户不能为某个对象或图层指定打印样式。如果要为单个对象指定打印样式特性，则必须修改对象或图层的颜色（如图形中所有被指定为红色的对象，均以相同打印方式打印）。

- 可以使用多个预定义的颜色相关打印样式表、编辑现有的打印样式表或创建用户自己的打印样式表等功能，来为布局指定颜色相关打印样式表。

【提示】

通常情况下，颜色相关打印样式表默认存储在 "C:\Documents and Settings\计算机名称\Application Data\Autodesk\AutoCAD 2009\R17.0\chs\Plot Styles" 文件夹中，且其扩展名为.ctb。

● 使用颜色相关打印样式表的方法是：激活【打印】对话框之后，在【打印设备】选项卡的"打印样式（笔指定）"下拉列表中，选择自定义的颜色相关打印样式，并应用到要打印的图形上（使用 monochrome.ctb 颜色相关打印样式表可实现纯样黑白工程图的打印）。

2．命名打印样式表

在实际工作中，人们很少使用这种打印样式表。只有在相同颜色的对象需要进行不同的打印设置时，才使用命名打印样式表。命名打印样式表使用直接指定给图层或对象的打印样式，这些打印样式表文件的扩展名为.stb。在使用命名打印样式表时，可以根据需要创建多种命名打印样式，并将其指定给对象。

使用命名打印样式表可使图形中的每个对象以不同颜色打印，而与对象本身颜色无关。

通过【图层特性管理器】对话框可为对象所在的图层设置打印样式，具体设置方法如下。

步骤 1：在使用命名打印样式表的样板文件之后，单击打印样式图标，即可打开【选择打印样式】对话框。

步骤2：在"活动打印样式表"下拉列表中选择一个可使用的 AutoCAD 预定义打印样式表文件（如 rome123.stb）之后，该文件中所有可用的打印样式即可显示在"打印样式"选项区域中。

步骤3：从中为该图层指定一种打印样式（例如 style 1）之后，只要该图层上的图形对象打印样式特性为"随层"，则在打印时即可按照 style 1 所定义的样式进行打印（使用 rome123.stb 打印样式表同样可实现纯黑白工程图的打印）。

步骤4：当前打印样式表在【打印】对话框的"打印样式表"选项区域中显示为 rome123.stb，可以从下拉列表中将其调换为其他打印样式表，或单击【编辑】按钮，在【打印样式表编辑器】对话框中根据需要修改当前打印样式表中的打印样式。

9.4.5 创建与编辑打印样式表

在【页面设置-模型】对话框的"打印样式表"选项区域的下拉列表中，即可选择系统内置的打印样式表，如图 9-38 所示。

新建打印样式表的具体操作步骤如下。

步骤1：选择【文件】→【打印样式管理器】菜单项，在【Plot Styles】窗口中双击【添加打印样式表向导】图标，即可打开【添加打印样式表】向导对话框，如图 9-39 所示。

图 9-38 【页面设置-模型】对话框

步骤2：单击【下一步】按钮，即可打开【添加打印样式表-开始】对话框，在其中选中"创建新打印样式表"单选按钮，如图 9-40 所示。

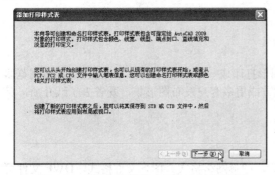

图 9-39 【添加打印样式表】向导对话框

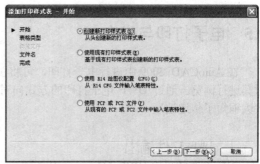

图 9-40 【添加打印样式表-开始】对话框

步骤 3：单击【下一步】按钮，即可打开【添加打印样式表-选择打印样式表】对话框，在其中可以选择是创建颜色相关打印样式表，还是创建命名打印样式表，如图 9-41 所示。

步骤 4：选择相应的打印样式表类型之后，单击【下一步】按钮，即可在打开【添加打印样式表-文件名】对话框，在其中输入新文件名，如图 9-42 所示。

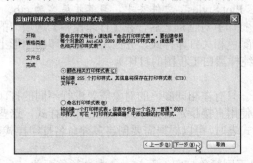
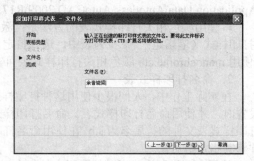

图 9-41 【添加打印样式表-选择打印样式表】对话框 　　图 9-42 【添加打印样式表-文件名】对话框

步骤 5：单击【下一步】按钮，即可打开【添加打印样式表-完成】对话框，如图 9-43 所示。单击【打印样式表编辑器】按钮，即可弹出【打印样式表编辑器】对话框，如图 9-44 所示。

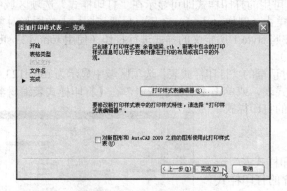
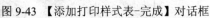

图 9-43 【添加打印样式表-完成】对话框 　　　　图 9-44 【打印样式表编辑器】对话框

步骤 6：在设置完毕之后，如果单击【另存为】按钮，则可以将打印样式表另存为其他文件；如果单击【保存并关闭】按钮，则可以将修改后的结果直接保存在当前打印样式表文件中。

【小技巧】

如果当前处于图纸空间，则可选中【页面设置】对话框中【打印样式表】选项区域中的"显示打印样式"复选框，将打印样式表中的设置结果直接显示在布局图中。

9.5 电子打印与发布

在 AutoCAD 2009 中进行电子打印，可将图形打印成一个 DWF 文件，并通过特定的浏览器对其进行浏览。通过 DWF 电子打印的方式向对方或更多客户发布图形集，既省去了纸介质，又大大缩短了传递速度。

9.5.1 DWF 文件输出

国际上通常采用 DWF（Drawing Web Format，图形网络格式）图形文件格式，DWF 文件可在任何装有 Autodesk DWF Viewer 浏览器的计算机中打开、查看和输出。

DWF 格式的文件是一种矢量图形文件，与其他格式的图形文件不同，它只能阅读，不能修改；相同之处是可以实时放大或缩小图形，不影响其显示精度。可以将 DWF 文件视为设计数据包的容器，包含了在可供打印图形集中发布的各种设计信息。

DWF 文件支持图形文件的实时移动和缩放，并支持控制图层、命名视图和嵌入链接显示效果。DWF 文件是矢量压缩格式的文件，可提高图形文件打开和传输的速度，缩短下载时间，而且完整地保留了打印输出属性和超链接信息，并在进行局部放大时，基本能够保持图形的准确性。

输出 DWF 文件的操作步骤如下。

步骤 1：在"命令提示行"中运行"EXPORT"命令，或选择【文件】→【输出】菜单项，均可打开【输出数据】对话框，如图 9-45 所示。

图 9-45 【输出数据】对话框

步骤 2：在选择文件格式为"dwf"之后，单击【保存】按钮，即可将图形文件输出为 DWF 文件。此时，将弹出图 9-46 所示的信息提示对话框，询问用户是否立即进行查看。

步骤 3：单击【是】按钮，即可在 AutoCAD 2009 主窗口中查看输出的图形，完成电子打印的操作。

图 9-46 信息提示对话框

9.5.2 浏览电子打印文件

打印完成的电子图纸可通过 Autodesk DWF Viewer 辅助工具进行浏览，在安装完毕 AutoCAD 2009 之后，Autodesk DWF Viewer 将会自动安装到计算机并自动关联 DWF 文件。

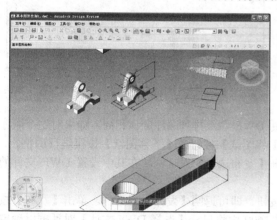

图 9-47 使用 Autodesk DWF Viewer 浏览 DWF 文件

因此，用户只要双击 DWF 文件，即可通过 Autodesk DWF Viewer 辅助工具来浏览图形，如图 9-47 所示。在 Autodesk DWF Viewer 中，可以像在 AutoCAD 中一样对图形进行缩放、平移等浏览操作，还可以将图形打印出来。

此外，由于在安装 Autodesk DWF Viewer 工具时，还会自动在 Internet Explorer（IE 浏览器）中安装 DWF 插件，所以也可以通过 Internet Explorer 浏览 DWF 图形，操作方法与 Autodesk DWF Viewer 相同，这样就便于将 DWF 图形发布到互联网上。

在 AutoCAD 2009 主窗口中，还可以选择【插入】→【DWF 参考底图】菜单项，将 DWF 文件插入到 DWG 文件中作为底图参考，插入进来的 DWF 图形可以测量或标注大致尺寸，还可以对图形边界进行修改，类似于外部参照（整个文件作为一个链接被插入进来）。

【提示】

使用免费的 Autodesk DWF Viewer 辅助工具，任何人都可以查看 DWF 文件，而无须拥有创建此文件的 AutoCAD 软件。

9.5.3 将图形发布为 DWF 文件

通过在打印时选择"DWF6 ePlot.pc3 电子打印机"选项，可以将图纸打印到单页的 DWF 文件中。在 AutoCAD 中，还可以采用发布图形集技术将一个文件的多个布局甚至多个文件的多个布局发布到一个图形集中，且该图形集可以是一个多页 DWF 文件或多个单页 DWF 文件。

对于某些涉及商业机密的图形集，还可以为图形集设置口令保护，以禁止某些无关人员查阅，起到有效的防护作用。

对于在异机或异地接收到的 DWF 图形集，使用 Autodesk DWF Viewer 浏览器即可浏览图形。用户在连接上打印机之后，就可以将整套图纸通过该浏览器打印输出到纸上了。

在 AutoCAD 2009 中，激活发布图形集命令的方法如下。

- 在"命令提示行"中运行"PUBLISH"命令。
- 单击"标准"工具栏中的【发布】按钮 。
- 选择【文件】→【发布】菜单项。

下面以一张包含多布局的建筑设计图（其中包含了不同专业的设计图纸）为例，讲述发布图形集的操作方法。

步骤 1：在 AutoCAD 2009 中打开该建筑设计图例文件之后，选择【文件】→【发布】菜单项或在"命令提示行"中运行"PUBLISH"命令，即可打开【发布】对话框，如图 9-48 所示。当前图形模型和所有布局都将被列示在该对话框的图纸列表中，下面需要把当前图形中的所有布局发布到同一个 DWF 文件中去。

步骤 2：将其中某个不需要发布的选中之后，右击该选项，在弹出的快捷菜单中选择【删除】菜单项即可，如图 9-49 所示。如果想要将其他图纸一起发布，则可单击【添加图纸】按钮，将多个 DWG 文件发布到一个 DWF 文件中。

图 9-48 【发布】对话框

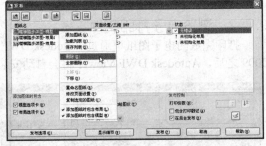

图 9-49 快捷菜单

步骤 3：列表中的排列顺序与发布完的多页 DWF 图纸排列顺序应该相同，如果对这个顺序不满意，还可以在选中某个布局之后，单击【上移图纸】按钮或【下移图纸】按钮进行调整。

步骤 4：单击【发布选项】按钮，即可打开【发布选项】对话框，在其中设置 DWF 文件的默认位置及选项，如图 9-50 所示。

步骤 5：在设置完毕之后，单击【确定】按钮，即可返回【发布】对话框。单击【发布】按钮，即可将图纸发布到文件，此时在 AutoCAD 2009 中将显示【选择 DWF 文件】对话框以确定 DWF 文件保存的位置，并弹出【保存图纸列表】对话框，如图 9-51 所示。

步骤 6：单击【是】按钮，即可打开【列表另存为】对话框，将列表保存到一个后缀名为".dsd"的发布列表文件中，以备下次更改图形后再次发布时调用。

步骤 7：单击【保存】按钮，即可将图形打印到 DWF 文件，待状态行托盘出现图 9-52 所示的"完成打印和作业发布"气泡通知后，单击该通知，即可查看打印和发布信息，如图 9-53 所示。启动 Autodesk DWF Viewer 辅助工具，即可将新发布的图形集打开，如图 9-54 所示。

图 9-50 【发布选项】对话框　　图 9-51 【保存图纸列表】对话框　　图 9-52 "完成打印和作业发布"气泡通知

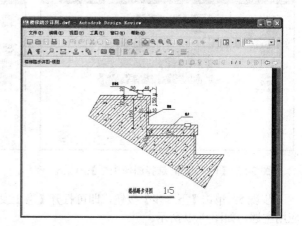

图 9-53　查看打印和发布信息　　　　　　图 9-54　打开新发布的图形集

此时，如果将该 DWF 文件传递到异地，则任何人均可使用 Autodesk DWF Viewer 浏览此文件，而不必安装 AutoCAD 2009。如果连接上大幅面打印机，还可以将整套图纸直接通过 Autodesk DWF Viewer 打印到纸上。

多页 DWF 文件同样可使用 Autodesk DWF Composer 进行标记，且每个标记的位置都会记录到相应的布局中，通过标记集管理器即可查看这些标记和批注，方便图纸的审阅与修改。

9.5.4　将图形发布到 Web 页

在 AutoCAD 2009 中，打开该建筑设计图例文件之后，还可以将其图形生成 HTML 格式的文件并发布到网上，具体操作步骤如下。

步骤 1：选择【文件】→【网上发布】菜单项或在"命令提示行"中运行"PUBLISHOWEB"命令，均可打开【网上发布-开始】向导对话框，在其中选中"创建新的 Web 文件"或"编辑现有的 Web 页"单选按钮，如图 9-55 所示。

步骤 2：单击【下一步】按钮，即可打开【网上发布-创建 Web 页】对话框，在其中进行相应设置，如图 9-56 所示。

步骤 3：在设置完毕之后，单击【下一步】按钮，即可打开【网上发布-选择图像类型】对话框，在其中选择合适的图像类型，如图 9-57 所示。

步骤 4：单击【下一步】按钮，即可打开【网上发布-选择样板】对话框，在其中选择合适的样板，如图 9-58 所示。

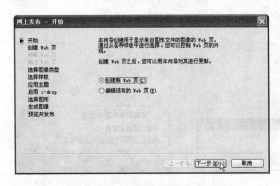

图 9-55 【网上发布-开始】向导对话框

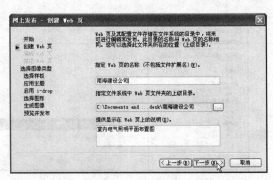

图 9-56 【网上发布-创建 Web 页】对话框

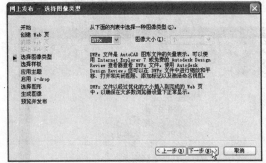

图 9-57 【网上发布-选择图像类型】对话框

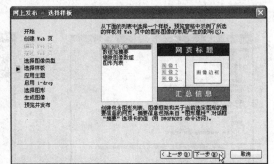

图 9-58 【网上发布-选择样板】对话框

　　步骤 5：单击【下一步】按钮，即可打开【网上发布-应用主题】对话框，在其中选择合适的应用主题，如图 9-59 所示。

　　步骤 6：单击【下一步】按钮，即可打开【网上发布-启用 i-drop】对话框，在其中选中"启用 i-drop"复选框，如图 9-60 所示。

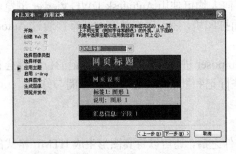

图 9-59 【网上发布-应用主题】对话框

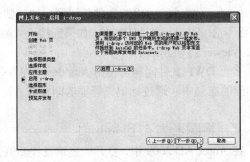

图 9-60 【网上发布-启用 i-drop】对话框

　　步骤 7：单击【下一步】按钮，即可打开【网上发布-选择图形】对话框，在其中选择相应的图形，如图 9-61 所示。单击【添加】按钮，将其添加到"图像列表"列表框中。

　　步骤 8：在选择完毕之后，单击【下一步】按钮，即可打开图 9-62 所示的【网上发布-生成图像】对话框。

　　步骤 9：在其中选中"重新生成已修改图形的图像"或"重新生成所有图像"单选按钮之后，单击【下一步】按钮，即可打开【网上发布-预览并发布】对话框，如图 9-63 所示。

　　步骤 10：单击【预览】按钮，即可在 IE 浏览器中预览该图像发布后的效果，如图 9-64 所示。单击【立即发布】按钮，即可将该图像发布为网页格式的文件。单击【完成】按钮，即可结束本次网上发布操作。

图 9-61　【网上发布-选择图形】对话框

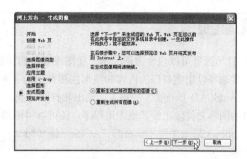

图 9-62　【网上发布-生成图像】对话框

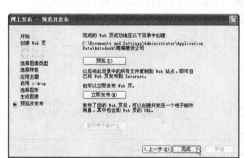

图 9-63　【网上发布-预览并发布】对话框

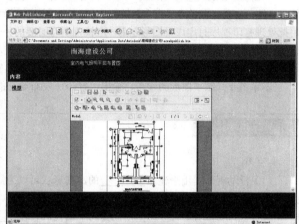

图 9-64　在 IE 浏览器中预览效果

9.5.5　发布三维 DWF 图形

由于图形在进行电子打印及发布之后，得到的 DWF 图形文件都是二维的。因此，可通过使用 AutoCAD 2009 中增加的三维 DWF 图形发布工具，将三维实体 DWG 文件发布为三维的 DWF 文件。

在"命令提示行"中输入"3DDWF"或"3DDWFPUBLISH"命令或单击【标准】工具栏中的【3DDWF】按钮 🔧 ，均可激活【输出三维 DWF】对话框，如图 9-65 所示。

同样，发布出的三维 DWF 文件也可以使用 Autodesk DWF Viewer 软件进行浏览，如图 9-66 所示。在浏览器中也可以像在 AutoCAD 中一样，使用各种视图或动态观察器浏览三维模型，还可使用剖切工具查看三维实体的剖切效果。

图 9-65　【输出三维 DWF】对话框

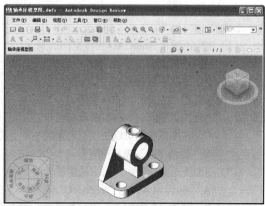

图 9-66　使用 Autodesk DWF Viewer 浏览三维 DWF 文件

本章小结

　　打印图形可以包含图形的单一视图或复杂的视图排列，根据不同需要，用户可打印一个或多个视口，或设置选项以指定打印的内容和图形在图纸上的布置。

　　AutoCAD 具有强大的输入、输出和打印功能，可以输入由其他应用程序处理好的图形文件，也可以将编辑的图形文件输出给其他应用程序，还可以将图形直接输出或打印到纸上。在 AutoCAD 2009 中，可以输入 Windows 图元文件（*.wmf）、ACIS 文件（*.sat）、3D Studio 文件（*.3ds）、DXF 文件（*.dxf）以及 OLE 对象等。

　　当需要一次打印多个图形时，可以利用 AutoCAD 提供的发布命令，在【发布】对话框中添加所要打印的多个图形文件，并单击【发布】按钮进行打印。也可以将其保存在批处理打印文件中，供将来使用。在使用批处理打印程序打印成批图形之前，应检查所有必要的外部参照、线型、图层特性和布局的有效性，以保证成功地加载和显示图形。向绘图仪或打印机打印图形是使用 AutoCAD 进行设计时必须掌握的内容。否则，不论在 AutoCAD 中所绘制的图形多么完美，如果不能将其输出到图纸上，仍然无法投入实际应用。

　　本章主要介绍了图形的输入、输出、打印、发布等功能的使用方法，内容比较简单，但却非常实用。

习题与动手操作

1. 填空题

　　（1）浮动视口是用来建立＿＿＿＿＿的，其形状可以为矩形、＿＿＿＿＿或圆等，相互之间可以重叠，并能同时打印，而且可以调整视口边界形状。

　　（2）视口可以分为在＿＿＿＿＿创建的平铺视口和在＿＿＿＿＿创建的浮动视口。

　　（3）AutoCAD 2009 可按照当前的＿＿＿＿＿、绘图设备设置及＿＿＿＿＿等，在屏幕上绘制最终要输出的图纸。

　　（4）如果没有在＿＿＿＿＿对话框中指定打印设备，则系统将无法进行打印预览。

　　（5）在 AutoCAD 2009 的＿＿＿＿＿中列出了所有非系统打印机的配置（PC3）文件。

　　（6）在 AutoCAD 中，可以对已创建的布局进行复制、＿＿＿＿＿、更名、＿＿＿＿＿等操作。

　　（7）在设置了文件的输出路径、名称及文件类型之后，单击＿＿＿＿＿按钮，即可切换到绘图窗口，从中选择需要以指定格式保存的对象。

　　（8）当在"命令提示行"内输入"＿＿＿＿＿"命令并按空格键或＿＿＿＿＿之后，"命令提示行"将提示用户输入新值。

　　（9）启动 AutoCAD 之后，将会默认处于＿＿＿＿＿，此时绘图窗口下面的【模型】选项卡是激活的；而＿＿＿＿＿则是未被激活的。

　　（10）通常情况下，由几何对象组成的模型是在称为"＿＿＿＿＿"的三维空间中创建的。

2. 选择题

　　（1）下列不属于 AutoCAD 工作空间的是（　　　）。
　　　　A. 模型空间　　　　　　B. 图纸空间　　　　　　　C. 模拟空间　　　　　D. 布局空间

　　（2）下列说法不正确的是（　　　）。
　　　　A. 图纸空间称为布局空间
　　　　B. 图纸空间完全模拟图纸页面设置
　　　　C. 在图纸空间可以按模型对象的不同方位显示视图
　　　　D. 图纸空间与模型空间相同

　　（3）下面关于创建新布局的方法中错误的是（　　　）。
　　　　A. 使用"LAYOUTWIZARD"布局向导命令创建一个新布局
　　　　B. 使用"LAYOUT"来自样板的布局命令插入基于现有布局样板的新布局

    C. 通过【布局】选项卡创建一个新布局

    D. 运行 "EXPORT" 命令

（4）在 AutoCAD 2009 中，激活发布图形集命令的方法中，错误的是（   ）。

    A. 在 "命令提示行" 中运行 "PUBLISH" 命令

    B. 单击 "标准" 工具栏中的【发布】按钮

    C. 选择【文件】→【发布】菜单项

    D. 在 "命令提示行" 中运行 "EXPORT" 命令

（5）进行打印预览的命令是（   ）。

    A. VPORTS   B. PLOT   C. PREVIEW D. PLOTTERMANAGER

3. 简答题

（1）模型空间和图纸空间之间如何进行切换？

（2）如何创建浮动视口？

（3）输出 DWF 文件的操作步骤是什么？

4. 动手操作题

    绘制一张包含多布局的机械轴承设计图（其中包含了不同专业的设计图纸），采用发布图形集的操作方法进行如下操作。

（1）将该机械轴承设计图发布为 DWF 文件。

（2）将该机械轴承设计图发布到 Web 页。

（3）将该机械轴承设计图进行三维渲染之后，发布为三维 DWF 图形文件。

第10章

绘制几何体的三维造型

////

重点提示

♂ 平面立体和曲面立体

♂ 使用工具创建实体模型

♂ 三维导航工具

本章精粹

　　本章主要介绍在 AutoCAD 2009 中绘制三维实体、三维曲面以及使用工具创建实体的方法与技巧，并通过设置三维导航工具，综合讲解在 AutoCAD 2009 中进行几何体绘制的具体操作，读者应掌握基本几何实体的绘制方法，了解建立三维模型的基本思路。

目前，三维图形的绘制广泛应用在工程设计和绘图过程中。在 AutoCAD 2009 中绘制三维图形时，只要激活所要创建的三维模型命令，并在视图中进行拖动，即可拉出三维模型的轮廓，进行三维实体的绘制和模型参数的精确设置，最终得到所需的复杂三维实体。

在 AutoCAD 2009 中，创建三维图形主要通过 3 种方式，即线框模型方式、曲面模型方式和实体模型方式。其中，线框模型方式为一种轮廓模型，由三维的直线和曲线组成，没有面和体的特征；曲面模型方式是用面描述三维对象，它不仅定义了三维对象的边界，而且还定义了表面，即具有面的特征；实体模型不仅具有线和面的特征，而且还具有体的特征。图 10-1 所示是用 3 种创建三维模型的方式分别绘制的圆柱体图形。

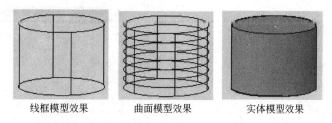

线框模型效果　　　　曲面模型效果　　　　实体模型效果

图 10-1　3 种创建三维模型方式的效果对比图

10.1　平面立体和曲面立体

在 AutoCAD 2009 中，系统默认打开的绘图环境是"二维草图与注释"，在该绘图环境中绘制的图形是二维的，如果想要创建三维几何造型，需要在 AutoCAD 2009 主窗口右下角单击【切换工作空间】按钮◎，从弹出的菜单列表中选择【三维建模】菜单项（如图 10-2 所示），或单击【菜单浏览器】，从弹出的快捷菜单中选择【工具】→【工作空间】→【三维建模】菜单项（如图 10-3 所示）。在该三维建模空间的【功能区】选项板中，集中了用于实体和曲面建模的工具，如图 10-4 所示。

图 10-2　切换工作空间菜单　　　　　　　　　　图 10-3　【菜单浏览器】菜单

在 AutoCAD 2009 的三维工作空间模式中，可使用三维建模命令生成三维实体（如长方体、圆柱体、圆锥体及圆环体等），还可以通过对二维对象进行拉伸、旋转等操作，来生成三维实体。三维实体对象能够具体地表达物体的具体特征，且具有体积、重心及回转半径等特征，还可以对绘制出的三维实体进行倒角、挖槽等操作。

在【功能区】选项板中选择【默认】选项卡，在【三维建模】面板中单击相应的按钮（如图

10-5 所示），或单击【菜单浏览器】按钮，在弹出的菜单中选择【绘图】→【建模】子菜单项（如图 10-6 所示），或单击"建模"工具栏上的按钮（如图 10-7 所示），即可绘制出多种三维实体并对其进行编辑。

图 10-4 【功能区】选项板

图 10-5 绘制三维实体命令

图 10-6 绘制三维实体菜单

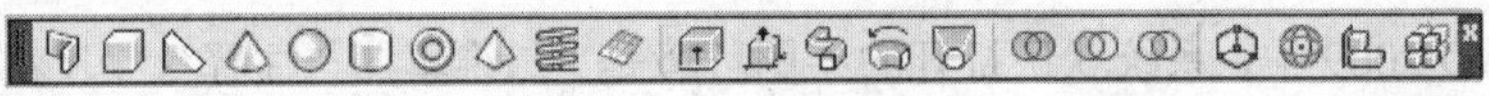

图 10-7 "建模"工具栏

AutoCAD 2009 中的基本实体主要包括多段体、长方体、圆柱体、楔体、球体、圆环体、棱锥体等。另外，AutoCAD 2009 还自带有实体命令和曲面命令，通过这些命令可绘制复杂的三维实体对象。同时，用户还可以通过绘制二维平面图形来将其转化为三维实体模型。

10.1.1 长方体的绘制

在工程制图中，长方体图形一般用于绘制一些规则的图形，如机械零件的底座、建筑墙体及家具等。在 AutoCAD 2009 中，可通过"长方体"命令来绘制长方体或正方体，绘制的长方体各边应分别与当前 UCS 坐标系统的 X、Y、Z 轴平行。

在 AutoCAD 2009 中，激活绘制长方体命令的方法如下。

- 单击【菜单浏览器】按钮，再选择【绘图】→【建模】→【长方体】菜单项。
- 在【功能区】选项板中选择【默认】选项卡，在【三维建模】面板中单击【长方体】按钮 ▢。
- 在"命令提示行"中运行"BOX" 命令。
- 在"建模"工具栏中单击【长方体】按钮 ▢。

采用上述方法激活绘制长方体命令后，可以通过下列两种方法生成长方体。

- 分别指定长方体底面的两对角点并指定高度。
- 在指定长方体中心之后，再指定底面的一个对角点或长度并指定高度。

创建一个长方体实体模型的具体操作步骤如下。

步骤 1：采用上述方法激活绘制长方体命令，即可执行绘制长方体操作。

步骤 2：待"命令提示行"提示为"指定第一个角点或 [中心(C)]:"时，在绘图窗口中单击任意处以确定第一个角点。待"命令提示行"提示为"指定其他角点或 [立方体(C)/长度(L)]:"时，即可在绘图区域中确定第二个角点来生成立方体。

　　步骤 3：待"命令提示行"提示为"指定高度或 [两点(2P)] <当前 1>:"时，输入高度值并按空格键或 Enter 键，即可根据两个角点和长方体的高度生成一个长方体，并在"选择视觉样式"下拉列表（如图 10-8 所示）中选择"三维线框"选项，如图 10-9 所示。

　　步骤 4：待"命令提示行"提示为"指定其他角点或 [立方体(C)/长度(L)]:"时，如果输入字母"C"并按空格键或 Enter 键。待"命令提示行"提示为"指定长度:"时，即可根据已确定的角点和边长生成立方体，如图 10-10 所示。

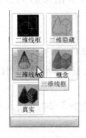
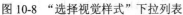

图 10-8 "选择视觉样式"下拉列表

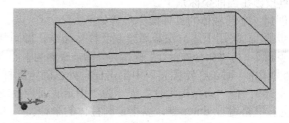

图 10-9 利用角点绘制长方体

　　步骤 5：待"命令提示行"提示为"指定其他角点或 [立方体(C)/长度(L)]:"时，如果输入字母"L"并按空格键或 Enter 键。待"命令提示行"分别依次提示为"指定长度:"、"指定宽度:"和"指定高度:"时，输入长、宽、高参数，即可根据已确定的角点和长、宽、高来生成长方体，如图 10-11 所示。

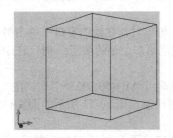

图 10-10 利用角点和边长绘制立方体

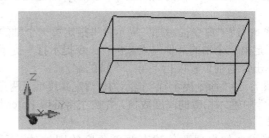

图 10-11 利用角点和长、宽、高绘制长方体

【注意】

　　绘制完长方体后，如果在屏幕上看到的不是一个长方体图形，则很可能是由所查看的角度不同而造成的，此时只需选择不同的视图方向进行查看即可。

　　从上述绘制长方体的过程中可以看出，绘制的长方体各边应分别与当前 UCS 坐标系统的 X、Y、Z 轴平行。在利用角点和长、宽、高绘制长方体的过程中，输入长、宽、高的数值后，屏幕上将出现一个虚线框表示长方体表面，同时，屏幕上还有一个随鼠标绕 Z 轴旋转的实线框（表示长方体表面）。此时输入绕 Z 轴的旋转角度或按空格键或 Enter 键（即默认绕 Z 轴的旋转角度为 0），即可将绘制的长方体表面固定下来。

10.1.2 圆柱体的绘制

　　圆柱体是以圆或椭圆为底面和顶面的三侧三维实体，在日常生活中随处可见，如桌椅的腿、机械上的连接杆等。在 AutoCAD 2009 中，激活绘制圆柱体命令的方法如下。

- 单击【菜单浏览器】按钮，再选择【绘图】→【建模】→【圆柱体】菜单项。
- 在【功能区】选项板中选择【默认】选项卡，在【三维建模】面板中单击【圆柱体】按钮 □。
- 在"命令提示行"中运行"CYLINDER"命令。
- 在"建模"工具栏中单击【圆柱体】按钮 □。

采用上述方法激活创建圆柱体命令后，可以通过下列 3 种方法创建圆柱体。

● 三点　通过在三维空间的任意位置指定 3 个点来定义圆柱体圆面的圆周，这 3 个指定点还定义了圆周平面。

● 两点　通过在三维空间的任意位置指定 2 个点来定义圆柱体圆面的圆周，圆周平面由第一个点的 Z 值定义。

● 相切、相切、半径　定义具有指定圆柱体圆面的半径，且与两个对象相切的圆柱体，指定的切点投影在当前坐标系上。

创建一个圆柱体的具体操作步骤如下。

步骤 1：采用上述方法激活绘制圆柱体命令，即可执行绘制圆柱体操作命令。

步骤 2：待"命令提示行"提示为"指定底面的中心点或 [三点(3P)/两点(2P)/相切、相切、半径(T)/椭圆(E)]:"时，在绘图窗口中单击任意处以确定圆柱体的中心点。

步骤 3：待"命令提示行"提示为"指定底面半径或 [直径(D)] <当前>:"时，输入相应的数值，并按空格键或 Enter 键，以指定圆柱体的半径。

步骤 4：待"命令提示行"提示为"指定高度或 [两点(2P)/轴端点(A)] <当前>:"时，输入相应的数值，并按空格键或 Enter 键，以指定圆柱体的高度。完成上述操作后，即可绘制出图 10-12 所示的圆柱体。

步骤 5：待"命令提示行"提示为"指定底面的中心点或 [三点(3P)/两点(2P)/相切、相切、半径(T)/椭圆(E)]:"时，如果在"命令提示行"中输入字母"E"并按 Enter 键，则"命令提示行"将提示为"指定第一个轴的端点或 [中心(C)]:"，这时，在绘图窗口中单击任意处来指定第一个轴的端点。

步骤 6：待"命令提示行"提示为"指定第一个轴的其他端点:"时，在绘图窗口中单击另外一点以指定第一个轴的其他端点。待"命令提示行"提示为"指定第二个轴的端点:"时，在绘图窗口中单击合适的位置以指定第二个轴的端点。

步骤 7：待"命令提示行"提示为"指定高度或 [两点(2P)/轴端点(A)] <50.1003>:"时，在"命令提示行"中输入相应的高度数值，并按空格键或 Enter 键，即可绘制出图 10-13 所示的圆柱体或椭圆柱体。

步骤 8：如果想要创建有倾斜角度的圆柱体，只需在指定底面半径或直径后输入字母"A"，并按照"命令提示行"中的提示进行操作，即可绘制出有倾斜角度的圆柱体或椭圆柱体，如图 10-14 所示。

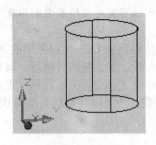 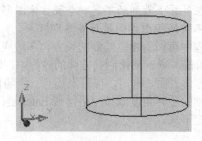 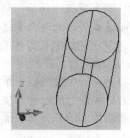

　　　图 10-12　圆柱体　　　　　　　图 10-13　椭圆柱体　　　　　　图 10-14　倾斜圆柱体

另外，在绘制圆柱体的过程中，可通过使用"ISOLINES"系统变量来确定圆柱体的线密度，"ISOLINES"系统变量的数值越大，线密度就越大，这样绘制出来的圆柱体也就越光滑。对于在命令行中输入"3P"、"2P"和"T"，使用三点法、两点法和相切、相切、半径法确定圆柱体与绘制实体的操作基本相似，这里不再赘述。

10.1.3　楔体的绘制

楔体是长方体沿对角线切成两半后所创建的实体。创建楔体的步骤与创建长方体类似，在创建楔体时，楔体的底面始终与当前坐标系的 XY 平面（工作平面）平行，其高度与 Z 轴平行。在 AutoCAD 2009 中，激活绘制楔体命令的方法如下。

- 单击【菜单浏览器】按钮，再选择【绘图】→【建模】→【楔体】菜单项。
- 在【功能区】选项板中选择【默认】选项卡，在【三维建模】面板中单击【楔体】按钮。
- 在"命令提示行"中运行"WEDGE"命令。
- 在"建模"工具栏中单击【楔体】按钮。

采用上述方法激活绘制楔体命令，即可执行绘制楔体的操作。在绘制楔体的过程中，需要指定底面第一点的角点位置，再指定底面对角点位置，最后指定楔体高度。

绘制楔体的具体操作步骤如下。

步骤 1：采用上述方法激活绘制楔体命令，执行绘制楔体的操作。待"命令提示行"提示为"指定第一个角点或 [中心(C):"时，在绘图区域中单击任意处以指定楔体的第一个角点。

步骤 2：待"命令提示行"提示为"指定其他角点或 [立方体(C)/长度(L)]:"时，如果直接指定角点，则"命令提示行"将提示为"指示高度:"，此时，输入高度值并按 Enter 键或空格键，即可绘制出矩形楔体。

步骤 3：如果在"命令提示行"中输入字母"C"并按 Enter 键或空格键，将会在"命令提示行"中显示"指定长度:"的提示信息，此时，输入相应的长度数值并按 Enter 键或空格键，也可绘制出矩形楔体。

步骤 4：如果在"命令提示行"中输入字母"L"并按 Enter 键或空格键，将会在"命令提示行"中依次显示"指定长度:"、"指定宽度:"和"指定高度或 [两点(2P)] <当前>: "的提示信息，此时，分别输入相应的长、宽、高数值后，按 Enter 键或空格键，同样可以绘制出楔体。

步骤 5：如果在"命令提示行"提示为"指定第一个角点或 [中心(C)]:"时输入字母"C"，将会在"命令提示行"中显示"指定中心:"的提示信息，此时，单击绘图区域中任意处以指定楔体的中心点。待"命令提示行"提示为"指定角点或 [立方体(C)/长度(L)]:"时，即可利用各种绘制楔体的方法来绘制楔体。绘制完毕后的效果如图 10-15 所示。

另外，在创建楔体的过程中，当需要绘制楔体表面时，也可以在"命令提示行"输入"3D"命令，再根据提示信息输入"W"或"AI_WEDGE"，然后，根据系统显示的提示信息输入相应的数值，即可完成楔体表面的绘制。

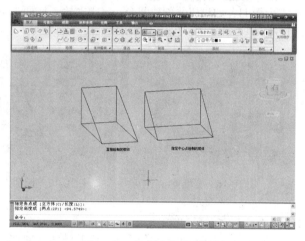

图 10-15　绘制出的楔体效果

10.1.4　圆锥体的绘制

圆锥体是以圆或椭圆为底，以对称方式形成锥体表面，最后交于一点（也可以交于圆或椭圆平面）所形成的实体。圆锥体命令除了可以创建圆锥体外，还能创建其他多种图形，如椭圆锥体和圆台等。在 AutoCAD 2009 中，激活绘制圆锥体命令的方法如下。

- 单击【菜单浏览器】按钮，再选择【绘图】→【建模】→【圆锥体】菜单项。
- 在【功能区】选项板中选择【默认】选项卡，在【三维建模】面板中单击【圆锥体】按钮。
- 在"命令提示行"中运行"CONE"命令。
- 在"建模"工具栏中单击【圆锥体】按钮。

采用上述方法激活绘制圆锥体命令，即可执行绘制圆锥体的操作。在绘制圆锥体的过程中，需要指定中心点，并指定圆锥体的半径或直径，最后指定圆锥体的高度。

绘制圆锥体、椭圆锥体和圆台的具体操作步骤如下。

步骤 1：采用上述方法激活绘制圆锥体命令，执行绘制圆锥体的操作。

步骤 2：待"命令提示行"提示为"指定底面的中心点或 [三点(3P)/两点(2P)/切点、切点、半径(T)/椭圆(E)]:"时，在绘图区域单击任意处以指定圆锥体的中心点。

步骤 3：待"命令提示行"提示为"指定底面半径或 [直径(D)]:"时，输入相应的数值以指定圆锥体的半径。

步骤 4：待"命令提示行"提示为"指定高度或 [两点(2P)/轴端点(A)/顶面半径(T)]:"时，再次输入相应的数值，以指定圆锥体的高度。

步骤 5：在完成上述操作步骤后，即可绘制出图 10-16 所示的圆锥体。

步骤 6：待"命令提示行"提示为"指定底面的中心点或 [三点(3P)/两点(2P)/切点、切点、半径(T)/椭圆(E)]:"时，如果输入字母"E"并按 Enter 键或空格键，则在"命令提示行"中将显示"指定第一个轴的端点或 [中心(C)]:"，此时，单击绘图区域中的任意处来指定第一个轴的端点。

步骤 7：待"命令提示行"提示为"指定第一个轴的其他端点:"时，单击绘图区域中的另一处来指定第一个轴的其他端点。

步骤 8：待"命令提示行"提示为"指定第二个轴的端点:"时，单击绘图区域中的合适位置来指定第二个轴的端点。

步骤 9：待"命令提示行"提示为"指定第二个轴的其他端点:"时，单击绘图区域中的合适位置来指定第二个轴的其他端点。

步骤 10：待"命令提示行"提示为"指定高度或 [两点(2P)/轴端点(A)/顶面半径(T)] <当前>:"时，输入相应的数值以确定圆锥体的高度，即可绘制出图 10-17 所示的椭圆锥体。

步骤 11：如果想要创建圆台，只需在输入底面半径后输入字母"T"，然后按照提示进行上述操作，即可绘制出图 10-18 所示的圆台。

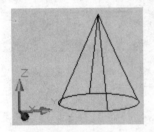
图 10-16　圆锥体

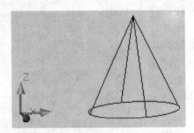
图 10-17　椭圆锥体

图 10-18　圆台

10.1.5　棱锥体的绘制

棱锥体是以多边形为底面形状，沿其法线方向按照一定锥度向上或向下拉伸而形成的实体模型。利用 AutoCAD 2009 中的棱锥体工具，通过设置不同的参数能创建多种棱锥图形（如通过设置边数参数，即可绘制多种棱锥体和棱台）。在 AutoCAD 2009 中，激活绘制棱锥体命令的方法如下。

- 单击【菜单浏览器】按钮，再选择【绘图】→【建模】→【棱锥体】菜单项。
- 在【功能区】选项板中选择【默认】选项卡，在【三维建模】面板中单击【棱锥体】按钮 。
- 在"命令提示行"中运行"PRAMID"命令。
- 在"建模"工具栏中单击【棱锥体】按钮 。

采用上述方法激活绘制棱锥体命令，即可执行绘制棱锥体的操作。在绘制棱锥体的过程中，需要指定中心点，并指定棱锥体的半径或直径，最后指定棱锥体的高度。

绘制棱锥体和棱台的具体操作步骤如下。

步骤 1：采用上述方法激活棱锥体命令，执行绘制棱锥体的操作。待"命令提示行"提示为"指定底面的中心点或 [边(E)/侧面(S)]:"时，单击绘图区域中任意处以指定底面的中心点。

　　步骤 2：待"命令提示行"提示为"指定底面半径或 [内接(I)] :"时，输入数值以指定底面的半径。待"命令提示行"提示为"指定高度或 [两点(2P)/轴端点(A)/顶面半径(T)]:"时，输入数值以指定棱锥体的高度。

　　步骤 3：完成上述操作后，即可绘制出系统默认的棱锥面数为 4 的棱锥体，如图 10-19 所示。如果想要绘制多个边的棱锥面，则在"命令提示行"提示为"指定底面的中心点或 [边(E)/侧面(S)]:"时，输入字母"S"并按 Enter 键或空格键。

　　步骤 4：待"命令提示行"提示为"输入侧面数 <4>:"时，输入数值（如"6"）以指定棱锥体的面数。待"命令提示行"再次提示为"指定底面的中心点或 [边(E)/侧面(S)]:"时，按提示信息可创建一个棱锥面数为 6 的棱锥体，如图 10-20 所示。

　　步骤 5：如果在"命令提示行"提示为"指定高度或 [两点(2P)/轴端点(A)/顶面半径(T)]:"时，输入字母"T"并按 Enter 键或空格键，命令提示行将显示"指定顶面半径 <0.0000>:"的提示信息。

　　步骤 6：输入相应的数值以指定顶面的半径，这时"命令提示行"将提示为"指定高度或 [两点(2P)/轴端点(A)]:"的提示信息。输入相应的数值以指定棱锥体的高度，即可绘制出图 10-21 所示的棱台。

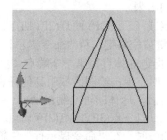 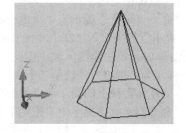 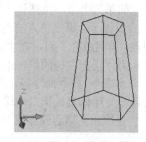

图 10-19　棱锥面数为 4 的棱锥体　　图 10-20　棱锥面数为 6 的棱锥体　　图 10-21　棱锥面数为 5 的棱台

　　另外，在"命令提示行"中输入"3D"命令之后，再根据提示输入"P"命令或"AI_PYRAMID"命令，此时根据系统显示的提示信息输入相应的数值，也可完成棱锥体的绘制。

10.1.6　球体的绘制

　　在绘制图纸的过程中，球体被广泛应用，如机械绘图设计中的挡位控制杆，家具绘图设计中的拉手等。在 AutoCAD 2009 中，激活绘制球体命令的方法如下。

　　● 单击【菜单浏览器】按钮，再选择【绘图】→【建模】→【球体】菜单项。

　　● 在【功能区】选项板中选择【默认】选项卡，在【三维建模】面板中单击【球体】按钮○。

　　● 在"命令提示行"中运行"SPHERE"命令。

　　● 在"建模"工具栏中单击【球体】按钮○。

　　采用上述方法激活绘制球体命令，即可执行绘制球体的操作。在绘制的过程中，"命令提示行"将提示输入坐标中心位置，并指定球体的半径或直径等参数。另外，通过系统参数"ISOLINES"可以设置球体线框的密度数值，数值越大，则线的密度就越大，所绘制出来的球体就越光滑，图 10-22 所示即为以指定中心位置

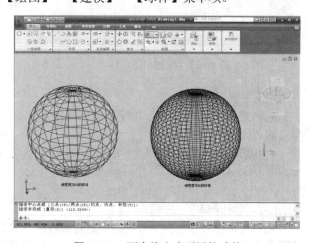

图 10-22　两个线密度不同的球体

与球体半径生成的实体。

　　绘制球体的方法有 4 种，具体操作步骤如下。

　　步骤 1：采用上述方法激活创建球体命令，执行创建球体的操作。待"命令提示行"提示为"指定中心点或 [三点(3P)/两点(2P)/切点、切点、半径(T)]:"时，在绘图区域中单击任意处来指定球体的中心点。

　　步骤 2：待"命令提示行"提示为"指定半径或 [直径(D)] <当前>:"时，在"命令提示行"中输入球体的半径数值并按 Enter 键或空格键，即可绘制出一个球体，这是第一种绘制球体的方法。

　　步骤 3：第二种方法是在"命令提示行"提示为"指定中心点或 [三点(3P)/两点(2P)/切点、切点、半径(T)]:"时，在"命令提示行"中输入"3P"并按 Enter 键或空格键。

　　步骤 4：待"命令提示行"提示为"指定第一点:"时，单击绘图区域中的任意处以指定球体上的第一个点。待"命令提示行"提示为"指定第二点:"时，单击绘图区域中的其他任意处以指定球体上的第二个点。

　　步骤 5：待"命令提示行"提示为"指定第三点:"时，单击绘图区域中的其他位置以指定球体上的第三个点。待球体上的 3 个点都指定出来后，球体即可绘制出来。

　　步骤 6：第三种方法是在"命令提示行"提示为"指定中心点或 [三点(3P)/两点(2P)/切点、切点、半径(T)]:"时，在"命令提示行"中输入"2P"并按 Enter 键或空格键。待"命令提示行"提示为"指定直径的第一个端点:"时，单击绘图区域中任意处以指定球体直径第一个端点。

　　步骤 7：待"命令提示行"提示为"指定直径的第二个端点:"时，单击绘图区域中其他任意处以指定球体直径第二个端点。待球体直径上的两个端点都被指定后，球体即可绘制出来。

　　步骤 8：第四种方法是在"命令提示行"提示为"指定中心点或 [三点(3P)/两点(2P)/切点、切点、半径(T)]:"时，在"命令提示行"中输入"T"并按 Enter 键或空格键。待"命令提示行"提示为"指定对象的第一个切点:"时，单击辅助图形上任意点以确定第一个切点。

　　步骤 9：待"命令提示行"提示为"指定对象的第二个切点:"时，单击辅助图形上另一合适点以确定第二个切点。在两个切点指定完毕后，"命令提示行"将显示"指定圆的半径<当前>:"的提示信息，输入半径数值并按 Enter 键，球体即可绘制出来，如图 10-23 所示。

　　在激活创建球体命令后，"命令提示行"中各个选项的含义如下。

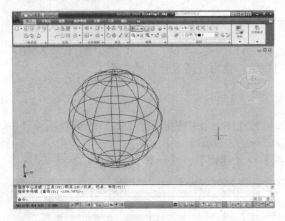

图 10-23　绘制出的球体

　　● 三点（3P）　通过在三维空间的任意位置指定 3 个点来定义球体的圆周。这 3 个指定点还定义了圆周平面。

　　● 两点（2P）　通过在三维空间的任意位置指定 2 个点来定义球体的圆周。圆周平面由第一个点的 Z 值定义。

　　● 相切、相切、半径（T）　定义具有指定半径，且与两个对象相切的球体。指定的切点投影在当前 UCS 上。

10.1.7　圆环体的绘制

　　圆环体可以看作是在三维空间内圆轮廓线绕与其共面的直线旋转所形成的实体征。在实际的绘图过程中，圆环体是一种常用的制图元素，如绘制车的轮胎、方向盘等。

　　在 AutoCAD 2009 中，激活绘制圆环体命令的方法如下。

- 单击【菜单浏览器】按钮，再选择【绘图】→【建模】→【圆环体】菜单项。
- 在【功能区】选项板中选择【默认】选项卡，在【三维建模】面板中单击【圆环体】按钮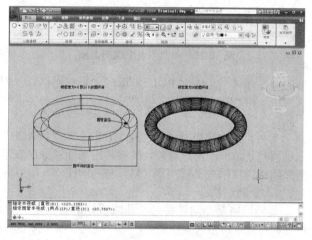。
   - 在"命令提示行"中运行"TORUS"命令。
   - 在"建模"工具栏中单击【圆环体】按钮◎。

采用上述方法激活绘制圆环体命令，即可执行绘制圆环体的操作。在创建圆环体的过程中，需要指定圆环和圆管的半径或直径。所谓圆管的半径或直径是指任何一个垂直于圆环截面的半径或直径。

创建圆环体的具体操作步骤如下。

步骤 1：采用上述方法激活绘制圆环体命令，执行绘制圆环体的操作。

步骤 2：待"命令提示行"提示为"指定中心点或 [三点(3P)/两点(2P)/相切、相切、半径(T)]："时，单击绘图区域中的任意处以指定圆环的中心点。

步骤 3：待"命令提示行"提示为"指定半径或 [直径(D)]："时，在"命令提示行"中输入数值以指定圆环的半径。待"命令提示行"提示为"指定圆管半径或 [两点(2P)/直径(D)]："时，在"命令提示行"中输入数值以指定圆管的半径。

步骤 4：在完成上述操作后，即可绘制出一个圆环体。另外，还可以根据系统变量"ISOLINES"来设置圆环体的线密度数，数值越大，线密度数越大，圆环体就越光滑，图 10-24 所示是两个线密度数不同的圆环体。

图 10-24 两个线密度数不同的圆环体

【注意】

在绘制圆环面的提示信息中，输入的圆管直径不能超过圆环面的半径，否则系统将提示重新输入圆环面的半径。

10.1.8 平面曲面的绘制

平面曲面可以通过选择闭合的对象或指定矩形表面的对角点来创建。通过命令指定平面曲面的角点时，将创建平行于工作平面的曲面。通过对象选择来创建平面曲面或修剪曲面，可以选择构成封闭区域的一个闭合对象或多个对象，其有效对象包括直线、圆、圆弧、椭圆、椭圆弧、二维多段线、平面三维多段线和平面样条曲线。

在 AutoCAD 2009 中，激活绘制平面曲面命令的方法如下。

- 单击【菜单浏览器】按钮，再选择【绘图】→【建模】→【平面曲面】菜单项。
- 在【功能区】选项板中选择【默认】选项卡，在【三维建模】面板中单击【平面曲面】按钮◢。
   - 在"命令提示行"中运行"LANESURF"命令。
   - 在"建模"工具栏中单击【平面曲面】按钮◢。

采用上述方法激活绘制平面曲面命令，即可执行绘制平面曲面的操作。在创建平面曲面的过程中，需要选择对象或指定矩形的角点。创建平面曲面的具体操作步骤如下。

步骤 1：采用上述方法激活创建平面曲面命令，执行创建平面曲面的操作。

步骤 2：待"命令提示行"提示为"指定第一个角点或 [对象(O)] <对象>："时，在绘图区域任意处单击以指定平面曲面的第一个角点。待"命令提示行"提示为"指定其他角点："时，在绘图区域中单击其他任意点以指定平面曲面的其他角点。

步骤 3：在完成上述操作后，即可绘制出图 10-25 所示的平面曲面图形。

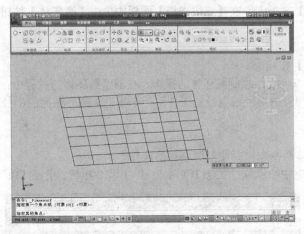

图 10-25　曲面角点生成的曲面

10.1.9　特殊网格的绘制

在 AutoCAD 2009 中，用户不仅可以创建基本的三维曲面，还可以创建特殊的三维曲面。其中，基本的三维曲面是由多边形网格构成的小平面近似表示的曲面；而特殊的三维曲面是通过定义网格的边界来创建平直的或弯曲的网格，曲面的尺寸和形状由定义其边界及确定边界点所采用的公式决定。曲面的光滑度由组成曲面的多边形网格密度来控制，即多边形网格越密，曲面的光滑度也就越高。

在 AutoCAD 2009 中，绘制特殊网格的命令有 4 个，即"RULESURF"（直纹网格）、"REVSURF"（旋转网格）、"TABSURF"（平移网格）和"EDGESURF"（边界网格），这几种类型网格的区别在于连接成曲面的对象类型有所不同。

另外，用户还可以通过"3DMESH"和"PFACE"这两个命令，绘制三维面和多边形网格。三维网格是单一的图形对象，网格是用平面镶嵌面表示对象的曲面。每一个网格由一系列横线和竖线组成，可以定义行间距（M）与列间距（N）。

1. 旋转网格

旋转网格是指通过将路径曲线或轮廓绕指定的轴旋转创建的一个近似于旋转曲面的多边形网格。在进行网格的旋转之前，用户应先绘制出旋转对象和旋转轴。旋转对象可以是直线、圆弧、圆、样条曲线、二维多段线、三维多段线等对象。旋转轴可以是直线段、二维多段线、三维多段线等对象。如果将多段线作为旋转轴，则其首尾端点的连线为旋转轴。

在 AutoCAD 2009 中，激活创建旋转网格命令的方法如下。

● 单击【菜单浏览器】按钮，再选择【绘图】→【建模】→【网格】→【旋转网格】菜单项。

● 在【功能区】选项板中选择【默认】选项卡，在【三维建模】面板中单击【旋转曲面】按钮。

● 在"命令提示行"中运行"REVSURF"命令。

采用上述方法激活创建旋转网格命令，即可执行创建旋转网格的操作。现假定要对由一直线和多段线所组成的图形对象执行旋转网格操作，则具体的操作步骤如下。

步骤 1：采用上述方法激活创建旋转网格命令，执行创建旋转网格的操作。待"命令提示行"提示为"当前线框密度：SURFTAB1=6 SURFTAB2=6 选择要旋转的对象："时，单击多段线上任意一点，选中该图像对象，以确定要旋转的对象。

步骤 2：待"命令提示行"提示为"选择定义旋转轴的对象："时，单击直线上任意点，选中该直线作为旋转轴对象。待"命令提示行"提示为"指定起点角度 <0>："时，如果不输入角度值，则由系统默认起点角度为 0°。

步骤 3：待"命令提示行"提示为"指定包含角 (+=逆时针，-=顺时针) <360>："时，如果不输入包含角度值，直接按 Enter 键，则系统默认的旋转包含角度是上次执行旋转操作时指定的角度。图 10-26 所示即为使用该命令后，根据提示信息生成的旋转网格。

【注意】

当"命令提示行"提示为"选择定义旋转轴的对象"时，旋转轴对象上的拾取点位置将影响对象的旋转方向。该方向可由右手规则（即将拇指沿旋转轴指向远离拾取点处的端点，四指弯曲后所指方向即为对象的旋转方向）判断。

其中，包含角是路径曲线绕轴旋转所扫过的角度，也是指定网格绕旋转轴旋转的角度。在执行旋转网格操作的过程中，如果将起点角度设置为非零值，将从生成路径曲线位置的某个偏移处开始旋转网格。

　　2．平移网格

　　平移网格是指将某一对象按照指定方向矢量的方向和长度延展获得的曲面，即方向矢量线决定曲面的方向和长度。在 AutoCAD 2009 中，激活创建平移网格命令的方法如下。

　　● 单击【菜单浏览器】按钮，再选择【绘图】→【建模】→【网格】→【平移网格】菜单项。

　　● 在【功能区】选项板中选择【默认】选项卡，在【三维建模】面板中单击【平移曲面】按钮。

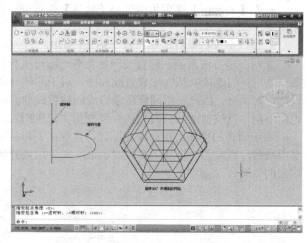

图 10-26　执行【旋转网格】命令的图例

　　● 在"命令提示"行中运行"TABSURF"命令。

　　采用上述方法激活创建平移网格命令，即可执行创建平移网格的操作。使用该命令可以将路径曲线沿方向矢量的方向平移，从而形成平移网格。现假定要对由一条直线和一条样条曲线组成的图形对象执行平移网格操作，则具体操作步骤如下。

　　步骤 1：采用上述方法激活创建平移网格命令，执行创建平移网格的操作。

　　步骤 2：待"命令提示行"提示为"选择用作轮廓曲线的对象:"时，单击图形对象中的样条曲线，选中该对象作为轮廓曲线的对象。待"命令提示行"提示为"选择用作方向矢量的对象:"时，单击图形对象中的直线，选中该对象作为方向矢量的对象。

　　步骤 3：在上述操作完成之后，即可得到一个平移网格曲面的图形对象。图 10-27 所示即为平移网格曲面的示例图。

　　另外，在执行平移网格的操作过程中，系统将在"命令提示行"显示提示信息。该命令将构造一个 $2 \times n$ 的多边形网格，其中 n 由"SURFTAB1"系统变量确定（图 10-27 所示的平移网格曲面的"SURFTAB1"的值是 6），网格的 M 方向始终为 2 并沿着方向矢量的方向，N 方向沿着轮廓曲线的方向。

　　在创建平移网格效果的过程中，如果选取多段线作为方向矢量的话，平移方向将沿多段线两端点的连线方向，并沿矢量方向远离拾取点的端点方向创建平移曲面。图 10-28 所示即为利用多段线作为方向矢量创建平移网格的效果图。

 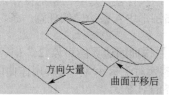

图 10-27　平移曲面示例图

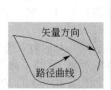 

图 10-28　利用多段线作为方向矢量创建平移网格

　　3．直纹网格

　　直纹曲面是以两条边线作为网格边界获得的曲面。在创建直纹曲面之前，应先绘制出用以创建直纹曲面的曲线（这些曲线可以是直线段、点、圆弧、圆、样条曲线、二维多段线、三维多段线等对象）。若一条曲线是封闭的，另一条曲线则必须是封闭的或为一个点。

　　在 AutoCAD 2009 中，激活创建直纹网格命令的方法如下。

- 单击【菜单浏览器】按钮，再选择【绘图】→【建模】→【网格】→【直纹网格】菜单项。
- 在【功能区】选项板中选择【默认】选项卡，在【三维建模】面板中单击【直纹曲面】按钮🖉。
- 在"命令提示行"中运行"RULESURF"命令。

采用上述方法激活创建直纹网格命令，即可执行创建直纹网格的操作。使用该命令可以把两条曲线用直线连接，从而形成直纹曲面。对于非闭合的曲线，直纹曲面总是从曲线上离拾取点较近的一端画出。因此，用同样两条直线创建直纹曲面时，拾取点位置不同，最终得到的直纹曲面也将不同，直纹曲面的分段数由系统变量"SURFTAB1"确定，如图 10-29 所示。

对于闭合的曲线，当曲线为圆时，直纹曲面将从圆的零度角位置开始画起；当曲线是闭合的多段线时，直纹曲面将从该多段线的最后一个顶点开始画起，图 10-30 所示为圆和矩形创建的直纹曲面效果。

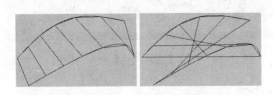
图 10-29　通过拾取不同点生成不同的曲面

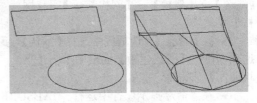
图 10-30　圆和矩形创建的直纹曲面

4. 边界网格

边界网格是一个三维多边形网格，它以 4 条边界作为网格边界，边界对象曲线首尾相连。这些边界可以是圆弧、直线、多段线、样条曲线和椭圆弧等。在创建边界网格之前，用户应注意对象的选择顺序，选择的顺序不同，生成的网格（曲面）也不同。其次，各边必须分别为单个对象，而且要封闭起来，即各边首尾相连，但不要求共面。

在 AutoCAD 2009 中，激活创建边界网格命令的方法如下。

- 单击【菜单浏览器】按钮，再选择【绘图】→【建模】→【网格】→【边界网格】菜单项。
- 在【功能区】选项板中选择【默认】选项卡，在【三维建模】面板中单击【边界曲面】按钮🗝。
- 在"命令提示行"中运行"EDGESURF"命令。

采用上述方法激活创建边界网格命令，即可执行创建边界网格的操作。使用该命令，用户可以把用 4 条首尾连接的边（可以用任何次序选择这 4 条边）创建成三维多边形网格。

具体操作步骤如下。

步骤 1：在"命令提示行"中运行用于控制曲面线密度的"SURFTAB1"命令，待"命令提示行"提示为"输入 SURFTAB1 的新值 <6>:"时，输入数字"15"。

步骤 2：采用上述激活创建边界网格命令，执行创建边界网格的操作。待"命令提示行"提示为"选择用作曲面边界的对象 1:"时，单击图形中 4 条边中的任意一条，以指定用作曲面边界的对象 1。

步骤 3：待"命令提示行"提示为"选择用作曲面边界的对象 2:"时，单击图形中的第二条边，以指定用作曲面边界的对象 2。待"命令提示行"提示为"选择用作曲面边界的对象 3:"时，单击图形中的第三条边，以指定用作曲面边界的对象 3。

步骤 4：待"命令提示行"提示为"选择用作曲面边界的对象 4:"时，单击图形中的第四条边，以指定用作曲面边界的对象 4。在上述操作完成之后，即可得到图 10-31 所示的边界网格。

【注意】

第一条边决定了生成网格的 M 方向，该方向是从距选择点最近的端点延伸到另一端。与第一条边相接的两条边，形成了网格的 N 方向的边。

5. 创建三维网格

三维网格是根据用户指定的 M 行 N 列的顶点和每一顶点的位置生成的由三维空间多边形网

格构成的曲面。该命令常用于创建自由形式的多边形网格。

在 AutoCAD 2009 中，激活创建三维网格命令的方法如下。

- 单击【菜单浏览器】按钮，再选择【绘图】→【建模】→【网格】→【三维网格】菜单项。
- 在【功能区】选项板中选择【默认】选项卡，在【三维建模】面板中单击【三维网格】按钮 ◇。
- 在"命令提示行"中运行"3DMESH"命令。

采用上述方法激活创建三维网格命令后，"命令提示行"将依次提示用户输入 M 和 N 方向上的网格数量，再指定各个顶点的位置，便可以获得三维网格曲面，如图 10-32 所示。

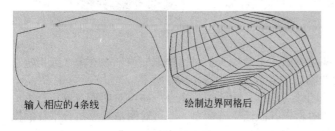

图 10-31　绘制边界网格

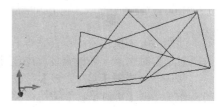

图 10-32　创建的三维网格

10.2　使用工具创建实体模型

在 AutoCAD 2009 中，可以使用三维移动、三维旋转、三维阵列等工具来创建实体模型，还可以使用干涉检查、剖切、加厚、转化为实体、转化为曲面、提取边等修改工具（如图 10-33 所示）来改变原实体模型的特性，进而创建新的实体模型。

10.2.1　干涉检查

干涉检查是指通过对比两组对象或一对一地检查所有实体，来检查实体模型中的干涉即三维实体相交或重叠的区域。另外，还可以使用该命令对包含三维实体的块以及块中的嵌套实体执行干涉操作。在 AutoCAD 2009 中，激活干涉检查命令的方法如下。

图 10-33　三维操作工具

- 单击【菜单浏览器】按钮，再选择【修改】→【三维操作】→【干涉检查】菜单项。
- 在【功能区】选项板中选择【默认】选项卡，在【实体编辑】面板中单击【干涉检查】按钮 ⌐。
- 在"命令提示行"中运行"INTERFERE"命令。

采用上述方法激活干涉检查命令，即可执行干涉检查的操作。在执行该命令的过程中，将在实体相交处创建和亮显临时实体。

现假定要对图 10-34 所示的图形对象执行干涉检查操作，则具体操作步骤如下。

步骤 1：采用上述方法激活干涉检查命令，执行干涉检查的操作。待"命令提示行"提示为"选择第一组对象或 [嵌套选择(N)/设置(S)]:"时，单击长方体 A，以确定第一组对象。

步骤 2：待"命令提示行"再次提示为"选择第一组对象或 [嵌套选择(N)/设置(S)]:"时，按 Enter 键或空格键，结束第一组对象的选择。待"命令提示行"提示为"选择第二组对象或 [嵌套选择(N)/检查第一组(K)] <检查>:"时，单击长方体 B，以确定第二组对象。

步骤 3：待"命令提示行"再次提示为"选择第二组对象或 [嵌套选择(N)/检查第一组(K)] <检

查>:"时，按 Enter 键或空格键，结束第二组对象的选择，并创建两长方体的干涉对象，图 10-35 所示黑色部分即为创建的干涉对象。

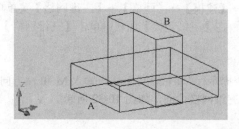

图 10-34　执行干涉检查前的图形

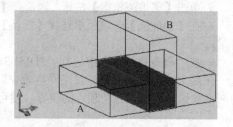

图 10-35　执行干涉检查后的图形

步骤 4：在执行干涉检查完毕后，即可弹出【干涉检查】对话框来缩放干涉对象，或指定在关闭对话框时删除干涉检查过程中创建的临时干涉对象，如图 10-36 所示。

步骤 5：单击【实时缩放】按钮，关闭该对话框并激活缩放命令，即可对图形对象执行缩放的操作。单击【实时平移】按钮，关闭该对话框并激活平移命令，即可对图形对象执行平移的操作。单击【关闭】按钮，即可关闭该对话框并删除临时创建的干涉对象。

在执行干涉检查的操作过程中，如果定义了单个选择集（一组对象），则干涉检查命令将对比检查集合中的全部实体。如果定义了两个选择集（两组对象），则干涉检查将对比检查第一个选择集中的实体与第二个选择集中的实体。

如果在两个选择集中包括同一个三维实体，则干涉检查将此三维实体视为第一个选择集中的一部分，而在第二个选择集中将其忽略。

另外，在执行干涉检查命令并选择嵌套在块和外部参照中的单个实体对象时，运行"S"命令，在【干涉设置】对话框中设置干涉对象的视觉样式、颜色和视觉样式，如图 10-37 所示。

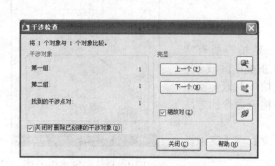

图 10-36　干涉检查对话框

图 10-37　【干涉设置】对话框

10.2.2　实体的剖切与加厚

剖切就是指定一个剖切平面将三维实体对象切成两半，被切开的实体的两个部分可以保留一侧，也可以都保留。

使用"SLICE"剖切命令剖切现有实体并创建新实体时，可以通过多种方式定义剪切平面，包括指定点、选择出面或平面对象。剖切实体不保留其创建过程中原始形式的历史记录，只保留原实体的图层和颜色特性。在 AutoCAD 2009 中，激活剖切命令的方法如下：

- 单击【菜单浏览器】按钮，再选择【修改】→【三维操作】→【剖切】菜单项。
- 在【功能区】选项板中选择【默认】选项卡，在【实体编辑】面板中单击【剖切】按钮。
- 在"命令提示行"中运行"SLICE"命令。

现假定要对图 10-38 所示的长方体图形对象执行剖切操作，则系统默认的剖切实体的操作步骤如下。

步骤 1：采用上述方法激活剖切命令，执行剖切操作。待"命令提示行"提示为"选择要剖切的对象:"时，单击长方体上任意位置，以确定要剖切的对象。

步骤 2：待"命令提示行"再次提示为"选择要剖切的对象:"时，按 Enter 键或空格键，以结束对象的选择。待"命令提示行"提示为"指定切面的起点或 [平面对象(O)/曲面(S)/Z 轴(Z)/视图(V)/XY(XY)/YZ(YZ)/ZX(ZX)/三点(3)] <三点>:"时，开启对象捕捉功能，捕捉长方体边 AB 的中点，来确定切面的起点。

步骤 3：待"命令提示行"提示为"指定平面上的第二个点:"时，捕捉并单击边 CD 的中点，以指定切面上的第二个点。待"命令提示行"提示为"在所需的侧面上指定点或 [保留两个侧面(B)] <保留两个侧面>:"时，在需要保留的侧面任意处单击，即可完成对长方体对象的剖切，如图 10-39 所示。

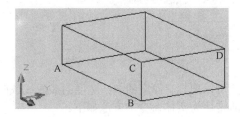

图 10-38 被剖切前的对象

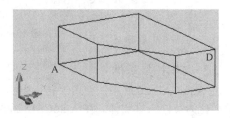

图 10-39 剖切后保留一侧的图形

步骤 4：如果在"命令提示行"提示为"在所需的侧面上指定点或 [保留两个侧面(B)] <保留两个侧面>:"时输入字母"B"或按 Enter 键，则被剖切的长方体两个侧面都被保存下来，如图 10-40 所示。

步骤 5：在选择要剖切的对象完毕后，如图 10-41 所示。还可以通过指定 3 个点，使用曲面、其他对象、当前视图、Z 轴，或 XY 平面、YZ 平面、ZX 平面来定义剪切平面。图 10-42 所示即为通过三点定义剪切平面的操作过程。

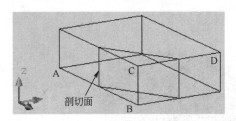

图 10-40 被剖切的两个侧面都被保留下来

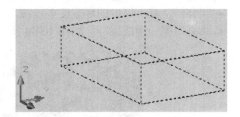

图 10-41 选择的原始对象

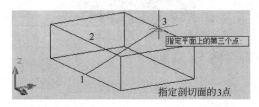

图 10-42 三点定义剖切实体

步骤 6：此外，在选择完毕对象后，在命令提示行中输入字母"O"并按 Enter 键或空格键，可用曲线、圆、椭圆、圆弧或椭圆弧、二维样条曲线、二维多段线等图形对象作为剪切平面。

使用"THICKEN"加厚曲面命令可以给平面图形设置一个厚度，从而创建三维实体。

在 AutoCAD 2009 中，激活加厚命令的方法如下。

- 单击【菜单浏览器】按钮，再选择【修改】→【三维操作】→【加厚】菜单项。
- 在【功能区】选项板中选择【默认】选项卡，在【实体编辑】面板中单击【加厚】按钮 ◇。
- 在"命令提示行"中运行"THICKEN"命令。

采用上述方法激活加厚命令，即可对平面曲面执行加厚操作。在视图中选择要加厚的曲面之后，再指定厚度（默认厚度初始时未设置任何值，在绘制图形时，厚度默认值始终是先前输入的厚度值）并进行确认，即可完成操作，如图 10-43 所示。

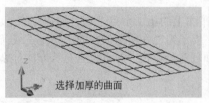

图 10-43　加厚生成实体

10.2.3　转化为实体

在 AutoCAD 2009 中，使用"转化为实体"功能可以把具有厚度的统一宽度的多段线或圆等对象转化为拉伸三维实体。在 AutoCAD 2009 中激活转化为实体命令的方法如下。

- 单击【菜单浏览器】按钮，选择【修改】→【三维操作】→【转化为实体】菜单项。
- 在【功能区】选项板中选择【默认】选项卡，在【实体编辑】面板中单击【转化为实体】按钮 ⬚。
- 在"命令提示行"中运行"CONVTOSOLID"命令。

采用上述方法激活转化为实体命令，即可执行转化为实体的操作，但该命令不能对含有零宽度顶点或可变宽度线段的多段线使用。

在 AutoCAD 2009 中，可以将如下对象转换为三维拉伸实体。

- 具有厚度的统一宽度多段线。
- 闭合的、具有厚度的零宽度多段线。
- 具有厚度的圆或圆环，如图 10-44 所示。

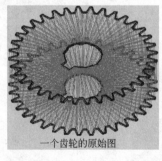
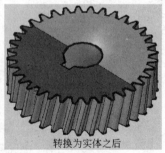

图 10-44　转换为实体图例

10.2.4　转化为曲面

在 AutoCAD 2009 中，使用"转化为曲面"功能可以把图形中现有的对象（如二维实体、面域、开放的具有厚度的零宽度多段线、具有厚度的直线或圆弧以及三维平面）创建为曲面。

在 AutoCAD 2009 中，激活转化为曲面命令的方法如下。

- 单击【菜单浏览器】按钮，选择【修改】→【三维操作】→【转化为曲面】菜单项。
- 在【功能区】选项板中选择【默认】选项卡，在【实体编辑】面板中单击【转化为曲面】

按钮 。

- 在"命令提示行"中运行"CONVTOSURFACE"命令。

采用上述方法激活转化为曲面命令后，即可执行转化为曲面的操作。另外，用户还可以使用"EXPLODE"命令将具有曲面的三维实体（如圆柱体）转化为曲面。图 10-45 所示即为一个将圆柱体转换为曲面的示例。

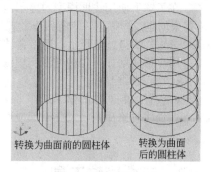

图 10-45　将圆柱体转换为曲面

【注意】

在执行转化为实体的过程中，如果该命令对选择集中的一个或多个对象无效，则系统将提示用户重新选择对象。

10.2.5　提取边

在 AutoCAD 2009 中，使用"提取边"功能可以创建线框几何体，即将实体分解为一系列的边。在 AutoCAD 2009 中激活提取边命令的方法如下。

- 单击【菜单浏览器】按钮，再选择【修改】→【三维操作】→【提取边】菜单项。
- 在【功能区】选项板中选择【默认】选项卡，在【实体编辑】面板中单击【提取边】按钮 。
- 在"命令提示行"中运行"XEDGES"命令。

采用上述方法激活提取边命令后，即可对图形对象执行提取边的操作，提取出来的边是图形对象的线框模型，图 10-46 所示是提取边前后的效果对比图。

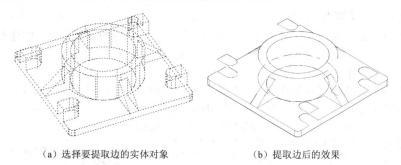

（a）选择要提取边的实体对象　　　　　　（b）提取边后的效果

图 10-46　提取实体对象的边

线框模型使用直线和曲线的真实三维对象的边缘或骨架表示，主要包括实体、曲面、面域、边（在三维实体或曲面上）和面（在三维实体或曲面上）等对象的任意组合。

使用线框模型可以完成的操作主要有：从任何有利位置查看模型；自动生成标准的正交和辅助视图；轻松生成分解视图和透视图；分析空间关系，包括最近角点和边缘之间的最短距离以及干涉检查；减少原型的需求数量；等等。

【注意】

线框模型仅由描述对象边界的点、直线和曲线组成。由于构成线框模型的每个对象都必须单独绘制和定位，因此，这种建模方式较为繁琐。

众所周知，创建三维线框模型可能比创建其二维视图更困难，但在创建的过程中，使用线框模型的提示将会提高工作效率。线框模型的提示主要包括如下几个方面。

- 规划和组织模型，以便可以关闭图层，减少模型的视觉复杂程度。颜色有助于用户区分各个视图中的对象。
- 创建构造几何图形，以定义模型的基本外形。
- 使用多个视图，特别是等轴测视图，使模型形象化和对象选择更加容易。
- 熟悉三维空间中 UCS 的操作。当前 UCS 的 XY 平面将作为工作平面来操作以确定平面对象（如圆和圆弧）的方向，UCS 还为对象的修剪与延伸、偏移以及旋转确定操作平面。

- 使用对象捕捉和栅格捕捉时要小心，以确保模型的精度。
- 使用坐标过滤器拖放垂足，再基于其他对象上点的位置轻松定位三维空间中的点。

在了解了使用线框模型的提示信息后，即可通过将任意二维平面对象放置到三维空间的任何位置来创建线框模型。进行线框建模需要一定的实践和经验，掌握如何创建线框模型的最好途径是：先从简单的模型开始，逐步尝试较复杂的模型。

用户可使用如下几种方法实现线框建模。

- 输入三维坐标。
- 设置绘制对象的默认工作平面（UCS 的 XY 平面）。
- 创建对象后，将其移动或复制到适当的三维位置。

10.3　三维导航工具

在创建和编辑三维图形的过程中，用户可以通过"三维导航"工具栏上的各个按钮来有效地控制视图中图形的显示效果，如放大图形中的细节以便仔细查看，或通过旋转和平移视图来观察图形中的不同位置等。在 AutoCAD 2009 中，对原来版本的三维观察工具进行了改进，并将三维观察工具统一放置在"三维导航"工具栏中，三维导航工具允许用户从不同的角度、高度和距离查看视图中的对象。

10.3.1　使用三维导航工具

使用三维观察和导航工具，可实现在图形中导航、为指定视图设置相机、创建动画以便与其他人共享设计，并且可以围绕三维模型进行动态观察、回旋、漫游和飞行等。

1. 三维动态观察

三维动态观察是指围绕目标移动，当相机位置（或视点）移动时，视图的目标将保持静止。目标点是视口的中心，而不是正在查看的对象的中心。

在 AutoCAD 2009 中，启用三维动态观察工具的方法如下。

- 单击【菜单浏览器】按钮，再选择【视图】→【动态观察】菜单项下的子菜单项，如图 10-47 所示。
- 在【功能区】选项板中选择【默认】选项卡，在【视图】面板中单击【受约束的动态观察】按钮旁边的下拉箭头，从弹出的下拉菜单中选择相应的子菜单项。
- 在"三维导航"工具栏（如图 10-48 所示）中单击相应的按钮。

在 AutoCAD 中，三维动态观察可分为受约束的动态观察、自由动态观察及连续动态观察。

（1）受约束的动态观察

受约束的动态观察是指沿 XY 平面或 Z 轴约束三维动态观察，使用该工具观察视图时，视图的目标位置保持不变，观察点围绕该目标移动。

在 AutoCAD 2009 中，激活受约束的动态观察命令的方法如下。

- 单击【菜单浏览器】按钮，再选择【视图】→【动态观察】→【受约束的动态观察】菜单项。
- 在【功能区】选项板中选择【默认】选项卡，在【视图】面板中单击【受约束的动态观察】

图 10-47　三维动态观察工具

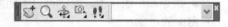

图 10-48　"三维导航"工具栏

按钮 ⊕。

- 在"命令提示行"中运行"3DORBIT"命令。
- 在"三维导航"工具栏中单击【受约束的动态观察】按钮 ⊕。

采用上述方法激活受约束的动态观察命令后，在视图中，光标图标显示为两条线环绕着的小球体，单击并拖动光标即可沿 XY 平面或 Z 轴约束三维动态观察，如图 10-49 所示。

（2）自由动态观察

自由动态观察是指沿 XY 平面和 Z 轴进行不受约束的观察。使用该工具观察视图时，不需要参照平面，可在任意方向上进行动态观察，而且视点不受约束。

在 AutoCAD 2009 中，激活自由动态观察命令的方法如下。

- 单击【菜单浏览器】按钮，再选择【视图】→【动态观察】→【自由动态观察】菜单项。
- 在【功能区】选项板中选择【默认】选项卡，在【视图】面板中单击【自由动态观察】按钮 ⊘。
- 在"命令提示行中"运行"3DFORBIT"命令。
- 在"三维导航"工具栏中单击【自由动态观察】按钮 ⊘。

采用上述方法即可激活自由动态观察命令，另外，对于已经启用了三维动态观察工具中的一种的用户，可通过按数字 2 键来快速激活此命令。激活该命令后，在视图中将显示出一个弧线球，如图 10-50 所示。

图 10-49　受约束的动态观察

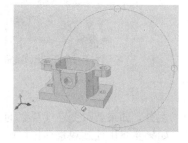

图 10-50　自由动态观察

通过观察此弧线球即可发现，"自由动态观察"用一个圆被几个小圆划分成 4 个象限来进行表示。当用户在执行此命令动态观察视图时，目标点固定不动，相机绕目标点移动。默认状态下，弧线球的中心点是目标点。

单击并拖动光标旋转视图，当光标移动到弧线球上的不同位置时，光标图标将发生变化。当光标移到弧线球的内部时，光标将变为"⟲"，此时可在水平、垂直和对角线方向上拖动；当光标移到弧线球外部时，光标变为"⟳"，此时拖动光标将围绕着一条穿过弧线球球心且与屏幕正交的轴移动，如图 10-51 所示。

当光标位于弧线球左侧或右侧的小圆上时，光标图标将显示为围绕小球体的水平椭圆，单击并拖动这些点，即可使视图围绕通过弧线球中心的垂直轴或 Y 轴移动，Y 轴用光标处的垂直直线表示，如图 10-52 所示。当光标置于弧线球顶部或底部的小圆上时，光标图标将显示为围绕小球体的垂直椭圆，单击并拖动这些点，即可使视图绕着通过弧线球中心的水平轴或 X 轴旋转，X 轴用光标处的水平直线表示。

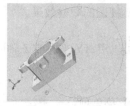

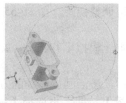

图 10-51　移动光标到弧线球外拖动的效果　　　　图 10-52　当光标位于小圆上时的图标变化

（3）连续动态观察

连续动态观察是指连续地进行动态观察。在要连续动态观察移动的方向上单击并拖动之后，释放鼠标左键，轨道将沿该方向继续移动。

在 AutoCAD 2009 中，激活连续动态观察命令的方法如下。

- 单击【菜单浏览器】按钮，再选择【视图】→【动态观察】→【连续动态观察】菜单项。
- 在【功能区】选项板中选择【默认】选项卡，在【视图】面板中单击【连续动态观察】按钮 。
- 在"命令提示行中"运行"3DCORBIT"命令。
- 在"三维导航"工具栏中单击【连续动态观察】按钮 。

采用上述方法即可激活连续动态观察命令，另外，对于已经启用了三维动态观察工具中一种的用户，可通过按数字 3 键来快速激活此命令。

在启用连续动态观察工具之后，在视图中单击并沿一个方向拖动定点设备时，如果放开拾取键，对象将在拖动的方向上连续运动。连续运动的速度由移动定点设备的速度决定，如图 10-53 所示。

图 10-53　连续动态观察图形

另外，如果要改变连续观察的方向，则需在视图中重新单击并在新方向上拖动之后释放拾取键。如果要终止连续观察动作，则需单击其他三维动态观察工具或按 Esc 键。

2．相机视图调整

在 AutoCAD 2009 中，调整相机视图工具主要包括调整视距和回旋。使用这两个工具可以使图形以绘图区域的中心点为缩放点进行缩放操作，或以观察对象为目标点，使观察点绕其做回旋运动。

（1）调整视距

调整视距是指在视图中垂直移动光标时，将更改对象的距离，此时可以使对象显示得较大或较小，并可以调整距离。在 AutoCAD 2009 中，激活调整视距命令的方法如下。

- 单击【菜单浏览器】按钮，再选择【视图】→【相机】→【调整视距】菜单项。
- 在图 10-54 所示的"相机调整"工具栏中单击【调整视距】按钮 。

- 在"三维导航"工具栏中单击【调整视距】按钮 。
- 在"命令提示行"中运行"3DDISTANCE"命令。

图 10-54　"相机调整"工具栏

采用上述方法即可激活调整视距命令，另外，对于已经启用了三维动态观察工具中一种的用户，可通过按数字 5 键来快速激活此命令。在启用调整视距工具之后，拖动光标即可调整视距。图 10-55 所示即为通过调整视距相机视图的观察效果。

（2）回旋

回旋是指在拖动方向上模拟平移相机，如果查看的目标将更改，则可以沿 XY 平面或 Z 轴回旋视图。

在 AutoCAD 2009 中，激活回旋命令的方法如下。

- 单击【菜单浏览器】按钮，再选择【视图】→【相机】→【回旋】菜单项。
- 在"相机调整"工具栏中单击【回旋】按钮 。

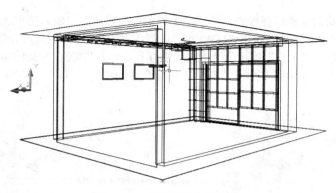

图 10-55 调整好的相机视图

- 在"三维导航"工具栏中单击【回旋】按钮 ⚙。
- 在"命令提示行"中运行"3DSWIVEL"命令。

采用上述方法即可激活回旋命令，在启用回旋工具之后，拖动光标即可在视图中，沿 XY 平面或 Z 轴回旋视图，如图 10-56 所示。

通常情况下，调整视距工具和回旋工具配合使用，即先在相机视图中使用调整视距工具调整相机的视距，再使用回旋工具平移相机，选择合适的视角。

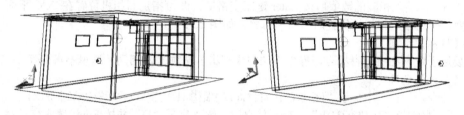

图 10-56 使用回旋工具平移相机视图前后的效果对比

10.3.2 创建三维动态视图

在创建三维动态视图的过程中，可以结合使用平移和缩放工具，在不中断当前操作的情况下更改视图，还可以在更改视图的同时显示更改视点的效果。另外，还可以通过只选择用于确定视图的对象，临时地简化视图。

如果在没有选择任何对象的情况下按 Enter 键，则"三维动态视图"将显示小房间模型，而不是实际图形。可以使用此房间定义观察角度和距离，完成调整并退出该命令后，所做的修改将应用于当前视图中的整个三维模型。在三维空间中进行动态观察的更多强大选项可以通过"3DORBIT"命令获得。

在 AutoCAD 中，用于创建三维动态视图的命令是"DVIEW"，在"命令提示行"中输入该命令并选择相应的图形对象后，"命令提示行"中将显示"[相机(CA)/目标(TA)/距离(D)/点(PO)/平移(PA)/缩放(Z)/扭曲(TW)/剪裁(CL)/隐藏(H)/关(O)/放弃(U)]:"的提示信息，其中包含多个选项。

1. 【相机】选项

在"命令提示行"中显示"[相机(CA)/目标(TA)/距离(D)/点(PO)/平移(PA)/缩放(Z)/扭曲(TW)/剪裁(CL)/隐藏(H)/关(O)/放弃(U)]:"的提示信息时，输入字母"CA"并按 Enter 键或空格键，即可选择【相机】选项。此时，可通过围绕目标点旋转相机来指定新的相机位置。

现假定对图 10-57 所示的图形对象执行【相机】选项操作，则具体操作步骤如下。

步骤 1：在"命令提示行"中输入创建三维动态视图命令"DVIEW"，并按 Enter 键或空格键。待"命令提示行"提示为"选择对象或 <使用 DVIEWBLOCK>:"时，单击图形对象上的任意位置，选中该图形对象。

步骤 2：待"命令提示行"再次提示为"选择对象或 <使用 DVIEWBLOCK>:"时，按 Enter

键或空格键，以结束对象的选择操作。待"命令提示行"提示为"输入选项[相机(CA)/目标(TA)/距离(D)/点(PO)/平移(PA)/缩放(Z)/扭曲(TW)/剪裁(CL)/隐藏(H)/关(O)/放弃(U)]:"时输入字母"CA"。

步骤 3：待"命令提示行"提示为"指定相机位置，输入与 XY 平面的角度，或 [切换角度单位(T)] <24.4087>:"时，在绘图区域中移动光标至合适的位置并单击，来指定新的相机位置，如图 10-58 所示。

在视图中移动光标
来指定新的相机位置

图 10-57　未指定相机位置前的图形　　　　　　图 10-58　移动光标指定新的相机位置

步骤 4：在完成上述操作后，即可得到指定新相机位置后的图形对象。如果输入字母"T"并按 Enter 键或空格键。则在"命令提示行"中将显示"指定相机位置，输入在 XY 平面上与 X 轴的角度，或[切换角度起点(T)] <24.40875>:"的提示信息。

步骤 5：在输入相应的数值后按 Enter 键或空格键，即可指定新相机位置在 XY 平面上与 X 轴的角度并得到指定新相机位置后的图形对象，如图 10-59 所示。

2．【目标】选项

主要用于定义相机的目标点，操作方法与【相机】选项基本相同，这里不再赘述。

3．【距离】选项

在"命令提示行"中显示"[相机(CA)/目标(TA)/距离(D)/点(PO)/平移(PA)/缩放(Z)/扭曲(TW)/剪裁(CL)/隐藏(H)/关(O)/放弃(U)]:"的提示信息时，输入字母"D"并按 Enter 键或空格键，即可选择【距离】选项。

选择【距离】选项后，在视图窗口中，将显示一个表示相机距离的标尺。此时，在视图中以水平方向拖动光标，即可看到视图中的标尺箭头随光标移动而移动。另外，也可在"命令提示行"中直接输入具体的距离值，当在视图中确定相机目标距离并右击后，视图即可按相机目标距离的大小变大或变小，如图 10-60 所示。

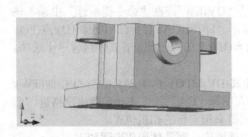
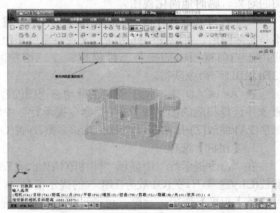

图 10-59　指定新相机位置后的图形对象　　　　图 10-60　选择【距离】选项后的视图显示

4．【平移】选项

在"命令提示行"中输入字母"PA"并按 Enter 键或空格键，即可选择【平移】选项。这里的"平移"功能与三维视图中平移工具功能基本相同，不同之处在于：这里的"平移"功能执行平移操作时，通过指定平移的起始点和终止点来确定图形的平移距离，如图 10-61 所示。

具体操作命令如下。

命令: dview

选择对象或 <使用 DVIEWBLOCK>: 找到 1 个

选择对象或 <使用 DVIEWBLOCK>:

输入选项

[相机(CA)/目标(TA)/距离(D)/点(PO)/平移(PA)/缩放(Z)/扭曲(TW)/剪裁(CL)/隐藏(H)/关(O)/放弃(U)]: pa

指定位移基点:

指定第二点:

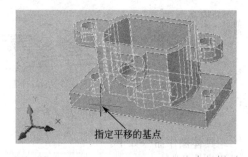

图 10-61　执行【平移】选项后的命令行提示

5.【扭曲】选项

在"命令提示行"中输入字母"TW"并按 Enter 键或空格键，即可选择【扭曲】选项，该选项主要用于当前视图进行扭曲。在"命令提示行"中输入"TW"后，"命令提示行"中将显示"指定视图扭曲角度<0.00>"的提示信息，在提示信息后面输入角度值并按 Enter 键进行确认即可得到扭曲一定角度的视觉效果图。

现假定对图 10-62 所示的图形对象执行扭曲 20°的操作，则具体操作命令如下。

命令: dview

选择对象或 <使用 DVIEWBLOCK>: 找到 1 个

选择对象或 <使用 DVIEWBLOCK>:

输入选项

[相机(CA)/目标(TA)/距离(D)/点(PO)/平移(PA)/缩放(Z)/扭曲(TW)/剪裁(CL)/隐藏(H)/关(O)/放弃(U)]: tw

指定视图扭曲角度 <0.00>: 20

图 10-63 所示即为指定视图扭曲角度为 20° 后的视图效果。

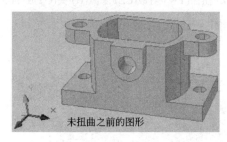

图 10-62　未扭曲之前的图形对象

图 10-63　扭曲 20°后的图形对象

选择【扭曲】选项，并在"命令提示行"中输入具体的扭曲角度后，即可发现整个视图发生了扭曲，包括 UCS 坐标系。

6.【剪裁】选项

在"命令提示行"中输入字母"CL"，即可选择【剪裁】选项，该选项用于调整对象的剪裁平面，剪裁平面是一个不可见的平面，在视图中位于剪裁平面之后的对象（或对象的某些部分）将不可见。

通过定位前向剪裁和后向剪裁平面（根据相机的距离来控制对象的可见性），可以创建图形的剖面视图。可以移动垂直于相机和目标（指向相机）之间视线的剪裁平面，也可在创建相机轮廓时设置剪裁平面。图 10-64 所示为剪裁平面的表现方式。

在选择【剪裁】选项后，"命令提示行"中将显示"输入剪裁选项 [后向(B)/前向(F)/关(O)]<关>:"的提示信息，通过选择不同选项定位前向剪裁和后向剪裁平面，即可创建图形的剖面视图。剪裁将自剪裁平面的前向和后向删除对象的显示。执行"向后"剪裁操作前后的效果对比图如图 10-65 所示。

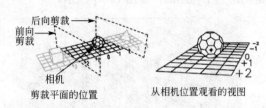

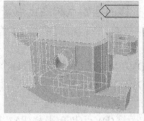

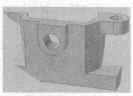

图 10-64   剪裁平面的表现方式   图 10-65   执行"向后"剪裁操作前后的效果对比图

具体操作命令如下。

命令: dview

选择对象或 <使用 DVIEWBLOCK>: 找到 1 个

选择对象或 <使用 DVIEWBLOCK>:

输入选项

[相机(CA)/目标(TA)/距离(D)/点(PO)/平移(PA)/缩放(Z)/扭曲(TW)/剪裁(CL)/隐藏(H)/关(O)/放弃(U)]: cl

输入剪裁选项 [后向(B)/前向(F)/关(O)] <关>: b

指定与目标的距离或 [开(ON)/关(OFF)] <0.0000>:

执行"向前"剪裁操作前后的效果对比图如图 10-66 所示。

具体的操作命令如下。

命令: dview

选择对象或 <使用 DVIEWBLOCK>: 找到 1 个

选择对象或 <使用 DVIEWBLOCK>:

输入选项

[相机(CA)/目标(TA)/距离(D)/点(PO)/平移(PA)/缩放(Z)/扭曲(TW)/剪裁(CL)/隐藏(H)/关(O)/放弃(U)]: cl

输入剪裁选项 [后向(B)/前向(F)/关(O)] <关>: f

指定与目标的距离或 [设置为镜头(E)] <661.1631>:

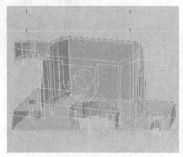

图 10-66   执行"向前"剪裁操作前后的效果对比图

10.3.3   在图形中漫游和飞行

利用 AutoCAD 2009 中在图形中漫游和飞行的功能，可以动态地改变观察点相对于观察对象之间的视距和回旋角度，从而能够以任意的距离和观察角度对模型进行观察。

在 AutoCAD 2009 中，激活漫游命令的方法如下。

* 单击【菜单浏览器】按钮，再选择【视图】→【漫游和飞行】→【漫游】菜单项。
* 在【功能区】选项板中选择【工具】选项卡，在【动画】面板中单击【漫游】按钮 👣。
* 在"命令提示行"中运行"3DWALK"命令。
* 在"三维导航"工具栏中单击【漫游】按钮 👣。

在 AutoCAD 2009 中，激活飞行命令的方法如下。

- 单击【菜单浏览器】按钮，再选择【视图】→【漫游和飞行】→【飞行】菜单项。
- 在【功能区】选项板中选择【工具】选项卡，在【动画】面板中单击【飞行】按钮✈。
- 在"命令提示行"中运行"3DFLY"命令。
- 在"三维导航"工具栏中单击【飞行】按钮✈。

采用上述方法激活漫游或飞行命令后，即可弹出【漫游和飞行导航映射】气球，在该映射气球中列出了在图形中执行漫游或飞行操作的快捷方式。该映射气球可以帮助初学者快速掌握在图形中漫游和飞行的简单操作，对于熟悉在 AutoCAD 2009 中执行漫游和飞行操作的用户，只需单击"不再显示此消息"超链接即可，如图 10-67 所示。

另外，在激活漫游或飞行命令后，也将弹出【定位器】控制面板，在该面板中将显示模型的俯视图，同时显示位置指示器和目标指示器，如图 10-68 所示。位置指示器显示模型关系中用户的位置，而目标指示器显示用户正在其中漫游或飞行的模型。

在开始漫游模式或飞行模式之前或在模型中移动时，可先在【定位器】控制面板中编辑位置设置，再在操作面板中对漫游或飞行进行设置。在设置漫游或飞行参数值时，除在【定位器】控制面板中设置外，还可以在【漫游和飞行设置】对话框中进行。

在 AutoCAD 2009 中，打开【漫游和飞行设置】对话框（如图 10-69 所示）的方法如下。

　　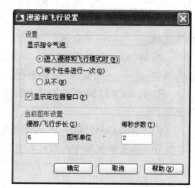

图 10-67　【漫游和飞行导航映射】气球　　图 10-68　【定位器】控制面板　　图 10-69　【漫游和飞行设置】对话框

- 单击【菜单浏览器】按钮，再选择【视图】→【漫游和飞行】→【漫游和飞行设置】菜单项。
- 在【功能区】选项板中选择【工具】选项卡，在【动画】面板中单击【漫游和飞行设置】按钮。
- 在"命令提示行"中运行"WALKFLYSETTING"命令。
- 在"三维导航"工具栏中单击【漫游和飞行设置】按钮。

采用上述方法即可打开【漫游和飞行设置】对话框，在该对话框中设置好漫游或飞行操作的参数值后，即可使用键盘和鼠标交互在图形中漫游和飞行。使用 4 个箭头键或 W 键、A 键、S 键和 D 键来向上、向下、向左或向右移动。要在漫游模式和飞行模式之间切换，按 F 键即可。要指定查看方向，沿要查看的方向拖动鼠标即可。

本章小结

本章主要介绍了平面立体和曲面立体的绘制方法和技巧，以及如何使用工具创建三维实体模型和进行实体编辑，最后简单地介绍了三维导航工具的使用方法。

在 AutoCAD 2009 中，制作动画的功能得到了进一步增强，在使用漫游和飞行功能预览模型效果时，可以创建任意导航的预览动画。用户可以创建、录制、回放和保存该动画。此外，用户还可以在视图中创建摄像机，并通过创建的摄像机在视图中创建漫游动画、飞行动画以及沿路径运动的动画等。

需要说明的是，本章所介绍的三维方面的知识仅仅是一个简单的介绍，因为 AutoCAD 在三维方面的功能并不像用户所期望的那么方便，而且很多功能在使用时也过于繁杂。如果想要真正地进行三维方面的设计，建议使用 Autodesk 公司出品的 Inventor 软件，该软件的三维功能非常出色，而且与 AutoCAD 的兼容性也非常好。

习题与动手操作

1. 填充题

（1）平面曲面可以通过指定矩形的_____来创建，或通过选择构成闭合区域的一个或多个_____。

（2）在 AutoCAD 2009 中，可以利用"_____"命令绘制圆环体。

（3）在 AutoCAD 2009 中，可以利用"_____"命令创建圆锥体或椭圆锥体。

（4）在创建楔体时，如果选择【_____】或【_____】选项，则可以在视图中创建正方体或普通楔体。

（5）当需要绘制楔体表面时，可以在"命令提示行"中输入"_____"命令，再根据提示信息输入"W"或"_____"，然后，根据系统显示的提示信息输入相应的数值，即可完成楔体表面的绘制。

（6）_____是生活中随处可见的图形（如桌椅的腿、机械上的连接杆等），是一个以圆或椭圆为底面和顶面的_____三维实体。

（7）在 AutoCAD 2009 中，可通过"_____"命令来绘制长方体或正方体，绘制的长方体各边应分别与当前_____的 x、y、z 轴平行。

（8）AutoCAD 2009 中的基本实体主要包括多段体、_____、圆柱体、_____、球体、圆环体、棱锥体等。

（9）在 AutoCAD 2009 中，绘制几何曲面的命令有 4 个：RULESURF、_____、TABSURF 和_____。

（10）曲面的光滑度由组成曲面的_____来控制，即多边形网格越密，曲面的光滑度也就_____。

2. 选择题

（1）在 AutoCAD 2009 中，可以使用下面哪种图形生成三维图形?（   ）

    A. 多段线   B. 面域   C. 点   D. 闭合的样条曲线

（2）绘制长方体的命令是（   ）。

    A. CYLINDER   B. BOX   C. CONE   D. PRAMID

（3）可用来创建旋转网格的命令为（   ）。

    A. RULESURF   B. REVSURF   C. TABSURF   D. EDGESURF

（4）下列选项中关于创建一个球体的方法中，错误的是（   ）。

    A. 在"命令提示行"中运行"SPHERE"命令

    B. 选择"建模"工具栏中的【球体】按钮

    C. 选择【绘图】→【建模】→【球体】菜单项

    D. 在"命令提示行"中运行"TORUS"命令

（5）下列对象中不可以转换为三维拉伸实体的是（   ）。

    A. 具有厚度的统一宽度多段线   B. 闭合的、具有厚度的零宽度多段线

    C. 具有厚度的圆或圆环   D. 具有厚度的统一宽度的直线

3. 简答题

（1）在 AutoCAD 中，启用漫游和飞行功能有哪些方法?

（2）在 AutoCAD 中，创建一个圆锥体或椭圆锥体有哪些方法？

（3）在 AutoCAD 中，创建一个楔体有哪些方法？

4. 动手操作题

（1）打开一个新的空白文件之后，以圆角命令设置圆角半径为 8，画出圆孔边缘的圆角（半径为 8），再以倒角命令设置倒角距离分别为 40、30，画出图 10-70（a）所示的倒角，并以切割命令将图形切割成图 10-70（b）所示的三维实体。

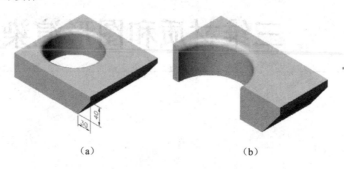

（a）　　　　　　　　　　　　　　（b）

图 10-70　练习圆形切割

（2）打开一个新的空白文件之后，利用各种绘图、实体及实体编辑工具，配合适当的 UCS 改变绘图，不计尺寸完成图 10-71 和图 10-72 所示的成品。

图 10-71　练习实体绘制（1）　　　　　　图 10-72　练习实体绘制（2）

第 11 章

三维材质和图形渲染

重点提示

♂ 指定三维材质与光源

♂ 三维立体造型的渲染

本章精粹

本章主要讲解三维材质和图形渲染方面的知识，有助于读者掌握在 AutoCAD 2009 中进行材质、渲染方面的各种操作，并了解 AutoCAD 2009 在材质、灯光及渲染方面的功能。

在绘图过程中，为了使实体对象看起来更加清晰，可以消除图形中的隐藏线，但要创建更加逼真的模型图像，就需要对三维实体对象进行渲染处理，以增加色泽感。AutoCAD 2009 改进比较震撼的功能之一就是可以对设计的作品赋予材质、在场景中打上灯光及以渲染出真实的产品，最终得到满意的效果。

11.1　指定三维材质光源

材质的选择是一个相当复杂的过程，不仅要了解物体本身的物质属性，还需要配合场景的实际用途、采光条件等。在 AutoCAD 中，可以使用材质编辑器创建并编辑贴图，以模拟真实世界中的各种效果。要给设计的作品赋予材质，只需在【材质】设置面板中设置所需要的材质或在【材质】特性面板中双击 按钮，再到图形中相应的物体上刷一下即可。

11.1.1　材质操作面板

通过 AutoCAD 2009 窗口右侧的【材质】控制台，可完成给物体指定材质的全部操作，其中包含了 AutoCAD 菜单中所有材质方面的命令。

1．材质库

单击在【材质】控制台中的图标 ，即可打开【材质库】工具选项板，其中包含了产品附带的 300 多种材质和纹理库，且所有材质都附带显示一张交错参考底图。

在【材质库】工具选项板中选择相应的材质和纹理之后，可以将材质和纹理直接应用到图形中的对象上。将材质从工具选项板拖动到对象上，即可将该材质附着到对象或面，并作为样例显示在材质设置面板的材质窗口中。材质库组件（工具选项板和纹理贴图）的安装在安装 AutoCAD 时是可选的。默认情况下，这些组件安装在"工具选项板文件位置"路径下。当选择安装此组件时，将始终安装到默认位置。

【注意】

若在安装材质库前更改了安装路径，则新材质将不显示在工具选项板上，也不参照纹理贴图。此时，需将新安装的文件复制到所需位置或将路径重新更改为默认路径。

2．材质

在 AutoCAD 2009 中，【材质】设置面板主要用于自定义材质和贴图纹理。在【材质】控制台中单击按钮 ，或选择【视图】→【渲染】→【材质】菜单项，或选择【工具】→【选项板】→【材质】菜单项，均可弹出【材质】设置面板，如图 11-1 所示。此设置面板共分为两个卷展面板，即【图形中可用的材质】和【材质编辑器】。

（1）图形中可用的材质

该卷展面板中包含了显示图形中可用材质样例的"材质"列表框，和位于列表框上下的不同功能按钮。其中，在"材质"列表框中默认材质命名为"全局"，单击样例即可选择材质。该材质的设置显示在【材质编辑器】卷展面板中，样例轮廓为黄色，表明已被选中。

样例上方的【切换显示样式】按钮和位于其下方的两组按钮（主要包括【样例几何体】按钮、【关闭/打开交错参考底图】按钮、【创建新材质】按钮、【从图形中清除】按钮、【表明材质正在使用】按钮、【将材质应用到对象】按钮、【从选定的对象中删除材质】按钮）可以提供不同设置选项。另外，还有仅适用于快捷菜单的选项。

图 11-1　【材质】设置面板

除可利用上述按钮来操作材质之外，用户还可通过在窗口空白处右击，从快捷菜单中执行部分相同操作（如创建新材质、应用材质等），如图 11-2 所示。

从快捷菜单中可以发现，有些选项在【材质】设置面板中是无法找到的，如选择应用了材质的对象（选择图形中应用选定材质的所有对象，但不能选择明确应用了材质的面）、编辑名称和说明（可以重新为选中材质命名及添加说明）、输出到活动的工具选项板（可以将选中的材质样例输出到当前活动的工具选项板上，从而创建出材质工具）、复制/粘贴（可以将选定的材质复制到剪贴板，或将其粘贴回【图形中可用的材质】卷展面板中作为副本）、大小（可以控制显示在行中的样例大小）等。

图 11-2　快捷菜单

（2）材质编辑器

该卷展面板用于编辑【图形中可用的材质】卷展面板中选择的材质，选中材质的名称显示在【材质编辑器】卷展面板中，材质编辑器中的选项配置根据所选材质样板而变化，可通过"样板"下拉列表来指定材质类型。

在"样板"下拉列表中，真实和真实材质样板用于基于物理质量的材质。高级和高级金属样板用于具有更多选项的材质，包括用于创建特殊效果的特性（例如模拟反射）。

下面简单讲述【材质编辑器】卷展面板中常用的选项配置。

● 漫射　该选项主要用于给材质指定颜色，存在于真实样板和真实金属样板中。单击此选项中的色块，即可在【选择颜色】对话框中选择一种类型的颜色，用于当前选中的材质。

【小技巧】

选中真实样板和真实金属样板中"漫射"选项最右边的"随对象"复选框，即可根据材质附着对象的颜色设置材质的颜色。

● 环境光　选择"样板"下拉列表中的"高级"或"高级金属"选项后，即可在选项配置中显示出"环境光"选项。调整选项中的颜色块，即可控制由环境光单独照射在物体面上所显示的颜色（默认为选中高级样板中"环境光"选项右侧的"随对象"复选框）。

单击"环境光"选项和"漫射"选项之间的锁定图标，即可将这两个选项锁定，环境色设置为漫射颜色。

● 镜面　该选项仅在高级样板中显示。调整此选项的颜色块可指定有光泽材质上的亮显颜色，亮显区域的大小取决于材质的反光度。单击"漫射"选项和"镜面"选项之间的锁定图标，即可锁定这两个选项，此时材质的镜面颜色为漫射颜色。

● 反光度　该选项用于设置材质的反光度。物体表面的反光原理是：强光泽实体面上的亮显区域较小但显示较亮。较暗面可将光线反射到较多方向，从而可创建区域较大且显示较柔和的亮显。

● 折射率　该选项用于设置材质的折射率（但不能用于金属样板和高级金属样板）。可控制通过附着部分透明材质时物体如何折射光。如折射率为 1.0 时（空气的折射率），透明对象后面的对象不会失真，折射率为 1.5 时，对象将会严重失真，就像通过玻璃球看对象一样。

● 半透明度　该选项用于设置材质的半透明度（不适用于金属样板和真实金属样板）。半透明对象传递光线，但在对象内也会散射部分光线。半透明值以百分比为单位，当半透明值为 0.0 时，材质不透明；当半透明值为 100.0 时，材质完全透明。

● 自发光　该选项用于设置材质的自发光特性，当设置为大于 0 的值时，即可使对象自身显示为发光，而不依赖于图形中的光源。

11.1.2　常见贴图类型

AutoCAD 2009 为用户提供了多种贴图通道以及贴图类型，可模拟纹理、反射以及折射等效果，使用户制作出来的材质看起来更加真实。常用的贴图方式有漫射贴图、反射贴图、不透明贴图及凸凹贴图等。在具体的使用过程中，根据选择的材质样板不同，可以使用的贴图方式也不同。

下面针对每一种贴图方式所用的样板及具体操作方法进行简单介绍。

1．漫射贴图

该种方式的贴图使用最为广泛，可应用于所有的材质样板中，使漫射贴图在材质上处于活动状态并可以被渲染。用户只需在"漫射贴图"选项区域中选择贴图类型，即可使用此方式的贴图，操作方法为：从"纹理贴图"下拉列表中选择纹理贴图、木材或大理石 3 类型的贴图即可。

（1）纹理贴图类型

该类型的贴图可使用文件中的图像（如平铺图案），是默认的贴图类型。单击"纹理贴图"选项区域中的【选择图像】按钮，即可打开【选择图像文件】对话框。选中文件并将其打开之后，即可在按钮上显示图像文件的名称，如图 11-3 所示。

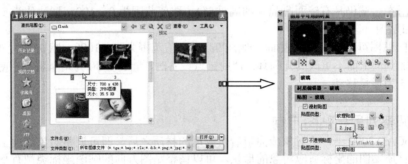

图 11-3　选择的图像文件

此时，若材质样例与图形中的对象呈关联关系，在图形对象上将看到图像文件贴图，如图 11-4 所示。在 AutoCAD 2009 中，可用作纹理贴图的图像格式有 BMP（.bmp，.rle，.dlb）、TGA（.tga）、PNG（.png）、JFIF（.jpg，.jpeg）TIFF（.tif）、GIF（.gif）、PCX（.pcx）等。

在选择了图像文件之后，返回到"漫射贴图"选项区域并单击 图标，即可从弹出的【调整位图】对话框中调整图像文件的比例、平铺、偏移和旋转，如图 11-5 所示。也可通过在"纹理贴图"选项区域中单击 图标，从附着在对象上的纹理贴图材质中删除选定的贴图图像。

图 11-4　进行纹理贴图前后的效果

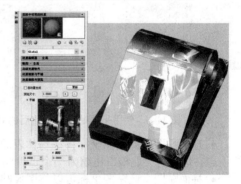

图 11-5　调整位图

在【调整位图】对话框中选中"适合对象尺寸"单选按钮之后，图像文件将会根据图形的形状进行贴图，以减少过多的参数调整。

（2）木材类型

在选择"纹理贴图"下拉列表中的"木材"贴图类型之后，将会在"漫射贴图"选项区域中显示"编辑贴图"选项，单击右侧的按钮，即可弹出【木材】对话框。

● 反射干扰　设置垂直于颗粒的平面上图案的相对随机性（取值范围为 0～100，默认值为 1.00）。

● 轴向干扰　设置平行于颗粒的平面上图案的相对随机性（取值范围为 0～100，默认值为 1.00）。

● 颗粒厚度　设置组成颗粒的色带的相对厚度（取值范围为 0～100，默认值为 0.50）。

（3）大理石类型

选择"纹理贴图"下拉列表中的"大理石"贴图类型之后，将会在"漫射贴图"选项区域中显示"编辑贴图"选项，单击此选项右侧的按钮，即可弹出【大理石】对话框。

2. 反射贴图

反射贴图（也叫环境贴图）主要用于控制材质的反射程度，仅适用于材质的高级样板和高级金属样板。反射贴图可模拟在有光泽的对象表面上反射的场景，值越大，材质的反射程度越高（取值范围为 0～100，默认值为 0）。

3. 不透明贴图

主要用于定义材质的透明区域和不透明区域。应用不透明贴图的区域透明，其他区域不透明。透明的材质所在区域仍具有镜面亮显（如同玻璃），取值范围为 0～100，默认值为 1.0。

4. 凸凹贴图

使用凸凹贴图可以控制物体表面纹理的凹凸（取值范围为 0～1000，默认值为 30.0），可将表面特征添加到面上而不更改其几何体。使用定点设备时，滑块以 30 为增量移动；使用键盘箭头时，滑块以 5 为增量移动。

11.1.3 调整对象与贴图方向

在 AutoCAD 2009 中，给对象或面附着带纹理的材质之后，即可调整对象或面上纹理贴图的方向，使得材质贴图的坐标适应对象的形状。可以调整贴图方向的贴图坐标类型有平面贴图、长方体贴图、柱面贴图、球面贴图 4 种。

- 平面贴图 将图像映射到对象上，虽然图像会被缩放以适应对象，但并不会失真。该贴图最常用于面，效果如图 11-6 所示。
- 长方体贴图 此贴图坐标可将图像映射到类似长方体的实体上。给对象指定了长方体贴图坐标后，在对象上将显示出长方体的线框。同时，该图像将在对象的每个面上重复使用，如图 11-7 所示。

图 11-6 使用平面贴图坐标前后的效果   图 11-7 使用长方体贴图坐标前后的效果

- 球面贴图 此贴图坐标将在物体表面的水平和垂直两个方向上同时使图像弯曲。纹理贴图的顶边在球体的"北极"压缩为一个点。同样，底边在"南极"压缩为一个点，如图 11-8 所示。
- 柱面贴图 此贴图坐标可以将图像映射到圆柱形对象上，水平边将一起弯曲，但顶边和底边不会弯曲，图像的高度将沿圆柱体的轴进行缩放，如图 11-9 所示。

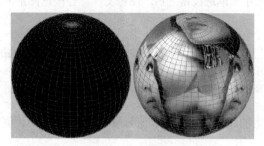

图 11-8 使用球面贴图坐标前后的效果   图 11-9 使用柱面贴图坐标前后的效果

给对象附着了材质贴图并指定贴图坐标之后，如果需要进行进一步调整，可使用显示在对象上的材质贴图夹点工具，移动或旋转对象上的贴图。

11.1.4　AutoCAD 中的光源

利用不同的光源作用效果，可以对整个场景提供照明，从而使物体呈现出各种真实的效果。不同的灯光布置可以模拟出不同的效果，如反射效果、阴影效果、体光效果、室外日光效果、人工照明的客厅以及昏暗的歌厅效果等。

因此，不妨把 AutoCAD 中的灯光理解为模拟真实灯光效果的一种特殊类型。不同类型的灯光物体，其照亮场景的原理不同，所以模拟出来的效果也就千差万别。如果当前系统中没有添加任何光源物体，则使用默认的光源效果。

在 AutoCAD 2009 中，光源的创建方法和光源在视图中显示的形状十分直观且容易操作。通过光源操作面板可完成光源的创建、设置等操作。其中，日期和时间滑块在阳光打开的状态下使用，主要用于控制阳光在某个时间段的照射特性，也可通过调整地理位置来控制阳光的照射强度。

而对于灯光的选择，则取决于场景是模拟自然光还是人工光。在自然光（如日光和月光）照明状态下，使用单一光源即可；在人工照明状态下，通常需要具有相同亮度的多个光源。正确的光源对于在绘图时显示着色三维模型和创建渲染效果非常重要。

AutoCAD 2009 中的常用光源可分为默认光源、用户创建的光源、阳光 3 种类型。

- 默认光源　在具有三维着色视图的视口中绘图时，默认光源来自两个平行光源，在模型中移动时该光源会跟随视口进行移动。模型中所有的面均被照亮，以使其可见。用户可以控制亮度和对比度，但不需要自己创建或放置光源。若要使用用户创建的光源或阳光时，必须关闭默认光源，以便显示从用户创建的光源或阳光发出的光线。通过操作面板中的 按钮可以控制默认光源、创建的光源的开启和关闭状态。

当 按钮呈灰色状态时，表示默认光源处于打开状态，并同时关闭用户在视口中所创建的光源，当 按钮呈亮显状态时，表示将打开用户创建的光源。

- 用户创建光源　当使用默认光源无法有效控制场景中的光源时，如果想要进一步控制光源，则可创建点光源、聚光灯和平行光来实现预期的效果。对于创建的光源，可对其进行移动或旋转（使用夹点工具）、将其打开或关闭、更改其特性（如颜色）等操作，更改后的效果可立即显示在视口中。可以使用不同的光线轮廓来表示每个聚光灯和点光源，不使用轮廓则表示图形中的平行光和阳光。绘图时，可以打开或关闭光线轮廓的显示。默认情况下，不打印光线轮廓。

- 阳光。阳光是一种类似于平行光的特殊光源，用户为模型指定的地理位置以及日期和当日时间定义了阳光的角度，可以更改阳光的强度和太阳光源的颜色。

11.2　三维立体造型的渲染

要创建一个可以表达用户想像的照片级真实感的演示质量图像，需要创建许多渲染，如使用已设置的光源、已应用的材质和环境设置（例如背景和雾化），为场景的几何图形着色，如图 11-10 所示。

图 11-10　为场景几何图形着色后的效果

基础水平的用户可以使用"RENDER"命令来渲染模型，而不应用任何材质、添加任何光源或设置场景。渲染新模型时，AutoCAD 2009 的渲染器会自动使用"与肩齐平"的虚拟平行光，这个光源不能移动或调整。它可以生成真实准确的模拟光照效果，包括光线跟踪反射、折射以及全局照明，其中包含多种标准渲染预设、可重复使用的渲染参数，某些预设适用于相对快速的预览渲染，而其他预设则适用于质量较高的渲染。

11.2.1 三维图形渲染

AutoCAD 2009 系统提供了多种渲染命令与渲染设置，通过渲染可以完美地表现出物体的光照效果、材质效果以及环境设置等，从而将虚拟的三维世界利用软件的手段表现出来。

AutoCAD 2009 中的渲染操作可通过【渲染】控制面板来实现，该控制面板可使用户快速访问基本的渲染功能。【渲染】控制面板默认状态下处于收拢状态，此时用户可渲染整个视图、修剪的部分视图或预设并取消正在进行的渲染任务，且渲染进度表还显示了渲染进度。还可在"渲染预设"下拉列表打开的渲染预设管理器中，创建或修改自定义渲染预设。

单击【茶壶】图标 ，展开【渲染】控制面板，即可调用更多控件以访问更多高级渲染功能和设置，具体操作步骤如下。

步骤 1：在 AutoCAD 2009 主窗口中单击【环境设置】图标，即可打开【渲染环境】对话框，在其中设置雾化效果和景深效果，如图 11-11 所示。

图 11-11 【渲染环境】对话框

步骤 2：单击【高级渲染设置】图标，即可从【高级渲染设置】选项板中进行更多高级设置，如图 11-12 所示。

【高级渲染设置】选项板中包含渲染器的主要控件，被分为从基本设置到高级设置的若干部分，可以从预定义的渲染设置中选择，也可以进行自定义设置。

- "基本"部分包含了影响模型的渲染方式、材质和阴影的处理方式以及反锯齿执行方式的设置（反锯齿可以削弱曲线式线条或边在边界处的锯齿效果）。
- "光线跟踪"部分控制如何产生着色。
- "间接发光"部分用于控制光源特性、场景照明方式以及是否进行全局照明和最终采集。

还可以使用诊断控件来帮助了解图像没有按照预期效果进行渲染的原因。

步骤 3：单击【显示渲染窗口】图标，即可打开【渲染】窗口，在其中查看图像以及与当前图形一起保存的渲染历史记录条目，如图 11-13 所示。通过拖动采样界限滑块，可以控制渲染较详细或较粗略，即调整图像质量。

图 11-12 【高级渲染设置】选项板

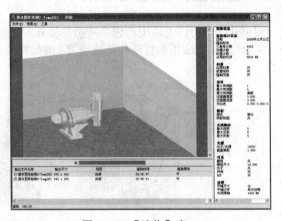

图 11-13 【渲染】窗口

步骤 4：单击【将渲染存储到文件】图标，即可打开【渲染输出】对话框，在其中指定存储位置、文件名和文件格式，以完成渲染后保存图像。

步骤 5：通过选择"输出尺寸"下拉列表中的分辨率选项，可以设置渲染的输出分辨率。

11.2.2　渲染预设

设置 AutoCAD 2009 中不同的渲染器，可以渲染出不同级别的图像效果。渲染预设的级别越高，渲染出的图像质量越高，渲染时的速度越慢；渲染预设的级别越低，渲染出的图像质量越差，渲染时的速度越快。

渲染预设是渲染模型时使用的预定义渲染设置命名集合，用户可使用标准渲染预设或在渲染预设管理器中创建自定义渲染预设。图 11-14 所示即为分别设置渲染预设为两种不同级别的渲染效果。

可以从一个下拉列表中选择一组预定义的渲染设置（称为渲染预设）。渲染预设存储了多组设置，使渲染器可以产生不同质量的图像。标准预设的范围从草图质量（用于快速测试图像）到演示质量（提供照片级真实感图像）。

还可以在"命令提示行"中运行"RENDERPRESETS"命令，即可打开【渲染预设管理器】对话框，在其中创建自定义预设，如图 11-15 所示。可重用的渲染参数存储为渲染预设，可以从一组已安装的渲染预设中选择，也可以创建自定义的渲染预设。渲染预设通常为相对快速的预览渲染而创建。其他设置可能为速度较慢但质量较高的渲染而创建。

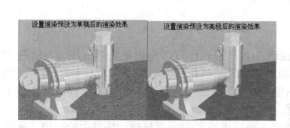

图 11-14　两种不同的渲染效果

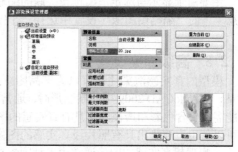

图 11-15　渲染预设管理器

【渲染预设管理器】对话框分为 4 部分，分别是预设列表、特性面板、按钮控件和缩略图查看器。当指定的一组渲染设置能够实现想要的渲染效果时，可以将其保存为自定义预设，以便可以快速地重复使用这些设置。使用标准预设作为基础，可以尝试各种设置并查看渲染图像的外观。如果用户对结果感到满意，可以创建一个新的自定义预设。

1. 渲染预设列表

此列表位于对话框的左侧，列出了所有与当前图形一起存储的预设树状图。渲染预设有两种类型，即标准预设和自定义预设。通过拖放可以重新排列标准预设树和自定义预设树的次序。同样，如果包括多个自定义预设，可以相同的方式排列它们的次序，但不能在标准渲染预设列表内重新排列标准预设的次序。

2. 特性面板

该面板提供的设置与【高级渲染设置】选项板上的特性基本类似，不同之处在于：当选择渲染预设列表中的一个预设选项时，特性面板的顶部会出现一项"预设信息"卷展栏，其中提供了关于选定预设的基本信息。

- 名称　显示选中渲染预设的名称（可重命名自定义预设，但不能重命名标准预设）。
- 说明　显示选中预设的说明。
- 缩略图图像　列出与选定预设关联的静态图像名称。如果单击此选项中的 [...] 按钮，即可在【指定图像】对话框中浏览并为创建的预设选择缩略图图像。

3．按钮控件

在按钮控件区域中有 置为当前(S) 、 创建副本(C) 和 删除(D) 3 个控制按
钮，前两个按钮的具体功能与用途分别如下。

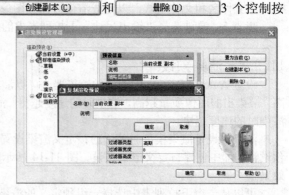

● **置为当前**　用于将选定的渲染预设设
定为渲染器要使用的预设。

● **创建副本**　单击该按钮之后，即可弹出
【复制渲染预设】对话框，如图 11-16 所示。通
过基于现有的渲染预设创建副本可自定义预
设，可以指定已复制预设的名称和说明。新预
设将显示为"渲染预设列表"的自定义渲染预
设之一。

用户在定义新的渲染预设之后，即可在
"渲染预设列表"中选择该预设，并对与此渲
染预设一起存储的渲染设置进行修改。

图 11-16　创建渲染预设副本

【注意】

　　所创建的预设副本的预设名称不能包括特殊字符。如果在预设名称中发现特殊字符，系统将
弹出警告对话框。

4．缩略图查看器

主要用于显示与选定渲染预设关联的缩略图图像。如果未显示缩略图图像，则可以从"预设
信息"下的"缩略图图像"设置中选择一个图像。

11.2.3　高级渲染设置

模型的真实感渲染往往可以为产品团队或潜在客户提供比打印图形更清晰的概念设计视觉
效果。在 AutoCAD 2009 中绘制图形时，通常绝大部分时间都花在模型的线条表示上。 但有时也
可能需要包含色彩和透视的更具有真实感的图像（如验证设计或提交最终设计时），高级渲染技术
便可以使用户渲染出具有照片级真实感的图像。

一幅理想真实感的图像通常由多种因素决定，如三维模型的面、材质、场景中的环境、光线
跟踪的反射和折射、间接发光、最终采集、图像的输出分辨率等。

下面简单讲述决定渲染图像质量的因素的调节方法。

1．三维模型的面处理

通常情况下，模型的复杂程度与其顶点和面的数量成正比，即模型的面越多，渲染时花费的
时间也就将越多。因此，专业的设计师通常都会采用最少的面来描述一个曲面，常见的三维模型
面及处理方法如下。

● **相交面**　当两个对象互相交叉时，就产生了模型中的相交面。将一个对象穿过另一个对象
放置即为一种快速显示对象外观的方法，但两个对象相交处创建的边可能显示为波形，此时不妨
使用布尔运算（如并集、交集和差集）来得到更清晰、精确的边，以更好地反映对象的外观。

● **共面的面**　对于创建图形过程中重叠和位于同一平面上的面，这种类型的面往往会产生难
以确定的结果，特别是对两个面应用的材质不同时，不妨移动一个对象使其各面与其他对象不再
位于同一平面内，来解决这个问题。

● **扭曲的面**　对于实际创建图形过程中，由于 180°扭曲造成自身重叠的面，这种类型的面
由于该面的法线不容易定义，往往也会产生难以确定的结果，具体表现为在固定某些表面带孔的
模型时常会遇到麻烦（如当为新面选择角点时，将穿过这些点而不是绕该孔以逆时针方向将其放
置），通过以正确的顺序选择角点即可避免此类问题。

2．材质

在绘制三维模型时的渲染环境中，给模型添加材质将增强模型的真实感，材质可用来描述对

象如何反射或发射光线。在材质中，贴图可以模拟纹理、凹凸效果、反射或折射。

从 AutoCAD 2009 的【渲染预设管理器】特性面板或【高级渲染设置】选项板中，均可看到【材质】卷展栏，通过渲染设置中的【材质】卷展栏，均可打开或关闭材质、打开或关闭纹理过滤以及控制如何渲染对象表面。在应用到向远处倾斜曲面的局部纹理贴图上时，可能会产生不规则的反锯齿。

3．设置采样

可以使用若干标准渲染预设，来消除在 AutoCAD 2009 中渲染图形时，对角线和曲线边显示的锯齿效果。由于显示器上的图像由固定网格上的不连续像素组成，因此使用"草图"或"低"渲染预设渲染的场景，会产生锯齿状的不精确图像。分辨率越高（像素越小），则锯齿情况越少。但最好的方法还是使用反锯齿技术（AutoCAD 2009 渲染器中使用的反锯齿技术称为"采样"）来减少锯齿。

在 AutoCAD 2009 中，采样由【高级渲染设置】选项板上的样例和过滤器设置来控制（采样为每个渲染像素提供"最佳推测"颜色）。渲染器先采样像素内或沿像素边缘某些位置的场景颜色，再使用过滤器将这些样例结合到单一的像素颜色中（增加采样范围的最小值和最大值可以大大提高渲染的质量）。

下面来讲述最小样例数和最大样例数的具体功能。

● 最小样例数　用于设定最小采样率，该值表示每像素的样例数。该值大于或等于 1 表示每像素计算一个或多个样例；为分数表示每 N 个像素计算一个样例。系统默认为 1/4，表示每 4 个像素最少计算一个样例。

● 最大样例数　用于设定最大采样率，默认为 1。如果邻近样例发现对比差异超出了对比限制，则包含该对比的区域将被细分为指定深度。

如果将"最小样例数"和"最大样例数"列表的值锁定在一起，则表示最小样例数的值不超过最大样例数的值。如果最小样例数的值大于最大样例数的值，则会弹出一个错误提示信息框。

过滤器的作用是确定如何将多个样例组合为单个像素值，在 AutoCAD 2009 的【高级渲染设置】选项板中，可以使用的过滤器方法主要有长方体（默认，最快）、三角形、Gauss、Mitchell（最为精确）、Lanczos 这 5 种。长方体过滤器均匀地结合样例，但不对其进行加权，其他各种过滤器在结合样例前都使用特定的曲线对样例进行加权。

下面简单讲述每种过滤器方法的具体功能。

● 长方体过滤器　使用相等的权值计算过滤区域中所有样例的总和，采样最快。

● 三角形过滤器　使用以像素为中心的棱锥面计算样例权值。

● Gauss 过滤器　使用以像素为中心的 Gauss（bell）曲线计算样例权值。

● Mitchell 过滤器　使用以像素为中心的曲线（比 Gauss 曲线陡峭）计算样例权值。

● Lanczos 过滤器　使用以像素为中心的曲线（比 Gauss 曲线陡峭）计算样例权值，降低样例在过滤区域边缘的影响。

在【高级渲染设置】选项板的【采样】卷展栏中，还有过滤器的宽度、过滤器的高度、对比色等选项，其功能和用法具体如下。

● 过滤器宽度/高度　用以控制过滤区域的大小。增加过滤器宽度和过滤器高度值可以柔化图像，但将增加渲染时间。

● 对比色　单击选项右侧的 🔲 按钮，即可从打开的【选择颜色】对话框中交互指定 RGB 的阈值。

● 对比红色、对比蓝色、对比绿色　分别用于指定样例的红色、蓝色和绿色分量的阈值（值已被正则化且范围介于 0.0～10 之间），其中 0.0 表示颜色分量完全不饱和（黑色或以 8 位编码表示的 0），1.0 表示颜色分量完全饱和（白色或以 8 位编码表示的 255）。

● 对比 Alpha　用于指定样例 Alpha 分量的阈值，值已被正则化且范围介于 0.0（完全透明或以 8 位编码表示的 0）和 1.0（完全不透明或以 8 位编码表示的 255）之间。

4. 阴影

在 AutoCAD 2009 中，渲染图形时使用阴影功能，可以创建更具有深度和真实感的渲染图像。渲染器可以通过阴影贴图（如图 11-17 所示）或光线跟踪（如图 11-18 所示）来生成阴影。阴影贴图阴影取决于渲染器在场景的预渲染阶段生成的位图。阴影贴图提供的边较柔和，且需要的计算时间比光线跟踪阴影要少，但精确度较低。光线跟踪追踪从光源采样得到的光线的路径，光线被对象遮挡的地方将出现阴影。光线跟踪阴影具有更精确、更清晰的边，但需要的计算时间较多。

图 11-17　阴影贴图阴影

• 阴影贴图阴影　阴影贴图是生成具有柔和边界的阴影的唯一方法，但不会显示透明或半透明对象投射的颜色，默认的阴影贴图尺寸为 256×256 个像素，阴影质量可以通过增大或减小阴影贴图的尺寸来控制。阴影贴图阴影比光线跟踪阴影的计算速度快，但此种方式产生的阴影贴图显示较柔和、精度较低。

图 11-18　光线跟踪阴影

【注意】

如果阴影显示过于粗糙，则增加贴图尺寸可以获得较好的质量。如果有穿透透明曲面（如投射其边框和竖梃阴影的多窗格窗口）的光线，则不应使用阴影贴图阴影。必须删除玻璃竖梃才能投射阴影。

• 光线跟踪阴影　与其他反射和折射的光线跟踪效果类似，通过跟踪从光源采样得到的光束或光线而产生。光线跟踪阴影比阴影贴图阴影更加精确。尽管光线跟踪的处理时间较长，但它产生的阴影更真实、更精确。

【注意】

光线跟踪阴影有清晰的边和精确的轮廓，也可以透过透明或半透明对象传递颜色。因此，多窗格窗口的边框和竖梃的阴影将被渲染。由于光线跟踪阴影在计算时不使用贴图，因此无需像使用阴影贴图阴影那样调整分辨率。

当用户在 AutoCAD 2009 中打开阴影时，可以将阴影模式设置为简化模式、排序模式或线段模式等阴影模式之一。

• 简化　渲染器以任意顺序调用阴影着色器，这是默认的阴影模式状态。
• 排序　渲染器以从对象到光源的顺序调用阴影着色器。
• 线段　渲染器沿体积着色器到对象和光源之间光线段的光线顺序调用阴影着色器。

要在模型中投射阴影，必须建立光源。光源需要添加到场景中，且用户需要指定该光源是否投射阴影。对于在设置场景时要在视口中显示的阴影，用户需要打开视觉样式的阴影。如果希望阴影显示在渲染图像中，则需要打开阴影并在【高级渲染设置】选项板上选择要渲染的阴影类型。

5. 光线跟踪反射和折射

在 AutoCAD 2009 中，光线跟踪追踪从光源采样得到光线路径方式生成的反射和折射非常精确，为减少生成反射和折射所需的时间，光线受跟踪深度的限制。用户可在【高级渲染设置】选项板中设置跟踪深度的最大值、反射次数的最大值以及折射次数的最大值，来实现光线跟踪追踪。随着反射和折射次数的增加，渲染器所需的处理时间也将增加。

其中，【高级渲染设置】选项板中的具体设置限制如下。

• 最大深度　设置限制反射和折射的组合。当反射和折射的总次数达到最大深度时，光线跟踪将停止。如果"最大深度"等于 3 且"最大反射"和"最大折射"均设置为 2，则光线可被反射两次、折射两次，反之亦然，但光线不能被反射和折射 4 次。

• 最大反射　设置指定光线可以被反射的次数。设定为 0 时，不发生反射。设定为 1 时，光线仅反射一次；设定为 2 时，光线可以反射两次，依次类推。

● 最大折射　设置指定光线可被折射的次数，设定为 0 时，不发生折射；设定为 1 时，光线折射一次；设定为 2 时，光线可折射两次，依次类推。

【提示】

跟踪深度控制光线可被反射或折射的次数，用户如果将这几项的值进行增大，则可以提高渲染图像的复杂程度和真实感，但代价是耗费更长的渲染时间。

6. 间接发光

间接发光技术（如全局照明和最终采集）通过模拟场景中的光线辐射，或相互反射来增强场景的真实感，如图 11-19 所示。

全局照明（GI）提供诸如渗色之类的效果。例如，如果一张红色的工作台面紧邻一堵白色的墙，则白色的墙看起来会略带粉色。也许大家会觉得这只是一个微不足道的细节，但如果图像中缺少了这种粉色，即使无法准确地指出原因，这幅图像也会显得不真实（普通的光线跟踪计算无法产生这种效果）。

为计算全局照明，渲染器将使用光子贴图（一种生成间接发光和全局照明效果的技术）。使用光子贴图的副作用是产生渲染假象（例如光源中的深色角点和低频变化），但可以打开最终采集（以增加用于计算全局照明的光线数）来减少或消除这些假象。

当准备完成的渲染时，在确保已指定要使用的图形单位之后，再进行 GI 设置，直至对全局照明感到满意后，再更改图形单位将对渲染结果产生不利影响即可。

全局照明的精度和强度由生成的光子数量、采样半径及其跟踪深度控制。图 11-20 所示即光子数量较少且采样半径较小的效果图。

图 11-19　间接发光技术示例　　　　图 11-20　光子数量较少且采样半径较小的效果

● 光子和采样半径　全局照明的强度由用户指定的光子数量计算。增加光子数量可以减少全局照明的噪值，但会增加模糊程度。减少光子数量可以增加全局照明的噪值，但会降低模糊程度。光子的数量越多，渲染时间就越长。

要预览全局照明（将"光子/采样"或"光子/光源"设置为较低的值）之后，再增加这些值以进行最终渲染。采样半径设置光子的大小。多数情况下，默认的光子大小为场景大小的十分之一（"使用半径"为"关"），这样将获得比较理想的结果。其他情况下，默认的光子大小可能会过大或过小。采样半径（半径）的大小可以确定光子是否重叠。光子重叠时，渲染器会将其平滑地连接起来。增大半径会增加平滑量，且可创建更加自然的照明。当光子半径较小且没有重叠时，将不进行平滑。理想状态下，光子应该重叠。要获得理想的效果，最好打开"使用半径"并增加半径大小。

● 全局照明跟踪深度　"跟踪深度"控件与计算反射和折射的控件类似，但这些控件参照的是全局照明使用的光子，而不是光线跟踪反射和折射中使用的光线。最大深度限制反射和折射的组合，当光子反射和折射的总数等于最大深度时，反射和折射将停止。

7. 最终采集

最终采集是用于改善全局照明的可选的附加步骤，可以增加计算 GI 所使用的光线数量，以使光线平滑并消除不利的光线假象。由于从光子贴图计算全局照明，因此可能会产生渲染假象，如图 11-21 所示。

通过激活最终采集，可以增加计算全局照明所使用的光线数量，从而减少或消除这些假象，如图 11-22 所示。

图 11-21　仅使用全局照明渲染的效果　　　　图 11-22　打开最终采集功能渲染的效果

在使用最终采集时，最终采集会显著增加渲染时间，这对于带有全局漫射光源的场景非常有用。关闭最终采集以预览场景之后，再将其打开以进行完成的渲染（增加用于计算全局照明的光子数量也可以改善全局照明）。用户可以在【高级渲染设置】选项板中激活和调整最终采集。

8. 设置渲染环境

在 AutoCAD 2009 中，可以使用环境功能来设置雾化效果或背景图像，对场景进行雾化和深度设置，并为当前视图设置背景来增强渲染图像。

- 雾化/深度设置效果　雾化和深度设置是非常相似的大气效果，可以使对象随着距相机距离的增大而显示得越浅。雾化使用白色，而深度设置使用黑色，如图 11-23 所示。

在命令行运行"RENDERENVIRONMENT"命令或单击【渲染】控制面板中的【渲染环境】按钮 ，均可从【渲染环境】对话框中设置雾化或深度设置参数。要设置的关键参数包括雾化或深度设置的颜色、近距离和远距离以及近处雾化百分率和远处雾化百分率。雾化和深度设置均基于相机的前向或后向剪裁平面，以及【渲染环境】对话框上的近距离和远距离设置。如相机的后向剪裁平面处于活动状态且距离相机 30 英尺，要从距相机 15 英尺处开始雾化并无限延伸，应将"近距离"设置为 50，"远距离"设置为 100。

雾化或深度设置的密度由近处雾化百分率和远处雾化百分率来控制。这些设置的范围为 0.0001～100，值越高表示雾化或深度设置越不透明。对于比例较小的模型，"近处雾化百分率"和"远处雾化百分率"设置可能需要设置在 1.0 以下，才能查看想要的效果。

- 背景　背景主要是显示模型后面的背景幕。背景可以是单色、多色渐变色或位图图像。渲染静止图像时，或者渲染其中的视图不变化或相机不移动的动画时，使用背景效果最佳，如图 11-24 所示。从视图管理器中设置背景之后，背景将与命名视图或相机相关联，并与图形一起保存。

　　图 11-23　雾化/深度设置效果　　　　　　　图 11-24　背景设置效果

本章小结

设计师在进行作品设计时，为了能够尽可能地达到满意的效果，往往会在作品设计完毕之后，给设计出的作品赋予材质、在场景中打上灯光并渲染出真实的产品。

AutoCAD 2009 中令人震撼的改进之一就是在材质、灯光、渲染等方面较以前版本有了极大的改进，使用户可以像在 3ds max 中一样进行三维渲染处理，最终得到满意的效果图。

习题与动手操作

1. 填空题

（1）材质的选择不仅要了解物体本身的物质_____，还需要配合场景的_____、_____等。

（2）在【材质库】工具选项板中包含了产品附带的 300 多种材质和纹理库，且所有材质都附带显示一张_____。

（3）在 AutoCAD 2009 中，【材质】设置面板主要用于自定义材质和_____。

（4）在 AutoCAD 2009 中，常用的贴图方式有_____贴图、_____贴图、_____贴图及凸凹贴图等。在具体的使用过程中，根据选择的材质样板不同，可以使用的_____也不同。

（5）在 AutoCAD 2009 中，用于调整贴图方向的贴图坐标类型有 4 种，分别是平面贴图、_____、柱面贴图、球面贴图。

（6）在 AutoCAD 2009 中，对于灯光的选择，取决于场景是模拟_____光还是_____光。

（7）在渲染新模型时，AutoCAD 2009 的渲染器会自动使用"与肩齐平"的虚拟_____光，这个光源不能移动或调整。

（8）【渲染预设管理器】对话框分为 4 部分，分别是_____、特性面板、_____和缩略图查看器。

（9）最终采集是用于改善全局照明的可选的附加步骤，可以增加计算_____所使用的光线数量，以使光线平滑并消除不利的光线假象。

（10）在 AutoCAD 2009 中，_____时使用阴影功能，可以创建更具有深度和真实感的渲染图像。

2. 选择题

（1）在【材质】设置面板的【材质编辑器】中，根据不同样板的材质，其特性选项不同，仅在高级样板中显示的选项为（   ）。

    A. 环境光   B. 反光度   C. 镜面   D. 折射率

（2）在常用的贴图方式中，（   ）方式是使用最广泛的贴图，可以用于所有的材质样板中。

    A. 漫射贴图   B. 反射贴图   C. 不透明贴图   D. 凸凹贴图

（3）【材质编辑器】卷展面板常用的选项配置中，主要用于给材质指定颜色，存在于真实样板和真实金属样板中的是（   ）。

    A. 漫射   B. 镜面   C. 环境光   D. 反光度

（4）下面选项中属于反射贴图特点的是（   ）。

    A. 主要用于控制材质的反射程度

    B. 主要用于定义材质的透明区域和不透明区域

    C. 使用凸凹贴图可以控制物体表面纹理的凹凸

    D. 可以使用文件中的图像

（5）AutoCAD 2009 中的常用光源可分为 3 类，下列选项中错误的是（   ）。

    A. 默认光源   B. 用户创建的光源   C. 阳光   D. 系统光源

3. 简答题

（1）简述常见的贴图类型。

（2）简述可以调整贴图方向的贴图坐标类型。

（3）一幅理想真实感的图像通常由哪些因素决定？

4. 动手操作题

（1）打开新的空白文件，利用矩形、圆、挤出、回转曲面、三维数组等命令，绘制图 11-25 所示的图形。再使用 AutoCAD 2009 中的材质给模型附着材质贴图，使用光源系统在场景中添加光线，最后打开【高级渲染设置】选项板，设置渲染特性参数，进行最终渲染，使其最终效果如图 11-26 所示。

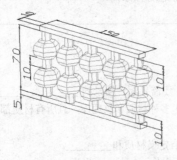

图 11-25　绘制图形示例（1）　　　　　图 11-26　渲染后的图形效果（1）

（2）打开新的空白文件，利用矩形体、薄壳、挤出、差集、圆角等命令，绘制图 11-27 所示的图形。再使用 AutoCAD 2009 中的材质给模型附着材质贴图，使用光源系统在场景中添加光线，最后打开【高级渲染设置】选项板，设置渲染特性参数，进行最终渲染，使其最终效果如图 11-28 所示。

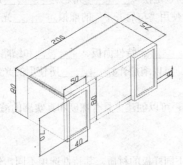

图 11-27　绘制图形示例（2）　　　　　图 11-28　渲染后的图形效果（2）

第 12 章

图纸集的创建与发布

//////

重点提示

♂ 创建图纸集

♂ 管理图纸集

♂ 发布图纸集

本章精粹

本章主要讲解利用 AutoCAD 2009 对图纸集进行管理的一些基础知识，通过本章的学习，读者应灵活掌握在 AutoCAD 2009 中创建图纸集、为图纸集添加图纸、管理图纸集中的命名视图、生成图纸一览表、图纸集的发布与打印、图纸集的归档等操作。

　　在日常的工程设计中，一个项目可能会有很多图纸，手动整理图纸不但非常耗时，而且容易出错。为此，AutoCAD 2009 提供了专门的项目图纸管理工具，也就是图纸集。图纸集可按照项目组织图形、规范要求形成图纸，并将图纸进行发布、归档和对工程文档进行电子传递，对图纸编号、生成图纸一览表等。

12.1　图纸集的创建

　　利用 AutoCAD 2009 提供的专门项目图纸管理工具图纸集，可以极大地增强整个系统的协同设计功效，使得项目负责人能够快捷地管理图纸。

　　使用图纸集管理器可以将图形作为图纸集管理。图纸集是一个有序命名集合，其中的图纸来自几个图形文件。图纸是从图形文件中选定的布局，可从任意图形将布局作为编号图纸输入到图纸集中，如图 12-1 所示。还可将图纸集作为一个单元进行管理、传递、发布和归档。

　　在图纸集管理器中，还可以创建子集对图纸进行分类管理、管理图纸中的命名视图、创建图纸一览表、将全部图纸归档、完整地打印或发布图纸等。

　　激活创建图纸集命令的具体方法为：在"命令提示行"中直接输入"NEWSHEETSET"命令并按空格键或 Enter 键，或单击【视图】中的【图纸集管理器】按钮，均可打开【图纸集管理器】窗口。在"打开"下拉列表中选择"新建图纸集"选项，激活创建图纸集命令，即可打开【创建图纸集-开始】对话框，如图 12-2 所示。

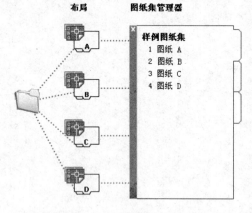

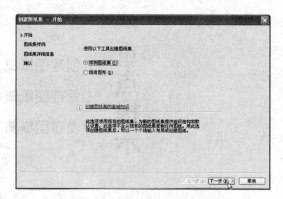

图 12-1　图纸集的表现形式　　　　　　　　图 12-2　【创建图纸集-开始】对话框

　　从【创建图纸集-开始】对话框中即可看到，用户可使用样例图纸集和现有图形两种工具来创建图纸集。

12.1.1　通过样例创建图纸集

　　通过样例创建新的图纸集适用于项目设计初期还没有图纸或只有很少图纸的情况，这样可以对新的图纸集进行组织规划和设置。但使用样例图纸集创建的图纸集中没有任何图纸，只是一个空的框架，还需要手工添加图纸或直接在图纸集中使用图纸集样板图新建图纸。

　　下面以一组机械滑轮组件为例，讲述如何创建一个名为"机械滑轮组件"的图纸集，具体操作步骤如下：

　　步骤 1：在"命令提示行"中运行"NEWSHEETSET"命令或在【图纸集管理器】窗口的"打开"下拉列表中选中"新建图纸集"选项之后，在【创建图纸集-开始】对话框中选中"样例图纸集"单选按钮。

　　步骤 2：单击【下一步】按钮，即可打开【创建图纸集-图纸集样例】对话框，如图 12-3 所示。

【注意】

　　由于 AutoCAD 2009 提供了建筑、制造、市政等公制或英制的图纸集样例，且这些样例中包含了这几类图纸的基本组织结构。因此，在使用滑轮机械装配图时，需选择"Manufacturing Metric Sheet set"图纸集样例，使用公制制造图纸集样例来创建新的图纸集。

　　步骤 3：单击【下一步】按钮，即可打开【创建图纸集-图纸集详细信息】对话框，并指定新图纸集的名称为"机械滑轮组件"，如图 12-4 所示。

图 12-3　【创建图纸集-图纸集样例】对话框　　　图 12-4　【创建图纸集-图纸集详细信息】对话框

　　步骤 4：在"在此保存图纸集数据文件"文本框中指定保存图纸集数据文件的名称（图纸集文件的扩展名为*.dst）之后，再指定"机械滑轮组件"文件夹为保存图纸集文件的位置。

　　步骤 5：单击【图纸集特性】按钮，即可打开显示图纸集特性的【图纸集特性-机械滑轮组件】对话框，为图纸集指定一些特性，如数据文件的位置等参数，如图 12-5 所示。

　　步骤 6：单击"图纸创建"项目列表中"用于创建图纸的样板"旁的【…】按钮，即可打开【选择布局作为图纸样板】对话框，如图 12-6 所示。

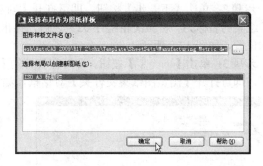

图 12-5　设置图纸集特性　　　　　图 12-6　【选择布局作为图纸样板】对话框

　　步骤 7：单击"图形样板文件名"文本框旁的浏览按钮，选择"机械滑轮组件"文件夹中的"A3 样板图.dwt"文件作为新创建图纸集的样板图之后，单击【确定】按钮，即可返回到【图纸集特性-机械滑轮组件】对话框。

　　步骤 8：单击【下一步】按钮，即可打开【创建图纸集-确认】对话框。AutoCAD 使用样例图纸集中的结构创建了新的图纸集框架，包括"顶层部件"、"零件图纸"、"表达视图图纸"3 个子集，如图 12-7 所示。

　　步骤 9：单击【完成】按钮，即可自动打开【图纸集管理器】面板，并在其中显示了新创建的"机械滑轮组件"图纸集，如图 12-8 所示。

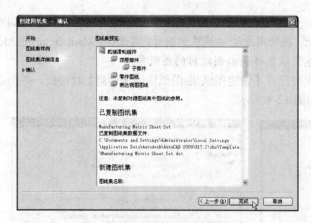

图 12-7 【创建图纸集-确认】对话框   图 12-8　新创建的"机械滑轮组件"图纸集

新创建的图纸集中仅有文件组织结构而没有任何图纸，且该结构可根据需要进行调整，在图纸集或子集的名称上右击，即可新增加子集、重新为图纸集或子集命名、新增图纸或将布局添加进去。

12.1.2　利用已有图形创建图纸集

对于那些已完成一部分或全部图纸绘制的情况，不妨利用现有图形来创建图纸集。创建图纸集前先将不同类型的图纸归类到不同的子文件夹中，可以在创建时直接按文件夹生成组织结构。

下面以利用"机械滑轮组件 2"文件夹中已有文件创建一个名为"机械滑轮组件 2"的图纸集为例，讲述创建"机械滑轮组件 02"图纸集的具体操作步骤。具体操作步骤如下。

步骤 1：在"命令提示行"中运行"NEWSHEETSET"命令或在【图纸集管理器】窗口的"打开"下拉列表中选择"新建图纸集"选项之后，在【创建图纸集-开始】对话框中选中"现有图形"单选按钮。

步骤 2：单击【下一步】按钮，即可打开【创建图纸集-图纸集详细信息】对话框，在其中指定图纸集的名称为"机械滑轮组件 02"之后，再指定"机械滑轮组件 2"文件夹为保存图纸集文件的位置，如图 12-9 所示。

步骤 3：单击【下一步】按钮，即可在打开的【创建图纸集-选择布局】对话框中单击【浏览】按钮，即可打开【浏览图纸集文件夹】对话框，如图 12-10 所示。

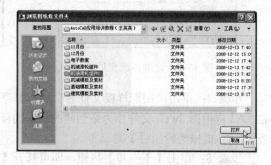

图 12-9 【创建图纸集-图纸集详细信息】对话框   图 12-10 【浏览图纸集文件夹】对话框

步骤 4：选择"机械滑轮组件 2"为该项目的文件夹之后，单击【确定】按钮，即可按此文件夹中的图形文件和目录结构自动创建图纸集中的图纸和子集。

步骤 5：将全部文件夹前的"+"符号单击打开后，具体效果如图 12-11 所示。此时，还可将其他文件夹添加进来，AutoCAD 2009 将会把所有能支持的图纸布局列入图纸集。

步骤 6：单击【下一步】按钮，即可打开【创建图纸集-确认】对话框，在"图纸集预览"列表框中显示图纸集的结构和图纸布局、图纸编号等，如图 12-12 所示。最后，单击【完成】按钮，即可完成图纸集的创建，在 AutoCAD 2009 的主窗口中显示【图纸集管理器】面板。

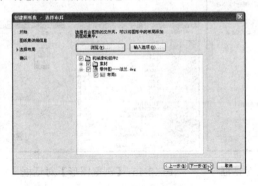 

图 12-11　图纸集的结构效果　　　　　　　图 12-12　图纸集预览

【小技巧】

在利用已有图形创建的图纸集中，除按照文件夹目录结构生成图纸集的结构之外，还可直接将图纸导入到图纸集中。此后，双击图纸集中的图纸即可将图纸打开，还可以修改图纸的标题和编号。

右击【图纸集管理器】面板中的图纸集名称，在弹出的快捷菜单中选择【关闭图纸集】菜单项，即可关闭图纸集。

由于图纸集只是保存了文件的链接，而并不是将整个图纸保存进来，即图纸集只是 AutoCAD 2009 环境下图纸的一个链接组织。因此，如果图纸集中的文件被移动了位置或被删除，系统将禁止在图纸集中打开该文件，除非重新定位到这个文件。

【注意】

由于图纸集是基于布局构建的，因此，如果想要将现有图形导入到图纸集中，就必须具有至少一个已初始化的布局。当只在模型空间中绘图而没有使用布局时，将无法导入图形到图纸集中。

另外，由于一张图纸只能隶属于一个图纸集。因此，如果一个图纸已隶属于某一个图纸集，也将无法通过现有图形创建图纸集。

12.1.3　在图纸集中导入现有图纸

在图纸集创建完毕之后，就可以向图纸集中添加图纸（布局）了。在 AutoCAD 2009 中，有两种添加图纸的方式，即直接将现有的图纸导入到图纸集中和直接在图纸集中创建新图纸。对于已经创建好的图纸，可以直接将其导入到图纸集中。

具体操作步骤如下：

步骤 1：在【图纸集管理器】中打开已创建完毕的图纸集之后，右击"零件图—法兰-布局 1"子集，即可弹出快捷菜单，如图 12-13 所示。

步骤 2：在快捷菜单中选择【将布局作为图纸输入】菜单项，即可弹出【按图纸输入布局】对话框，如图 12-14 所示。

步骤 3：单击其中的【浏览图形】按钮之后，选择"机械滑轮组件 2"文件夹中"零件图—法兰.dwg"文件并单击【打开】按钮，如图 12-15 所示。

【注意】

一个布局只能属于一个图纸集，如果一个布局已经隶属于某个图纸集，在当前图纸集中引用必须创建一个副本。

步骤 4：如果可输入的图纸集列表中状态显示为"可以输入"，则表示该布局还没有被任何图纸集引用，此时单击【输入选定内容】按钮，即可将布局输入到图纸集中。

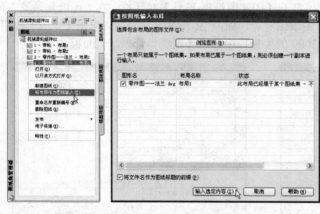

图 12-13　快捷菜单　　图 12-14　【按图纸输入布局】对话框　　图 12-15　【浏览图形】对话框

　　步骤 5：重复上述操作，将"机械滑轮组件 2"文件夹中的其他图纸分类添加到不同子集之后，双击图纸集中的图纸，即可将图纸打开，如图 12-16 所示（在图纸集中打开图纸的图标显示为增加一个锁头）。

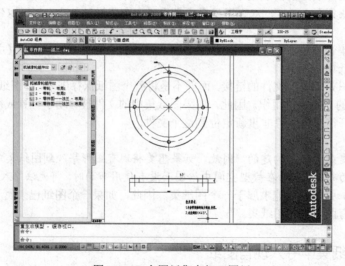

图 12-16　在图纸集中打开图纸

　　在图纸标题栏中使用字段来代替图样名称和图号（图样名称的字段类型为"图纸集"类别中的"当前图纸标题"，而图号的字段类型则为"图纸集"类别中的"当前图纸编号"）之后，打开图形即可发现，名称和标题将显示为图形在图纸集中的标题和编号，修改其标题和编号，标题栏中的字段也将随之发生变化。

　　下面讲述修改图纸集中图纸的编号和标题的具体操作步骤。

　　步骤 1：右击图纸集中的"带轮-布局 1"图纸之后，在弹出的快捷菜单中选择【重命名并重新编号】菜单项，即可打开【重命名并重新编号】对话框，如图 12-17 所示。

　　步骤 2：在"编号"下面的文本框中输入"DL-001"，在"图纸标题"下面的文本框中输入"带轮"之后，单击【确定】按钮，即可改变图纸集内的这张图纸的编号和标题，但图形标题栏上并不发生变化。

　　步骤 3：选择【工具】→【更新字段】菜单项之后，选择标题栏进行字段更新之后，标题栏中的编号和标题都将被更新。将图纸集中所有图纸的编号和标题进行整理之后，所有图纸中标题栏也将随图纸集的设定而发生改变。

步骤 4：重复上述操作，重新将图纸集中的其他图纸全部编号之后（还可以上下拖曳图纸以将其置于合适位置），即可得到图 12-18 所示的最终结果。

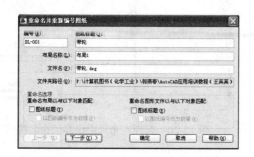

图 12-17　【重命名并重新编号】对话框

图 12-18　重新编号后的图纸集

12.1.4　在图纸集中创建新图纸

对于那些在实际设计过程中没有绘制好的图纸，可通过直接在图纸集中创建新的图纸来实现绘制。此时，如果使用图纸集统一的样板图来创建新图形，将会显得较为规范。

添加新图纸的具体操作步骤如下。

步骤 1：右击打开的"机械滑轮组件 02"图纸集名称，选择快捷菜单中的【新建图纸】菜单项，即可打开【新建图纸】对话框，在其中指定图纸编号和图纸标题，如图 12-19 所示。

图 12-19　【新建图纸】对话框

步骤 2：在"编号"下面的文本框中填入"DL-001"，在"图纸标题"下面的文本框中填入"机械滑轮组件图纸清单"之后，系统将会根据图纸标题和编号自动生成文件名。采用图纸集的样板文件作为本图形的样板，即可在指定文件路径下创建名为"DL-001　机械滑轮组件图纸清单.dwg"的图形文件。如果没有给图纸集指定样板图，则在创建图纸集第一个图纸时，系统将会提示给出样板文件。

步骤 3：单击【确定】按钮，即可将新图纸添加到图纸集。此时，如果拖曳图纸将其置于顶部位置，双击该图纸名，即可打开一个以图纸编号和标题命名的新图形文件。该新图纸使用了指定的样板图，图纸的编号和标题均与图纸集中的效果一致。

12.2　管理图纸集

在 AutoCAD 2009 中，命名视图是指将绘图时的一些局部图形显示保存起来，以方便用户在绘制大型图纸时，可快速地切换到需要的工作区域。命名视图可以在图纸集中进行管理，AutoCAD 图纸集对于在模型空间和布局中保存的命名视图，提供了不同的管理方式。

12.2.1 在布局中命名视图

当用户需要管理在布局中的命名视图时，只需在打开"机械滑轮组件 02"图纸集之后，将【图纸集管理器】面板切换到【图纸视图】选项卡，即可看到目前处于"按图纸查看"方式，如图 12-20 所示。

此时，将会看到在【图纸集管理器】面板的【图纸视图】选项卡中，已将图纸集内所有图纸中保存的命名视图全部列出，用户只需双击某个要查看的视图，AutoCAD 2009 即可自动将该图纸打开并切换到该命名视图显示。

单击右上角的【按类别查看】按钮，将视图切换到"按类别查看"方式之后，即可添加新的类别，并将视图拖曳到不同的类别中进行分类管理。

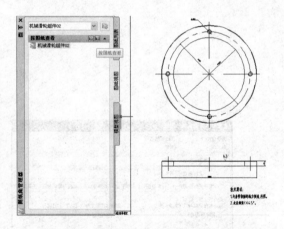

图 12-20 管理在布局中保存的命名视图

12.2.2 在模型空间中命名视图

管理在模型空间中命名视图的操作相对要复杂一些。在 AutoCAD 2009 中，只是将其作为资源图形管理，而并不直接将其置于图纸集中，仅是在需要时调用。下面以"滑轮支座装配图.dwg"中保存的两个模型空间视图为例，讲述将其在资源图形中找到并调用到新图形文件中的操作方法。具体操作步骤如下。

步骤 1：双击图纸集中的文件"DL-001 带轮"，即可打开此图纸并将布局选项卡切换到模型空间，如图 12-21 所示。

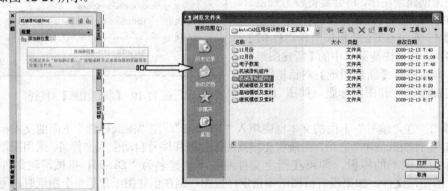

图 12-21 添加新位置

步骤 2：双击"添加新位置"，即可打开【浏览文件夹】对话框。选择"机械滑轮组件 2"文件夹，则在图纸集管理器中将显示出该文件夹内的所有图形文件。单击"滑轮支座装配图"旁的"+"符号，即可显示此文件模型空间中的视图。

步骤 3：将【图纸集管理器】面板切换到【图纸列表】选项卡之后，在"带轮"图纸集中新建一张编号为"DL-003"，标题为"视图"的图纸，将其归类到"表达视图图纸"中并双击打开。

步骤 4：选择【图纸集管理器】面板中的【资源图形】选项卡之后，将视图拖曳到新建文件的布局中（此时可右击指定比例，否则按默认比例 1∶1 放置视图）。

【注意】

添加的视图将以外部参照形式插入到当前图形中，此时返回【视图列表】选项卡，即可看到已在视图列表中列入了新添加的两个视图，双击视图即可对视图进行查看。

12.2.3 生成图纸一览表

在 AutoCAD 2009 中，用户还可以根据图纸集的内容直接生成图纸一览表。图纸一览表主要用于在项目完成之后对图纸集进行归档前，将图纸集中的全部图纸进行清点并列出一份图纸清单。编号与图纸一览表基于字段技术，也即随着图纸集内容的修改而自动更新。

生成图纸一览表的具体操作步骤如下。

步骤 1：将制作完毕的图纸集文件保存到"完成的机械滑轮组件图纸集"文件夹中之后，打开其中的"机械滑轮组件 02"图纸集，如图 12-22 所示。

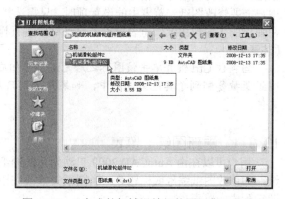

图 12-22 "完成的机械滑轮组件图纸集"文件夹

步骤 2：双击其中的图纸文件"图纸清单.dwg"，将其打开之后（此时图纸默认为空白），右击图纸集名称，选择快捷菜单中的【插入图纸一览表】菜单项，即可打开【插入图纸一览表】对话框，如图 12-23 所示。

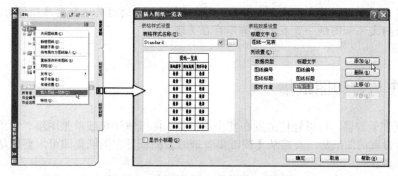

图 12-23 【插入图纸一览表】对话框

步骤 3：此时，将会在对话框的左侧列出表格样式名称和表格样式，在右侧列出标题文字和列设置，使用【添加】和【删除】按钮可增加列的信息。

步骤 4：将标题文字改为"图纸目录"，并增添一列，该列的标题文字为"序号"，数据类型可以设置为"无"，通过"上移"和"下移"命令，再增加一列"图形作者"，并调整列的位置。如果需要修改表格样式（如文字样式等），则可以单击右侧的 [...] 按钮进行修改。

步骤 5：设置完毕"图纸一览表"中的各项之后，单击【确定】按钮，将"图纸一览表"插入到布局中，此时系统将出现"图纸一览表是从图纸列表自动生成的。如果手动修改图纸一览表，修改只是临时的，在单击快捷菜单上的'更新图纸一览表'时将丢失"的提示信息，如图 12-24 所示，单击【确定】按钮即可。

步骤 6：此时"命令提示行"中将会提示用户"指定插入点："，指定图纸一览表的插入点后，图纸一览表即可显现在图纸上（此时可将序号填入表格内），如图 12-25 所示。

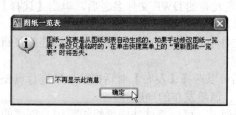

图 12-24 提示信息

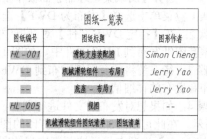

图纸一览表		
图纸编号	图纸标题	图形作者
HL-001	滑轮支座装配图	Simon Cheng
--	机械滑轮组件 - 布局1	Jerry Yao
--	底座 - 布局1	Jerry Yao
HL-005	视图	--
--	机械滑轮组件图纸清单 - 图纸清单	

图 12-25 图纸一览表

当光标停留在图纸编号或图纸标题上时，将出现超链接的图标，此时如果按住 Ctrl 键并单击该图标，即可直接打开相应的图形文件，这表明图纸一览表和图形文件之间存在着链接关系。当用户需要修改图纸一览表中的设置项时，只需选择快捷菜单中的【编辑图纸一览表设置】菜单项，在弹出的【编辑图纸一览表设置】对话框中进行操作即可。

【注意】

当按住 Ctrl 键并单击该图标之后无法打开相应的图形文件时，用户需要检查是不是由于整个图纸集被复制到了其他文件夹中，如果是，则只需执行一次"更新图纸一览表"即可重新定位文件。

12.2.4　更新图纸一览表

用户可以在由 AutoCAD 2009 自动创建的图纸一览表中，根据需要添加和修改图纸集中的图纸，如修改图纸编号或标题等。当图纸集修改完毕之后，使用更新图纸一览表命令即可自动更新图纸列表一览表。

修改图纸集内容之后，更新"图纸一览表"的具体方法为：选择并右击"图纸一览表"之后，再从快捷菜单中执行【更新图纸一览表】菜单项即可。

【注意】

用户还可以将图纸一览表输出到*.csv 格式的文件中，再通过其他数据库软件对其进行整理，但此时所输出的文件和图纸一览表之间将不存在关联。

12.3　发布与打印图纸集

通过图纸集管理器，可以轻松地发布整个图纸集、图纸集子集或单张图纸。如果要发布在图纸集管理器中设置的图纸集，直接从【图纸集管理器】面板发布图纸集即可，要比从【发布】对话框发布快得多。

当从图纸集管理器发布时，既可以发布为电子图纸集（通过将其发布为 DWF 文件），也可以发布为绘图仪（通过将其发布至与每张图纸关联的页面设置中命名的绘图仪），还可以通过使用保存在页面设置替代 DWF 文件中，与图纸集关联的页面设置来发布图纸，此页面设置将替代单个发布作业当前页面设置的设置内容。

12.3.1　发布图纸集

在 AutoCAD 2009 中，使用图纸管理器可以很轻松地将完成的项目以 Web 格式发布电子版本的图纸集，并将图纸集发布给客户或发布给要检查这些设计的工程师或其他人员。当用户从【图纸集管理器】面板中打开【发布】对话框时，在【发布】对话框中将会自动列出在图纸集中选择的图纸，用户此时只需在其中修改要发布的图纸集即可。

发布图纸集的具体操作步骤如下。

步骤 1：选择【图纸集管理器】面板中要发布的图纸、子集或整个图纸集之后，单击【发布】按钮，从下拉菜单中选择【发布为 DWF】选项，如图 12-26 所示。

步骤 2：在【指定 DWF 文件】对话框中指定发布的 DWF 文件名之后，单击【选择】按钮，即可将整套图纸发布到 DWF 文件中，如图 12-27 所示。

步骤 3：待系统将整套图纸发布到 DWF 文件中之后，单击右下角气泡式的连接按钮，即可查看打印和发布的详细信息。

步骤 4：如果想对发布的文件进行调整，还可以选择【发布】对话框菜单项进行调整，如图 12-28 所示。在此可以添加或删除要打印的图纸、调整发布的顺序等。

【图纸列表】选项卡显示按顺序排列的图纸列表，可以将这些图纸组织到用户创建的名为子集的标题下，此选项卡主要包括如下按钮。

图 12-26 图纸集发布到 DWF   图 12-27 【指定 DWF 文件】对话框

图 12-28 【发布】对话框

- 发布到 DWF 将选定的图纸或图纸集发布到指定的 DWF 文件。自动使用 "PUBLISH" 命令中指定的设置。
- 发布 显示 "发布"列表，在快捷键菜单选项中按字母顺序列出了每个选项的说明。
- 图纸选择 显示一个菜单，从中可以按名称保存、管理和恢复图纸选择。这样可以很容易地指定一组图纸用于发布、传递或归档操作。
在快捷键菜单选项中按字母顺序列出了每个选项的说明。
- 详细信息（在窗口底部） 显示当前选定图纸或子集的基本信息。
- 预览（在窗口底部） 显示当前选定图纸的缩略图预览。
- 快捷菜单选项 在【图纸列表】选项卡的快捷菜单上显示相应选项。为了便于访问，这些选项按字母顺序列出。每个快捷菜单中显示的选项取决于上下文，在树状图中，在图纸集名称上右击与在子集名称或图纸名称上右击显示的快捷菜单不同。

12.3.2 打印图纸集

在 AutoCAD 2009 中，用户可以直接使用绘图仪将整套图纸集或其中的部分图纸进行打印，而无需任何人工干预，整套图纸都会顺序打印到绘图仪中，这样不但省去了一张一张打印图纸的烦恼，而且还可以大大提高打印出图的效率。

打印图纸集的具体操作方法如下。

步骤 1：在【图纸集管理器】面板中选择要发布的图纸、子集或整个图纸集之后，单击【发布】按钮。

步骤 2：从下拉菜单中选择 "发布到绘图仪"选项之后，系统即可开始打印图纸，将整个图纸集顺序打印到绘图仪中。

步骤 3：待所有图纸集中的图纸打印结束之后，单击右下角气泡式的连接按钮，即可查看该打印作业的详细信息。

步骤 4：当打印或发布作业完成之后，系统将会显示一条气泡式的消息通知用户，单击该区域即可查看打印和发布的详细信息。

【注意】

由于在 AutoCAD 2009 中图纸集使用了后台打印技术，因此，用户在打印和发布作业的同时，还可以继续对图形进行其他操作。在打印或发布图纸集时，右下角系统托盘中的动画效果图标表明后台正在处理打印或正在发布作业。

此外，用户如果想要设置后台打印的工作状态，选择【工具】→【选项】菜单项，即可打开【选项】对话框，在其中选择【打印和发布】选项卡，如图 12-29 所示。在"后台处理选项"选项区域内设置打开或关闭后台打印（默认为在打印图形时关闭后台打印），而在发布电子图纸集（DWF 文件）时打开后台打印。

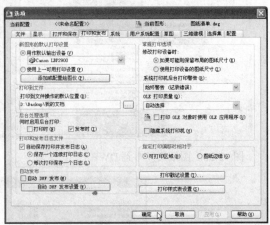

图 12-29 【打印和发布】选项卡

12.3.3 归档图纸集

项目完成之后，图纸集可以自动将全部图纸进行归档，将图纸集或部分图纸集打包以便存储。这与传递集打包类似，不同的是需要为归档内容指定一个文件夹且并不传递该包。图纸集中的图纸可能来自多个不同的文件夹，甚至局域网内其他计算机中的链接，通常情况下，归档操作将会把所有的图纸集中到同一个目录或放置到一个压缩包中。

在 AutoCAD 2009 中，归档图纸集的具体操作方法如下。

步骤 1：右击【图纸集管理器】面板中要发布的图纸、子集或整个图纸集之后，在快捷菜单中选择【归档】菜单项，即可自动收集有关归档的相关信息。

步骤 2：待系统自动收集完毕有关归档的相关信息之后，即可打开【归档图纸集】对话框，如图 12-30 所示。

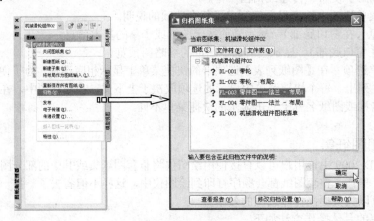

图 12-30 【归档图纸集】对话框

步骤 3：单击【确定】按钮，即可打开【指定 zip 文件】对话框，给出压缩文件的名称，并在指定的文件夹中形成.zip 类型的压缩文件（该文件经过压缩之后体积将大大减小，用户可通过 Internet 将此文件发送出去）。

步骤 4：接收方在收到该文件之后，只需解压该文件即可将其恢复为原有的文件。如果不想采用压缩文件的方式归档，则单击【修改归档设置】按钮，即可对归档文件包类型进行修改。

如果用户还想对图纸集进行电子传递，则可以执行如下操作。

右击【图纸集管理器】中要发布的图纸、子集或整个图纸集，在弹出的快捷菜单中选择【电子传递】菜单项即可。

【注意】

电子传递和归档的操作基本相同，这里不再赘述。不同之处在于电子传递在打包图纸集之后可直接将其通过电子邮件发送出去。

本章小结

在 AutoCAD 2009 中，图纸集主要用于进行项目管理，本章具体讲述了图纸集的多种使用方法，希望读者在进行学习时多动手练习，以便在进行实际的项目设计时大大提高工作效率。

但图纸集在实际应用中应该注意：加入图纸集的图纸必须有至少一个初始化了的布局，仅在模型空间中绘制的图形无法使用图纸集；图纸集中只保存文件的位置链接，删除或移动图纸后均不能打开图纸集中的文件；图纸集中的图纸只能隶属于一个图纸集，如果其他图纸集想要引用，必须创建副本。此外，对于那些已隶属于某个图纸集的图纸布局，在 AutoCAD 2009 中将无法采用"现有图形"法将其直接创建到新的图纸集中。

尽管在 AutoCAD 2009 中允许多个设计人员同时访问一个图纸集，但同时却只允许一个用户编辑同一图纸，因此需要尽量避免在一个图形文件中创建多个布局。存储在图纸集数据文件中的数据代表了设计人员前期的大量工作，因此，应该像创建图形文件的备份一样，及时创建 DST 文件的备份。

习题与动手操作

1. 填空题

（1）利用 AutoCAD 2009 提供的专门项目图纸管理工具图纸集，可以极大地增强了整个系统的协同设计的功效，使得_____能够快捷地管理图纸。

（2）从【创建图纸集-开始】对话框中即可看到，用户可使用_____和_____两种工具来创建图纸集。

（3）在 AutoCAD 2009 中有两种添加图纸的方式，即直接将现有的图纸导入到图纸集中和_____。

（4）_____主要用于在项目完成之后对图纸集进行归档前，将图纸集中的全部图纸进行清点并列出一份图纸清单。

（5）当图纸集修改完毕之后，使用_____命令即可自动更新图纸列表一览表。

（6）当用户从【_____】面板中打开【发布】对话框时，在【发布】对话框中将会自动列出在图纸集中选择的图纸，用户此时只需在其中修改要发布的图纸集即可。

（7）项目完成之后，_____可以自动将全部图纸进行归档，将图纸集或部分图纸集打包以便存储。

（8）右击【_____】面板中的图纸集名称，在弹出的快捷菜单中选择【关闭图纸集】菜单项，即可关闭图纸集。

（9）_____只是 AutoCAD 2009 环境下图纸的一个链接组织。

（10）如果一个_____已隶属于了某一个图纸集，也将无法通过现有图形创建图纸集。

2. 选择题

（1）AutoCAD 使用样例图纸集中的结构创建了新的图纸集框架，包括 3 个子集，错误的是（　　）。

　　A．顶层部件　　　　　B．零件图纸　　　　　C．表达视图图纸　　　　　D．中层部件

（2）用户还可以将图纸一览表输出到（　　）格式的文件中，再通过其他数据库软件对其进行整理。

        A．*.csv   B．*.dsv   C．都正确   D．都不正确

（3）下列说法中错误的是（   ）。

        A．创建图纸集前先将不同类型的图纸归类到不同的子文件夹中，可以在创建时直接按文件夹生
            成组织结构

        B．右击【图纸集管理器】面板中的图纸集名称，在弹出的快捷菜单中选择【关闭图纸集】菜单
            项，即可关闭图纸集

        C．图纸只是 AutoCAD 2009 环境下图纸的一个链接组织

        D．如果一个图纸已隶属于某一个图纸集，也将无法通过现有图形创建图纸集

（4）（   ）主要用于在项目完成之后对图纸集进行归档前，将图纸集中的全部图纸进行清点并列出一
份图纸清单。

        A．图纸一览表   B．图纸   C．图纸集   D．图表

（5）当光标停留在图纸编号或图纸标题上时将出现超链接的图标，此时若按住（   ）键并单击该图
标，即可直接打开相应的图形文件。

        A．Ctrl+1   B．Shift+1   C．Shift   D．Ctrl

3．简答题

（1）激活创建图纸集命令的具体方法是什么？

（2）简述修改图纸集中图纸的编号和标题的具体操作步骤。

（3）如何在布局中命名视图？

4．动手操作题

自己动手创建一组滑轮组件，并以其为例，进行如下操作。

（1）创建一个名为"滑轮组件"的图纸集。

（2）针对上述创建的"滑轮组件"图纸集生成图纸一览表。

第1章

1. 填空题

（1）Computer Aided Design　计算机辅助设计　（2）版本信息　文件名称

（3）"AutoCAD 经典"　"二维草图与注释"　"三维建模"

（4）【搜索】按钮　【通讯中心】按钮　【收藏夹】按钮

（5）选择该菜单项将会打开相应的对话框　（6）【目录】　【索引】　【搜索】

（7）主视图　俯视图　正右方　（8）自动保存　备份文件　.dwg

（9）【目录】　【搜索】　（10）世界坐标系　用户坐标系

2. 选择题

（1）D　　（2）B　　（3）D　　（4）C　　（5）B　　（6）B　　（7）A

3. 简答题

（1）解答：启动 AutoCAD 2009 的方法有如下 3 种。

方法 1：如果对该软件创建了桌面快捷图标，可在 Windows 系统桌面上双击 AutoCAD 2009 的快捷图标启动 AutoCAD 2009。

方法 2：选择【开始】→【程序】→【Autodesk】→【AutoCAD 2009-Simplified Chinese】→【AutoCAD 2009】菜单项，启动 AutoCAD 2009。

方法 3：在已安装 AutoCAD 2009 软件的情况下，双击 AutoCAD 2009 图形文件，即可启动 AutoCAD 2009 并打开该图形文件。

（2）解答：在 AutoCAD 2009 中，坐标系分为世界坐标系（WCS）和用户坐标系（UCS）两种，这两种坐标系下都可以通过坐标（x,y）来精确定位点，其各自的特点如下。

• 世界坐标系（WCS）　系统初始设置的坐标为世界坐标系，坐标原点位于屏幕绘图窗口的左下角，固定不变，世界坐标系的坐标轴交汇处有口形状的标记。世界坐标系中的所有位置都是相对于坐标原点的，而且规定 X 轴正方向和 Y 轴正方向为坐标系的正方向。

• 用户坐标系（UCS）　用户可以使用 UCS 命令创建用户坐标系以适应绘图需要，系统变量 UCSICON 控制坐标系图标的显示，其坐标原点可以定义在世界坐标系中的任意位置，坐标轴与世界坐标系也可以成任意角度。用户坐标系的坐标轴交汇处没有口形状的标记。

（3）解答：创建新的图形文件的方法有如下 4 种。

方法 1：在 AutoCAD 2009 操作界面中单击【菜单浏览器】按钮，在弹出的菜单中选择【文件】→【新建】菜单项，即可打开【选择样板】对话框。

方法 2：在快速访问工具栏中单击【新建】按钮，即可打开【选择样板】对话框。

方法 3：在命令行中执行 "NEW"（大小写不分）命令后按 Enter 键，即可打开【选择样板】对话框。

方法 4：按 Ctrl＋N 快捷键，即可打开【选择样板】对话框。

在该对话框中选择相应的样板之后，单击【确定】按钮，即可创建一个新的图形文件。

第 2 章

1. 填空题

（1）绘图　　　　　　　　　　（2）画剖面线　　　　　（3）拾取点法

（4）拟合曲线　数据点　　控制点　　（5）多段线　分别　　（6）参数

（7）射线　　　同一起点　　　　　　（8）构造线　三维空间　（9）ERASE　Enter 键

（10）折线　　多段线

2. 选择题

　　（1）B　　　　　　（2）B　　　　　　（3）D　　　　　　（4）D　　　　　　（5）C

3. 简述题

（1）解答：在 AutoCAD 中可以创建的点主要有单点、多点、定数等分、定距等分等。

（2）解答：单击【菜单浏览器】按钮，选择【格式】→【多线样式】菜单项或在命令行内输入 "MLSTYLE"
命令，即可打开【多线样式】对话框。在其中单击【新建】按钮，即可打开【创建新的多线样式】对话框，
在 "新样式名" 文本框中输入 "窗口线"。单击【继续】按钮，即可打开【新建多线样式：窗口线】对话框，
可以设置新多线样式的封口、填充、图元等内容。在 "说明" 文本框内输入对该多线的说明，并在 "图元"
选项区中单击【添加】按钮，通过偏移功能设置直线的偏移量，分别是 180、60、-60、-180 个单位。在设
置完毕之后，单击【确定】按钮返回到【多线样式】对话框即可发现在 "样式" 栏中多了一项 "窗口线"，
在下面的 "预览" 栏中显示了新设置的样式。再次单击【确定】按钮，即可关闭【多线样式】对话框。选择
【绘图】→【多线】菜单项，在绘图窗口中单击一点，就可以用新设置的多线样式绘制窗口线。

（3）解答：调用绘制构造线命令的方法有如下 3 种。

- 单击【菜单浏览器】按钮，选择【绘图】→【构造线】菜单项。单击 "绘图" 工具栏中的【构造线】按钮。

- 在 "命令提示行" 中输入命令 "XLINE"。

第 3 章

1. 填空题

（1）选择集

（2）通过指定的半径创建一条圆弧，用这个圆弧将两个图形对象光滑地连接起来

　　将两个非平行的对象，通过延伸或修剪使之相交或用斜线连接

（3）源对象　图层　目标对象　　（4）未被执行　蓝色

（5）面域　孔槽　　　　　　（6）沿指定方向均匀排列　行和列　　（7）镜像对象

（8）【快速选择】　线型　　　　　（9）窗口选取　　　　　（10）拾取框　虚线

2. 选择题

　　（1）D　　　　　（2）A　　　　　（3）D　　　　　（4）D　　　　　（5）D

3. 简述题

（1）解答：单击【菜单浏览器】按钮，在弹出的菜单中选择【工具】→【快速选择】菜单项，或在

【功能区】选项板中选择【常用】选项卡，在【实用程序】面板中单击【快速选择】按钮 ，均可打开【快速选择】对话框。在其中可根据实际需要设置相应的属性，如在"应用到"下拉列表中选择"整个图形"选项，在"对象类型"下拉列表中选择"圆"选项，并在"特性"列表框中选择"颜色"选项等。在所有设置完毕之后，单击【确定】按钮，保存相应属性设置，就可以利用相应的设置属性去选择具有共同属性的图形对象了。

（2）解答：在 AutoCAD 2009 中，调用【分解】命令的方法有如下 3 种。

- 单击【菜单浏览器】按钮，在弹出的菜单中选择【修改】→【分解】菜单项。
- 在【功能区】选项板中选择【常用】选项卡，在【修改】面板中单击【分解】按钮 。
- 在"命令提示行"中运行"EXPLODE"命令。

（3）解答：利用夹点可以快速地选择要编辑的对象，为用户提供了一种方便快捷的编辑操作途径，进而提高编辑修改的效率，使操作更快捷方便。使用夹点可以在不调用任何编辑命令的情况下，对需要编辑的对象进行修改。单击所要编辑的对象后，当对象上出现若干个夹点时，单击其中一个夹点作为编辑操作的基点，这时该点会以高亮度显示，表示已成为基点。在选取基点后，就可以使用 AutoCAD 的夹点功能对相应的对象进行拉伸、移动、旋转等编辑操作。

第 4 章

1. 填空题

（1）设计过程 1 毫米 （2）线性 实物 1：1 （3）角度 增量
（4）指针输入 标注输入 动态提示 （5）封闭图形 （6）捕捉角度 捕捉设置
（7）捕捉 栅格 （8）X 轴 Y 轴 （9）图形对象 输入点 （10）图纸尺寸 注释性

2. 选择题

（1）B （2）D （3）C （4）A （5）D

3. 简答题

（1）解答：在 AutoCAD 2009 中，调用【图形界限】命令的方法有如下两种。

- 单击【菜单浏览器】按钮，在弹出的菜单中选择【格式】→【图形界限】菜单项。
- 在"命令提示行"中运行"LIMITS"命令。

（2）解答：在 AutoCAD 2009 中，激活栅格显示设置的方法有如下 3 种。

- 单击【菜单浏览器】按钮，在弹出的菜单中选择【工具】→【草图设置】菜单项，即可打开【草图设置】对话框并选择【捕捉和栅格】选项卡。
- 右击状态栏中的【栅格显示】按钮 ，在弹出的快捷菜单中选择【设置】菜单项，即可打开【草图设置】对话框并选择【捕捉和栅格】选项卡。
- 在"命令提示行"中运行"GRID"命令。

（3）解答：单点捕捉也称指定对象捕捉，是指在指定点的过程中只选择一个特定捕捉点，但比较麻烦的是，每次遇到选择点的提示后都必须先选择捕捉方式。AutoCAD 预设了对象的自动捕捉功能，使用户可以一次选择多种捕捉模式，在命令操作中只要打开对象捕捉，捕捉方式即可持续生效。

第 5 章

1. 填空题

（1）多行文本 （2）方向 其他文字特征 （3）TABLEEXPORT
（4）表格样式 颜色 （5）矩形阵列 （6）字段 （7）DDEDIT
（8）多行文字编辑器 （9）标注比较复杂 （10）一行文字 单独

2. 选择题

    （1）B   （2）A   （3）D   （4）A   （5）B

3. 简答题

    （1）解答：AutoCAD 2009 提供了对齐（A）、调整（F）、正中（MC）、中上（TC）、右上（TR）、右中（MR）、右（R）、右下（BR）、中间（M）、中下（BC）、中心（C）、左下（BL）、左（L，系统默认）、左中（ML）、左上（TL）等多种对齐方式。

    （2）解答：在 AutoCAD 2009 主窗口中单击【菜单浏览器】按钮，在弹出的菜单中选择【绘图】→【边界】菜单项，激活边界命令之后，即可打开【边界创建】对话框。单击【拾取点】按钮，分别在房间内部的不同位置处单击来拾取点。右击表格中"客厅"右侧单元格内的任意位置，在弹出的快捷菜单中选择【插入字段】菜单项，即可打开【字段】对话框。在"字段类别"下拉列表中选择"对象"选项，单击【选择对象】按钮，拾取客厅的多段线边界，即可返回到【字段】对话框。此时，在"对象类型"文本框中将显示为"多段线"，在"特性"列表中选择"面积"，单击【确定】按钮，即可结束此字段的插入。重复上述步骤，将主卧和次卧的面积字段分别插入到面积表格中。

    （3）解答：先将 Excel 表中的数据复制到剪贴板中，然后，在 AutoCAD 2009 主窗口中单击【菜单浏览器】按钮，在弹出的菜单中选择【编辑】→【选择性粘贴】菜单项，即可打开【选择性粘贴】对话框，在其中选择"AutoCAD 图元"并指定插入点。

第 6 章

1. 填空题

    （1）倾斜的延长线   （2）形位公差   形位公差代号   （3）公差   形位公差

    （4）连续标注   （5）基线标注   （6）圆弧的直径

    （7）圆弧   两条非平行直线   （8）字符串   词汇   （9）尺寸标注

    （10）英文   图形的说明

2. 选择题

    （1）A   （2）C   （3）D   （4）C

3. 简答题

    （1）解答：在 AutoCAD 2009 中，激活直径标注命令的方法如下。

    单击【菜单浏览器】按钮，在弹出的菜单中选择【标注】→【直径】菜单项。

- 在【功能区】选项板中选择【注释】选项卡，在【标注】面板中单击【直径】按钮◎。
- 在"命令提示行"中运行"DIMDIAMETER"命令。
- 在"标注"工具栏中单击【直径】按钮◎。

    （2）解答：只需在选择需要分解的标注对象后，单击【菜单浏览器】按钮，从弹出的菜单中选择【修改】→【分解】菜单项，或在命令行中运行"EXPLODE"命令，或在【功能区】选项板中选择【常用】选项卡，在【修改】面板中单击【分解】按钮🗗，最后根据"命令提示行"的提示，将尺寸标注分解为文本、箭头和尺寸线等多个对象。

    （3）解答：调整尺寸位置有两种方法，即通过移动夹点调整标注的位置（通过移动夹点来调整标注的位置是最常用的一种方法，即在选中要调整的标注对象后，按住夹点直接拖动光标，即可通过移动夹点调整标注的位置）和通过编辑标注文字命令调整标注的位置（在"命令提示行"中运行"DIMTEDIT"命令，或在"标注"工具栏中单击【编辑标注文字】按钮A）。

第 7 章

1. 填空题

（1）复杂图形　　当前图形对象　　（2）图层　　（3）英制测量　　公制测量

（4）Ctrl+1　　选项板　　（5）1.000　　虚线线型比例因子

（6）图层状态　　图层特性　　（7）名称　　锁定/解锁　　（8）线型　　特性

（9）【菜单浏览器】　　图层工具　　　　（10）【线宽设置】　　像素

2. 选择题

（1）A　　　　（2）C　　　　（3）D　　　　（4）A　　　　（5）B

3. 简答题

（1）解答：图层转换器主要用于控制在使用 AutoCAD 绘制复杂图形过程中的所有图层，还用于将当前图形对象中的图层进行变更，以使其符合其他图面或符合 CAD 标准文件中的图层定义。这样，就可以将其他文件的图层属性，依照一定的标准来转换图层名称和性质。

（2）解答：单击【菜单浏览器】按钮，在弹出的菜单中选择【格式】→【线宽】菜单项，即可打开【线宽设置】对话框，从中选择合适的线宽。在【功能区】选项板中选择【常用】选项卡，在【特性】面板中单击【选择线宽】按钮▤左侧的下三角按钮 ，从弹出的下拉列表中选择合适线宽。在"命令提示行"中运行"LWEIGHT"命令，即可打开【线宽设置】对话框，从中选择合适的线宽。在"特性"工具栏的"线宽控制"下拉列表中选择合适的线宽。

（3）解答：单击【菜单浏览器】按钮，在弹出的菜单中选择【格式】→【线型】菜单项。在【功能区】选项板中选择【常用】选项卡，在【特性】面板中单击【选择线型】按钮▤左侧的下三角按钮 ，从弹出的下拉列表中选择"其他"选项。在"命令提示行"中运行"LINETYPE"命令。在"特性"工具栏的"线型控制"下拉列表中选择"其他"选项。

第 8 章

1. 填空题

（1）自动选择所有嵌套的对象　　（2）逐个选择　　嵌套对象　　（3）块和参照　　剪裁

（4）块属性管理器　　文字特性　　（5）位置基准点　　坐标值　　（6）基点　　对象

（7）内部块　　（8）MINSERT　　（9）DWF 文件　　光栅图像　　（10）动态块

2. 选择题

（1）A　　　　（2）C　　　　（3）C　　　　（4）D　　　　（5）C

3. 简答题

（1）解答：在 AutoCAD 2009 中，激活插入块命令的方法如下。

- 单击【菜单浏览器】按钮，在弹出的菜单中选择【绘图】→【插入】→【块】菜单项。
- 在【功能区】选项板中选择【常用】选项卡，在【块】面板中单击【插入块】按钮。
- 在"命令提示行"中运行"INSERT"命令。
- 在"绘图"工具栏中单击【插入块】按钮。

（2）解答：双击插入的带属性块，在【增强属性编辑器】对话框中查看或修改当前块的属性。但这样只能提取单个块的属性，对于需要将整个图形中所有块的属性数据提取出来的情况，则需要使用 AutoCAD 2009 提供的"属性提取"工具。

（3）解答：在 AutoCAD 2009 中，激活编辑属性命令的方法如下。

- 单击【菜单浏览器】按钮，选择【修改】→【对象】→【属性】→【单个】菜单项。
- 在【功能区】选项板中选择【常用】选项卡，在【块】面板中单击【编辑属性】按钮 。
- 在"命令提示行"中运行"EATTEDIT"命令。
- 在"修改II"工具栏中单击【编辑属性】按钮 。
- 双击带有属性的块，即可打开该属性块的【增强属性编辑器】对话框。

第9章

1. 填空题

（1）图形最终布局　　任意多边形　（2）模型空间　　布局空间
（3）页面设置　　绘图样式表　（4）【页面设置】　　（5）打印机管理器
（6）删除　　移动位置　（7）【保存】　（8）TILEMODE　　Enter 键
（9）模型空间　　　图纸空间　（10）模型空间

2. 选择题

（1）C　　　　（2）D　　　　（3）D　　　　（4）D　　　　（5）C

3. 简答题

（1）解答：任何新创建的图形中，AutoCAD 都默认提供两个布局，并在窗口左下角显示有标签，并能通过该标签进行切换。也可以通过 AutoCAD 中提供的"TILEMODE"命令来实现图纸空间与模型空间之间的切换控制。当在"命令提示行"内输入"TILEMODE"命令并按空格键或 Enter 键之后，"命令提示行"将提示用户输入新值。该命令的值包括 1 和 0：当设置为 1 时，工作空间为模型空间；当设置为 0 时，工作空间为图纸空间。如果当前用户在图纸空间的某一个视口中工作，则可以通过"MSPACE"（图纸空间）和"PSPACE"（模型空间）命令来切换该视口的工作空间。

（2）解答：在创建浮动视口时，只要求系统指定创建浮动视口的区域。但在创建浮动视口前，需要先在 AutoCAD 2009 主窗口中选择窗口下方的【布局】标签，再选择【视图】→【视口】【新建视口】菜单项，即可完成浮动视口的创建。

（3）解答：在"命令提示行"中运行"EXPORT"命令，或选择【文件】→【输出】菜单项，均可打开【输出数据】对话框。在选择文件格式为"dwf"之后，单击【保存】按钮，即可将图形文件输出为 DWF 文件。此时，将弹出信息提示对话框，询问用户是否立即进行查看。单击【是】按钮，即可在 AutoCAD 2009 主窗口中查看输出的图形，完成电子打印的操作。

第10章

1. 填空题

（1）对角点　　对象　（2）TORUS　　（3）CONE
（4）立方体　　长度　（5）3D　　AI_WEDGE　（6）圆柱体　　三侧
（7）长方体　　UCS 坐标系统　（8）长方体　　　楔体
（9）REVSURF　　　EDGESURF　（10）多边形网格密度　　　越高

2. 选择题

（1）D　　　　（2）B　　　　（3）B　　　　（4）D　　　　（5）D

3. 简答题

（1）解答：在【三维导航】工具栏中单击【漫游】按钮 或【飞行】按钮 ；选择【视图】→【漫游和飞行】菜单项下的【漫游】或【飞行】子菜单项；在【功能区】选项板中选择【工具】选项卡，在【动画】面板中单击【漫游】按钮或【飞行】按钮；在"命令提示行"中运行"3DWALK"命令或"3DFLY"命令。

（2）解答：在"命令提示行"中输入"CONE"命令；选择"建模"工具栏中的【圆锥体】按钮 ；选择【绘图】→【建模】→【圆锥体】菜单项；在【功能区】选项板中选择【默认】选项卡，在【三维建模】面板中单击【圆锥体】按钮。

（3）解答：在"命令提示行"中输入"WEDGE"命令；选择"建模"工具栏中的【楔体】按钮 ；选择【绘图】→【建模】→【楔体】菜单项；在【功能区】选项板中选择【默认】选项卡，在【三维建模】面板中单击【楔体】按钮。

第 11 章

1. 填空题

（1）属性　实际用途　采光条件　　　　（2）交错参考底图　　　　（3）贴图纹理

（4）漫射　反射　不透明　贴图方式　　　（5）长方体贴图　　　　（6）自然　人工

（7）平行　　　（8）预设列表　按钮控件　（9）GI　　　　（10）渲染图形

2. 选择题

（1）B　　　　　（2）A　　　　　（3）A　　　　　（4）A　　　　　（5）D

3. 简答题

（1）解答：常见的贴图类型有漫射贴图（该种方式的贴图使用最为广泛，可应用于所有的材质样板中，使漫射贴图在材质上处于活动状态并可以被渲染）、反射贴图（也叫环境贴图）主要用于控制材质的反射程度，仅适用于材质的高级样板和高级金属样板）、不透明度贴图（主要用于定义材质的透明区域和不透明区域，应用不透明贴图的区域透明，其他区域不透明）、凸凹贴图（使用凸凹贴图可以控制物体表面纹理的凹凸，可将表面特征添加到面上而不更改其几何体）等几种类型。

（2）解答：可以调整贴图方向的贴图坐标类型有平面贴图（将图像映射到对象上，虽然图像会被缩放以适应对象，但并不会失真）、长方体贴图（此贴图坐标可将图像映射到类似长方体的实体上，给对象指定了长方体贴图坐标后，在对象上将显示出长方体的线框）、球面贴图（此贴图坐标将在物体表面的水平和垂直两个方向上同时使图像弯曲）、柱面贴图（此贴图坐标可以将图像映射到圆柱形对象上，水平边将一起弯曲，但顶边和底边不会弯曲，图像的高度将沿圆柱体的轴进行缩放）4 种。

（3）解答：一幅理想真实感的图像通常由多种因素决定，如三维模型的面、材质、场景中的环境、光线跟踪的反射和折射、间接发光、最终采集、图像的输出分辨率等。

第 12 章

1. 填空题

（1）项目负责人　　　　　　（2）样例图纸集　　现有图形

（3）直接在图纸集中创建新图纸　（4）图纸一览表　　　　（5）更新图纸一览表

（6）图纸集管理器　　　　　（7）图纸集　　　　　　（8）图纸集管理器

（9）图纸集　　　　　　　　（10）图纸

2. 选择题

（1）D　　　　　（2）A　　　　　（3）C　　　　　（4）A　　　　　（5）D

3. 简答题

（1）解答：激活创建图纸集命令的具体方法为：在"命令提示行"中运行"NEWSHEETSET"命令或单击【视图】中的【图纸集管理器】按钮，均可打开【图纸集管理器】窗口。在"打开"下拉列表中选择"新建图纸集"选项，激活创建图纸集命令，即可打开【创建图纸集-开始】对话框。

（2）解答：右击图纸集中的"带轮-布局 1"图纸之后，在弹出的快捷菜单中选择【重命名并重新编号】菜单项，即可打开【重命名并重新编号】对话框。在"编号"下面的文本框中输入"DL-001"，在"图纸标题"下面的文本框中输入"带轮"之后，单击【确定】按钮，即可改变图纸集内的这张图纸的编号和标题，但图形标题栏上并不发生变化。选择【工具】→【更新字段】菜单项之后，选择标题栏进行字段更新之后，标题栏中的编号和标题都将被更新。将图纸集中所有图纸的编号和标题进行整理之后，所有图纸中标题栏也将随图纸集的设定而发生改变。重复上述操作，重新将图纸集中的其他图纸全部编号之后（还可以上下拖曳图纸以将其置于合适位置）。

（3）解答：当用户需要管理在布局中的命名视图时，只需在打开"机械滑轮组件 02"图纸集之后，将【图纸集管理器】面板切换到【图纸视图】选项卡，即可看到目前处于"按图纸查看"方式。此时，将会看到在【图纸集管理器】面板的【图纸视图】选项卡中，已将图纸集内所有图纸中保存的命名视图全部列出，用户只需双击某个要查看的视图，AutoCAD 2009 即可自动将该图纸打开并切换到该命名视图显示。单击右上角的【按类别查看】按钮，将视图切换到"按类别查看"方式之后，即可添加新的类别，并将视图拖曳到不同的类别中进行分类管理。

附录 B

模拟题及答案

1. 单选题

(1) 创建新图形文件的命令是（　　）。

  A. STARTUP B. CREAT   C. NEWSTARTUP D. NEW

(2) 打开已创建图形文件的命令是（　　）。

  A. OPENTO B. OPEN   C. OPENDWG D. DWGOPEN

(3) 保存已创建图形文件的命令是（　　）。

  A. SAVETO B. SAVES   C. SAVEDWG D. SAVE

(4) 在 AutoCAD 2009 中，打开文本窗口的命令是（　　）。

  A. TABLE B. TABLEDIT   C. TEXTSCR D. TEXTTOFRONT

(5) 在 AutoCAD 2009 中，用户使用默认的正角度测量是按（　　）。

  A. 顺时针方向 B. 逆时针方向   C. 任意方向

(6) 在某些菜单项后面有（　　），则表示该菜单还有下一级菜单项。

  A. 省略号 B. 箭头   C. 感叹号   D. 没有符号

(7) AutoCAD 文件名的默认扩展名为（　　）。

  A. *.dwg B. *.dws   C. *.dxf   D. *.dwt

(8) 在设置点样式时可以（　　）。

  A. 选择【格式】→【点样式】菜单项

  B. 右击在弹出的快捷菜单中单击【点样式】命令

  C. 选取该点后在对应的【特性】对话框中进行设置

  D. 单击【图案填充】按钮

(9) 要创建与 3 个对象相切的圆可以（　　）。

  A. 选择【绘图】→【圆】→【相切、相切、相切】命令

  B. 选择【绘图】→【圆】→【相切、相切、半径】命令

  C. 选择【绘图】→【圆】→【三点】命令

  D. 单击【圆】按钮，并在命令行内输入 3P 命令

(10) 以下哪种方法不能够创建圆弧（　　）。

  A. 选择【绘图】→【圆弧】命令   B. 单击【圆弧】按钮

  C. 并在命令行内输入 ARC 命令   D. 单击【圆】按钮

(11) 下面关于绘制直线的方法中错误的是（　　）。

  A. 单击【菜单浏览器】按钮，选择【绘图】→【直线】菜单项

B. 单击"绘图"工具栏上的"直线"工具按钮 ✏

C. 命令行中输入命令 Line 或者 L 后按 Enter 键

D. 在命令行输入"XLINE"

（12）可用下述方法中不能够创建圆的是（　　）。

    A. 2P   B. 3P   C. 4P   D. 圆心、半径

（13）下面关于选取对象的说法不正确的是（　　）。

    A. 选择集可以包含单个对象，也可以包含复杂的对象编组

    B. 如果需要一次选取多个对象，则可逐个选取这些对象

    C. 当用户需要选择具有某些共同特性的对象时，可利用【快速选择】对话框

    D. 使用栏选取可以很容易地从简单图形对象中选择相邻的对象

（14）在默认状况下，当 MIRRTEXT 的值为（　　）时，镜像后的文字被翻转 180°。

    A. 1   B. 0   C. 3   D. 2

（15）下面关于旋转对象操作方法不正确的是（　　）。

    A. 菜单中选择【修改】→【旋转】菜单项

    B. 在"修改"面板中单击【旋转】按钮 ↻

    C. 在命令提示行中直接输入命令"ROTATE"并按 Enter 键

    D. 在命令提示行中直接输入命令"MOVE"并按 Enter 键

（16）下面选项中属于可以打断的图形是（　　）。

    A. 直线   B. 圆弧   C. 构造线   D. 都正确

（17）下面关于拉伸对象说法不正确的是（　　）。

    A. 具体操作方式由图形对象在选择框中的位置来决定

    B. 指定图形中的一部分进行拉伸、移动或变形，并保持与图形对象未移动部分相连接的一种
操作

    C. 在拉伸操作过程中，根据所处理对象的不同类型，有着不同的处理规则

    D. 对于直线，位于窗口内的直线端点不可以移动，窗口外的端点可移动

（18）下面操作方法不能打开【边界图案填充】对话框的是（　　）。

    A. 单击【图案填充】按钮 ▨   B. 选择【绘图】→【图案填充】命令

    C. 在命令行内输入"BHATCH"命令   D. 单击【编辑图案填充】按钮

（19）一个图形单位不等于（　　）。

    A. 一英寸   B. 一毫米   C. 一米   D. 一厘米

（20）在 AutoCAD 2009 中打开"正交模式"的方法中，错误的是（　　）。

    A. 单击【正交模式】按钮

    B. 直接输入命令"ORTHO"并按 Enter 键或"空格"键

    C. 使用快捷键"F12"键

    D. 使用快捷键"F8"键

（21）控制极轴追踪设置的各个参数中，用于设置极轴追踪的对齐角度的是（　　）。

    A. 极轴角设置   B. 启用极轴追踪   C. 附加角   D. 角度列表

（22）动态输入主要由三部分组成，下列选项中错误的是（　　）。

    A. 指针输入   B. 标注输入   C. 动态提示   D. 静态提示

（23）定义字体样式的命令是（　　）。

    A. DIMLINEAR   B. STYLE   C. DTEXT   D. MTEXT

（24）激活单行文字命令是（　　）。

    A. DTEXT   B. MTEXT   C. STYLE   D. DIMLINEAR

（25）下列选项中不属于在 AutoCAD 2009 中，打开【文字样式】对话框的方法是（　　）。

    A. 单击【菜单浏览器】按钮，在弹出的菜单中选择【格式】→【文字样式】菜单项

    B. 在命令提示行中运行"STYLE"命令

　　　　C. 在"样式"工具栏中单击【文字样式】按钮 A

　　　　D. 在命令提示行中运行"FIELD"命令

(26) 设置文字角度时，默认的文字角度为（　　）度，可以输入–359 至+359 度之间的任何角度。

　　　　A. 0　　　　　　　　B. 100　　　　　　　C. 1　　　　　　　D. 10

(27) 在 AutoCAD 2009 中，激活表格样式命令的方法中，错误的是（　　）。

　　　　A. 选择【格式】→【表格样式】菜单项

　　　　B. 直接输入"DIMLINEAR"命令并按 Enter 键或空格键

　　　　C. 单击【表格样式】按钮

　　　　D. 在"表格"面板中单击【表格样式】按钮

(28) （　　）主要用于标注图形中任意两点之间的水平、垂直或具有一定旋转角度的尺寸。

　　　　A. 线性标注　　　　　B. 直径标注　　　　C. 连续标注　　　　D. 圆心标记

(29) 在 AutoCAD 2009 中，激活圆心标记命令的方法中错误的是（　　）。

　　　　A. 选择【标注】→【圆心标记】菜单项

　　　　B. 单击【圆心标记】按钮

　　　　C. 在命令提示行中运行"TOLERANCE"命令

　　　　D. 在"标注"工具栏中单击【圆心标记】按钮

(30) 当因为标注空间狭小而不易标注时，用户可利用倾斜的（　　）来实现标注。

　　　　A. 尺寸线　　　　　　B. 角度线　　　　　C. 基线　　　　　　D. 延长线

(31) 标注样式（Dimension Style）用于控制标注的（　　），在 AutoCAD 中的标注均与一定的标注样式相关联。

　　　　A. 格式　　　　　　　B. 外观　　　　　　C. 格式和外观　　　D. 都不是

(32) 打开【图层特性管理器】对话框的命令是（　　）。

　　　　A. LAYER　　　　　　B. ROOM　　　　　　C. PAN　　　　　　D. REGEN

(33) 在 AutoCAD 2009 中打开【选择颜色】对话框的方法中错误的是（　　）。

　　　　A. 选择【格式】→【颜色】菜单项

　　　　B. 在"特性"面板中单击【选择颜色】按钮

　　　　C. 在命令提示行中运行"LAYER"命令

　　　　D. 在"特性"工具栏"颜色控制"下拉列表中单击"选择颜色"选项

(34) 若要更改选定对象的线型比例，双击该线型或按（　　）快捷键可打开【特性】面板。

　　　　A. Ctrl+0　　　　　　B. Ctrl+N　　　　　C. Ctrl+2　　　　　D. Ctrl+1

(35) （　　）显示图层过滤器及其特性和描述。

　　　　A. 列表视图　　　　　B. 树状视图　　　　C. 普通视图　　　　D. 都不对

(36) AutoCAD 中对图层的操作包括（　　）。

　　　　A. 关闭　　　　　　　B. 引用　　　　　　C. 冻结　　　　　　D. 锁定

(37) 在 AutoCAD 2009 中，激活图块的命令是（　　）。

　　　　A. BMAK　　　　　　B. WBLOCK　　　　C. INSERT　　　　　D. MEASURE

(38) 在执行附着外部参照操作时，可在指定文件中附着 4 种格式的文件，错误的是（　　）。

　　　　A. DWG 文件　　　　B. DWF 文件　　　　C. DBE 文件　　　　D. 图像文件

(39) 下列关于外部参照，说法不正确的一项是（　　）。

　　　　A. 将图形作为外部参照附着时，会将该参照图形链接到当前图形

　　　　B. 打开或重载外部参照时，对参照图形所做的任何修改都将显示在当前图形中

　　　　C. 附着到当前图形的外部参照中的对象仅包括实体空间对象

　　　　D. 可以在模型空间或图纸空间中将外部参照插入到当前图形中

(40) 下面关于创建块的方法中错误的是（　　）。

　　　　A. 使用若干种相关块定义创建一个图形文件以用作块库

　　　　B. 创建一个图形文件，随后将它作为块插入到其他图形中

    C．使用"块编辑器"功能区上下文选项卡

    D．指定要插入块的名称

2．多选题

  （1）关闭图形文件的方法，以下正确的方法是（   ）。

    A．单击【菜单浏览器】按钮

    B．在绘图窗口中单击【关闭】按钮

    C．命令行中运行"CLOSE"（大小写不分）命令

    D．按下显示器上的关闭按钮

  （2）下面哪些属于是 AutoCAD 2009 的工作界面所包含的（   ）。

    A．菜单栏   B．工具栏   C．命令行与文本窗口   D．状态栏

  （3）绘制线条命令主要有（   ）。

    A．直线   B．折线   C．波浪线   D．多段线

  （4）调用绘制"圆弧"命令的方法，下面正确的是（   ）。

    A．在【绘图】工具栏中单击【椭圆】按钮 ⬭

    B．单击【菜单浏览器】按钮 ▲，再选择【绘图】→【圆弧】菜单项来绘制各种形式的圆弧

    C．在【绘图】工具栏中单击【圆弧】按钮 ⌒，绘制出各种形式的圆弧

    D．在命令行中输入绘制圆弧命令"ARC"来绘制圆弧

  （5）下列属于复制对象方法中最常用的复制对象方法的是（   ）。

    A．指定点复制对象   B．输出位移量复制对象

    C．输入位移量复制对象   D．复制对象

  （6）下列调用【图形界限】命令的方法正确的是（   ）。

    A．单击【菜单浏览器】按钮，在弹出菜单中选择【格式】→【图形界限】菜单项

    B．单击【菜单浏览器】按钮，在弹出菜单中选择【格式】→【单位】菜单项

    C．在命令提示行中直接输入命令"ORTHO"并按 Enter 键或"空格"键

    D．在命令提示行中直接输入命令"LIMITS"并按 Enter 键或"空格"键

  （7）AutoCAD 2009 中激活单行文字命令方法正确的是（   ）。

    A．单击【菜单浏览器】按钮，在弹出菜单中选择【绘图】→【文字】→【单行文字】菜单项

    B．在"功能区"选项板中选择"注释"选项卡，在"文字"面板中单击【单行文字】按钮 **A**

    C．在命令提示行中运行"DTEXT"命令

    D．在"文字"工具栏中单击【单行文字】按钮 **A**

  （8）AutoCAD 2009 中激活文字编辑命令方法正确的是（   ）。

    A．单击【菜单浏览器】按钮，再选择【修改】→【对象】→【文字】→【编辑】菜单项

    B．在"功能区"选项板中选择"注释"选项卡，在"文字"面板中单击【编辑】按钮 🖋

    C．在命令提示行中运行"DDEDIT"命令

    D．在"文字"工具栏中单击【编辑】按钮 🖋

  （9）在 AutoCAD 中对不满意或是不符合设计的要求的标尺，则可以通过（   ）其调整位置。

    A．通过输入命令"DTEXT"   B．通过编辑标注文字命令调整标注的位置

    C．通过移动夹点调整标注的位置   D．通过标尺工具

  （10）在 AutoCAD 2009 中打开【线型管理器】对话框的方法正确的是（   ）。

    A．单击【菜单浏览器】按钮，在弹出的菜单中选择【格式】→【线型】菜单项

    B．在"功能区"选项板中选择"常用"选项卡，在"特性"面板中单击【选择线型】按钮 ☰ 左侧下三角按钮 ⌄，从弹出的列表中单击"其他…"选项

    C．在命令提示行中运行"LINETYPE"命令

    D．在"特性"工具栏"控制线型"下拉列表中单击"其他…"选项

（11）在 AutoCAD 2009 中打开【外部参照绑定】对话框的方法正确的是（　　）。

  A．在"参照"工具栏中单击【剪裁外部参照】按钮

  B．单击【菜单浏览器】按钮，再选择【修改】→【剪裁】→【外部参照】→【绑定】菜单项

  C．在命令提示行中运行"XBIND"命令

  D．在"参照"工具栏中单击【外部参照绑定】按钮

（12）在 AutoCAD 2009 中进行打印预览的方法正确的是（　　）。

  A．菜单命令 B．键盘方式 C．工具按钮   D．命令行方式

（13）关于在 AutoCAD 2009 中，激活发布图形集命令的方法，下面叙述正确的是（　　）。

  A．在命令行运行"PUBLISH"命令（大小写均可）

  B．选择【文件】→【网上发布】菜单项

  C．单击【标准】工具栏中的【发布】按钮

  D．选择【文件】→【发布】菜单项

（14）在 AutoCAD 2009 中，激活绘制圆柱体命令的方法，下面叙述正确的是（　　）。

  A．单击【菜单浏览器】按钮，再选择【绘图】→【建模】→【圆柱体】菜单项

  B．在"功能区"选项板中选择"默认"选项卡，在"三维建模"面板中单击【圆柱体】按钮

  C．在命令提示行中运行"CYLINDER"命令

  D．在"建模"工具栏中单击【圆柱体】按钮

（15）在 AutoCAD 2009 中，创建圆柱体命令后，可以通过下列（　　）方法创建圆柱体。

  A．三点 B．两点 C．相交   D．相切

3．判断题

（1）楔体是长方体沿对角线切成两半后所创建的实体。

（2）圆锥体是以圆或椭圆为底，以对称方式形成锥体表面，最后交于一点（也可以交于圆或椭圆平面）所形成的实体。

（3）圆环体可以看作是在三维空间内，圆轮廓线绕与其共面的直线旋转所形成的实体特征。

（4）漫射贴图的贴图使用最为广泛，可应用于可别材质样板中，使漫射贴图在材质上处于非活动状态并可以被渲染。

（5）使用凸凹贴图可以控制物体表面纹理的凹凸（取值范围为 2000～5000，默认值为 30.0），将表面特征添加到面上而不更改其几何体。

（6）半径标注主要用于标注图形中的圆或圆弧的半切径。

（7）角度标注主要用于标注图形中圆、圆弧、两条非平行直线或三个点之间的夹角。

（8）标注水平尺寸的命令是 ROTATED，标注垂直尺寸的命令是 VERTICAL，标注旋转尺寸的命令是 HORIZONTAL。

（9）标注样式（Dimension Style）是标注设置的命名集合，用于控制标注的格式和外观，如箭头样式、文字位置和尺寸公差等。

（10）在使用 AutoCAD 制图的过程中，文字标注和表格说明是图形对象不可缺少的重要元素。

（11）表格是由包含注释（以文字为主，也包含多个块）的单元构成的矩形阵列。

（12）在个别的应用软件中，文字对象都有与之相关联的文字样式。

（13）除使用【选项】对话框中"显示"选项卡来设置文字显示方式外，还可以在命令行中直接输入"QTEXT"命令来设置。

（14）多行文字编辑器只由各选项板组成。

（15）在书写单行文字的操作过程中，可以使用对齐功能，为不同需求的文字指定不同的对齐方式。

（16）矩形阵列复制主要用于创建沿指定方向均匀排列的不同对象，可以控制行和列的数目以及对象之间的距离。

（17）在实际的绘图过程中，大多数情况下绘图员不知道旋转的角度，这时就可以采用参照旋转的方式来旋转对象。

（18）偏移对象是指用选定的图形对象来创建一个与其平行且保持一定相等距离的新对象。

（19）镜像对象是指围绕指定的镜像轴线翻转对象，从而创建与原来图形对象不对称的镜像图形。

（20）AutoCAD 2009 为用户提供了多种选择对象的方法，但最常用选取对象的方法只有 2 种：直接选取和使用窗口选取。

（21）在工程绘图中，圆环可以看作是由两个同心圆组成的图形，控制圆环的主要参数是外直径。

（22）在 AutoCAD 2009 中，调用绘制"圆"命令的方法有 6 种。

（23）构造线是一个没有起点也没有终点的直线，可以放置在三维空间的任何位置，主要用于绘制辅助线。

（24）在 AutoCAD 中，除可以使用工具按钮的方法启动删除命令之外，还可以用输入 E 或 ERASE（大小写均可）并按"空格"键或 Enter 键的方法来代替。

（25）绘图是 AutoCAD 的主要功能，也是最基本的功能。

（26）在 AutoCAD 2009 中允许多个设计人员同时访问一个图纸集，也允许一个用户编辑同一图纸，因此需要尽量避免在一个图形文件中创建多个布局。

（27）管理在模型空间中命名视图的操作相对要复杂一些，在 AutoCAD2009 中只是将其作为资源图形管理，直接置于图纸集中，仅是在需要时去调用。

（28）模型的真实感渲染往往可为产品团队或潜在客户提供比打印图形更清晰的视觉效果。

（29）略图查看器主要用于显示与选定渲染预设关联的原图像。

（30）在命令提示下运行"renderpresets"命令，即可打开【渲染预设管理器】对话框。

II 卷

1. 填空题

（1）CAD 英文全称是_____，中文含义是_____。

（2）标题栏位于应用程序窗口的最上面，用于显示 AutoCAD 2009 的_____，以及当前正在运行的程序名及_____。

（3）_____是 AutoCAD 的主要功能，也是最基本的功能。

（4）选择对象法是指选择_____区域所在的边界，由 AutoCAD 自动识别画剖面线的区域并在此区域内画剖面线的方法。

（5）选取对象之后，转换成_____模式，可以非常简单地编辑一个或多个对象。

（6）AutoCAD 中提供有圆角和倒角的命令，圆角是指_____，倒角是指_____。

（7）图形单位是在_____中所采用的单位，所创建的图形对象都是根据图形单位来计算的，一个图形单位可以等于一英寸、_____、一米或一英里。

（8）绘图比例其实就是图样中图形要素的_____尺寸与_____相应尺寸之比，因为在实际工作中利用 AutoCAD 进行绘图时，往往是按_____的比例来进行绘图的。

（9）输入文字的方式有单行文本和_____两种方式。

（10）文本样式定义了字体、高度和_____等参数。

（11）当标注空间狭小而不易标注时，用户可利用_____来实现标注。

（12）_____表示特征的形状、轮廓、方向、位置和跳动的允许偏差，一般由指引线、_____、形位公差框、形位公差值和基准代号组成。

（13）图层转换器主要用于控制在使用 AutoCAD 绘制_____过程中的所有图层，还用于将_____中的图层进行变更，以使其符合其他图纸或符合 CAD 标准文件中的图层定义。

（14）在中文版 AutoCAD 2009 中，所有图形对象都具有_____、颜色、线型和线宽 4 个基本属性。

（15）"_____"单选按钮用于控制嵌套对象是否自动包含在参照编辑任务中。

（16）"提示选择嵌套的对象"单选按钮用于控制是否_____包含在参照编辑任务中的_____。

（17）浮动视口是用来建立_____的，其形状可以为矩形、_____或圆等，相互之间可以重叠，并能同时打印，而且可以调整视口边界形状。

（18）视口可以分为在_____创建的平铺视口和在_____创建的浮动视口。

（19）平面曲面可以通过指定矩形的_____来创建，或通过选择构成一个或多个闭合区域的_____。

（20）在 AutoCAD 2009 中可以利用_____命令绘制圆环体。

2. 简答题

（1）简述启动 AutoCAD 2009 的方法？

（2）简述在 AutoCAD 中可以创建哪些点？

（3）试述在 AutoCAD 中如何快速选取对象，具体步骤是什么？

（4）在 AutoCAD 2009 中，调用【图形界限】命令的方法有哪几种？

（5）在 AutoCAD 2009 中提供了哪些对齐方式？

3. 动手操作题

（1）在 AutoCAD 2009 中，练习如何创建、打开、保存和关闭图形文件。

（2）画出下列常见的组件表示图。

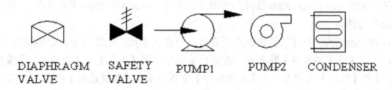

DIAPHRAGM   SAFETY   PUMP1   PUMP2   CONDENSER
VALVE   VALVE

试 卷 答 案

I 卷

1. 单选题

（1）D	（2）B	（3）D	（4）C	（5）B	（6）B	（7）A	（8）B
（9）B	（10）D	（11）D	（12）C	（13）D	（14）A	（15）D	（16）D
（17）D	（18）B	（19）D	（20）C	（21）A	（22）D	（23）B	（24）A
（25）D	（26）A	（27）B	（28）A	（29）C	（30）D	（31）C	（32）A
（33）C	（34）D	（35）A	（36）B	（37）A	（38）C	（39）C	（40）D

2. 多选题

（1）ABC	（2）ABCD	（3）ABD	（4）BCD	（5）AC
（6）AD	（7）ABCD	（8）ABCD	（9）BC	（10）ABCD
（11）BCD	（12）ABC	（13）ACD	（14）ABCD	（15）ABD

3. 判断题

（1）正确	（2）正确	（3）正确	（4）错误	（5）错误	（6）错误
（7）正确	（8）错误	（9）正确	（10）正确	（11）正确	（12）错误
（13）正确	（14）错误	（15）正确	（16）错误	（17）正确	（18）正确
（19）错误	（20）错误	（21）错误	（22）错误	（23）正确	（24）正确
（25）正确	（26）错误	（27）错误	（28）正确	（29）错误	（30）正确

II 卷

1. 填空题

（1）Computer Aided Design 计算机辅助设计 （2）版本信息 文件名称 （3）绘图 （4）画剖

面线　（5）选择集　（6）通过指定的半径创建一条圆弧，用这个圆弧将两个图形对象光滑的连接起/将两个非平行的对象，通过延伸或修剪使之相交或用斜线连接　（7）设计过程　一毫米　（8）线性　实物（9）多行文本　（10）方向　其他文字特征　（11）倾斜的延长线　（12）形位公差　形位公差代号（13）复杂图形　当前图形对象　（14）图层　（15）自动选择所有嵌套的对象　（16）逐个选择　嵌套对象　（17）图形最终布局　任意多边形　（18）模型空间　布局图纸空间　（19）对角点　一个或多个对象（20）TORUS

2. 简答题

（1）解答：启动 AutoCAD 2009 的方法有如下 3 种。

方法 1：如果对该软件创建了桌面快捷图标，可在 Windows 系统桌面上双击 AutoCAD 2009 的快捷图标启动 AutoCAD 2009。

方法 2：选择【开始】→【程序】→【Autodesk】→【AutoCAD 2009-Simplified Chinese】→【AutoCAD 2009】菜单项，启动 AutoCAD 2009。

方法 3：在已安装 AutoCAD 2009 软件的情况下，双击 AutoCAD 2009 图形文件，即可启动 AutoCAD 2009 并打开该图形文件。

（2）解答：在 AutoCAD 中可以创建的点主要有：单点、多点、定数等分、定距等分等。

（3）解答：单击【菜单浏览器】 按钮，在弹出菜单中选择【工具】→【快速选择】菜单项，或在【功能区】选项板中选择【常用】选项卡，在【实用程序】面板中单击【快速选择】按钮 ，均可打开【快速选择】对话框。在其中可根据实际需要设置相应的属性，如在【应用到】下来列表中选择"整个图形"选项，在【对象类型】下来列表中选择"圆"选项，并在【特性】列表框中单击"颜色"选项等。在所有设置完毕之后，单击【确定】按钮，即可保存相应属性设置，就可以利用相应设置属性，去选择具有共同属性的图形对象了。

（4）解答：在 AutoCAD 2009 中调用【图形界限】命令的方法如下。

- 单击【菜单浏览器】按钮，在弹出菜单中选择【格式】→【图形界限】菜单项。
- 在命令提示行中运行"LIMITS"命令。

（5）解答：在 AutoCAD 2009 中共提供了对齐（A）、调整（F）、正中（MC）、中上（TC）、右上（TR）、右中（MR）、右（R）、右下（BR）、中间（M）、中下（BC）、中心（C）、左下（BL）、左（L，系统默认）、左中（ML）、左上（TL）等多种对齐方式。

参考文献

[1] 王立新，等．AutoCAD 2009 中文版标准教程[M]．北京：清华大学出版社，2008．

[2] 武新华，等．AutoCAD 应用基础教程[M]．北京：清华大学出版社，2007．

[3] 武新华，等．AutoCAD 建筑绘图与应用[M]．北京：清华大学出版社，2007．

[4] 武新华，等．AutoCAD 机械绘图与应用[M]．北京：清华大学出版社，2007．

[5] 王曙光，等．AutoCAD 2007 中文版标准教程[M]．北京：清华大学出版社，2006．

[6] 张荣虎，等．新编 AutoCAD 2009 绘图设计入门提高与技巧[M]．北京：兵器工业出版社，2008．

[7] 丁金滨，等．AutoCAD 2009 中文版基础入门与范例精通[M]．北京：兵器工业出版社，2008．

[8] 肖新华，等．AutoCAD 2009 中文版实用教程[M]．北京：人民邮电出版社，2008．

[9] 刘瑞新，等．AutoCAD 2009 中文版建筑制图[M]．北京：机械工业出版社，2008．

[10] 施昱．AutoCAD 初级实用教程[M]．北京：化学工业出版社，2008．

[11] 姚辉学．AutoCAD 2008 中文版基础教程[M]．北京：化学工业出版社，2008．